这种力量蕴含着人类最初的文明以及发展的古老智慧

NURTURING CHILDREN'S IMAGINATION AND CONSCIOUSNESS

# THE POWER OF STORIES
# 故事的力量

[澳] 郝思特·孔伯格（Horst Kornberger）著　　薛跃文 译

西安交通大学出版社
XI'AN JIAOTONG UNIVERSITY PRESS

© 2008 Horst Kornberger

First published by Floris Books, Edinburgh

陕版出图字 25－2017－0002

**图书在版编目(CIP)数据**

故事的力量 /（澳）郝思特·孔伯格（Horst Kornberger）著；薛跃文译.
—西安：西安交通大学出版社，2017.3
书名原文：The Power of Stories
ISBN 978－7－5605－9502－3

Ⅰ. ①故… Ⅱ. ①郝… ②薛… Ⅲ. ①故事-文学研究
Ⅳ. ①I054

中国版本图书馆 CIP 数据核字（2017）第 053747 号

| | |
|---|---|
| 书　　名 | 故事的力量 |
| 著　　者 | ［澳］郝思特·孔伯格 |
| 译　　者 | 薛跃文 |
| 责任编辑 | 于睿哲　张苗　聂燕 |
| 出版发行 | 西安交通大学出版社 |
| | （西安市兴庆南路10号　邮政编码710049） |
| 网　　址 | http://www.xjtupress.com |
| 电　　话 | （029）82668357　82667874（发行中心） |
| | （029）82668315（总编办） |
| 传　　真 | （029）82668280 |
| 印　　刷 | 西安建科印务有限责任公司 |
| 开　　本 | 787mm×1092mm　1/16　印张 21.75　字数 262 千字 |
| 版次印次 | 2017年4月第1版　2017年4月第1次印刷 |
| 书　　号 | ISBN 978－7－5605－9502－3 |
| 定　　价 | 55.00元 |

读者购书、书店添货、如发现印装质量问题，请与本社发行中心联系、调换。
订购热线：（029）82665248　（029）82665249
投稿热线：（029）82668284

**版权所有　侵权必究**

故事疗愈的实践跟故事本身的历史一样久远,所有古老的传统都将会作为转化和疗愈的一种手段。

# 序

李泽武

这是一本关于故事疗愈的书。

故事在华德福教育中被广泛地运用，从幼儿园一直到高中。内容在西方是从格林童话到莎士比亚戏剧、现当代故事等等。华德福中国本土实践中，除相应的西方内容外，还有中国童话、民间传说开始，到红楼梦、现当代故事等。故事在华德福教学中也有不同的故事功能，比如，贯穿主课教学的故事，作为分科教学中辅助性的故事，疗愈性的故事等。而形式上来说，就有文献记载故事、传说故事、前人个体创作、老师创作，学生自行创作等。

为什么会在华德福教育中大量地运用到故事？我认为首先是故事本身适合人的本质。一是它具有的图景性，而人就是具有图景性的存在。施泰纳谈到人的存在的图景性本质，认为人的存在不是思考的存在，而是图像的存在，"只要我的认知所及之处我就不在，只有图像而已"（《人的普遍智识》）。《易经》中说"言不尽意，圣人立象以尽意"，倒也有这个意思。按施泰纳的说法，图景神经系统和血液循环系统都具有，一个是表象的，一个是创象的。总之可以说，故事的力量是图景的力量。二是故事照应着人内在的心理内容。故事具有譬喻、指向的功能，不管是事物的属性，还是事件的过程，还是人的特质，会在故事中呈现出来，也在人心中呈现出来。在童话、神话故事中的山、水、日、后妈等等意象，都有着不同的指向和代表。三是故事蕴含的意志、情感、思考心理结构。人的本能、欲望、冲动、意愿、动机、决定等，都可以在故事中呈现；人的多姿多彩的情感，也能够在故事中表达；而思考的尖锐、复杂、深刻，也能通过故事反映。故事因图景而带来力量，因表达而带来生命，因人心人性而带来精彩。一个好的故事，我们不断从中体验、习得、证明。

本书开篇作者写到，"故事疗愈的实践跟故事本身的历史一样久远。所有古老的传统都将故事作为转化和疗愈的一种手段。"

正因为故事照应我们的心魂和人生，所以它具有疗愈的品质。每个代表性的故事背后都有心魂的指向、深层的结构、疗愈的功能。作为老师或疗愈工作者，需要看到，运用故事里面的疗愈品质。本书对大量的代表性故事，予以针对性的、疗愈性的深入解读，也揭示出这样做的巨大效力，"在自己人生危机的尖峰时刻，故事可以完整地绽放出它疗愈人生、转化命运的最大潜能效果"。故事分析、故事运用、故事创作，从理论建模到实践运用，作者展现了自己的研究和功力。比如"奥德修斯是在故事疗法效力最强的时候与自己的故事相遇""《一千零一夜》中渔夫和魔鬼这一故事的四元模式与强迫症的四个阶段是并列""我将纨绔子弟这则故事看作是后世童话故事的结构性祖先""很多童话故事中的女主人公也遭受了类似巴尔德尔的命运——在诸神的黄昏想象力总是蒙受苦难"，梵天神话"这只是神话的发端，而它已经包含着印度文化的核心主题了——师徒关系、精神修炼以及严苛的苦行"……

作者不仅深入分析故事，而且可以说全面检索了西方华德福教育惯用的代表性故事，从最初的故事到现代幻想小说。它是以"无时间"的童话开始，到寓言、传说故事等内容，到三年级及以上的创世故事、神话传说、古代文明故事，进而到"有时间"的历史故事，人物传记等的学习，直至高中阶段。作者在本书中也归纳类型，指明方法。"相遇""失落"

"回归""本体""驯化""苏醒""隐喻""想象力实验室"……读者因而可以自己创编故事，自做玩偶。从理论到实践。本书的遗憾对于中国读者来说是明显的，因为它里面只字不提中国故事（东方故事里有个别日本故事，印度故事是西方的最爱）。我想除遗憾外这也有一个好处，可以激发中国读者的责任感，特别是老师们——我们到底要讲什么样的故事？我们的故事背后有什么样的心魂力量？这是一个严肃而巨大的话题，我们作为教育者都不能置身事外。

本书能够与中国读者见面当然与薛跃文老师的引荐和翻译有关系。而薛老师的准确翻译对我们领会作者的含义功不可没。

"完全而有意识地与自己的故事相遇，显然是那些伟大精神导师们的鲜明标志。"本书还谈到的与自己相遇这一点，与自己的相遇点醒的是精神的自觉。我想有两层意思：别人的故事给予我们心魂映照的榜样，自我灵魂的觉察，赋予我们存在感，同时给予我们面对未来的方向。

# 前 言

## ——龙的生态学

书得以成书有很多的方式。这本书因两个词的因缘结合而成：故事和治疗。

我几乎已经完全忘记了这两个词是在怎样的情形下出现的。我能记得住的只有我对这两个词结合的认可和惊喜的感觉。我立刻拿出笔，记录下这样的结合和感觉。这两个词打开了泄洪的闸门，我的思想便喷涌而出。那是一种召唤，我跟随着它的呼唤。那时那地，我下决心开始研究故事及故事疗法。

我与这两个词的相遇正当其时。我终生都与故事相伴，我也见证了它对我自己和其他人的神奇影响。当我还在孩童时代，故事将我带入到另外一个世界。在青少年时代，故事一直陪伴着我，使我的生活远远超越了每日生活细节所带来的乏味和单调。在成年时代，故事成为我值得信赖的朋友和导师——"我想成为什么人？"故事成了我不可或缺的导师。后知后觉的反思中，我都能看见故事存在于我人生的每一个转折点，给予我指导。

在与这两个词相遇的时候，我已经开始了教学生涯——教授文学创作课程。那时我就相信每个人都具有创造性，而且我已经寻求到帮助人们进一步强化这种创造潜能的各种方法。那时我已经开始了这样的教学课程

——允许我的学生通过自己的写作来体验世界文学发展的不同阶段。不久我就发现，使得他们的创造性得以最大发挥的办法就是讲最少的理论、利用最大量的故事。我越细究那些伟大的神话故事和文学作品，去探寻它们所蕴含的生命力量，我就越能看到故事对那些接触到它们的人所带来的强有力的治疗影响。

"故事疗法"这个词本身包含着理念。我最初的一些笔记后来变成了一份资料，资料后来促成了我开工作坊，工作坊后来演化成了一门课程。在学生的帮助下，我跟随着"故事疗法"这个词所带给我的线索，并被它引领着走向一段旅程，这段旅程后来变得更加漫长，也更加冒险有趣。本书就是这段旅程日志。因故事和故事创编而起念的这本书后来竟演变成了关于灵魂生态的书——个人内在资源管理的工具书；保护孩子们那受到威胁的童年天真生活的行动计划书，以及保护成年人灵性生活多样化的行动计划书。

本书由三部分组成。第一部分"故事的力量"是出于对故事普遍意义的兴趣来写的。在我写作时，我是用故事去思考而不是就故事去思考。我审视并引用大量的故事，让故事自己来展现自己的内涵。通过这种方式，我认识到了"故事中的故事"——密藏在故事表层的第二层故事。故事中的故事是故事疗法药瓶中的秘方，它是向当今时代打开上古时代故事疗法秘密的钥匙。有了这把钥匙，故事将以文化共同缔造者的形象展示自己，塑造出整个民族的命运以及每个个体生命的命运。

本书的第二部分"传统故事及其应用"就如何将故事那强大的影响力应用到幼儿和青少年成长这一问题提出了一些建议方法。是写给家长、教育者、心理学家，以及所有那些想把适龄故事当作治疗方案和个人转化工具的人。

第三部分"故事创编"，提供了如何创编新故事的一些详实的指导。

是写给所有那些想发展自己故事创编技巧的人。它提供了一个安全的、循序渐进的路径，是按照想象力发展阶段的过程来发展个人的想象能力的方式编写的。

第二、第三部分隐含着一份地图，在这份图上我标注了我们内在生命的一些阶段性图景。这些标注的地点从时间上讲是真实存在的。在这份地图上，我们可以看出该到什么地方去寻求什么样的故事，更重要的是什么时候去拜访这些故事。因为时机是故事疗法非常关键的因素：在合适的时机讲合适的故事能够将故事的疗愈潜能最大化。如果我们不按照时机来选择及排列故事，我们很容易就永远原地不动，一遍又一遍地乱踩，最后滑倒甚至摔倒。

选择合适故事的时机问题，在我最喜欢的一本书《黎明踏浪号之远航》中得到了非常好的阐述。在那本书里，作者向我们介绍了一个乳臭未干的小顽童——尤斯塔斯·克拉伦斯·斯克罗布（Eustace Clarence Scrubb）。在接受教育的整个过程中（或者压根就没有接受过什么教育），尤斯塔斯·克拉伦斯（Eustace Clarence）都极度缺乏故事。当他被疾速带入纳尼亚想象王国的时候，他从自己原本舒服的领地被赶了出来，感觉自己百无一用。当他迷失在一个荒岛上时，他发现了龙穴并将龙穴当作自己的栖身之所，而他对此却毫无准备：

多数人都想着自己会知道：在龙穴里应该期望自己去找到什么。但是正如我前面讲过的，尤斯塔斯（Eustace）教育过程中只读过那些不适当的书。那些书中有很多谈论进口、出口、政府以及排水管，但这些书却没有谈过龙……

尤斯塔斯（Eustace）由于毫无经验可循，从而导致了自己的毁灭。不断地经过各种事件之后，他竟然变成了一只龙。

这不完全是他的错，他只不过是读了不合适的书而已——那些不是谈论龙的书而已。恰恰因为他从来没有听说过龙,他因而变成了龙。他过去没有读过的故事里,恰恰却有他这样的人。

故事涉及到非常有力量的真实现实——那些不能用其它方式来处理的真实现实。当碰到龙时,由硬纸卡般脆弱的理性构建的房子是不堪一击的,因而毫无用途。面对龙的方式就是将它们置于相应的场景之中。故事就是适合龙的自然环境,在那里它们可以安全地生活,安然地死去;故事是它们的生态区位(生态境);在故事中,它们能够圆满地担当起自己本应的任务,而这样的任务是其它任何物种都无法完成的,不管是想象中的物种还是任何其它物种。过早灭绝的龙鬼影重重,常常萦绕于我们内心。我们对它们毫无知觉,但却行了它们的事迹,而我们对为什么却一无所知。

尤斯塔斯(Eustace)最终得到了救赎,他脱离了龙性回归人性,变成了一个更加优秀更加有爱的人。因此也改变了对世界的影响。

故事的功能就是调节我们心魂的家园生态。故事就是我们内在生态的一部分,它们能够转化、疗愈、教育我们的心魂,并经由我们的心魂从而转化、疗愈、教育世界。

生态就是研究内在相互关联性的科学。它既囊括大自然的全貌也涵盖人类心魂那复杂的环境。若以此观点看,故事就像生命中其它元素一样,也是生命生态方程的一部分。未来生态学将毫无疑问地看到自然界里沙漠扩展和人类心魂荒芜并存的现象;将此看成是一样的现象,并理解到现实中存在着想象、想象中存在着现实,进而理解到其实我们所有人参与及分享的伟大故事是唯一的。

# Introduction(原书前言)

**The Ecology of Dragons**

Books have their own way of coming into being. This book was born through the meeting of two words: story and medicine.

I have almost forgotten everything about the context in which these words appeared. All I can remember was my feeling of recognition and surprise. I immediately took a pen and made notes. The words opened a floodgate and ideas began to pour out. It was a kind of calling and I immediately followed it. There and then I decided to workshop story medicine.

The two words had met me at the right time. I had lived with stories all my life and witnessed their impact on myself and others. When I was a child stories transported me to another world. As a teenager they allowed me to live a life above and beyond the monotony of everyday events. As an adult they were my trusted friends and mentors—indispensable guides towards who I wanted to become. In hindsight I can see stories standing at every juncture of my life, guiding me.

At the time of meeting the two words I was already teaching creative writing. I have always believed that every human being is creative and I have actively sought ways to further this potential. I had begun to work with a process that allowed my students to experience the essential stages of world literature through their own writing. I soon saw that their creativity was best helped by a minimum of theory and a maximum of story. The more I sifted the great myths and literary works for the life they contained, the more I saw the powerful healing influence that stories have on the lives of those who engage with them.

The words *story medicine* anchored the idea. My first notes became a flyer, the flyer a workshop and the workshop a course. With the help of my students I followed the thread that the words had put into my hand and was led on a journey that became longer and more adventurous as it progressed. My travel journals are contained in this book. What started out as a book about stories and story-making became a book about soul ecology— a manual for inner resource management; action plans to preserve the endangered wildlife of childhood and the biodiversity of the soul in adult life.

There are three parts to this book. The first, "The Power of Story," is of general interest, where I set out to think *with* story rather than *about* it. I look at a wide variety of stories and let them speak about their own content. In this way I came across the tale in the tale, a second layer of story encrypted in the first. The tale in the tale is the message in the bottle of story medicine. It is the key that unlocks the secrets of story medicine from antiquity to our time. Using this key, stories reveal themselves as co-creators of cultures, shaping the destiny of whole nations as well as of our individual lives.

The second part of the book, "Traditional Tales and Their Use," suggests ways to use the powerful effects of story for the benefit of children and teenagers. It is written for parents, educators, psychologists and all those who want to work with the age-appropriate story as a tool for healing and personal transformation.

Part Three, "The Making of Stories," is a manual with detailed instructions for the creation of new stories. It is written for all those who want to develop their skill in story-making. It offers a secure, step by step path towards imaginal capability in a process that mirrors the developmental stages of the imagination itself.

Parts Two and Three comprise a map on which I have charted a temporal landscape of our inner life. The places marked exist in time. The map tells you where to visit with what story and above all, when. For timing is crucial in the practice of story medicine: by telling the right tale at the right time we maximize its healing potential. If we don't place our stories squarely in time, we easily tread the same ground, over and over; slip or even fall.

The importance of the timely story is well illustrated in one of my favourite books, *The Voyage of the Dawn Treader* by C. S. Lewis, in which the author introduces us to a rather nasty little brat, Eustace Clarence Scrubb. Through his education (or lack of it) Eustace Clarence has lived bereft of stories. Whisked away to the imaginary realm of Narnia he is out of his comfort zone and proves utterly useless. Lost on an island he find shelter in a dragon's lair, but he is not at all prepared:

> More of us know what we should expect to find in a dragon's lair, but as I said before, Eustace had only read the wrong books. They had a lot to say about imports and exports and governments and drains, but they were weak on dragons...

Eustace's inexperience becomes his downfall. In the course of events he turns into a dragon.

This is not entirely his fault: he has read only the wrong kind of books. Books that were weak on dragons. And precisely because he had never heard about them, he became one. The story he did not have had him.

Stories deal with powerful realities. Realities that cannot be dealt with in other ways. The brittle house of cards of our intellect is of little use when it comes to dragons. The only way to deal with dragons is to put them into context. Tales are their natural environment. There they can safely live and safely die. It is their ecological niche. In it they fulfill a vital function that cannot be substituted by any other species, imaginative or otherwise. Prematurely extinct, they come to haunt us from inside. Unaware of them, we do their deeds and don't know why.

Eustace is eventually redeemed. He recovers his humanity from the dragon nature and returns a better and more caring person. His impact on the world is changed.

The function of stories is to regulate the household of our soul. They are part of our interior ecology. They transform, heal and educate the psyche, and via the psyche the world.

Ecology is the science of interrelatedness. It encompasses the totality of nature as well as the complex environment of the soul. Seen from this point of view, stories are as much part of the ecological equation as any other factor of life. A future ecology will no doubt see the parallels between the spreading of deserts and the desolation of our inner environment. It will recognise in reality and reality in imagination and that there is but one great story in which we all partake.

# 目　录

## 第一部分　故事的力量

1. 故事中的故事 ………………………………………………… 2
2. 与故事相遇 ………………………………………………… 10
3. 神话之母 …………………………………………………… 24
4. 失落之重 …………………………………………………… 35
5. 诸神之黄昏 ………………………………………………… 44
6. 想象力的回归 ……………………………………………… 52
7. 当代理性神话 ……………………………………………… 68
8. 一千零一夜（1） …………………………………………… 76
9. 一千零一夜（2） …………………………………………… 88
10. 新谢哈拉萨德故事的艺术 ………………………………… 105

## 第二部分　传统故事以及它们的应用

11. 从普遍性原型脚本看儿童绘画 …………………………… 120
12. 最初的故事 ………………………………………………… 123
13. 故事的本体 ………………………………………………… 130

14. 传奇与圣人故事 …………………………………… 152
15. 童年期的黄昏 ……………………………………… 162
16. 老传说新故事（幻想小说）………………………… 171

## 第三部分　故事创编

17. 塔列辛的诗意化诞生及其故事 …………………… 182
18. 魔法玩偶 …………………………………………… 193
19. 驯化时间和地点 …………………………………… 217
20. 感官的苏醒 ………………………………………… 230
21. 形象伙伴 …………………………………………… 236
22. 四种元素 …………………………………………… 248
23. 隐喻的魔力 ………………………………………… 261
24. 伤痕疗愈 …………………………………………… 266
25. 想象力实验室 ……………………………………… 278
26. 家传故事 …………………………………………… 290
27. 成人故事 …………………………………………… 305

# 第一部分 故事的力量
The Power of Story

# 1 故事中的故事
## The Tale in the Tale

我们生活在故事中,我们永远也逃避不了故事对我们的影响。人类的生活本身就是在创造故事。随着我们的每一个行为以及每一次所做的决定,我们都在持续地讲述着自己的故事。我们自己的小故事蕴含在我们所生活的时代大故事里,我们的故事与跟我们一起生活着的周围所有人的故事互相交织着。我们是一种故事存在,因为这一点,我们也经常得益于我们所遇到的故事的帮助。

故事疗愈的实践跟故事本身的历史一样久远。所有古老的传统都将故事作为转化和疗愈的一种手段。

《美国印第安药典》将故事与草药同时列进了药疗法典进行管理。古希腊的疗法被植入到了各种仪式过程中及神话传说里。凯尔特人的疗愈牧师——德鲁伊,最早开始他们的执业培训就是通过去给吟唱诗人做徒弟来学习的。在苏菲派的传统里,故事通常被应用于治疗人最初和最后的创伤——人与神性分离的时刻;而犹太人的安息日以及基督教的弥撒具有同样的服务目的:安息日和弥散都是从宗教仪式过程中过滤出来的故事,这些故事作为一种纪念和疗愈手段被定期表演出来。

持续扩展的现代精神疗法实践也将故事和神话作为源泉吸取经验。关于这类主题也有很多文学作品。在本书中，我所展现的理论和解释都来自于最具权威的资源——故事及神话本身。因为读者未能辨认这一点：许多伟大的故事在其印刷精美的文本里，在作品的字里行间中都包含着一套完整的故事疗法理论。

## 奥德赛（节选梗概）
### The Odyssey

荷马创作的史诗《奥德赛》非常经典地向我们阐释了什么是故事疗法。

特洛伊凯旋回来的路上，奥德修斯（Odysseus）① 被海神波塞冬（Poseidon）所追赶。他试图回家去见家人，但却无功而返。他在海上一直漂流颠簸了十年，他丧失了所有以前的同伴，经历了艰难险阻、千辛万苦。终于，他被海浪冲到了菲埃克斯岛上，公主瑙西卡（Nausicaa）在海滩上发现了精疲力竭的英雄奥德修斯（Odysseus），她把他带回到她的父亲、国王阿尔喀诺俄斯（Alcinous）的宫中，并受到热情欢迎和隆重招待。

奥德修斯（Odysseus）感激菲埃克斯国王的盛情款待，但他初期并没有透露自己的身份。在一次晚宴中，当地的诗人捧着莱尔琴来为晚宴的宾客们助兴，诗人所唱的内容是关于围攻特洛伊期间奥德修斯（Odysseus）和他的同胞阿克琉斯（Achilles）② 之间的争吵。

---

① 希腊神话传说中的人物。希腊西部伊塔卡岛之王，曾参加特洛伊战争。
② 是荷马史诗《伊利亚特》中参加特洛伊战争的一个半神英雄，希腊联军第一勇士。

奥德修斯（Odysseus）听到了自己的故事，他一下子被情绪所左右并失去控制，他将头深深地埋进大衣里以掩盖自己的哭泣。菲埃克斯国王注意到了这一细节，但并没有说什么。第二天晚上，诗人再次吟唱起了诗歌，这次的主题内容是特洛伊城之劫，奥德修斯（Odysseus）听到诗歌是关于自己的故事，情绪激动，他难掩悲伤动情地哭泣起来，国王看到了这情景，于是询问他为何如此悲伤。

国王问完这个问题，奥德修斯（Odysseus）就将自己的真实身份告知了国王，他与自己的命运再次连接。接着他复述了诗歌中关于自己那些还没被提及的故事：自己在海上生死对抗那十年的颠簸漂流，他丧失了所有同伴及船只的艰险历程。那天夜里他讲完了自己的故事。快到黎明的时候，菲埃克斯国王派人用他们的魔法船只将英雄奥德修斯（Odysseus）送回到了他挚爱的故乡伊大卡岛上。

荷马史诗《奥德赛》直接将我们带进了故事疗法的强大动能中。听到别人讲述自己的故事，然后自己再将剩余部分的故事讲出来，成了奥德修斯（Odysseus）人生命运的转折点。奥德修斯（Odysseus）总是向往着回家，正是在经历了十年努力仍然毫无结果的高潮处，奥德修斯（Odysseus）与自己的故事相遇，然后接着就是他顺利地返回家乡，荷马正是通过这样的写作手法对故事疗法的效果进行了强调。奥德修斯（Odysseus）整夜都在讲述自己的故事。黎明时刻他登上了菲埃克斯的魔法船，很快沉睡过去，当他睡醒睁开眼睛时，他已经回到了故乡伊大卡岛上。回乡之旅很迅速，故事也就圆满了。

史诗作品向我们揭示了故事的力量，也向我们展现了时机掌握的重要性。奥德修斯（Odysseus）是在故事疗法效力最强的时候与自己的故事相遇：在自己人生危机的尖峰时刻，故事可以完整地绽放出它疗愈人生、转化命运的最大潜能效果。

## 帕西法尔史诗
## The Epic of Parzival

一旦故事疗法的基础动能模式能够被我们识别,那么我们就很容易在其它作品中发现故事疗法的运动机能,比如史诗《帕西法尔》:

帕西法尔(Parzival)由他的母亲在一个非常封闭的环境中带大。她的母亲希望将帕西法尔(Parzival)隔离开,以免他接触到那些危险的骑士。当帕西法尔(Parzival)有机会真正地接触了两个骑士之后,他再也无法接受他母亲对他的限制。他渴望自己也能够成为一名骑士,帕西法尔(Parzival)于是就离开了自己的母亲。战争中的勇猛善战使得他不久就赢得了一位公主的芳心,也为他赢得了大片土地和极高的名望。似乎他的人生和事业都达到了巅峰,他被亚瑟王授予为圆桌骑士之一。

在庆祝他成为圆桌骑士的仪式过程中,女巫卡德蕾(Cundrie)出现了,她指责帕西法尔(Parzival)不配这个荣耀,他成为圆桌骑士是圆桌骑士的羞耻。女巫在公众场合当众羞辱帕西法尔(Parzival),并谴责帕西法尔(Parzival)没有去救助生病的国王安弗塔斯(Anfortas),因而谴责说帕西法尔(Parzival)缺乏同情心。

女巫所指的是帕西法尔(Parzival)曾经在受伤的国王安弗塔斯(Anfortas)的宫中受到过热情接待一事。帕西法尔(Parzival)亲眼目睹国王因受伤而带来的痛苦,但是出于他过去所受到的传统礼节教育,他没有跟随自己心灵的即刻驱动,因此他没有去向国王问候那句同情的问候语"是什么使你病痛如此?"而根据某一个预言,帕西法尔的这个问候语会立刻结束国王的病痛,也会给帕西法尔(Parzival)自己带来至高无上的荣耀。

此刻正是帕西法尔(Parzival)自己成功人生的巅峰时刻,而那时没有问候国王病痛这件事终于开始萦绕着他给他带来不安。不久帕西法尔（Parzival）就沮丧地离开了亚瑟王的王宫。他渴望再次找到那个受伤的国王去向他问候那个赎罪的问候语，而他却徒劳一场，再也找不到国王安弗塔斯（Anfortas）了。他独自一人到处游走了很多年，期间没有同伴、没有朋友、没有舒服温暖的家、也没有家人。

由于感觉到自己受到了命运的不公正待遇，帕西法尔（Parzival）失去了对上帝的信任和信心。最后他遇到了隐士特拉维萨（Trevizent），并暂时借住在隐士那里。对话中他们提及了格里城堡（Grail），那个虔诚的隐士并不知道帕西法尔（Parzival）的身份，于是他把格里城堡的历史故事讲给了帕西法尔（Parzival）听。最后他讲到了关于城堡最后的守护者——国王安弗塔斯（Anfortas）那些忧伤的故事，也讲到了由于某个无知的年轻人没有向国王问候那句赎罪的问候语"是什么使你病痛如此？"而导致国王一直在遭受着病痛煎熬的故事。

以这种方式听到自己的故事之后，帕西法尔（Parzival）开始能够在一个更大的背景图景——有关格里城堡的历史和它的守护者安弗塔斯（Anfortas）的悲剧命运现实中去理解跟自己有关的这段人生经历。他终于意识到因自己没能去问候那个表示同情的问候"是什么使你病痛如此？"而导致的后果。他的意识回归于清醒。在给隐士坦诚地陈述了自己的经历故事之后，他就离开了隐士。不久他就找到了格里城堡以及那位遭受病痛折磨的国王。这次他没有忘记向国王问候那句赎罪的问题"是什么使你病痛如此？"，结果帕西法尔（Parzival）成为了格里城堡的新君王。他和家人以及圆桌骑士的骑士们又相聚在一起。

史诗《帕西法尔》和《奥德赛》有很多惊人的相似之处。两位主人公都在他们人生成功的巅峰时刻遭遇到了命运的巨大转折——攻陷特洛伊、被授为圆桌骑士的荣誉。两人都独自走上漫长且显得遥不可及的探寻旅程。在危机尖峰时刻两人都在寻找帮助。两人的故事都被他人讲述着，而讲述者并不知道听故事者的真实身份。接下来，两人都还原暴露了自己的真实身份，并将有关自己未完结的故事继续完成；当与故事疗法相遇的时候，两人的命运突然间都得到了迅速改善。

在史诗《吉尔伽美什》中也可以发现上述动能模式的变异。在吉尔伽美什（Gilgamesh）到达他永生不朽的爷爷乌特纳比西丁（Utnapishtim）的居住地之前，他将自己的人生故事重复地经历了三遍。俄狄浦斯（Oedipus），也许是所有史诗人物中最具有悲剧色彩的一位人物，当别人与怪兽或强大的宿敌搏斗的时候，他却在与自己的故事搏斗。希腊神话《俄瑞斯忒斯》里，故事主人公只有通过接受了自己的人生故事以及承认了自己的罪恶时，才能彻底地摆脱自己那种暴怒状态。

在南非"真相与和解委员会"编写的描写种族隔离期间所发生的暴行的那些作品里，我们可以找到关于因故事而得以解放并获得自由的最新版本的范例。由于完整公开地掩盖了真相，犯罪者得到了完全的赦免。

在以镇压和法西斯为背景的宏大故事中讲述自己个人经历的事迹、同时以受害者的视角听到别人讲述自己的故事，成为他们通向自由的通道。故事疗法最古老的形式也许就是澳洲土著人所表演的故事音乐，正是这些极其伟大的创世故事才让澳洲大陆成为真正的澳洲。当人们唱诵这些歌曲的时候，澳洲大陆能听到自己的故事。听到自己的创世故事，澳洲大陆就好像恢复到了自己最初始的形态。即使这些故事千差万别、细节也千差万别，可它们的疗愈效力却有着惊人的相似之处。某种模式很容易被识别出来，原型的顺序会由故事自身显露出来。这种模式意味着什么呢？为什么故事中的故事出现在如此众多的神话里呢？让我们再次回归故事本身，请教于故事。故事会告诉我们它们期望我们去怎样解读它们。

故事本身不会以直接的方式去做出解释，故事通过事例向我们展示其疗愈的价值。故事中的故事就是这种事例。通过故事中的故事，故事本身为我们展示出了故事疗法的工作机理。故事中的故事就是解释说明性的使用手册，向我们解释说明故事疗法对主人公施行治疗的工作机理。在向我们展示故事中的故事如何对主人公产生影响的同时，它也在向我们展示故事是如何影响我们的。因为，作为引起变化的媒介或促使主人公完成自己探索目标的催化剂，它们影响我们的方式和影响奥德修斯或帕西法尔的方式是一样的。也就是说，如果它在合适的时间确实是合适的故事，那么这个故事就会与我们产生关联，它就变成了我们自己的故事，成为我们生命的一部分。这种故事的作用就像我们人生大故事里的"故事中的故事"，来帮助我们迈开人生的下一步。与这种故事的相遇会有很多不同的形式。

也许那是书店书橱里的一本新书。它散发出迷人的诱惑，向我们发出召唤。当我们回到家迫不及待地打开书准备贪婪地阅读的时候，却发现这本书令你失望，于是就将此书埋在自家书柜最不起眼的地方。经年之后，当我们处于人生危机或感到迷惘的时候，这本书似乎又抓住了我们的视线，于是从落满灰尘的故书堆里，我们会再次抽出这本书，打开它翻阅起来，这次我们会被书中所讲的内容深深地勾住心魂（soul），似乎书中的每一行都是为我们自己而写。书中所讲述的故事似乎都在和我们进行着对话。书中藏着揭开我们人生乱麻之结的地图。不久，人生中那些绊脚石看起来就像是通往崭新未来的垫脚石。我们的人生继续向前，我们得以转化和改变。

最初相遇之时，故事也许未能对我们产生任何影响。故事中所蕴涵的寓意不属于我们人生当下的任何一次场景。故事的内容让我们感觉冰冷，似乎与我们不甚相干。在那个当下，我们似乎不需要故事所包含的疗愈之法。当再次与这本书相遇之际，书中的故事就变成了我们漫漫人生路程这一大故事里的故事，它影响我们的方式与奥德修斯听到自己的故事后受到影响的方式完全一样。故事成了帮助我们迈开人生下一步的催化剂。这就是故事疗法。

有些时候，故事的内容和我们生活阅历之间的关系可能会非常明显；而在别的某些时候，这种关系似乎是无意识地存在在那儿，只是我们还没有能力领悟到这种连结，而我们的心魂（soul）却识别出了故事的这种疗愈属性，正如我们的物质身体能够识别出我们缺乏某种维生素一样。

上述任何一种情形下，故事都将深入我们的心魂（soul），并展现出它的疗愈潜能。

## 2

# 与故事相遇
Meeting with Story

至此，故事中的故事已经向我们展示出故事是如何对我们产生影响的。但是，故事能告诉我们的远非如此，让我们沿着这个思路，更加深入地走进诸如佛陀和耶稣这样非凡超群的伟人的生命中去吧！

那些宗教大师都是终极英雄。在他们的生命里，现实与神话、历史和故事都重叠在一起。神话故事里英雄的命运原型模式在神话故事里仅仅会被预示出来，而在这些神话般的宗教大师的生命里，这些命运原型模式会非常清晰地被显现出来。

## 乔达摩·佛陀（释迦摩尼）
**Gautama Buddha**

佛陀是印度一个国王的儿子。佛陀是他在自己受启得道之后获取的称号。最初他的名字叫做乔达摩·悉达多（Siddhartha Cautama）。

悉达多（Siddhartha）的出生伴随着诸多瑞祥之兆，而且也有预言说他未来要么会成为一位伟大的圣人，要么会成为世界的统治者。他世俗的国王父亲更喜欢关于儿子会成为世界统治者这一预言，于是就千方百计地想阻止儿子的灵性追求。年轻的王子被禁锢在奢华的宫中养大，以避开他去接触尘世中那些苦难。后来他被迫与耶输陀罗（Yasodhara）公主结婚，以使得悉达多（Siddhartha）被家庭生活捆绑住，不久他的妻子怀孕了，他父亲的目的似乎也实现了。

但天神向悉达多（Siddhartha）昭示了神迹。在王宫的花园里，悉达多（Siddhartha）首先巧遇到了一个年长的男子，接着遇到了一个生病的男子，再接着他遇到了一具尸体。他突然领悟到生命转瞬即逝的本质，同时也留下了折磨着他灵魂的诸多问题。当他瞥见了一个流浪的苦行者后，他立刻明白了自己应该追随的道路。

他撇下家人，离家出走，成为了一名流浪的修行者，剃着光头、穿着长袍、拿着乞讨的钵盂，周游全国。他师从各路精神导师，但很快他就掌握了他们所能教给他的东西。感觉到自己所学东西的诸多限制，他很失望，理想的破灭使他感到迷惘，于是他走上了严格简朴甚至苦行的修行之路，每日仅靠一粒芝麻和一粒大米为生。即使最严厉的苦行修炼，也不能赋予他所渴望的光明和启迪，六年之后他放弃了所有的极端苦行，重新回到游僧生活状态。

最后悉达多（Siddhartha）在一个神圣的菩提树下打坐，并发誓若不得道将永不起来。他在此打坐四十天，进入越来越深的冥想状态。

在得道之前，他遭遇到了现世冥神玛拉（Mara）的挑战，她那三个能给人带来感官享受的女儿试图引诱他远离他所追求的目标。当这一切都不奏效的时候，玛拉（Mara）又领着大批怪物和野兽来袭击他，霎时地动山摇，狂风肆虐，怪兽们在暴风中发泄着它们邪恶的力量，巨石、炽热燃烧的煤块、利斧尖枪、泥沙在风中飞舞翻滚，都向悉达多（Siddhartha）投掷而去，任凭这一切的袭击，悉达多（Siddhartha）平心静气，他高度集中的思想却没有受到任何影响。

玛拉（Mara）挫败了。她离开了，而悉达多（Siddhartha）却进入到了更深的冥想状态。他的思想没有受到搅动干扰，在此清晰的冥想中，他看到了自己前世今生都展现在眼前，他意识到自己在菩萨历史中的位置。然后他深入探索了业力（Karma）以及"神圣的真相"，这些将成为他教义的基石；在后来发展出无界、不灭的自由领域；极乐世界——终极目标。他并没有停留在极乐世界，而是出于对世人的爱和怜悯，他返回到了尘世来分享他的顿悟。

历经多年游学倍感失败，经历了玛拉（Mara）那些恐怖的袭击之后，佛陀正面看到了自己的完整故事。他完整的生命故事包含着他的几世经历，他纵览了自己几世的入世轮回的全部故事，一直到当下的这一世，最后在一个宏大的图景里他实现了突破，实现了自己完全的觉悟并立刻接受了这一切的引领。这也许就是故事疗法最高境界的表现了——生命最高目标的实现：获得彻底的解脱以及怜悯之心的奔涌而出。正是因为佛陀的怜悯之心，才使得他没有完全离开人世间。

## 耶稣基督
## Jesus Christ

如果我们深入研究耶稣的生平，我们也可以发现在危机尖峰时刻出现的故事疗愈的事实。当耶稣被钉在十字架上时，他叹息道：

"Eli, Eli, lamashabach tany.①"

"我的神,我的神!你为什么离弃我?"

这绝不是绝望的哭喊。这是诗篇 22 的第一行。这行诗在当时是如此的有名,以至于仅仅这一行诗就足以让人明白整个诗篇的全部意义以及与伴随弥赛亚降临而来的希望。这是诗人、先知大卫的诗作,写于耶稣在十字架上引用这句诗时前 800 年。

我的神,我的神!你为什么离弃我?
为什么远离不救我,不听我唉哼的言语?
我的神啊,我白日呼求,你不应允;
夜间呼求,并不住声。
……
但我是虫,不是人,
被众人羞辱,被百姓蔑视。
凡见我的都嗤笑我,他们撇嘴摇头,说:
"他把自己交托耶和华,耶和华可以救他吧!
耶和华既喜悦他,可以搭救他吧!"
……
求你不要远离我,
因为急难临近了,没有人帮助我。
许多公牛围绕着我,
许多巴珊大力的公牛困住我;
它们向我张口,

---

① 拉丁语,意为"上帝啊,你为什么要抛弃我"。

好像抓撕吼叫的狮子。

我如水被倒出来，
我的骨头都脱了节，
我心在我里面如蜡熔化。
我的精力枯干，如同瓦片；
我的舌头贴在我牙床上。
你将我安置在死地的尘土中。

犬类围着我，恶党环绕我；
他们扎了我的手、我的脚。
我的骨头我都能数过，
他们瞪着眼看我。
他们分我的外衣，
为了我的里衣抓阄。

耶和华啊，求你不要远离我；
我的救主啊，求你快来帮助我！

——诗篇22

  耶稣受难的描写和大卫的生平故事相似点较少。大卫的手和脚从来没有被钉过，也从来没有人分了他的外衣，也没有人为了抢分他的内衣而抓阄。这些都是大卫的预言。

  在引用这篇诗的时候，基督耶稣有意识圆满地讲述了他来世间要讲的故事，并且是在达成圆满的那一刻讲述完了自己要讲的故事。听和讲完全是以一个有意识行为而实现的巧合，这样的巧合带来了自我觉知这一福音，就像英雄俄狄浦斯（Oedipus）和奥德修斯（Odysseus）开始寻求的那种自我认知。跟俄狄浦斯（Oedipus）和奥德修斯（Odysseus）一样，当基督耶稣讲完自己的故事以后，就立刻返回到自己的故乡去了：他用自己在尘世间短暂的存在换取了永恒的生命。

佛陀作为菩萨实现了自己的使命；耶稣实现了希伯来关于救世主的预言，这个预言贯穿于从旧约创世纪到新约最后一个先知的整个经文里。

完全而有意识地与自己的故事相遇，显然是那些伟大精神导师们的鲜明标志。正是他们的精神恩泽了整个世界。与自己的真实故事相遇是一个需要勇气和成熟的英雄行为，如果缺乏这些，故事也许会被他人听到，但不会被辨识出来；即使被辨识出来，也会遭到排斥。

对故事的拒绝以及这种拒绝所隐含的意义，被精通心理学的伟大作家威廉·莎士比亚进行过非常深刻的探讨。

## 哈姆雷特（概要）
### Hamlet

年轻的王子哈姆雷特（Hamlet）对篡权夺位的叔父——克劳迪斯王（King Claudius）来说，他算是懂得如何掌握故事疗法足够药量的人。他怀疑他的叔父谋害了自己的父亲、篡夺了王位，也怀疑是他霸占了自己的母亲。哈姆雷特寻找着最终的证据，为了获取证据，他在克劳迪斯（Claudius）面前上演了一出戏，这出戏描述了他叔父作为嫌疑犯所犯下的谋杀罪的情节。

戏剧的效果直接而且有效。克劳迪斯王（King Claudius）脸色苍白，看戏期间中途愤怒地离场。哈姆雷特（Hamlet）得到了证据，他就是故事中的那个国王。不久我们看到克劳迪斯王（King Claudius）来到小教堂，他在祷告：

啊，我犯的罪累累滔天，即使上天也能嗅到我的恶！
即使最原始最古老的诅咒也不为过！
我谋杀了我的亲哥哥。

戏中戏使得克劳迪斯王（King Claudius）彻底意识到了自己所犯下的罪恶，但他仍然紧紧地抱着自己的野心，紧紧地攫住自己罪行所带来的成果。

我不能祈祷，尽管我的愿望跟意志一样强烈……
哪一种祈祷才是我所适用的呢？求上帝赦免我的"杀人重罪"吗？
那不能；因为我现在依然占有着我犯的谋杀罪带给我的那些东西：
我的王冠、我的野心，还有我的王后。

这是多么明智的自我分析啊！他想做出改变，却已无能为力。于是悲剧继续上演着，直到痛苦的最终结局。故事虽然未能改变克劳迪斯（Claudius），但却改变了整个剧情。哈姆雷特（Hamlet）导演的那出戏中戏成了整出悲剧的转折点，也成了整出悲剧里接下来发生的所有事件的催化剂。

因为哈姆雷特（Hamlet）唯一的目标就是为其父亲报仇，而不是为了让自己的叔父忏悔。如果是为了使其叔父忏悔，那就需要另外一种不同的故事疗法了。

# 大卫与巴思西巴
# David and Bathsheba

在圣经故事里,《大卫和巴思西巴》的故事就很好地阐述了应用故事疗法以取得忏悔效果的事实。医生就是希伯来神自己。

大卫王（King David）站在自家房子的屋顶，看见了邻居花园里美丽的巴思西巴（Bathsheba），她是大卫王的军官乌利亚（Uriah）的妻子。大卫王爱上了她，当她丈夫远赴战场的时候，他将他的妻子巴思西巴（Bathsheba）送到王宫让大卫王（King David）来照顾。当巴思西巴（Bathsheba）怀孕后，大卫王（King David）就命令国王军队的指挥官将乌利亚（Uriah）派到最前线去。当乌利亚（Uriah）战死后，大卫（David）就娶巴思西巴（Bathsheba）做了自己的妾。

这件事让以色列神耶和华甚是不满。

耶和华差遣拿单（Nathan）去见大卫（David）。拿单（Nathan）到了大卫（David）那里，对他说："在一座城里有两个人：一个是富户，一个是穷人。富户有许多牛群羊群；穷人除了所买来养活的一只小母羊羔之外，别无所有。羊羔在他家里和他儿女一同长大，吃他所吃的，喝他所喝的，睡在他怀中，在他看来如同儿女一样。有一客人来到这富户家里，富户舍不得从自己的牛群羊群里取一只预备给客人吃，却取了那穷人的羊羔，预备给客人吃。"大卫就甚恼怒那人，对拿单（Nathan）说："我指着永生的耶和华起誓，行这事的人该死！他必偿还羊羔四倍，因为他行这事，没有怜恤的心。"

拿单（Nathan）对大卫（David）说："你就是那人！耶和华以色列的神如此说：'我膏你做以色列的王，救你脱离扫罗的手；我将你主人的家业赐给你，将你主人的妻交在你怀里，又将以色列和犹大家赐给你；你若还以为不足，我早就加倍地赐给你。你为什么蔑视耶和华的命令，行他眼中看为恶的事呢？你借亚扪人的刀杀害赫人乌利亚（Uriah），又娶了他的妻为妾。'"

写作所用的技巧与莎士比亚戏剧中的技巧类似，但是《希伯来神话》比《哈姆雷特》的描述更微妙更细腻。耶和华的目标是让大卫（David）忏悔、得以疗愈，因此出于这样的目的，耶和华用了这样的比喻。当大卫（David）听到这个故事，他并没有意识到故事隐喻的对象正是他自己的事情。听到这样不公义的事情之后，他感到愤慨；也出于他正义的愤怒，他请求处死那个加害者。正在此时先知拿单（Nathan）揭开了真相。大卫（David）感到十分震惊，他深深地为此忏悔。因为受希伯来神的眷顾，也因为他是写忏悔诗的伟大诗人，他才暂时免于被处死的惩罚；后来他的灾祸降临，因为他的儿子做了对他就像他对待乌利亚（Uriah）那样的事情。

拿单（Nathan）对故事治疗技法的掌握使得大卫（David）对自己的不义感到恼火。故事给带有正义感的愤怒的出现留出了空间。

拿单（Nathan）所讲的故事是世界文学史上最早期的隐喻故事之一。比喻是故事疗法最重要的手段。正如一切有效的疗法一样，它被调整至适合当下的场景。与直接指控不同的是：比喻不是明确地将问题点出。比喻放弃了对罪恶的指控，也不进行说教或道德劝诫。反而比喻采用了富有想象力的手法，将一个场景或一个道德困境用比喻形式表达了出来。

隐喻故事总是要求人们独立地去判断。对人类那些不可违犯的基本道德的信任而言，比喻包含着对这种信任的声明。它们具有真正的疗愈功能，而不仅仅是对表面症状的治疗。它们激活了健康最基础的本源，并让这种健康持续有效。

在大卫王（King David）的例子里，比喻成了帮助他向前迈步的良药，不像《哈姆雷特》中的克劳迪斯王（King Claudius）那样不思悔改。

## 纨绔子弟
## The Prodigal Son

旧约所包含的隐喻故事很少。基督教信念的创立者是有史以来最多产的故事创编者之一，也是将隐喻作为疗愈手段使用的先驱者。

基督的隐喻故事是最直接的故事疗法，符合场景现实也具有疗效：这些隐喻是路边、餐桌上、客栈里诗意化的即兴作品；它们没有经过预先的深思熟虑，直接从心底喷涌而出。

基督对隐喻故事的应用绝非出自偶然，隐喻对他的使命起着互补帮助的作用。根据基督教的信念，基督是降到人世间的神，穿着人类的普通服装行走在尘世间。隐喻也是一样：它将神圣的真理镶嵌在简单的图景故事形式中。作为信念的真正信徒，隐喻用白话文语言形式将心灵语言讲了出来，这种白话文是所有人类都可以理解的语言。它触及了人的心底，避开了那些宗教律法的复杂说教。正如拿单（Nathan）的故事那样，它需要唤醒的是高层自我，而不是迫使它去遵从律法。它让世间的男男女女们，从自己心的最深处来做出自己的回应。

耶稣对隐喻和诗意化隐喻的娴熟使用，就像一个治疗大师使用自己的治疗技术一样娴熟。他用人类自己心魂（soul）的语言创作出诗化般的故事疗愈技法。这些语言点亮启发事中人、疗愈事中人、甚至挑战事中人。耶稣讲出的关于纨绔子弟的隐喻正是这样一篇疗愈故事的杰作。他把这个故事讲给那些法利赛人①和文士们听,他们是当时宗教和学问知识的权威代表,这些人反对耶稣,因为耶稣常和当时的税吏以及戴罪之人参合在一起。耶稣于是用了以下的隐喻故事来挑战他们对自己的反对。

我告诉你们:一个罪人悔改,在神的使者面前也是这样为他欢喜。

耶稣又说:"一个人有两个儿子。小儿子对父亲说:'父亲,请你把我应得的家业分给我。'他父亲就把产业分给他们。过了不多几日,小儿子就把他一切所有的都收拾起来,往远方去了。在那里任意放荡,浪费资财。

既耗尽了一切所有的,又遇着那地方大遭饥荒,他就穷苦起来。于是去投靠那地方的一个人,那人打发他到田里去放猪。他恨不得拿猪所吃的豆荚充饥,也没有人给他。他醒悟过来,就说:'我父亲有多少的雇工,口粮有余,我倒要在这里饿死吗?'

我要起来,到我父亲那里去,向他说:'父亲,我得罪了天,又得罪了你,从今以后,我不配称为你的儿子,把我当作一个雇工吧!'于是他起来,往父亲那里去。相离还远,他父亲看见,就动了慈心,跑去抱着他的颈项,连连亲吻他。儿子说:'父亲,我得罪了天,又得罪了你,从今以后,我不配称为你的儿子。'父亲却吩咐仆人说:'把那上好的袍子快拿出来给他穿,把戒指戴在他指头上,把鞋穿在他脚上,把那肥牛犊牵来宰了,我们可以吃喝快乐。因为我这个儿子是死而复活,失而复得的。'他们就快乐起来。

那时,大儿子正在田里。他回来离家不远,听见作乐跳舞的声音,便叫过一个仆人来,问是什么事。仆人说:'你兄弟来了,你父亲因为得他

---

① 犹太人的一个宗派,曾在耶稣的时代很流行,过于强调摩西律法的细节而不注重道理。

无灾无病地回来,把肥牛犊宰了。'大儿子却生气,不肯进去,他父亲就出来劝他。他对父亲说:'我服侍你这么多年,从来没有违过你的命,你并没有给我一只山羊羔,叫我和朋友一同快乐。但你这个儿子和娼妓吞尽了你的产业,他一来了,你倒为他宰了肥牛犊。'他父亲对他说:'儿啊,你常和我同在,我一切所有的都是你的;只是你这个兄弟是死而复活、失而复得的,所以我们理当欢喜快乐。'"

摘自:路加福音15:10-32[①]

将这则纨绔子弟的隐喻故事呈现在这里不仅仅作个例证,它是一个完整的故事;一个微型戏剧,包含着治疗性艺术作品所具有的全部元素和所有成份,其意象就是人类心魂(soul)的回归或者得以疗愈;它的内核是主人公经过依照时间顺序发生的系列事件而完成的转化。隐喻因为太短而不能在其内部再隐含一个故事——故事中的故事。在这个关于纨绔子弟的故事里,故事里的故事被微缩成放荡者对自己悲惨现状的认知以及他带有赎罪感的回归。

因为这则故事原型的力量和隐喻的完整性,我将纨绔子弟这则故事看作是后世童话故事的结构性祖先。像童话故事一样,这则故事包含多层含义:其最高层是指从世界开始到世界末日过程中人类的命运;人类从天堂到天堂般的耶路撒冷的旅程。

那些仔细聆听过这则童话故事的鼻祖——《圣经》中这个纨绔子弟这一隐喻故事的人们在《汉赛尔与葛雷特》《白雪公主》《小红帽》中也会听到这个纨绔子弟的回归。在每一个故事的结尾处他都会回来,故事的结尾都会如众望所归那样:"从此他们过着快乐幸福的生活。"

---

[①] 《圣经》新约的一卷书,共24章。记载了施洗约翰、耶稣的出生、童年、传道、受难、复活。

## 火舌
**Tougues of Fire**

　　基督耶稣讲话用比喻方式的能力似乎也随着他的死亡和复活而出现动态的变化。看起来似乎随着他的受难而消失，然后随着圣灵降临事迹的发生这种能力又再次出现，那个时刻他的信徒们因为圣灵而得到感应。

　　五旬节到了，门徒们都聚集在一处。忽然，从天上有响声下来，好像一阵大风吹过，充满了他们所坐的屋子；又有舌头如火焰显现出来，分开落在他们各个人头上。他们就都被圣灵充满，按着圣灵所赐的口才说起别国的话来。

　　那时，有虔诚的犹太人从天下各国来，住在耶路撒冷。这声音一响，众人都来聚集。各人听见门徒用众人的乡音说话，就甚纳闷，都惊讶稀奇说："看呐，这说话不都是加利利人吗？我们每个人怎么听见他们说我们生来所用的乡音呢？"

　　突然间，众信徒都能以他人可以理解的语言讲话了。这种语言天赋在早期的基督徒身上还显著地存在着，到后来语言天赋再次逐渐消失，再后来因为教会严密的组织及那些僵化的教义，这种语言能力又被那些僵化的教条淹没了。

　　我们若想在后来的时代搜寻这种语言能力复活的事实的话，我们就可以在人类那些伟大的故事作品中找到它。因为当这些伟大的故事一经传播，众人都来聚集，听后且都会纳闷，因为所有男男女女都能听见故事是在用他们自己的乡音说话。

　　伟大的故事是用普世通用的语言讲述出来的，它能超越民族、宗教及文字而被人们理解。在全世界范围传播久远的那些童话故事的感染力就非常明显地表现出了这一点。如果说有什么东西保留了这种语言天赋,那就是童话故事,因为童话故事能被任何人以自己的方式得到理解。童话以图景式的世界语言讲述故事,也以回归故乡的语言讲述故事,其源泉来自于耶稣基督常用的比喻。

## 3

## 神话之母

### The Mother of Myth

我们从"故事中的故事"起步，走上故事探索之旅。正是"故事中的故事"使得故事中的主人公能够返回家乡，完成自己的求索历程，实现最终的目标。我们也识别出了"故事中的故事"就是故事疗法的使用手册，它允许故事自己来展现自己，并自己揭示出故事疗法的运行机理。我们在佛陀和耶稣的人生故事中遇见了故事疗法的本质要素。"故事中的故事"展现出自己作为一种命运催化剂的本质潜能，以及作为通往精神追求之梯上最后一个阶梯的本质。我们也审视了对故事的排斥反应，以及如何通过比喻来疗愈这种排斥反应。

截至现在，我们已经清楚地看到了故事是如何对个体生命产生巨大影响的。"故事中的故事"的功效远非如此。正确地解读故事，故事就可以向我们揭示出神话更加伟大的使命以及神话对人类的巨大影响。因为每一个神话都是时代大故事中的一个故事，它属于全人类神话宝库的总和。每一个神话在人类大故事中影响人类的功效同史诗《奥德赛》中的"故事中的故事"影响主人公的功效完全一样——都成为了转化和改变的一种媒介和工具。

从这个意义上讲，史诗《奥德赛》影响的不仅是个体的生命，同时它也影响着整个人类的生命。对它所从属的文化来讲，它就是一种故事疗愈之法。它是整个希腊神话的一段故事，也是神话宝库的一部分，和其它神话交织在一起，构成整个希腊神话的总和。

然而今天，我们是逐一认识这些故事的，而且这种认识是片段进行的，不像当初人们生活在这些神话之中那样。现今我们没有办法生活在神话当中：我们是孤立地遇见这些神话。这种情况就像是我们偶尔找到了一尊残破雕像的某根指头或鼻子的那种感觉。如果能够阅读足够多的神话故事的话，我们可能就会越来越清楚这些神话故事在错综复杂的神话宇宙中的地位。

神话故事就像一首结构完整的诗歌、一件伟大的艺术作品、一部史诗般的故事。每一个神话都是时代大故事里的一段"故事中的故事"。那些特征明显的神话作品呈现出了人类文化的命运图景，而这些命运图景在后来的久远时代都变成了现实。在疾病出现之前，它们早早就准备好了疗愈的药物，文化需要几千年才能走向成熟。伟大的神话就是文化之母，这些伟大的神话诞生了民族文化及人类文化，它们融入到民族文化之中以免文化遭遇停滞不前的困局。

因此，在文化发端之初，那些伟大的故事就早已耸立在那里了，如印度、埃及以及希腊等国家，它们不是在文化发端之后才出现的。这些伟大的神话故事是文化的协同创造者、是文化之母，它们引导和指导着文化在后续时代的发展，神话为后世文化区的成就提供了土壤。它们是因而非果，它们是植入人类心魂（soul）那富饶土壤之中的种子，已经蕴含在历史长河奔涌过程中塑形文化使之成型的根源细胞里了。

如先有母亲才会有孩子一样，人类的想象也是先于现实而发生。如果我们审视那些为古希腊文明做出重大贡献并先于古希腊文明出现的那些希腊经典神话的话，我们就可以很清楚地看到上述这一点。在历史演化进程中，哲学的智性之光早就孕育在那些伟大的神话作品当中了，而哲学的正式出现则是以后的事情。正是希腊神话催生了从老朽、魔法、母系的思维模式到带有人类清晰意识的思维模式的变化。生活在泰利斯（Thales）①和亚里士多德（Aristotle）②时代之间的那些伟大的希腊哲学家所取得的成就，在"提修斯（Theseus）③ 和人身牛头怪物""珀尔修斯（Perseus）④和蛇发女妖迈杜莎（Medusa）"以及"与人马怪物森托尔（Centaur）之战"等神话故事中早就预备好了。

## 提修斯和人身牛头怪物
## Theseus and the Minotaur

每年，7名童男童女都要被运送到克里特岛上，作为贡品呈献给弥诺陶洛斯（Minotaur）——那个潜伏在一座迷宫最深处的牛头人身怪物。

提修斯（Theseus）决心去挑战那个牛头怪物，于是他主动提出自己愿意替代其中一个男童被送到岛上。他一到克里特岛，克里特岛之王迈诺斯（Minos）⑤的女儿阿里阿德涅（Ariadne）就深深地爱上了他。为了辅助年轻的英雄，阿里阿德涅（Ariadne）赠给了提修斯（Theseus）一件神

---

① （约公元前624年—前547年）古希腊米利都学派的创始人，西方哲学史上第一位哲学家。
② （公元前384—前322年）古代先哲，古希腊人，世界古代史上伟大的哲学家、科学家和教育家之一。
③ 希腊神话中的著名人物，相传他统一了雅典所在的阿提卡半岛，并在雅典建立起共和制。
④ 希腊神话中的英雄，宙斯的儿子。
⑤ 希腊神话中克里特国王，宙斯和欧罗巴的儿子。

圣的礼物：帮助提修斯（Theseus）从迷宫进出的一个线团。

提修斯（Theseus）将线团一直绕到了迷宫的中心，在那儿他遇到了那个牛头怪物并在打斗中将牛头怪物杀死。然后借助线团，他成功地穿越黑暗的迷宫，返回到明亮的白天。弥诺陶洛斯（Minotaur）死了，魔咒被打破了，贡物不用再纳了，雅典从克里特岛上牛头怪物的控制中得到了解放。

克里特岛是这部神话非常完美的发生地。这个狭长的岛屿位于富有古老智慧的埃及和大胆锐意开拓的希腊之间。那时希腊仍保留着那种纯粹和强烈的古老、充满魔法母系文化不自由却和谐，无意识却充满智慧。

迈诺斯人保留着远非我们想有意识理解就能理解得了的一种智慧，迈诺斯文化是早在个性主义时代来临之前就早已高度发展的一种文化：和谐尽管不自由、智慧尽管无意识、强大有力量但这种力量可轻易得到。即使在当今，透过他们那些活泼快乐的设计以及他们那些描绘男人女人天真纯洁品性的肖像绘画中，我们仍然可以感受到至福极乐世界的回响。我们也会惊叹：他们完全没有任何防御设施、也看不到过往有任何冲突的证据、以及令人羡慕的男女之间的平衡关系。在迈诺斯人居住的克里特岛上，袒胸的女王抱着创始之蛇、青年男女在神圣公牛的背上轻松而毫不费力地翻着筋斗。

初看克里特岛上古老的迈诺斯人那仁美和谐的文化及生活描述时，我们也许会感到有些古怪，因为这些神话故事描绘出了一座危险的迷宫以及靠吃无辜的年轻男女养活自己的牛头怪兽。只有当我们意识到这部神话表达了雅典人感受到过往历史的催眠力量给他们带来的恐惧之后，我们才能够真正理解这样的矛盾现象。神话故事里面描述了充满混乱现实的迷宫，那种催眠力量就清楚地显露在迷宫里面所呈现出的混乱现实之中。牛头怪兽弥诺陶洛斯（Minotaur）代表着人类意识觉醒前那种本能智慧，雅典人害怕这种智慧会吞噬希腊正在崛起的思想新动力。

与新生代反叛父辈所尊从的任何价值观这一事实相同，古希腊人拒绝接受冲着他们扑面而来的任何外来文化，从而达到坚守自己文化的使命。在提修斯（Theseus）为了战胜克里特岛牛头怪兽所拥有的迷宫般智慧而采用的方式反映出了这一过程：提修斯（Theseus）借助线团的牵引实现了自己的目标，也就是说借助精心构造的思考过程的帮助实现了自己的目标。（其实，我们至今仍然会说起思想之线索，或诸如"思维乱如麻"这样的话。）为了完成自己的探索，提修斯（Theseus）杀死了弥诺陶洛斯（Minotaur）——那股受神灵启示的、本能的、牛头怪兽般的力量本源；如若不然，弥诺陶洛斯（Minotaur）的力量将战胜和夭折人类以头脑为中心的新思考模式的出现。

我惊叹于这部神话的精准、对未来方向的预言、以及它蕴涵的启蒙力量，它们都深深地渗透进那片土地的精神里。故事处于雅典新思维模式显露的时期，这一时期远在苏格拉底、柏拉图及亚里士多德将雅典看成是毋容置疑的哲学思想中心之前。伴随着后来的哲学逻辑及科学的发展，希腊线团才算真正地解开了。

雅典得名于帕拉斯·雅典娜，她是希腊的智慧女神，当她从他父亲的脑袋直接分裂出来的时候，她就是一个发育完全成型的女神。当雅典娜女神像他父亲大脑里面的一个主意一样从她父亲裂开的脑袋里出现的时候，她就成了帮助希腊那些哲学家的女神，也成了雅典城里非常活跃的著名哲学流派的保护神，这点并不足为奇。

# 珀尔修斯和蛇发女妖迈杜莎
# Perseus and Medusa

《珀尔修斯和蛇发女妖迈杜莎》这部神话从不同的角度给我们讲述了同一个时代的故事。

珀尔修斯（Perseus）受命去斩除蛇发女妖迈杜莎（Medusa）。这几乎是一项不可能实现的伟大壮举。因为任何瞅一眼迈杜莎（Medusa）的人，都会在瞅见她的那一刻变成石头。

但是，珀尔修斯（Perseus）得到了雅典娜（Pallas Athene）的帮助。雅典娜（Athene）给了他锦囊妙计，也送给他许多神奇的工具，其中有一件工具是一副铮明瓦亮的盾牌。拿着这件盾牌，珀尔修斯（Perseus）倒退着就可以接近迈杜莎（Medusa）。从他的盾牌反射的图形中，珀尔修斯（Perseus）可以间接看见迈杜莎（Medusa），这样珀尔修斯（Perseus）就得到了保护以免自己受到迈杜莎（Medusa）目光的伤害。

利用他的神奇盾牌做镜子，珀尔修斯（Perseus）砍下了迈杜莎（Medusa）的脑袋并迅速将它装在一个袋子里。恰在此时，带翼神马珀加索斯（Pegasus）从迈杜莎（Medusa）的身体中闪现了出来，飞向了天空。

蛇发女妖迈杜莎（Medusa）跟牛头人身怪物弥诺陶洛斯（Minotaur）属于同类。在两个怪物身上，头部——思考的中心——因为控制着那些过去的本能力量而变得模糊不清，失去了人形。在迈杜莎头部扭动的蛇，代表着使无意识心魂（soul）呈现出强大生命力的那种力量，以及使旧时代启蒙的力量、个体思维出现之前的那种复杂智慧等变得更加强大的力量。蛇发女妖将她的迷宫顶在了头顶。她是一种古老的物种；她的力量无比巨大，具有催眠能力，真实存在。任何瞅一眼她的人都会变成石头；迷失在她那令人迷惑的神启智慧的迷宫中，朝着自我觉醒意识思维的发展进程被阻挡住了，变得停滞不前。

珀尔修斯（Perseus）狡猾地利用了盾牌做镜子。这个路径值得深思：借助光的反射，他战胜了沉睡中的蛇发女妖迈杜莎，这本身就是应用个体思维的一个完美图景。因为思维能映射出现实，从而使得现实的影响变得黯淡一些。思考总是要祛除那些直接的现实体验。

珀尔修斯（Perseus）最早取得的成就，随着时间的流逝，已成为人类的第二本性了。每当我们沉思于现实的时候，我们总会应用珀尔修斯的方法，直到迈杜莎头部那扭动的蛇引起的困惑不再缠绕我们的时候，我们就会变得清晰起来。

在这部神话里，我们依然会面对这样的冲突：从古到今的时代转型、从想象形态意识到理性思维意识的转化。而在迈杜莎（Medusa）身上又展显出了值得我们关注的其它东西：强大的、有生命力的原始力量在抗拒着思维的清晰构建；它是一种不能包含在某种哲学类别或哲学家们的论据线索中的某种力量。这个力量就是充满幻想、充满想象力和艺术性的带翼飞马珀加索斯（Pegasus）具备的力量。在带翼飞马珀加索斯（Pegasus）身上，迈杜莎（Medusa）以新的形态带着新的生命力复活了。

当嘈杂无序的迈杜莎蛇消失后，它们的生命活力仍然蕴藏在每个庙宇殿堂那突兀的柱子里、蕴藏在每个雕塑那惟妙惟肖的生命里、在希腊诗歌的每一次脉搏跳动中。

# 与人马怪物森托尔之战
## The Battle with the Centaur

半人半兽的森托尔（Centaur）是希腊想象中最早期的物种之一。腰部之上，它们呈现人形；腰部以下呈现出的则是马形。通过这个身形结构，森托尔（Centaur）承载着古老时代的知识和本能智慧，这一属性使得它们成了最好的医生。总体来说，它们仁慈和善、体贴友爱，而当它们醉酒的时候，它们会对本能的天性失去清醒的控制。它们狂放不羁的冲动使它们变得狂野起来，它们总是试图去侵犯新娘那纯洁的心魂（soul），去阻碍古老的希腊上空正在显现的新思维力量之光。

森托尔（Centaur）被邀请去参加国王皮瑞苏斯（Pirithous）和他的妻子希珀德迈尔（Hippdamia）的婚宴。婚宴期间，这个半人半兽的家伙因酒精而兴奋起来。失去理性控制之后，它们企图奸污新娘。国王和宾客们，其中有提修斯（Theseus），拿起了武器。在接下来的战斗中，平衡之神、和谐之神、音乐之神、具有清醒自我约束力的太阳神阿波罗帮助了希腊人。太阳神的出现鼓舞了希腊的英雄们，他们战胜了森托尔（Centaur），保护了王后免受伤害。

整个希腊文化的历史就是一部与森托尔（Centaur）抗争的历史；也是借助理性思考实现对自我的控制、并以此为工具去战胜那些本能力量的羁绊、从而从那古老的文化中获得解放的历史。

# 史诗《奥德赛》中的森托尔
# The Centaur in the Odyssey

希腊神话中,我们可以经常发现希腊人对森托尔(Centaur)的想象,它就像某种幽灵一样不知不觉地盘旋在遥远、古老、伟大的神话创作里面。

荷马的作品连接着史前神话与历史神话,它是以森托尔(Centaur)为主题的宏大作品。他用真实故事疗法的风格处理创作这个主题:完全是以隐形墨水书写的作品。与森托尔(Centaur)的对战被嵌入进《伊利亚特》和《奥德赛》的对照中、阿克琉斯(Achilles)与奥德修斯(Odysseus)的对照中。

正如故事里两位主人公全然不同一样,两部史诗风格也截然不同。除了史诗的长度之外,《伊利亚特》只描绘了特洛伊城被围困十年中一个短暂的事件。故事主要围绕着阿克琉斯(Achilles)对远征军头领阿伽门农(Agamemnon)①的暴怒,以及因争吵而导致的阿克琉斯(Achilles)从战场上撤退的事迹。《奥德赛》则与之形成鲜明的对照,故事跨度整整十年,完整地描述了特洛伊战争结束后的十年期间奥德修斯(Odysseus)抗争着想要回到家乡伊大卡岛而进行的各种努力。阿克琉斯(Achilles)是旧时代神话故事中的最后一个英雄,而奥德修斯(Odysseus)则是新时代英雄的先驱。

阿克琉斯(Achilles)是女神西提斯(Thetis)的儿子,他拥有半人半神那种超自然力量,同时他也具有一个致命的短处:他出生时,他母亲给他的脚后跟留下了一个极易受伤害的脆弱地方。他由人马怪物喀戎(Chi-

---

① 希腊迈锡尼国王,希腊诸王之王,阿特柔斯之子。

ron）抚养长大，喀戎（Chiron）用狮子、野猪和熊养育年轻的英雄。在希腊对抗特洛伊的战争中，他是无可匹敌的头号大英雄。

由于出身和成长的特殊过程，阿克琉斯（Achilles）受着神秘而古老的过往文化的束缚。在阿克琉斯（Achilles）的身上森托尔（Centaur）的力量依然潜伏着。他很容易受到自己情绪的控制。史诗集中描述了他的愤怒，以及他那险些葬送了整个远征军的暴怒给远征军带来的破坏力量。只有当普特洛克勒斯在战争中倒下的时候，阿克琉斯（Achilles）才可以再次回到战场，这时因失去亲密战友而引发的仇恨超越了对阿伽门农（Agamemnon）的愤怒。醉酒盛怒的阿克琉斯（Achilles）坚强而有力地再次投入到了战场。他大开杀戒，向特洛伊的守卫者复仇。

奥德修斯（Odysseus）的特性就又截然不同了。他出身平民，他不会吹嘘自己拥有超自然的力量。他具有阿克琉斯（Achilles）所缺乏的品质：谨慎、深谋远虑、狡猾、具有自制能力。他是一位有思想的人，也是一位拥有思想之剑的战士。

十年战争，并不是因为阿克琉斯（Achilles）的超自然力量而取得胜利，而是因为奥德修斯（Odysseus）那狡猾的藏在木马中的主意帮助希腊赢得了战争。十年特洛伊战争未能实现的成功，奥德修斯（Odysseus）短短几天内做到了。

特洛伊城攻陷后奥德修斯（Odysseus）回家路上经历了十年艰难历险过程。正是因为奥德修斯（Odysseus）发挥了自己大脑的能力，正是借助这种能力的不断帮助，他才一次次地挽救了自己的性命。因为自己的独创能力，他躲过了独眼巨人波吕斐摩斯（Polyphemus）的追杀；由于他接近勒冈尼斯（Lastrygones）陆地时的那种谨慎，他挽救了自己的船舰；他聪明机智地避开女巫喀耳刻（Circe）设下的陷阱，又很明智地在合适的时机接纳了她的建议；他表现出富有远见的一面，在接近海妖塞壬（Sirens）

那诱惑人的歌声之前，他将自己绑在船的桅杆上；他知道如何让自己的船舰处在海妖斯库拉（Scylla）和卡律布迪斯（Charybdis）之间的水路上；当他的同伴屠杀了赫利俄斯（Helios）的圣牛时，他表现出了自己强大的自制力；他能接着继续吃饭来挽救维持自己的性命，以防遭到海神那风暴般的猛烈报复；即使仙女卡里普索（Calypso）用不道德的想法勾引自己的时候，他也没有迷失自己，也没有失去要回到自己家乡的念想。

将《伊利亚特》和《奥德赛》放在一起，森托尔（Centaur）就会以史诗形式显现出来。阿克琉斯（Achilles）身上过往历史中那种半神马样的力量占据着主导；奥德修斯（Odysseus）身上清晰的那种意识力量从本能中产生了出来，就像森托尔（Centaur）身上人类的那部分从腰部开始生发出来一样。奥德修斯（Odysseus）是一个具有行动力的哲学家、一个实干的思想家。将奥德修斯（Odysseus）所有的美德合起来，再加上哲学思维能力，亚里士多德的《伦理学》就完成了。

在这部神话出世几千年之后，苏格拉底（Socrates）经受住了亚西比德（Alcibiades）的引诱。亚西比德（Alcibiades）是全雅典最英俊、最耀眼、最受欢迎的年轻人（同性恋之风在那是受过教育的古希腊人之间很盛行）。神话得以兑现，森托尔（Centaur）被彻底战胜。在与人类的本能欲望抗争中，哲学的镇静品质属性胜利了。

几年后，饱受谴责的苏格拉底（Socrates）却不愿违反雅典的律法来保全自身的性命，森托尔（Centaur）蹄子上最后的几根毛变形成了人类的脚指头。

# 4

# 失落之重

## The Magnitade of Loss

　　上一章，我们与神话的指向性力量相遇。通过三个不同神话故事的分享，我们看到了古希腊的命运在变成现实之前如何在神话故事中被早早地宣示了出来。然而神话故事只是讲述了历史大故事的一个侧面，它庆贺了意识思维的胜利，却没有宣扬为此胜利所付出的代价。希腊故事中有很多故事讲述了这个胜利过程中希腊所遭受的痛苦。尽管卡珊德拉（Cassandra）①、美狄亚（Medea）②、俄瑞斯忒斯（Orestes）③ 等的故事描述了古希腊所经历的失落之痛，却没有任何故事能像神话《俄狄浦斯》那样精确地描述过这种痛苦的丰富维度。

---

① 希腊神话中的特洛伊的公主，阿波罗的祭司。
② 在希腊神话中，她是科奇斯岛会施法术的公主，也是日神赫利俄斯的后裔。
③ 希腊神话中的人物，古希腊远征特洛伊的统帅阿伽门农的儿子。

## 俄狄浦斯以及自我认知的代价
## Oedipus and the Price of Self-knowledge

底比斯国王拉伊俄斯（Laius）和王妃伊俄卡斯特（Jocasta）婚后很多年都无子嗣。国王拉伊俄斯（Laius）请特尔斐（Delphi）[①]的贤哲给他出主意，贤哲告诉他说：太阳神阿波罗（Apollo）预先警告过你，不要生儿子，因为这个儿子会弑父娶母。

听到此，国王拉伊俄斯（Laius）感到震惊极了，于是决定避开王妃的床。当伊俄卡斯特（Jocasta）感觉到自己被遗弃了，于是她故态复萌，想出了一个狡猾的主意：一次宴会上，他将国王灌得酩酊大醉，趁机就和国王又睡在了一张床上。九个月之后，俄狄浦斯（Oedipus）出生了，国王拉伊俄斯（Laius）将婴儿从母亲手中夺过，在他的脚心钉了一颗尖利的钉子，并且命令牧羊人将哭泣的婴儿抛弃在山野深处。

邻国柯林斯的一个牧羊人循着婴儿的哭声发现了这个婴儿。怜悯之心打动了他，他抱走了这个受伤的婴儿，将他送给了无子无女的柯林斯国王和王后。柯林斯国王和王后收养这个婴儿做了儿子，并给他起名叫做俄狄浦斯（Oedipus），意思是受伤的脚。

俄狄浦斯（Oedipus）长大成人，是柯林斯国王的王子，并继承了王位。

年轻的王子受到某位醉酒的贵族的奚落，说他长得一点都不像他的父母，于是俄狄浦斯（Oedipus）开始因为怀疑而心生烦恼。为了弄清自己的出身，他到特尔斐进行了一次朝圣之旅。当他提出那些问题的时候，女祭司狠狠地责备了他，称他为"该诅咒的人"，因为他会弑父娶母。

---

[①] 所有古希腊城邦共同的圣地。

俄狄浦斯（Oedipus）听后感到十分震惊。为了避免这个神谕变成现实，他决心再也不回柯林斯王国了，于是他转而朝底比斯王国走去。

此时俄狄浦斯（Oedipus）走在去往特尔斐（Delphi）的路上。拉伊俄斯（Laius）正从底比斯去往特尔斐（Delphi）的路上，他也是去找那里的贤哲咨询事情。斯芬克斯（Sphinx）[①]——长着翅膀的狮身人面的动物，正在祸害着整个城市。她拦截路人，请他们一个一个地猜谜语，没有人能给出谜底。于是她就将路人作为猎物吞噬掉。

俄狄浦斯（Oedipus）和拉伊俄斯（Laius）在狭窄的山路上相逢了。坐在皇家马车上的拉伊俄斯王（Laius）带着优越感命令流浪汉俄狄浦斯（Oedipus）给自己让路。年轻的王子回答说除了自己的诸神和自己的父母外，不会承认还有谁是优越的。

拉伊俄斯王（Laius）命令马车夫径直朝前赶车，不要理会那位青年人。恰好车轮从俄狄浦斯（Oedipus）那只受伤的脚面上压了过去。愤怒且因伤脚疼痛的俄狄浦斯（Oedipus），刺死了车夫，将拉伊俄斯（Laius）从马车上拖了下来，用他自己的马缰绳将拉伊俄斯（Laius）绑了起来拖在马后，并不停地用马鞭抽打拉伊俄斯（Laius），直到拉伊俄斯（Laius）死去。

俄狄浦斯（Oedipus）朝着底比斯继续赶路，也被斯芬克斯（Sphinx）拦路截住，也问了他那个谜语："早上用四条腿走路、中午用两条腿走路、晚上用三条腿走路的是什么？"

当俄狄浦斯（Oedipus）回答"人"时，谜语的谜底揭晓了。斯芬克斯（Sphinx）将自己从悬崖边重重地摔了下去。城市解放了，俄狄浦斯（Oedipus）作为大英雄受到了热烈地欢迎。当国王拉伊俄斯（Laius）驾崩

---

① 希腊神话中的斯芬克斯，是一个雌性的邪恶之物，代表着神的惩罚。

的消息传来，人们拥戴俄狄浦斯（Oedipus）坐上了王位，并且娶了先王的遗妃伊俄卡斯特（Jocasta）做了自己的王妃。阿波罗神谕变成了现实。

对套在自己脖子的绳索全然无意识的俄狄浦斯（Oedipus）当上了底比斯的国王，后来证明他非常有能力也很公正。与伊俄卡斯特（Jocasta）结合后生下了两儿两女：厄特克勒斯（Eteocles）和波吕尼克斯（Polyneices）；安提戈涅（Antigone）和伊斯梅娜（Ismene）。

多年之后，瘟疫再次袭击底比斯城。俄狄浦斯（Oedipus）派使者去特尔斐（Delphi）找贤哲咨询。带回来的神谕说瘟疫是因为先王拉伊俄斯（Laius）被谋杀的仇还没有报。俄狄浦斯（Oedipus）对在此事件中该承担的责任全然无知的情况下，宣称将对加害者施以终身刑罚，并下决心自己亲自去找寻谋杀者。

后来有证据指向俄狄浦斯（Oedipus），揭露出他自己那令人发指的绞杀。以及出于他自己的无知所犯下的死罪、他与母亲的乱伦结合、还有他和子女那种畸形的父子关系。由于绝望而发狂的伊俄卡斯特（Jocasta）上吊身亡；因这奇耻大辱而震怒痛苦的俄狄浦斯（Oedipus），自己抠出了自己的眼珠。

俄狄浦斯（Oedipus）接受了被流放的宣判。他离开了底比斯，瞎着眼睛过着无家可归的乞讨生活，偶尔接受自己女儿安提戈涅（Antigone）的接济。年老的俄狄浦斯（Oedipus）请求允许回到底比斯，但他的儿子拒绝了他的请求。最后，饱受折磨的英雄在雅典国王提修斯（Theseus）处得以庇护栖身。

曾经宣称他是应该"被诅咒的人"的神谕，这会儿又声称他是该被祝福的人。当他死后，他的遗体将使埋葬自己的国家变得至高无上。他野心勃勃的儿子想强迫他返回底比斯，但俄狄浦斯（Oedipus）经受住了他们的压力，一直待在雅典，受着提修斯（Theseus）的保护。

作为英雄，俄狄浦斯（Oedipus）与提修斯（Theseus）、珀尔修斯（Perseus）、皮里托奥斯（Pirithous）有着密切的关系。他也遭遇过斯芬克斯这种半人半兽的怪物，而且还用自己的智性战胜了斯芬克斯。唯有将人类与野兽区别开来的智性，才有能力给出答案、揭晓谜底。神话故事俄狄浦斯借助能够摧毁斯芬克斯的谜语答案"人类"暗示了人类智性的力量。

俄狄浦斯（Oedipus）在生活中深陷于漫长而痛苦的陷阱，这些智性的陷阱和人类理性的缺点长久而令人类痛苦。神话《俄狄浦斯》是智性的神话，也是人类无知的神话，它是与人类思维力量并行存在的盲目愚昧的神话。神话故事里，我们自始至终都面临着：人类即使付出全部努力，带来的却是无助感、缺陷的理性、当面对命运那神秘力量时智性力量自身的弱点。俄狄浦斯（Oedipus）是第一个大脑智性思维的殉道者，也是理性无效的一个里程碑。

作为有关智性的神话作品，《俄狄浦斯》不可避免地也成了讽刺性神话作品。没有其它作品里能像《俄狄浦斯》那样令人痛苦，也没有任何其它作品能像《俄狄浦斯》那样具有持续性的讽刺效果。生命境遇里的真实事实是这样的，我们对情境的理解却是那样的；由于智性的局限性，我们应用智性所得出的理解和真实事实之间总是存在着差异，差异就孕育出了讽刺。智性的局限性必然产生出理解差异。

拉伊俄斯（Laius）所作所为都是出于理性以避免儿子的孕育和出生，可是他极力阻挠不希望发生的事情却成了事实的结果。这是用以证明人类多么无知的绝妙证据。

当俄狄浦斯（Oedipus）脚上被钉上铁钉被遗弃到山野让其自生自灭自然消亡的时候，神话的主题再次重复展开，并添加了新一层悲剧和痛苦。这只是俄狄浦斯（Oedipus）面临预言而开始的大悲剧的序曲。此时，试图避免咒语成真的主人公却自己直接就闯进了神谕所预言的情景中去了。我们看到他被摄人心魄、不断加速发生的事件所裹挟，在狠毒而残酷的命运之舞中他神情恍惚、跌跌撞撞，显得多么无助。

他转向底比斯，并即刻遇见了自己正在想方设法避开的亲生父亲。通过两人之间言语交谈所表现的尖刻讽刺，神话强化了两人互相所表现出的无知状态。

"给优越者让出路来。"

"除了诸神和我的父母，没有什么人是优越的。"

当拉伊俄斯（Laius）的车夫赶车碾过俄狄浦斯（Oedipus）那带着钉子的受伤脚面时，因命运捉弄而结的绳结终于变成了套索。似乎只有脚记着痛苦，头脑却忘记了那些痛苦。盛怒之下，俄狄浦斯（Oedipus）完成了神谕所预言而他自己拼命在避免的事实。

通过作品的语言，神话故事自己揭示出了人类为获取智性能力所必须付出的毁灭性代价：父亲被杀以及与母亲乱伦的婚姻。父亲被杀后自己就立刻登基并与母亲乱伦结婚，这一切都发生在俄狄浦斯（Oedipus）征服了斯芬克斯之后，这些事情先后发生的顺序一点都不是巧合。

智性的胜利付出了两个毁灭性的代价。两种代价代表着古老的、想象性的认知以及直觉知识的缺失，而这种直觉认知可以帮助俄狄浦斯（Oedipus）在即使与自己的父亲母亲从未谋面的情况下能够认出自己的父亲和母亲。

但是神话远远没有达到其故事的高潮。命运的神来之笔使得俄狄浦斯（Oedipus）不得不去寻找杀害拉伊俄斯（Laius）王的凶手，人类的无知在最后就被残酷的暴露了出来。

这时，俄狄浦斯（Oedipus）成了头号侦探：一个对自己不利的调查员。调查的目标就是自己而自己却浑然不知，世界上还有比这更伟大的有关人类无知的证据吗？

由于自己极度聪明的智力，俄狄浦斯（Oedipus）痛苦地发现自己的智性其实是多么的无知。在饱受自我认知折磨的那一刻，真理被揭示了出来。俄狄浦斯（Oedipus）抠出了自己的眼珠，承认了自己的愚昧无知。智力自以为可以战胜命运的神秘力量，而结果却是智力最终匍匐拜倒在命运的脚下。也许是因为收获了智性之光带来的成果，提修斯（Theseus）理应庇护那位承受着痛苦果实的殉道者，这样说似乎更合适些。

于是神话将我们带回到了雅典，那个在俄狄浦斯（Oedipus）死后愿意收留其遗骨的城市，更是延续了俄狄浦斯（Oedipus）的生命带给这世界的恩典。因为附加在俄狄浦斯（Oedipus）身上的预言是由雅典古代一位伟大的哲学家实现的，使得人类的智性得以提升和救赎。他就是苏格拉底（Socrates）[①]。

## 苏格拉底及"反诘辩证法"
**Socrates and the Dialectics of Irony**

因特尔斐的神谕（the oracle of Delphi）在构建英雄人物和哲学家的生命体验过程中都扮演着极其重要的角色，因此神话里英雄人物的命运与历史上伟大的哲学家的命运前后实现了互补。

当宣称俄狄浦斯（Oedipus）会弑父娶母的神谕出现时，俄狄浦斯（Oedipus）被看作是全世界最无知的人。相反，苏格拉底（Socrates）被当时的世界宣称为希腊最具有智慧的人。

特尔斐的神谕使得俄狄浦斯（Oedipus）完全陷入了最难以预知的命

---

① （公元前469年—公元前399年），古希腊著名的思想家、哲学家、教育家。

运之手，并促使苏格拉底（Socrates）继续进行这些哲学探寻。苏格拉底（Socrates）的哲学方法呈现出了苏格拉底（Socrates）得惠于俄狄浦斯（Oedipus）的那些东西。

神谕导致俄狄浦斯（Oedipus）自己去调查自己的谬见，亲自去发现自己的无知。受同样的神谕促使，苏格拉底（Socrates）沿着同样的路子去发现自己的哲学对手是多么的无知。让他们的智性完全卷入进来，从而使得他的这些对手们去自己发现自己的智性是多么的谬误。与俄狄浦斯（Oedipus）一样，对手们最后都遭遇到了他们自己的无知。

戏剧《俄狄浦斯》不断地出现在哲学思考的舞台中央。在这里，智性得以实现和救赎。曾经痛苦地主导着俄狄浦斯（Oedipus）生命的那些讽喻此时也对这位伟大哲学家的大脑起到了帮助。在雅典法院，当苏格拉底（Socrates）受到荒谬地指控的时候，他在法官们面前发表了一篇充满了讽喻的"致歉词"，这是一篇伟大的讽喻性修辞杰作。从字里行间我们可以看到神话的属性被嵌入到了他的作品之中。

先生们，指控我的人对你们施加了什么样的影响，我不清楚；但就我个人来说，我的原告所讲的深深地感染了我，他们的辩论是如此地打动人。另一方面，他们所讲的每一个词都不是真实的。在其诸多的错误描述里，有一个描述特别令我震惊：当原告教育你们要特别小心地提防我、不要被我蒙骗的时候，其实他们言下之意是说我是一个很有技巧的演讲者。在证实他们所说是错误的之前，他们有胆量将上述隐含之意讲了出来，我认为他们特别无耻；尤其是当我的讲述并不带有任何技巧这一事实变得越来越明显的时候，当然除非他们所说的有技巧的演讲者指的是那些讲出真相的人的话。如果这是他们所指的话，那我承认我是一个演说家，一个和他们不同流的演说家。

俄狄浦斯（Oedipus）的悲剧演化成了苏格拉底（Socrates）的悲剧。通过苏格拉底（Socrates），西方文明收获了俄狄浦斯（Oedipus）的遭遇和牺牲所带来的红利。后世几乎所有哲学家都依据苏格拉底（Socrates）、柏拉图（Plato）以及亚里士多德（Aristotle）的贡献去建立他们自己的工作，而苏格拉底（Socrates）、柏拉图（Plato）及亚里士多德（Aristotle）的工作则全然地建立在希腊神话那指导性力量的基础上。如果我们对过往的神话力量缺乏敬畏和意识的话，那就意味着我们在重复那些无知所引起的罪恶，从而将俄狄浦斯（Oedipus）的咒语延续下来，而不是将俄狄浦斯（Oedipus）赐给我们的祝福延续下来。

不管它们是否是悲剧，神话在文化塑形过程中都扮演着极其重要的角色。仔细审读这些神话故事，我们会发觉它们的影响精准而又切实存在的。俄狄浦斯（Oedipus）、提修斯（Theseus）以及奥德修斯（Odysseus）的故事帮助人类历史将特洛伊战争时代的那些粗鲁式的英雄转化成了后世那些具有伟大思想的哲学家。

站在更宏大的视野来看，像希腊或北欧神话这些具有完整体系的神话对整个人类的影响也是一样：它是更加宏大的人类历史长河中的一个小故事，也是人类迈向下一个阶段必备的催化剂。所有故事因而就变成了全人类的故事，并成了人类需要且能疗愈自己的故事源泉。古印度神话就像是开在平静的灵性湖面上的莲花；在波斯神话里，故事的天秤上善恶得到了衡量；巴比伦神话透过故事的望远镜回到了恒星形成的年代；埃及神话的触角伸到了石棺中；希腊神话思考之线索深入到了故事里那些迷宫中。每一个民族的神话在世界故事大合集中都发出了自己的声音。

# 5

# 诸神之黄昏
# The Twilight of the Gods

## 神话的塑形
## The Shaping of Myths

在古代希腊早期，人们对神话和现实之间、祖先故事与历史成就之间的关系没有产生清晰的意识。旧的逐渐褪去，新的慢慢在显现。只有在事后的觉悟中，它们之间的关联才变得清晰起来。对大多数文化和它们的神话来说，认知过程都如上述。在各自文化登上世界舞台开始表演之前，它们那些伟大的神话故事其实就是一种前奏曲。就这点来说，创世神话尤其如此。

毗瑟挐（Vishnu）静静地躺在千头蛇的身上，漂浮在那奶水海洋上，印度创世神话以此为开端，展开其宏大画卷。毗瑟挐（Vishnu）所行的第一件神迹便是创造出自己的瑟格蒂——他的神仙伴侣、他的妻子，也是富足和谐之女神，名叫娜克希美（Lakshmi）。从毗瑟挐（Vishnu）的肚脐处，一朵粉色的莲花开在一株长长的茎上，莲花之间坐着梵天。新生的梵天（Brahma）在探寻着自己存在的理由，也在探寻着宇宙存在的理由。毗瑟挐（Vishnu）出现在梵天（Brahma）的面前，建议他要去经历那些最严格的苦行。梵天（Brahma）接纳了毗瑟挐（Vishnu）的建议，在严肃而深刻的冥想之后，他创造出了内在之热并由此生长出众神及恶魔。众神出生之后，它们就开始参与共同创造世界的活动。

  这只是神话的发端，而它已经包含着印度文化的核心主题了——师徒关系、精神修炼以及严苛的苦行。就印度后世不断出现的精神导师及精神领袖而言，梵天本身就是那个开了先例的神，就这个层面而言，印度文化在世界文化几千年历程中一直保持着生命和活力。当其它古代文明逐步消退的时候，印度文化却因此一直保持着生生不息的生命力。

  以古埃及为例，其文化早已消亡在自掘的坟墓中了。在古埃及神话中总是发现墓葬文化的主题色彩就不足为奇了。

  古埃及人不远万里跋山涉水去追随拉（Ra）——自我创造之神，他用自己言语的力量创造了世界。当拉（Ra）用言语创造了世间万有存在之后，他就降临尘世，统治了埃及几千年。到后来他年老力衰的时候，他的骨头变得像银子，他的肉体变得像金子，头发变得像天青石。年龄使得他的身体佝偻曲背，再也无力同潜伏在夜里的妖蛇阿波比斯（Apophis）① 继续战斗了。于是他将统治权移交给了他的儿子奥西里斯（Osiris）② 和女儿依西斯（Isis）③。但是奥西里斯（Osiris）那邪恶的弟弟赛特（Set）④ 由于

---

  ① 埃及神话中的灾难和破坏之神。
  ② 埃及最重要的"九神"之一，丰饶之神。冥界之王，执行人死后是否可得到永生的审判。
  ③ 古埃及宗教信仰中的一位女神。被敬奉为理想的母亲和妻子、自然和魔法的守护神。
  ④ 埃及神话中最初是力量之神，战神，风暴之神，沙漠之神以及外陆之神。

嫉妒其王位，于是设计阴谋杀死了奥西里斯（Osiris）。

赛特（Set）用珍贵木料打造了一只箱子。箱子的尺寸是按照奥西里斯（Osiris）的身材比例制作的。箱子制作好后，他就举办了辉煌盛大的宴会，邀请他那毫无戒心的哥哥和诸神来赴宴，并许诺如果哪个神的身形与那只珍贵的木箱匹配，他就将箱子送给谁。奥西里斯（Osiris）躺下来，发现箱子正好适合自己的体形。就在那一刻，赛特（Set）重重地合上了箱子的盖子，并用钉子死死地钉紧箱盖；然后用铅死死地封牢箱盖的每一个缝隙。木箱变成了奥西里斯（Osiris）的棺材。赛特（Set）将木箱子抛入尼罗河，箱子沿着河水飘到了远处的比布鲁斯城①。经过漫长的搜索之后，依西斯（Isis）找到了自己丈夫的尸体并将他带回到了埃及。

但是恶毒的赛特（Set）知道了依西斯（Isis）的秘密。于是赛特趁夜深人静之际钻进了依西斯（Isis）的家，趁人不备之时猛地抓住奥西里斯（Osiris）的尸体，将它撕成了十四个碎片，并将这些碎片抛撒在埃及各地。到最后，依西斯（Isis）还是找到了这十四片碎片，并将这些碎片分别就地埋葬在发现它们的地方。

在埃及神话中，年龄和死亡、棺材和坟墓这些主题占据着主导地位。拉（Ra）变成了石头和金属；奥西里斯（Osiris）在棺材中死亡，之后又被撕成碎片埋葬在埃及十四个不同的地方。埃及对死亡拥有鲜有的激情。在那些精美的古老墓穴中挖掘出来的几乎所有工艺品都是用来供死人观赏的，而不是供活人欣赏的。所有的古埃及文化都随着诸神的死亡进入了墓穴。

即使较为冷静的罗马人也不能逃脱创世神话。罗马缺乏真正意义上的

---

① 西亚腓尼基古城。遗址在今黎巴嫩的贝鲁特以北40千米处的朱拜勒。

神话，因此罗马神话故事就特别显得缺乏想象力，罗马艺术上也没有什么创造性成就。神话应验了自己，即使在神话缺失的情况下也是如此。

## 遗失的神话
## The Lost Myth

我们自己的神话呢？它们在哪儿？它们是如何塑形我们生命的？就像希腊人对他们自己故事的指导性力量全然无知那样，我们对我们自己的神话带给我们自己的影响也一样无知吗？要回答这些问题，我们先让北欧神话进入到我们的视野吧！北欧神话是童话故事那冷峻的祖先、也是西方文化原创故事的祖先。（毫无疑问，北欧神话并不仅仅局限于斯堪的纳维亚地区①；北欧神话是穿越欧洲大陆移居到欧洲各地的部落所共有的文化遗产。）

北欧神话或日耳曼神话是西方文化中被遗忘的神话。它是充满力量的人类发展进程的画卷，描绘了光明与黑暗的强烈反差；是人类与诸神、巨人、侏儒、精灵、女巫、奥丁神的婢女以及武士的鲜明对照；在北欧神话中，众巨人与诸神的冲突跨越所有时代，从世界的发端到善恶大战所引起的毁灭性的世界末日都存在着那些冲突。最后那个毁灭性的世界末日被称为"世界大毁灭"，预示着诸神的谢幕。

美丽的光明之神巴尔德尔（Baldur）②的死亡成为了诸神没落的先兆，他是诸神中最受爱戴的一位神。

---

① 位于欧洲西北角，其濒临波罗的海、挪威海及北欧巴伦支海，与俄罗斯和芬兰北部接壤，北至芬兰。
② 北欧神话中的光明之神。

巴尔德尔（Baldur）是父神奥丁（Odin）①和女神佛里格（Frigg）②的儿子。当奥丁（Odin）在梦中预兆到自己儿子死亡的时候，巴尔德尔（Baldur）的母亲从世间万有存在处得到了誓言，请它们永远都不要伤害自己的儿子。她请求了所有的存在物，唯独没有请求在树枝中高高生长起来且无害的槲寄生的帮助。当所有存在物都发誓之后，诸神这时就拿无敌且不受任何存在物伤害的巴尔德尔（Baldur）开起了玩笑，他们玩着将自己的武器投掷向巴尔德尔（Baldur）。但是那心生妒恨、诡计多端的洛基（Loki）③——诸神里面最凶险奸诈的朋友——用高高的槲寄生刻了一支箭，邀请巴尔德尔的瞎弟弟黑暗之神赫尔德尔（Hodur）④参与到游戏中，他让赫尔德尔（Hodur）亲自将用槲寄生制作的箭射向巴尔德尔（Baldur）。美丽的巴尔德尔（Baldur）被射中了，他死了。

随着巴尔德尔（Baldur）的死亡，所有的善良和虔诚就从世间逃离消散了。众神意识到他们的末日到了。

北欧神话的结局是：父神奥丁（Odin）倾听着瓦拉（Vala）在对他说话——日耳曼部落的女预言家的预言。瓦拉（Vala）预言说既然巴尔德尔（Baldur）已经死了，众神的黄昏时刻到来就是不可避免的了。

在这个黄昏，即使是诸神也会被毁灭。巨人们于是聚集起来，震感冲击着瓦尔哈拉殿堂——诸神聚会的殿堂。邪恶被宣泄出来，父神奥丁与恶魔芬里斯狼（Fenris wolf）⑤遭遇，面部被恶魔从下巴处撕裂。他的儿子雷神托尔（Thor）⑥由于那嘶嘶乱叫的邪恶之蛇喷发出的剧毒气味而窒息死

---

① 北欧神话中的主神。
② 北欧神话中主宰婚姻的女神。
③ 北欧神话的恶作剧之神、火神。
④ 北欧神话中光明之神巴尔德尔的孪生兄弟，掌管黑暗。
⑤ 北欧神话中恐怖的巨狼，邪神洛基与女巨人安格尔伯达之子。
⑥ 北欧神话中负责掌管战争与农业的神。

亡；赫尔德尔（Hodur）与凶险奸诈的洛基（Loki）一直战斗直到同归于尽。诸神倒下了，大地在颤抖，狂风暴雨肆虐着，海水泛滥淹没陆地，熊熊烈火到处燃烧。光明在黑暗中溺亡。只有少数幸存者，其中有森林与和平之神维大（Vidar）、腼腆的爱伊萨尔（Aesir）。爱伊萨尔（Aesir）为了自己的父神向恶魔芬里斯狼（Fenris wolf）复仇，并从旧世界的灰烬中重新创造出一个新世界。据说光明之神巴尔德尔（Baldur）将从阴界返回，并留在世间活着的人们中间。

北欧神话具有浓厚的悲剧色彩。诸神的没落是流淌在日耳曼故事主体中的血液。它是降生时就烙刻下的黑色印记，是创世时流传下来的咒语，那时众神杀死了巨人伊玛尔（Ymir），并用他的骨头创造出了大山和岩石，用他的血液塑造了大海，用他的头骨塑形出了天空，这些就是在众神和巨人之间埋下宿仇种子的事迹，也是决定了后世命运的神迹。

从此刻起，众神就自我意识到了他们自己在末日时的毁灭，而且这种毁灭迫在眉睫随时都可能发生。既然他们不能逃脱这种毁灭，那他们只有等待末日来临，并随时准备着去战斗——那场善恶大战。在天界世界树的树根底下住着三位伟大的母亲，她们是三位命运女神。她们编织了众神的世界末日命运。在这样末日命运的阴影中，众神们生活、享乐放纵并且战斗着。

而今，维力（Vili）、韦（We）、光明之神巴尔德尔（Baldur）、黑暗之神赫尔德尔（Hodur）、诗歌和音乐之神布拉吉（Bragi）、青春之神伊都娜（Iduna）都已经消失得无影无踪了。在英语国家，北欧诸神的存在也几乎是难寻踪影。北欧神话兑现了自己的预言，也从曾经拥有这些神话的国家意识中彻底灭绝了。北欧神话以英雄般的创世画卷开始发端，最终也以英雄般的死亡结束。

与之形成鲜明对照的是，爱与美之女神阿芙罗狄蒂（Aphrodite）① 及战神阿瑞斯（Ares）〔她们入世到罗马文化里，演化成了维纳斯（Venus）和战神马尔斯（Mars）〕的魅力却鲜有褪色。俄狄浦斯（Oedipus）是个复合体，是人类的某个情结。爱神厄洛斯（Eros）无处不在，心魂（Psyche）随着灵魂的出现而产生。希腊诸神和众英雄那熟悉的仪态与圣经传统人物非常匹配：亚当（Adam）与夏娃（Eve）、该隐（Cain）与亚伯（Abel）、摩西（Moses）与米里亚姆（Miriam）、大卫（David）与巴思西巴（Bathsheba）、所罗门（Solomon）与希巴女王（the Queen of Sheba）；基督耶稣（Chirst）和圣母玛丽亚（Mary）的生平以及使徒、殉道者以及圣人的生平。

北欧神话中青春之神伊都娜（Iduna）的苹果无法与伊甸园那肥沃的土地上生长的苹果相匹敌。相对来说，尽管萨姆森（太阳）依然光照四方，却鲜有人知道有关托尔（Thor）之事。除了在瓦格纳（Wagner）② 的歌剧中偶尔出现之外，北欧诸神已经彻底从历史舞台上消失了。

## 想象力的缺失
**The Loss of the Imagination**

可神话并非如此轻而易举地就彻底死亡了。故事也许已沉入地下，诸神及英雄之名也许没人再记起，神话所呈现的图画也许已褪色，故事内容也许已无踪可循，但是神话的生命力仍然在延续着。神话也许正以平常故事的面具再次回归，以人们对过去时代及历史的敬畏中重新获得自己的地位。在本书序言中我们与一个图谋报复的故事相遇，故事中尤斯塔斯·克

---

① 古希腊神话中的爱与美之女神，是奥林匹斯十二主神之一。
② 威尔海姆·理查德·瓦格纳，德国作曲家，著名的古典音乐大师。

拉伦斯·斯克罗布（Eustace Clarence Scrubb）变成了龙，因为他过去没有听过的故事提到了他。此类无意识故事所产生的效果影响到的不仅仅是某个个体，也包括我们这个时代。

神话对人类、文化甚至一个时代的灵魂生命的影响也是相同的。神话的生命会延续几千年。神话传记就是历史，神话中的危险转折期就是历史上的战争时期，神话所取得的成就就是本民族的文化瑰宝，神话所表现的就是我们现在所知的过往现实。神话是不可避免的、不可忽略的，那些把神话劝告不当回事不听从神话劝告的，神话中的预言往往会在他们身上兑现。

这一点，在北欧神话或日耳曼神话中再明显不过了。

从外在看，北欧神话已经衰落了。结局反倒显而易见，因为衰亡是他们本来就设计的宏大图景的一部分。众神的衰亡只是一个预言，那正是瓦拉（Vala）的愿景，一个已经预见到的宿命。

既然预言已经兑现，北欧诸神都已化为烟尘，他们那充满生命活力的世界也就消逝无存了。他们的神话应了自己的预言也随之消失了。当今的文化正是善恶大战导致的世界毁灭后的生动表现。以我们看世界的方式来说，我们从中已经消灭了众神及英雄。日耳曼神话明显已经结束，在我们时代和我们对世界的体验中日耳曼神话的衰亡达到了顶峰。

这个世界上，光明之神巴尔德尔（Baldur）已经死了。我们的想象力也随之而去，人类的智性取而代之。这才是真正的众神衰落时代。我们貌似理性的时代文化其实只是神话描述的图景在当代的表达而已。甚至我们理性地将神话贬低到仅仅是一种奇思幻想，这种行为也是我们讲到的众神衰落时代的一个元素。我们生活在神话世界当中，而我们却全然不知。

神话的遗失是更大的时代故事的一部分——由神话之母所创造的世界大故事的一部分。神话就是历史背后有关神话之母的故事，历史是人们对神话之母的故事的理性解读。

## 6 想象力的回归
## The Return of the Imagination

故事已经遗失、神话中经历过的现实已不复存在、想象力已丧失殆尽，这些都是北欧神话的顶点。北欧神话的预言应验了，从而达成了北欧神话的圆满。可并非所有的神在毁灭性的结局后都已死去。维达尔（Vidar）和瓦力（Vale）幸存了下来，他们与从死亡中复活归来的巴尔德尔（Baldur）一起重新创造出了一个全新而更加美好的世界。

如果我们审视从旧世界废墟中生发出的新型故事的话，我们就会发现在欧洲出现了很多家喻户晓的家庭故事或童话故事。这类故事归功于维达尔（Vidar）和巴尔德尔（Baldur），他们是北欧诸神中复活了的两位神，是更加快乐的新一代神。即使他们祖先的命运早已注定，但他们"从此快乐地生活着，直到永远永远"。欧洲童话故事救赎了它们的祖先。他们没有否认巴尔德尔（Baldur）的死亡，也没有否认北欧诸神衰亡后的复苏，但他们也绝没有仅仅停留在此。

在故事《睡美人》中，十三个仙女的死亡咒语转化成了百年沉睡。尽管沉睡是不可避免的，但是睡美人和王宫都会在约定的时间重新苏醒复活了。

正如主神奥丁（Odin）一样，小红帽也落入了狼的圈套，成为了狼的猎取对象。与北欧主神奥丁（Odin）不同的是她的下巴没有被撕裂，猎人挽回了她的生命。白雪公主看起来似乎已死了，被装在一个玻璃棺椁中，但最后她还是复活了。北欧神话强调了死亡，而童话故事则强调了死而复活。

格林兄弟那著名的童话集里有200多个童话故事。最受欢迎的故事是那些具有双主题——死亡和复活的故事——光明之神巴尔德尔（Baldur）的死亡和诸神死亡后巴尔德尔（Baldur）的复活归来。

唐纳德·麦肯齐（Donald Mackenzie）在《日耳曼神话和传奇》一书中，论及巴尔德尔（Baldur），他是这样写的：

美丽的巴尔德尔（Baldur）是北欧众神居住的仙宫中最高贵、最虔诚的神。地球上最雪白的花儿名叫巴尔德尔（Baldur）之眉——即白色的雏菊，因为巴尔德尔神（Baldur）的容貌白皙如雪，容光闪亮。他的头发像纯亮的金子，蓝色的眼睛炯炯有神。当然除了邪恶的洛基（Loki）之外，他深受仙宫其他所有诸神的爱戴，而正是洛基（Loki）设计了阴谋杀害了巴尔德尔（Baldur）。

巴尔德尔（Baldur）与白雪公主、睡美人这些女主人公有着非常明显的类似之处。他们都很美，都很虔诚，也都深受众人爱戴，当然除了继母或邪恶的仙女之外。巴尔德尔（Baldur）的眉毛与著名的童话故事中的女主人公一样纯白如雪。他的母亲从众生那里得到不要伤害他儿子的誓言；同样，睡美人的父亲也命令自己辖下地区内所有纺锤都要被烧掉，以免自己的女儿受到伤害。但正如善恶大战所带来的世界毁灭不可避免一样，百年的沉睡也难以避免。

很多童话故事中的女主人公也遭受了类似巴尔德尔（Baldur）的命运——在诸神的黄昏，想象力一直遭受影响的命运：自己所处世界的灭绝以及发生在这个世界里所有故事的消失。

我们正生活在这个灭绝过程当中，我们处在承前启后的阶段。童话故事《睡美人》和《白雪公主》在世界范围内受到欢迎和喜爱的事实，有力地支持了我这一观察结果。它们受到欢迎的原因在于他们映射出了人类所处时代的窘境。童话故事是西方文化里的故事疗法。从童话故事女主人公身上我们会无意识地辨认出我们自己。令她们难过的也会令我们难过，当然他们曾经成功了的地方我们也会成功——从想象力的死亡里苏醒、复活。

要做到这一点，我们必须接受故事的引领，更深入地去理解我们心灵中想象力的黄昏。我们必须能深刻理解到我们自己内在及我们的文化内在中大毁灭所带来的影响的程度。要做到如此，我们可以借助此类故事的帮助：它直接讲述的是诸神黄昏造成了故事的遗失这一故事。《牧鹅姑娘》是格林兄弟在19世纪初期收集整理的童话故事之一。

## 牧鹅姑娘
## The Goose Girl

很久以前，有一个老王后，她的国王丈夫已经死了许多年，她有一个美丽的女儿。女儿长大以后，与很远的国家的一个王子订了婚。到了快结婚的日子，她要启程去王子所在的国家。老王后为女儿收拾了很多值钱的金银器皿、金银饰品和首饰，总之，一切皇族应备的嫁妆，因为老王后全心全意地爱她的女儿。她还安排了一个侍女陪同一道前往，把她的女儿送到新郎手中。并为她们配备了两匹马作为旅行的脚力。公主骑的一匹马叫法拉达，这匹马能和人说话。

到了要出发的时候，老王后到自己的卧室里拿出一把小刀，把自己的手指刺破，滴了三滴鲜血在一块洁白的手帕上，拿给她的女儿说："好好地保管着，我亲爱的孩子，它可作为你的护身符保佑你一路平安的。"

她们伤心地互相道别后，公主把手帕揣进了怀里，骑上马，踏上了前往新郎王国的旅程。上路走了一段时间后，公主觉得渴了，就对侍女说："请下马，到那条小溪边，用你行李里我的金杯给我舀点水来，我想喝水了。"侍女说道："要是你渴了，你自己下去趴在水边喝就是了，我又没自愿做你的侍女。"公主渴得难受，只得下马来到小溪边跪着喝水，也不能拿出自己的金杯来用。她叹息道："老天呀！"她怀里的三滴血回答她说：

"要是你母亲知道了，

她的心会碎成两半。"

公主一贯都非常谦卑，没有说什么，只是不声不响地骑上马赶路。她们向前走了不少路之后，天气变得热起来了，太阳火辣辣地热得灼人，公主感到又渴得不行了。好不容易来到一条河边，她忘了侍女对她的粗暴无礼，说道："请下去用我的金杯为我舀点水来喝。"但侍女对她说话的口气比上次更加傲慢无礼："你想喝就去喝吧，我可不是你的侍女。"干渴使公主不得不自己下马来到河边，俯下身去。她面对河水叹息道："啊，天哪！"怀里的三滴血又回答她说：

"要是你母亲知道了，

她的心会碎成两半。"

当她探头到河里喝水时，那块手帕从她怀里掉了出来，由于心情低沉，她一点也没有察觉，手帕随着河水漂走了。但她那位侍女却看见了，她非常兴奋，因为她知道一旦公主丢失了护身符，会变得软弱无力，这位可怜的新娘就可以在自己的掌握之中了。所以当新娘喝完水，准备再跨上法拉达时，侍女说："我来骑法拉达，你骑我的羸马就行了。"公主不得不和她换马骑。侍女又出言不逊，要公主脱下她的公主服装，换上侍女的装束。女仆要挟公主对天起誓，不向任何人提起发生的事，否则就要将她杀死。可是法拉达把一切都看在眼里，记在了心头。

女仆骑上法拉达，真正的新娘却骑着女仆的马，沿着大路，终于走进了王宫大院。大家为她们的到来欢呼雀跃，王子飞跑出来迎接她们，他把侍女从马上扶下来，以为她就是自己的未婚妻，带着她上楼到了王宫内室，却让真正的公主待在下面的院子里。

但是，老国王从窗户望出去，发现站在下面院子里的她看上去是那么漂亮，气质是那么超尘脱俗，立刻进内室去问新娘："与你一同来的，站在下面院子里的姑娘是什么人？"侍女新娘说："她是我带在路上作伴的丫头，请给她一些活儿干，以免她闲着无聊。"老国王想了一会儿，觉得没有什么适合她干的活儿，最后说："有一个少年替我放鹅，就请她去帮助他吧。"这样，真正的新娘就被派去帮助那个少年放鹅了，少年的名字叫康拉德。

不久，假新娘对王子说："亲爱的丈夫，请帮我做一件令我称心的事吧。"王子说道："我很愿意效劳。""告诉你的屠夫，去把我骑的那匹马的头砍下来。因为它非常难以驾驭，在路上它把我折磨得够苦的了。"但实际上她是因为非常担心法拉达会把她取代真公主的真相说出来，所以才要灭口。她成功地说服年轻的国王答应她杀死法拉达。当真公主听到这个消息后，她拿出一块金子，乞求那个屠夫把法拉达的头钉在城门黑漆漆的大门洞里，这样，她每天早晨和晚上赶着鹅群经过城门时仍然可以看到它。屠夫答应了她的请求，砍下马头，将它牢牢地钉在了黑暗的门洞里。

第二天凌晨，当公主和康拉德从城门出去时，她悲痛地说：

"唉，法拉达，

在这里悬挂!"

那颗头回答说:

"啊,年轻的王后,

你的命运多舛,

要是你母亲知道了,

她的心会碎成两半。"

他们赶着鹅群走出城去,来到乡下。当他们来到牧草地时,她坐在那儿的地埂上,解开她波浪一般卷曲的头发,她的头发就像纯金一般。康拉德看到她的头发在太阳下闪闪发光,便跑上前去想拔几根下来,但是她说道:

"吹啊吹啊,轻柔的风儿,听我说,

吹走康拉德的小帽儿,

让他追着到处跑,

直到我将辫子编理好,

再盘卷上我的发梢。"

她的话声刚落,真的吹来了一阵大风,一下子把康拉德的帽子给吹得远远的,康拉德不得不去追。等他找着帽子回来时,公主已把头发梳完盘卷整齐,他再也拔不到她的头发了。他非常气恼,绷着脸始终不和她说话。俩人就这样看着鹅群,一直到傍晚天黑才赶着它们回去。

第三天早晨,当他们赶着鹅群走过黑暗的城门时,可怜的姑娘抬眼望着法拉达的头说道:

"唉,法拉达,

在这里悬挂!"

那颗头回答说:

"啊,年轻的王后,

你的命运多舛，

要是你母亲知道了，

她的心会碎成两半。"

接着，她赶着鹅群来到牧草地，又坐在草地上和前一天一样开始梳她的头发，康拉德看见了跑上前来，又要拔她的头发，但她很快说道：

"吹啊吹啊，轻柔的风儿，听我说，

吹走康拉德的小帽儿，

让他追着到处跑，

直到我将辫子编理好，

再盘卷上我的发梢。"

风儿马上吹过来了，吹落了他的帽子，吹到了很远的地方，康拉德只好跟着去追。当他回来时，她已经盘起了自己的头发，他又拔不到了。他们和前一天一样，一起看守着鹅群，一直到天黑。

晚上，他们回来之后，康拉德找着老国王说："我再也不要跟这个姑娘放鹅了！"国王问："为什么？""因为她整天戏弄我。"老国王要少年把她做的事情都说出来。康拉德说道："当我们早上赶着鹅群经过黑暗的城门时，她与挂在城墙上的一个马头交谈，说道：

"唉，法拉达，

在这里悬挂！"

那颗头会回答说：

"啊，年轻的王后，

你的命运多舛，

要是你母亲知道了，

她的心会碎成两半。"

康拉德把发生的所有事都告诉了国王，包括在放鹅的牧草地上，他的帽子如何被吹走，他被迫丢下鹅群追帽子等。但国王要他第二天还是和往常一样和她一起去放鹅。

当早晨来临时，国王躲在黑暗的城门后面，听到了她怎样对法拉达说话，法拉达如何回答她。接着他又跟踪到田野里，藏在牧草地旁边的树丛中，亲眼目睹他们如何放鹅。过了一会儿，她又是怎么打开她那在阳光下闪闪发光的头发，然后又听到她说：

"吹啊吹啊，轻柔的风儿，听我说，

吹走康拉德的小帽儿，

让他追着到处跑，

直到我将辫子编理好，

再盘卷上我的发梢。"

话音刚停，很快吹来了一阵风，卷走了康拉德的帽子，姑娘及时梳理完头发并盘卷整齐。一切的一切，老国王都看在了眼里。看完之后，他悄悄地回王宫去了，她们俩都没有看到他。

到了晚上，牧鹅姑娘回来了，他把她叫到一边，问她为什么这么做。她说："我不能告诉你，也不能对任何人说起我的哀伤，因为我已经对天起誓守口如瓶，否则我会被杀死的。"

但是老国王不停地追问她，逼得她不得安宁，但她还是不肯说。老国王说，"那你爬进那边的炉子里，把你的故事告诉炉子吧！"说完他就走了。她钻进铁炉子里，开始哭泣和哀诉，将心底一切倾倒出来，最后说，"我在这里，被全世界抛弃了，可我是国王的女儿；而一个弄虚作假的侍女胁迫我，我不得不把王室的衣服脱掉，她取代我的位置，嫁给我的新郎，而我必须当牧鹅姑娘，做低等的服侍活计。如果我的母亲知道了，她的心会碎成两半。"

老国王其实此时站在炉子的烟囱旁边，听到她说的一切。他令她爬出炉子，给她换上王室礼服，她真是太美了！老国王叫来自己的儿子，告诉他现在的妻子是一个假冒的新娘，她实际上只是一个侍女，而真正的新娘、曾经的牧鹅姑娘，就站在他的旁边。年青的国王看到真公主如此漂亮，听到她如此谦卑容忍，欢喜异常。传令举行一个盛大的宴会，邀请所有亲朋好友。新郎坐在上首，一边是假公主，一边是真公主，侍女在真公主的光彩照耀之下，花了眼睛，没有认出来。

当他们吃着喝着时，客人们都非常高兴，老国王把他所听到的一切作为一个谜语讲给大伙听了。又问真正的侍女，她认为应该怎样处罚故事中的那位侍女。假新娘说道："最好的处理办法就是把她装进一只里面钉满了尖钉子的木桶里，用两匹白马拉着桶，在大街上拖来拖去，一直到她在痛苦中死去。"老国王说："正是要这样处理你！因为你已经很公正地宣判了对自己罪恶的处理方法，你应该受到这样的惩罚。"

年青的国王和他真正的未婚妻结婚了，他们一起过上了幸福美满的生活，共同治理着国家，人民安居乐业。

## 故事的顺势疗法
### The Homeopathy of Story

民间故事的疗效也很显著。它们属于故事疗法中的顺势疗法类：剂量小，可疗效好；它们能映射出人类内在的动力，像顺势疗法一样，它们能精准地对症下药。

民间故事常常包含着多层意思，因此它们可以被比作是一幅全息图画。由于光的特性，从这幅全息图中的任何一部分都能看到全部故事图景。如果整幅全息图被损坏，即使是图中最微小的碎片也会保存下来原始的意象，尽管清晰度可能不如完整图像的清晰度那么好。由于民间故事的内在之光,即使民间故事只是部分或片面呈现,民间故事仍然保留了故事的全部意义。

即使从最初级的层面来阐释,童话故事《牧鹅姑娘》都可以被应用于任何问题,同时又不失其完整性。因为我们多数的问题都已失去了它们的故事,就如牧鹅姑娘一样。它们都是孤立的存在体,它们就像江湖骗子一样独来独往。作为问题自身而言,它们以真实现实的形式呈现出来,代替我们担当起自己的角色。当我们将这些问题纳入到大背景中去审视的时候,这些问题就迎刃而解了,它们从此重新开始了自己的故事,担当起它们在时代大故事背景中的角色。

## 作为灵魂隐喻的故事
### The Tale as Parable of the Soul

让我们再进一步从更深的层次去阐释童话故事《牧鹅姑娘》。它可以被看作是关于人类灵魂的隐喻。从这个角度讲,故事中的所有人物都以我们内在生命的不同面相显现出来,故事的创作也使得我们内在发展的不同阶段变得透明可见。

牧鹅姑娘的母亲王后代表着我们过往中最好的那一部分,因为过往的一切都是那么熟悉、温暖,它们支撑着我们、使得我们拥有安全感——我们的母亲、家人、家、童年。我们总是带着富有魔力的礼物离开了家(手绢、会讲话的马)。公主代表着我们自己最好的那一部分,而女仆则代表着我们自己最糟糕的那一部分。

主人公踏上的旅程就是我们的生命历程本身。它带着我们离开了家,来到陌生而奇怪的地方。在那里我们被虚伪的女仆拦住了,她是更改我们意念方向的谋逆者。正是这虚伪的女仆,抢走了我们自己的人生故事,也带走了我们自己对自己的认同，因为我们的故事就是讲我们是谁。我们被迫否认自己，直到我们重新找到我们自己的真实故事——一个将所有事情都能立体进行观察并将江湖骗子予以曝光的真实故事。

童话故事《牧鹅姑娘》里也包含着"故事中的故事"。女主人公在"故事中的故事"里找到了自己的故事，并借助自己的故事，找到了她自己。

而"找到自己的故事"又意味着什么呢？我们如何才能接近故事疗法？要回答这些问题，需要将依据我们自己的生命体验对故事做出的深层阐释与故事本身所包含的深层次的意义联系起来。跟所有其它故事一样，童话故事《牧鹅姑娘》不仅是关于个人的故事，它也是关于整个人类的故事。

自己的故事永远都不仅仅是只讲自己。它总是与其它故事有着千丝万缕的联系，很有可能它是我们知之甚少或一无所知的宏大故事的一部分。牧鹅姑娘的故事就与她母亲的故事、女仆的故事、与国王、康拉德以及她的新郎的故事互相产生着连结。牧鹅姑娘的故事只是将她与她的命运相关的所有人的故事整合起来构成的大故事的一部分。与之形成鲜明对照的是女仆强加给她的故事使得牧鹅姑娘一直处于孤独之中。

让我们再次探究一下神话《帕西法尔》吧！帮助帕西法尔（Parzival）走上探求之路的故事并不是他一个人的故事。特拉佛里特（Trevrizent）讲给这个骑士的故事是从天堂开始的，紧跟着路西弗（Lucifer）的坠落，经由亚当和夏娃曾经走过的道路的引导来到格里城堡，去面见那个悲剧的国王安弗塔斯（Anfortas）。故事的结局是帕西法尔（Parzival）错失了救赎那位生病国王的机会。隐士向帕西法尔（Parzival）展开了创世之初到他俩相遇的这一刻的精神历史画卷。只有以这个宏大的故事为背景，帕西法尔（Parzival）自己的故事才有了意义以及疗愈的功能；正是这个大故事才使得帕西法尔（Parzival）最终重返故乡。

当佛陀看见自己的前世展现在自己面前的时候，他才意识到在历来诸多的菩萨当中自己所处的位置。他将自己的故事看作是东方精神世界的一部分，最后自己才变成了菩萨，一个受到启发并完全觉悟了的人。

所有的故事在这点上都有共性。它们能够变形到一定程度，从而成为大故事的一部分。只有在那时，个人的故事才能得以完满。

过去的文化中，这种与时代大故事融合的方式是以鲜活的神话形式得到实现的。通过神话体，每个人都共享着自己文化创始的宏大故事。希腊神话向希腊全体男女提供了他们在世界中寻找生活方向所需要的精神营养。神话是一个有机整体，它不仅向人们预示着未来，也向人们讲解着过去。所有伟大的神话故事都向人们提供了世界万有的发源和创始，并通过诸神的祖先将现世与发源和创世连结起来。

当今所有这一切都已遗失。属于我们精神遗产的神话主体已经基本丧失了权威。我们时代真正的神话是基于科学的世界观，它对我们时代文明的影响与希腊神话对当时希腊文化的影响同样巨大。科学时代新神话对我们的影响、对我们与其它所有故事之间关系的影响是两个非常重要的问题。若继续对《牧鹅姑娘》做更深层次的解读，我们就会发现牧鹅姑娘的故事正是针对上述两个问题的。

在这个层次上对《牧鹅姑娘》进行的解读向我们揭示出了该童话故事作为人性的隐喻所包含的全部意义。这一意义可以从远古历史追溯到遥远的未来。像很多家庭故事一样，《牧鹅姑娘》是一种在世界任何地方任何时候都适合的世界神话故事。外表也许有欧洲鲜明的特点，但所传递的信息却具有全球属性。

## 作为人性比喻的故事
## The Tale as Parable of Humanity

在这个层级对故事进行阐释，我们便开始发现在其它层面对故事进行的阐释仅仅是反射在玻璃碎片上的一些图景而已。通过牧鹅姑娘的故事，我们深刻地看到了故事的消失。那个作假的女仆代表了使神话现实变得含混不清的智性力量。当代智性头脑思维拥有很多的面纱，而隐藏其后的女仆，剥夺了故事中公主的王权以及她神圣的过去。女仆用其奸巧切断了公主与女王的连接，女王代表着神话那古老的母亲——是她给予了公主"昂贵的金银容器、金银装饰物、金银杯子、珠宝"以及会说话的马、带着血液力量的手帕。

那个女仆也是神话母亲的礼物之一，母亲将她过去那些伟大的智慧赋予了女仆。她是女王送给女儿的嫁妆的一部分，是故事升华过程的触媒。

女仆的力量是逐步展现的：首先她拒绝服侍公主。由于她的傲慢，她不愿从那假装的"高头大马"上下来，她放弃了自己作为女仆去打水的职责，放弃了自己作为智慧的仆人的职责。她做出的所有拒绝行为使得公主失魂落魄。公主因此失去了镇静，也失去了过去生活中保护她的那些魔法物件——带有三滴血的白色手帕。这是公主走向迷失的第一步。第二步就是与女仆交换服装——用智慧的礼物换取女仆那智性的衣服。接着她丢了马，也失去了她的直觉以及那稳健而又值得信赖的声音，与此同时也遗失了自我身份最后的一样见证。

最后，公主被女仆逼迫着发誓要保持沉默和保持对自我身份的否认。这是女仆最厉害的一招，也是她最狡猾的计谋。因为每一个神话、故事以及传奇都有过类似的发誓的情节：他们都屈从于保持沉默、都同意否认自己真实的现实身份，否认并放弃自己那些超越智性的绝对优势。所有的故事都不再坚持他们真实的本相。受他们保持沉默的誓言束缚，他们纯粹成了一种想象。出自孩子们那幼稚而完美的想象力，对孩子们来说仅仅就是一个故事；最多，是一种总体设想或者说从故事中找到意义的一种天真的尝试。

所有神话故事都因人类的智性认知而被篡改了。女仆变成了公主，公主成了女仆。对故事这样的篡改也产生了如此后果：故事失去了智慧力量，人类的智性坐在了王座上。

女仆骑上了法拉达，真正的新娘骑在了那匹劣马上，就这样他们走进了王子的宫殿。当她们到达王宫的时候，王宫里一片欢呼雀跃。王子奔跑到"公主"跟前，将她从马上抱下来，想着她应该就是自己的未婚妻。女仆被抱到了楼上，而公主却被抛在了后面，孤独地站在院子里。

王宫里的欢庆反映了当今世界一种过度兴奋的情绪——西方社会对现代科学技术的崇拜和热衷的情绪。用数学推算出的证据、不断推陈出新的机械文明以及电子化的魔法做支撑，理性统治的根基似乎很稳固。在真理的审判所，智性依然占据着主导地位，其做出的裁决依然具有强大的说服力，其判决依然具有不容置疑的效力。

## 古老的题材，全新的故事形态
## Old Stories for a New Tale

在《牧鹅姑娘》中，旧有的题材被置换成了新故事。因为神话的智慧让路给了科学理论的胡编乱造，因而智性取代了想象力。智性的目的本来就是向人们提供服务，就如故事中的那个女仆的天职本来就是服侍公主。智性存在的目的就是要服务于真理，要成为智慧的女仆。当智性声称自己支配着想象力的时候、当女仆强行霸占了公主的身份、当智性的故事坚称这就是唯一的真实故事的时候，问题就会出现。

因为智性是最蹩脚的故事讲述者。这样讲一点不足为奇，因为智性行为的唯一使命就是坚持事实并去发现事实中所包含的科学法则，仅此而已。当人类发挥智性力量去制造机械时，就会用到智性发现的这些法则。当智性将整个宇宙解释成一台机器的时候，它其实是在创造一个神话。智性是一个故事讲述者，而它只懂一个故事，且会不断地重复讲述那唯一的一个故事。

就像女仆那样，智性并不满足于自己的角色，只担当真理的仆人对它来说远远不能满足它，简单地解释事实也不能满足其野心：它总是渴望着去干神话已经干过的事情。智性总是幻想用自己的故事去解释世界，想让自己的故事扮演至高无上的角色。如那些古老的神话故事一样，智性故事也想塑形未来。

如女仆一样，智性也想成为公主、女王、新的神话之母、新故事的伟大创造者。为了达到此目的，智性将神话故事之力推下王座，掩盖故事事实，采用逻辑分析和智性阐释出的碎片装扮故事，强迫它们陷入自我否认的境地，并在科学审判庭前宣称故事是毫无用处的东西。

然而老国王却透过窗户看见她站在院子里，注意到她是多么的秀丽、优雅、美丽，然后他立刻来到了王宫的后宫区，向新娘询问随她一起来的、站在王宫院子里的那个姑娘，并打听她是谁。"我半路上捡来给我做伴的。给她活儿让她去干吧，省得她站在那无聊。"

可是老国王并没什么活儿让她可干，也不知有什么活儿可以让她干，于是就说："我有个小男孩在照顾那些鹅，也许她可以去帮助那个牧鹅的小男孩。"

被剥夺了权力的公主只适合去给鹅做伴，而鹅又是最难以驾驭的倔鸟。依那个女仆的看法，除了自己故事之外的其它故事都是愚蠢的故事，只有那些倔强而落后的人才会守着真相不放。女仆成功了。整个朝廷都被她的外表迷惑了，社会将她的故事当成了事实，其它故事被看成是虚幻的，她的科幻小说成了科学，她的结论成了唯一的最后事实。女仆那根本站不住脚的断言被当作事实让人接受了。她是个十足的耍阴谋诡计的天才，她懂得如何将正确的方法用到邪恶的目的上，也懂得如何狡猾地编排微小的事实以支持她那弥天的谎言。

《牧鹅姑娘》的故事非常明晰、非常准确地讲述了欺骗的伎俩。事实是在抵达王宫的年轻女子中间，一位穿着公主的礼装，另一位穿着女仆的服装。真实的情况是一位会宣称自己是公主而另一位则不会做出任何反驳。显而易见这些都是真的，但却不是真相。

很明显，真相总是被安排着去服务于那些不太明显的目的。女仆之所以让大家信服是因为女仆编排了事实以迎合自己的故事。跟俄狄浦斯一样，她只是看起来好像掌控了局势，她的权力也只是暂时的有效。很明显，是那部宏大的故事将她设置并安排在事实之中而已。

# 7

# 当代理性神话

## The Myths of the Intellect

  正如其它童话故事那样，牧鹅姑娘也反映了想象力的死亡和重生。奸诈不忠的洛基（Loki）隐藏在那个女仆的面具后面，美丽的巴尔德尔（Baldur）隐身在公主之后。从故事本身看，故事《牧鹅姑娘》所涉及的正是想象力的消逝，其主题正是有关故事如何被篡改。要想彻底理解故事是如何被篡改的，我们就需要转而来关注当代神话故事，关注排挤掉所有其它故事的当代神话故事：以科学作伪装的理性所创造出的当代神话。

  这并不是说科学本身有什么错。科学不断努力来帮助人类探寻真相。客观科学是人类内外探索过程中不可割舍的工具。基于科学的方法是西方文明最主要的成就之一。客观科学本身是一回事，而以科学做掩护的理性神话创作却是另一回事了。需要检视的是理性故事创编，不是科学本身。因为理性神话故事不仅篡改了那些古老的故事，也篡改了科学本身所讲述的故事。

  当今理性成了唯一的神话故事创造者：思想成了假说、假说成了理论、理论成了真理、真理成了事实上的现实。少数颇具哲学头脑的人清晰地意识到对科学而言唯一确定的是当下的新理论在 50 年或 100 年后会过时而遭人摈弃。然而意识到自己缺点的理性仍然是理性，一个意识到自己局限的人仍然会被自己的局限所束缚。现代迷宫式的思维如一堆乱麻，是理不清的复杂事情。

复杂的理性力量以及它所创造的神话不是很容易就能被化解掉的。他们是一个宏大故事的一部分，当代神话故事仍然被大时代讲述着。像所有神话故事一样，当代神话故事超越人类的思想，它们是第二层皮肤，并接受世界命运的摆布。

## 女仆的神话
### The Myths of the Maid

理性所创造出的科学神话并不局限于实践他们、研究他们的那些人，科学神话无处不在，表面上看起来它非常有力量。在我们毫无意识的时候，它们将我们看世界双眼染上颜色。现代神话让星星黯然、使太阳无光、迷失了灵魂。它们掌控政治、改变历史，它们决定经济命脉、影响教育；它们点燃国家之间的冲突，让野蛮横行无阻；它们教我们违背自然，无视未来地剥削世界。

它们都是故事，而不是真相，他们是女仆的故事，当代神话都带有女仆的印记以及女仆心机的商标：将虚弱的真相加以狡猾的设计以支撑她的弥天谎言，女仆取代公主就使用了她那奸巧的骗术——真假颠倒的反转。

女仆所为，理性亦步亦趋，忠实地沿袭着她的路数。女仆开创了先例，理性紧随其后，它总是重复相同的故事，故事总是很像奴仆的故事。

以进化论为例看看吧！进化是一个事实，而进化论却不是事实。进化论是由女仆构建的神话，每个细节都带有女仆的标记。

鱼先于两栖动物出现，两栖动物先于爬行动物出现，爬行动物先于哺乳动物出现，哺乳动物先于人类出现是具有强烈意愿的女仆们的一项伟大发现。

通过这样带有洞见的发现我们可以深刻地看到自然之工，也可以看到大自然经历无数年代所持续进行的努力之后可以演化出更多高级生物。在时间长河中大自然所给予的启示以及在胚胎发育变迁过程中大自然所做出的慈悲回响是大自然剧本中最具灵感的元素。

而其余的理论则是理性和善于篡改事实的女仆所讲的当代神话故事，何况故事还不那么原创——情节仅仅是剽窃而来。达尔文从工业革命早期的竞争经济现实和他所处时代的科学发展入手，将大自然所给予的丰盛启示压缩后塞进维多利亚时代思想的紧身衣里面，他将自己的物种进化的发现融入到一个蹩脚而局促的故事里，将大自然的华服篡改成他所处时代的抹布。其故事甚少讲到自然，更多地是在渲染理性之本性。

毫无悬念的是理性很容易因自己创编的故事而被感动——它往镜子里一看，看见了自己的脸。就像那些继母故事一样，理性偏爱这种故事，因为这些故事是自己亲生亲养的。

有关进化的思想从来都不是什么新鲜的东西，对过去那些伟大的神话来说进化思想也并非是陌生的。那些伟大的神话故事总是倾听着来自创造之神的启示，聆听着来自人之初的歌唱，聆听着如记忆般古老的故事，如时间般远古的故事，它们就是创世故事。

## 创世故事
**Creation Myths**

创世故事与神话之母一直保持着亲密关系，创世故事是神话之母的头生儿女。创世故事讲述着神话之母自己辛勤劳作的事迹。创世神话是神圣生态学的天启之作，在此中间众神的命运、自然的显现、人类的生命历程尚不是互相割裂的故事，而是一个被不同人群以不同方式讲述着的伟大的整体故事。

尽管创世神话变化多样，但创世神话的本质却都相同：所有创世神话（仅有一个例外！）具有一个共同的基本特征。它们都将世界的生命历程追随到众神、神明、原型存在以及原始存在——从生出希腊众神的大地女神盖亚（Gaia）到北欧神话中的巨人始祖伊米尔（Ymir）。在墨西哥创世神话里，它是成长女神妈妈；在北美印第安创世神话里，它是蜘蛛女神；在希伯来创世神话里它是耶和华神（Elohim）；在芬兰创世神话里它是海水之神伊玛塔尔（Ilmatar），在远古最早的海洋里她曾一直兢兢业业地劳作。

创世神话的主要特征是符号化。它不去关注细节，而是将关注的焦点放在起因上而不是后果上、放在意图上而不是结局上、放在过程上而不是结果上。

印度创世神话里的守护神毗瑟挐（Vishnu）纹丝不动地躺卧在永生不灭的千头眼镜蛇身上，他创造出了梵天之后，梵天创造了世界。毗瑟挐（Vishnu）一次又一次地化身降临凡世，并亲自教化人类、疗愈人类，进一步创造世界。

每当公义和秩序处于危险之境时，我便下凡、现身。

古印度传统文化里，神明轮回降临凡间后被称为阿凡达。按照印度创世神话一个流行版本的说法，毗瑟挐（Vishnu）首次轮回里，第一次降临凡间时选择了鱼型阿凡达；第二次降临凡间选择龟型阿凡达，将全世界都驮在了自己的龟背上；第三次降临凡间选择了野猪型阿凡达，拯救了世界。第二次轮回过程中，他选择了半人半狮阿凡达，之后是侏儒阿凡达，第五化身瓦摩纳，第六化身是普如莎原人，也就是驼背樵夫和原始苦修士。最后一次轮回，毗瑟挈（Vishnu）化身成印度华威达的两位英雄人物罗摩（Rama）和克里希那（Krishna），最终以完美人类形态出现在凡间。

想象一下毗瑟挈（Vishnu）第一次轮回化身为鱼，接着轮回化身为爬行动物，再之后的轮回化身是哺乳动物，到最后的轮回化身为人形。在所有人类演化理论出现之前，印度古老的智慧的发展与人类演化元纪年的阶段（一千年的周期）相吻合。但是从所有其它角度看，古神话与新神话则完全相反。两者所处理的都是相同的事实，然而却以迥然不同的方式阐释着这相同的事实。关于人类演化的理性新神话在每一个细节上都带着女仆的烙印，它所讲述的是与所有其它创世故事截然相反的故事，完全颠倒了神话之母遗留下来的启示信息。

那些神圣的创造者被当作无聊之物被抛弃，原始存在那些有意识的意志行动被看作是无意识的偶然事件置之不理，神明引导下的人类演化进程被当作非有意的突变看待。临到最后，降临凡间的神以牺牲的爱作为人类演化的动机，却被可恨的宇宙机制理论代替：竞争以及适者生存学说，脱胎于生物等效理论，认为人与人之间就是互相对抗竞争的关系。

此类神话了无新意，它与无数神话讲述过的故事别无差异，只不过是改头换面地改了名字、将其内涵的意义颠倒而已。所有正向意义被篡改成了负向意义，将初始的爱的力量置换成仇恨的宣扬。

公主保持着沉默，而能言善辩的女仆狡猾地筹划整理出证据，将物质世界及其法则这一演化的最终结果颠倒成了最初的动因。理性除此之外别无他能，因为它只懂得这样的故事。没有任何新测事实细节可以改变故事古老的内核，没有任何新的发现可以篡改故事的结局，它将一遍一遍地被人们重复讲述。

不管现代理性智识如何用望远镜和显微镜精良地装备自己，也不管它能探究多么深远的宇宙空间和物质，它都逃避不了自己的局限性，它能做到的只是测量自己的深度。无论现代理性科学就过去和未来设计出多么深刻的理论系统，其本质故事都不会因此而改变。它永远都是按照女仆的模子重复出来的相同模式：将过往那些伟大闪耀的史诗变得暗淡，使之衰减为当代世俗乏味的陈词滥调；将现世那些伟大的艺术之作降格成来世可能性事件中那些毫无意义的偶然事件；将未来无限的可能性缩减成当代毫无光彩的各种理论，借助会算计的头脑讲未来广阔的可能性呈现为单纯的计算。这些故事里虚无掉了过去的意图，也对未来毫无价值和意义；当下显得极不真实，自我只是个幻觉。

从本质上讲它是非凡而激动人心的神话实作。在某个伟大的高潮处我们可以观见当代神话在吞噬着它自己，借助意义使意义自行湮灭，借助思想使思想自行毁灭。我们可以看见北欧神话在理性的舞台上圆满了自己，也可以看见理性自身演绎出理性自己的黄昏。

## 伟大的欺骗
## The Great Deception

理性以科学之名做掩饰所创造出的神话创造出了我们已知的现实；它关于世界所做的裁决具有毁灭性；它们做出的评判残酷苛刻；其结论极其残忍粗暴。然而它们的洞见并非来自现实，而是来自于它们对现实所做的自我解释。它们起源于理性那些先入为主的预念，以及对真相的欺骗性编排，从而服务于篡逆的女仆。因为她的命运与科学和理性的命运极其相似，那就是：跟自己的故事遭遇却不能识别出来是自己的故事。

当他们酒足饭饱、喜悦作乐之时，老国王请女仆猜一个谜语：若一个仆人对自己的主人做了如此恶事之后他该受到什么样的惩罚，同时老国王还原了整个故事，询问女仆如此之人该受到什么样的惩罚处置。问完之后，假新娘说处罚那个人最好不过的办法就是彻底剥掉那人的衣服，将他放入布满尖利钉子的桶内，再套上两匹马拖着那桶一条街一条街地巡游，直到他死掉。

那就是你，老国王说，你已宣判了自己的罪行，因此你就该接受如此的惩罚。

正如女仆那样，理性也宣判了自己所创造之物，其裁判也极其残忍极端；它谴责了自己所创造的世界图景，从而谴责了自己。

让我再次重复一下，理性创造出来的所谓科学世界观不仅仅事关科学家，它也是我们大家的现实，是我们当代神话的一部分。我们共享着它，我们与之共处其中，我们接受它，我们借助它来谴责我们自己，同时遭受着因它而加载给我们的审判结果。

在某个无意识的层面上，我们因这个充满偶然性事件的世界而深感烦恼，也因这个毫无意义的生命而深感痛苦，那些并非真相的真理以及早已注定了的未来也使我们深感苦恼。我们的人生被故事塑造成苦不堪言的人生，故事里我们被迫变成了通用机械上的齿轮；在一个由人与人之间对抗竞争而驱动的世界上生活使我们感到痛苦。

值得庆幸的是，它不仅仅是神话，它也是女仆给自己发出的裁决，是理性对那些为了匹配自己的故事而拣选出来的事实的审判。不管如何，神话都是我们自己命运的一部分，需要我们去经历、体验和克服。

神话是这个转化过程中的一个临时阶段，不幸地是我们对此并不知晓。我们将它当成了真实而永久的现实，因此我们承受着如此而来的后果。我们相信噩梦，而噩梦真的就变成了现实。如果我们能看清隐藏在科学里面的那些理性神话，那么科学就会得到解放，科学就会成为真理的工具、智慧的女仆，从而畅通无阻地服务于真理和智慧；而不是继续担当篡越者的打手。理想的科学应该能将我们从依靠无意识神话生活的强迫状态中解放出来。

我们的潜意识思维早已对神话深感绝望，以致于我们几乎很难再关注到它。心魂（soul）遭受着痛苦，就像真正的公主发现自己处在灶灰之间，深感绝望而痛苦。正是在这种痛苦绝望之中我们才找到了真正的故事，我们才讲出了真正的故事。真正故事的力量冲破了虚假女仆所编织的藩篱，将公主从默默接受自己命运的悲惨状态中解救出来。

女仆的事迹充斥人间无处不在，理性神话也只是冰山一角。女仆的事迹不仅仅感染了我们的头脑思维，它更冷冻了我们的心魂（soul）。在这角冰山之下，它早已渗透到我们整个生命之中。将心魂（soul）从理性冰冷的咒语中融化使之变得温暖柔软是治疗故事诸多人物之一。《牧鹅姑娘》的故事帮助我们从此咒语中觉醒，但它却没有详细阐明破解咒语的手段，也没有描述破解强迫症的详细过程，更没有给出康复的过程。要想研究破解和康复的过程，接下来我们需要研究故事集《一千零一夜》。

# 8

# 一千零一夜（1）

## The Arabian Nights（1）

《一千零一夜》（又名：《天方夜谭》）是波斯故事集。故事的主人公是谢哈拉萨德（Scheherazade），她是故事疗法非正式的庇护圣徒。正是她在一千零一个夜晚所讲述的神妙故事疗愈了夏拉国王（King Sharya）的重度强迫症。

《一千零一夜》里面的故事极具装饰性，如伊斯兰艺术图案一样复杂精美；巧妙地以阿拉伯流畅的书法艺术的形式将故事表达了出来，西方印刷字体的表现力难以企及。故事都像昂贵的波斯地毯那么精致，都像用想象力编织成的飞毯，飞毯的经线纬线里交织着一个又一个的故事。

故事初始的形式是成人故事，间或有一些赤裸裸的情色倾向，是不适合儿童的。如果仅作浅表阅读的话，似乎纯粹是为了娱乐，就像一个闹哄哄的故事大杂烩。若做进一步深度阅读，迷津会渐渐自我显露出来，呈现出《一千零一夜》作为故事疗法权威指南的本质特性。

包含着那么多故事的《一千零一夜》故事集，本身就是古代伊朗文化转型时期的时代大故事的一部分。从未有哪种文化如此透彻地阐述过善与恶之间的鲜明对照，也未曾讲述过人在文化转型时期所扮演的媒介角色。

这些主题在伊朗创世神话中都可以找得到。伊朗创世神话里的那个时间之神佐尔文（Zurvan），为了成功孕育一个儿子而牺牲了自己一千年。事实上，他创造出了两个儿子。当他怀疑自己这个牺牲举动的时候，他生出了那个恶子阿里曼（Ahriman）；而他做出的实际牺牲所积的德让他有了另外一个儿子，他就是伊朗创世神话中的光明神——阿胡拉·马滋达（Ahura Mazda）。

在波斯神话里面，一切的创造都源自于光明与黑暗之间的斗争。当阿胡拉·马滋达（Ahura Mazda）创造出羔羊的时候，阿里曼（Ahriman）创造出了狼。创世就是在这二元交互中进行的，而人类在邪恶向善良转化的过程中承担着决定性的因素。人类将狼驯化，使之成为牧羊犬。羔羊的吞噬者变成了守护者，牧羊人的敌人变成了最值得信赖的忠实朋友。

波斯神话里面转化这一主题无处不在。当国王胡尚（Hushang）借助勇气克服了恐惧，并成功地借助打火石取得第一枚火苗的时候，我们就遇见了转化；当国王德亚姆谢德（Djemshid）受某次夜晚幻觉的启发将自己的利剑变成了犁地的犁头的时候，我们也遇见了转化。转化就是那条金线，它将拜火教创始人查拉图斯特拉（Zarathustra）那些古老的神谕与玛尼的教义连接了起来，将鲁米的苏菲神秘主义与《一千零一夜》的内容连接了起来。

《一千零一夜》是故事疗法的精髓，开创了疗愈型故事的新纪元。如果加以正确阅读的话，故事就会展现出强迫症的原型模式以及疗愈的意义：

愿人类古老的传奇成为我们时代人们的教训，以便人能够看见降临在自己身边的人的那些遭遇，进而对过往的人们的话语和经历表现出尊敬并加以认真考虑，从而让人能够受益于它们。

# THE POWER OF STORIES 故事的力量

愿荣耀永远伴随那些将先人的故事珍视为自己人生向导，跟随并从中吸收价值的人。

现在这本名为《一千零一夜》的故事集被整理了出来，它包含着无数奇异珍宝和指导，也包含着先人们无数的教训，呈现在了我们面前。

## 谢哈拉萨德与《一千零一夜》
### Scheherazade and The thousand and One Nights

《一千零一夜》讲述的是夏拉国王（King Sharga）和夏泽曼国王（King Shazaman）两兄弟的故事。他们俩都深受各自人民的爱戴。当两人都处在王朝鼎盛繁荣期的时候，大哥夏拉国王（Sharya）派遣朝中元老去邀请弟弟夏泽曼国王来他的王宫做客，弟弟夏泽曼（Shazaman）立即动身前往夏拉王宫去拜访他亲爱的哥哥，但是没走多远就发现自己忘记带什么东西了。当他返回宫中时，发现王后正躺在奴隶的怀中。盛怒之下，他拔剑刺死了二人。

伤心欲碎的夏泽曼国王（Shazaman）再次出发来到夏拉国王（Sharya）的城堡，脸上浮现出悲伤。他向他的哥哥承认了自己"心被震碎了"，但并没有坦诚自己痛苦的真正原因。第二天当夏拉国王（Sharya）出门狩猎时，夏泽曼（Shazaman）留在了宫中。他望着窗外，陷入了深深的悲伤之中。

当他深陷悲伤之时，国王宫殿的一个秘密大门打开，从门里走出来20个女人，她们簇拥着王后，其高贵的发髻引人夺目。这位王后心想塔塔利王国的国王和他的弟弟一起去狩猎了，于是就带着她的随员们一起走近了夏泽曼（Shazaman）房间的窗户外。

他注意到陪伴王后的那些人卸掉了面纱、脱掉了长袍，感觉是要让自己舒服自在一些的样子，但令夏泽曼（Shazaman）震惊的是他发现那二十个人中竟然有十个是男人，每个人都带着自己的情妇。而王后自己呢，似乎是形单影只，但没多久就听见她拍拍双手，只听见她喊道"马苏德，马苏德。"立刻就有一个男人从旁边高高的树上溜下来，疾速朝王后跑去。

出于稳重和稳定的考虑，他觉得没有必要把他看到的情景讲述出去。但敢肯定地说，夏泽曼所看到的足以让自己相信他哥哥跟自己一样值得怜悯。

"我怎么都很难相信"，他自言自语道，"所有人都如我这般不幸？""这肯定是天底下丈夫们都躲不过的宿命，因为即使我的哥哥贵为国王，统治着庞大家业，并号称为当世最伟大的国王，也未能幸免这样的不幸。我真是大笨蛋，用这样的悲伤折磨自己！"

晚餐时，他们给他端来了满盘食物，他胃口极好，近乎狼吞虎咽地吃完了所有食物。

当夏拉国王打猎返回王宫时，发现夏泽曼国王精神焕发，于是就询问夏泽曼并请求解释原委。夏泽曼讲出了自己跟妻子的困境，并说当见证了自己哥哥所遭遇的更大不幸时自己的悲伤就释怀了。夏拉国王感到震惊，第二天当自己亲眼目睹了王后所作所为之后开始确信了夏泽曼所说。

"哎！我的天哪！"他呼喊着，"多丢人呐！多恐怖啊！一个王国的王后竟能做出如此败坏名声的事情来？既如此，那么那个国王再也不要声称自己人生完美、幸福美满了！天呐！我的弟弟啊！"他一边拥抱着塔塔利王国的国王，一边继续惊呼道："让我抛弃这尘世吧！并将荣耀从尘世放逐出去；如果今天的荣耀讨好了我们，那明天它也会背叛我们。我们一起放弃这属地吧,遁入异国他乡,隐姓埋名地生活,隐藏起我们这些令人悲伤的不幸事。"夏泽曼一点儿都不认同哥哥的计划,但也不想让自己的哥哥困在这难掩的苦情中。"我亲爱的哥哥啊,"夏泽曼回复道,"你的意愿也是我的意愿。不管你乐意去哪儿,我都会跟随你;但是请答应我如果我们碰到了比我们更倒霉的人,我们就返回王国。""我答应你,"夏拉国王说,"但是我真怀疑我们是否能遇到那个更倒霉的人。""因此这点我实难苟同,"塔塔利王国的国王夏泽曼回答道,"我猜想我们的旅程只会短不会太长。"

两兄弟于是离开了王宫,到处旅行,他们走到了盐海边一棵孤零零的大树旁。

于是他们就停下来在此歇息,直到他们看到了乌云似的黑烟飘向他们。他们感到害怕极了,趁机赶紧爬到了树上。黑烟慢慢地变成了妖神,一个头上扛着魔盒的巨型魔鬼。它们并没在意藏在树枝上的兄弟俩,魔鬼打开了魔盒,释放出来一位年轻貌美的女郎。然后它将头枕在女郎的大腿上睡着了。

女郎窥见了藏在树枝里的两兄弟,于是她小心翼翼地将魔鬼的头从她的大腿上挪开,然后她向两兄弟示意让他们下来跟她寻欢。两位国王并不愿意这么做,而女郎却强迫夏泽曼和夏拉国王屈从她的意愿,还威胁他们说如果不服从,她就要叫醒魔鬼。

起初他们抗拒女郎对他们所做的事情,可是她却用威胁的手段强迫他们屈从。她的欲望得到满足后,她看见兄弟俩的手指上都带着戒指,于是就想要。她一拿到两人的戒指,就抽出了另外一串戒指给他们看,还问他们是否知道这些镶着宝石的戒指到底是什么意思。"不知道,"他们答道,

"我们愿听你详解。""这些宝石戒指是,"她回答道,"我临幸过的所有男人的戒指,共有九十八个,我留作纪念。我要了你们两人的戒指,想凑够整数一百个。我有一百个情人了,尽管这个邪恶的妖神寸步不离地警惕着我,可我还是做到了一百个。如若他知道了,他会把我锁进这个玻璃盒子里,深藏在海底,但我总是能找到法子躲避他的警戒。通过这件事你们可以看到,一旦女人心里有了想法,哪个丈夫或情人也无法阻挡她将想法付诸行动。男人再也不要试图如此限制自己的妻子,因为限制只会教会妻子们变得更狡猾。"女郎说完这些,也将他们俩的戒指串在那串绳子上,接着像之前那样坐在了魔鬼的身边,把他的头再次放在自己的大腿上,并示意两个国王离开。

夏拉国王（Sharya）返回城邦之后将宫中王后嫔妃及现有奴隶全部处死,然后他命殿前长老每夜向王宫进献一名处女,当夜玩弄之后第二天早晨便杀死。夜夜天天如此,直到全国再也找不到处女为止,这时只剩下殿前长老自己的女儿们。

长老家有两个闺女,夏拉扎德（Sharazad）和唐拉扎德（Dunyazad）。大女儿曾经读过有关前朝国王的书籍、年鉴以及有关他们的传奇,也读过过往那些男人们的故事、事迹以及事例等。事实上据说她收集了上千本有关这里古老民族以及已经仙逝的统治者们的故事书籍。也读过很多诗人的作品,并能将这些诗歌铭记于心。她也研修过哲学、科学、艺术以及过往的人类文化成就。她是个很快乐的人,很有礼貌也很机智,阅读广泛。她是个极富教养的女人。

谢哈拉萨德（Scheherazade）将她自己当作来自神对国王的救赎,准备奉献给国王。她的父亲极力反对她的计划，最后父亲还是让步了，谢哈拉萨德（Scheherazade）嫁给了夏拉国王（Sharya）。

## 内置式故事以及悬念故事
## The Nested Story and the Cliffhanger

结婚当夜，谢哈拉萨德（Scheherazade）就开始编织自己那庞大复杂的故事集。她夜以继日地工作，常常都以悬念结束当天的故事，这样就吊住了国王的胃口，使他渴望能继续聆听她讲述的故事。为了能听到谢哈拉萨德（Scheherazade）讲的故事，夏拉国王（Sharya）赦免了她，只要当晚讲了故事，第二天就留下她的性命。

从她讲故事的第一晚起，我们就遇到了故事疗法强力有效的两项技巧：悬念故事和内置式故事。就像是俄罗斯套娃那样，所有故事嵌套在一起，一个故事内置在另一个故事之中，最后构成一个复杂的有机整体，故事整体风格跟伊斯兰装饰艺术的风格非常类似。

嵌套反映出了故事的本体特征，大故事包裹着小故事。故事和深化后构成的故事整体形成了一个高度复杂的故事有机体。从本质上看，希腊神话也不是那种独立的故事集而是那种内部紧密连接的故事体，正如人类身体内部的器官和功能紧密相连那样。

起初所有故事、神话都是处于一种连续的流动状态之中——变化、移动、扩展，就像故事讲述者一样富有生命力。每个故事都有多元表现的形式，反映出故事原型的流动变形特性。只是后来渐渐被人为压缩并固化成我们所知的故事形式。故事的前生因文本而遗失，当故事穿着纸张寿衣后便告寿终正寝了，纸质书籍变成了故事的棺材。

内置嵌套式故事成了故事有机生命的一种残存遗迹。它们拒绝被智性化，也拒绝智性化对故事顺序的强制要求和强迫性控制。即使是印刷到纸上，它们也拒绝被划分成独立的小片段。嵌套内置式故事保存着想象力的母性光辉。它们反射出了元初世界那连续性创造力，属于人类精神的女性层面，而这正是现代线性智力所匮乏的东西。正是这样的品质才使得内置式故事具有疗愈僵化教条的线性智力的功效，也具有疗愈与线性智力亲近相关的病症，如强迫症的功效。

强迫症也是心灵紧缩症状。内在生命的宽度被裁剪、被压缩，不是许多内在相连的故事，而是一个故事一遍又一遍的循环重复。谢哈拉萨德（Scheherazade）内置嵌套式故事的旋绕动能对国王夏拉（Sharya）的强迫症线性困扰来说是一剂救命之药。

悬念也起着类似的功能。故事那富有生命力的开放式结尾，对听众来说是具有同等疗效的。这样的故事既不接受传统惯常式结尾，也不设定可以预知的结局。悬念故事总是留出空间，它教育听众学会如何听故事、如何保持开放的心态、如何去期待更多、如何去保有耐心、如何去期待未知。它让人的心魂处于一种健康期待的氛围中，并反作用于人的那种控制欲望。开放式结尾型故事是过程大师，教人学会理解过程，并在时间长河中将启蒙作为礼物恩赐与人类。

## 心魂故事
## The Soul's Story

谢哈拉萨德（Scheherazade）是故事疗法的天才。她懂得如何在合适的时机讲合适的故事，也明白她已编织出永不完结的故事魔毯，懂得何时让故事结束何时让故事结尾并留有足够余地，她能深刻理解心灵语言的图景并能驾驭自如。她很有意识地细心管理着自己的故事药物。她的故事都不是随心所欲胡编乱造的，所有故事都是经过精心挑选以适合生着病的国王。借助于她讲述的故事，她给生病的国王以启蒙，引导他走进自己的人生故事中去。

像奥德修斯（Odysseus）和帕西法尔（Parzival）一样，夏拉国王（Sharya）听到了自己的故事，不同的是他是很不情愿地听了关于自己的故事。不像奥德修斯（Odysseus）是个大英雄，夏拉国王（Sharya）是一个受害者。他不清楚故事在多大程度上反映了他的困局和窘境。

尽管他是个国王，表面看很有权力，很威武，但夏拉（Sharya）内心却是非常无助。谢哈拉萨德的故事并没专门去关注国王的强迫症人格，但却与之进行着深刻的对话，国王的强迫症人格在其心魂（soul）深处经过故事诊断被识别出来，故事疗法于是在那儿起效。

我常常会与这种深层识别相遇。多数人都有自己喜欢的故事；而且毫无例外的是，人们喜欢的这些故事都反映出了他们生命当中的困局和窘境。心灵能识别出它所需要的药物并会向之倾斜靠拢。

故事和生命历程之间的关系对每个人来说也许都是显而易见的，但是主体对象却常常没有能力看见这些联系。它处于主体对象的视觉盲点，太近而不能被看到。故事主体对象的日常个性与困境这一主题过于粘合、过于熟悉——这一现象差不多都成了故事主题。困境之所以难以被觉察到、被看到是因为所有发生的事情都是在困局当中被看到，而困局本身却不易被看见。

具有深邃洞察力的认知者能够理解故事并会爱上故事。对心灵来说，合适的故事就像是在暗黑隧道里夜行人眼前所出现的光一样，它让人重燃希望，照亮前行的路。

具有疗愈效果的故事并不都只是反射问题，而是将故事疗法融入到更宏大的故事整体中去，让问题能被透视到，并给问题在故事里安排出合适的角色，作为故事进展的催化剂——例如一个新的开端而不是结局、一次机会而不是一个陷阱。

从谢哈拉萨德（Scheherazade）那里我们可以学习到具有疗愈效果的故事艺术。那个关于商人和火焰圣兽伊芙利特的故事是她的第一个故事，即使在这第一个故事里面也已经嵌套编织进了其它故事。

## 商人与火焰圣兽伊芙利特
### The Merchant and the Ifrit

一个富商在一次旅途中坐在树下休息。为了补充能量他吃了几颗海枣，随后把枣核胡乱扔了出去。

突然一个怪兽精灵出现在富商眼前，告诉富商他胡乱扔的枣核砸死了它的一个孩子。它舞弄着它的剑想要杀死这个无辜的商人，富商于是以阿拉的名求恳请精灵给他时间让他把后事安顿好。他向精灵承诺他会再次返回，以面对死亡。

怪兽精灵被说服了，商人也信守承诺，安顿好了自己的事务，在约定的那天来到了约定的地方接受精灵怪兽的死刑。在他等待接受死刑的过程中，三名酋长正好路过此地，其中一个牵着一头羚羊、一个身后跟着两条狗、一个牵着一头骡子。

三个酋长听过富商那可怜的故事之后，他们决定在富商人生最后的时刻来陪伴这位富商。

当怪兽精灵伊芙利特出现的时候，第一个酋长用故事和怪兽精灵做了交易以赎回富商三分之一的血。怪兽精灵伊芙利特像所有怪兽一样，对好故事照样无法抗拒。它与酋长达成了协议。于是第一位酋长给怪兽讲了一个故事。

《商人与精灵怪兽伊芙利特》是谢哈拉萨德故事的开场，它直接指向了当下所面临的情境。因无辜原因将要被杀头的商人反映了谢哈拉萨德自己对患有强迫症国王的立场：夏拉国王在翌日清晨要杀死她。

精灵怪兽接受劝说，准许留出多点时间给商人。因此故事中设置了这个先例以便夏拉国王能够沿袭这一先例。谢哈拉萨德通过让故事感觉没有结束来为自己争取更多的时间，就像三位酋长以故事做赎金想换回商人性命的做法一样——这样一个交易是国王无力抗拒的，就像怪兽精灵无法抗拒酋长的故事那样。

更进一步看，三位酋长所讲的故事也是直接指向了夏拉国王的强迫症：故事触及了国王的伤口，并且留下了具有治疗效果的药膏，故事也打开了疾病与药方之间富有想象力的对话。

每一个故事都从不同的角度论及了忠诚这一主题。第一个是关于羚羊的故事。羚羊是第一位酋长的前妻，她施展了狡猾的魔力，谋划杀死了酋长的儿子以及儿子奴隶身份的母亲。第二个是关于两条狗的故事。那两条狗是第二位酋长的两位兄弟，他们滥用了酋长对他们的慷慨，辜负了他对他们的关爱。第三个是关于骡子的故事。她是第三位酋长的前妻。第三位酋长未事先告知妻子就突然回家，却发现自己的妻子躺在奴隶的怀里，酋长还未采取任何行动之前，他的女巫妻子反倒先施展魔力将他变成了一条狗，用皮鞭将他赶出了屋子。幸运的是，他邻居的女儿也懂得魔法咒语，破解了他前妻施展在他身上的魔咒，她将酋长变回人形，并用魔法咒语将他的前妻变成了一头骡子。

三个故事力度逐步递进，第三个故事显然与夏拉国王本人的故事接近平行，故事碰触到了夏拉国王病症的要害点，他也发现了自己妻子对自己的不忠。他的强迫症也是受了魔咒的蛊惑，并且依然深陷魔咒的控制当中。谢哈拉萨德所讲的故事打开了夏拉国王病症转化、释放、中断魔力之蛊惑并最终疗愈的可能性。

谢哈拉萨德讲述的有关魔力的意象生动地描述了创伤性经历的影响力。它们给心灵的许多色彩都施了魔法，使黑白单色成了心灵的主导颜色。每一次伤害都会给心灵施加一次无意识的咒语，使得我们心魂（soul）那些觉察力蒙上阴影，变得像深色玻璃那样。我们最深的伤痛变成了透镜，我们通过这样的透镜来看世界。它就像是一个富有魔力的望远镜，通过这个透镜我们永远看到的都是涂抹在各式各样、丰富多彩的心魂（soul）画布上那些痛苦的经历。

但是这些故事只是个开端，也只是个开场。在夏拉国王被疗愈之前，还需要讲述更多的故事。

# 9

# 一千零一夜（2）
## The Arabian Nights（2）

若想全面完整理解《一千零一夜》，我们需要一把钥匙来打开进入故事深处的大门。这把钥匙可以在故事里面隐含着的使用说明书中寻觅到。大多数故事的前端都会包含故事使用说明书。三个酋长的故事之后，是渔夫和金鱼的故事，它就包含着打开谢哈拉萨德故事宝匣的钥匙。在此我仅仅展示出其中一点核心部分。

### 渔夫与魔鬼的故事
### The Fisherman and the Djinn

这事就这么来了。噢，我幸运的国王啊，曾经有一个渔夫，他命运多舛，多年来遭受着贫穷和疾病的折磨，到现在妻子和三个孩子仍然过着穷得叮当响的日子。每天他都会撒四次网，不多不少，这已是他的习惯了。有一天正是日上中天的时候，他来到海边，撒下渔网等待渔网沉入海底。之后他再收拾网绳准备拽上渔网，但他发现渔网似乎很重，不管他使多大劲都把渔网拉不到岸上的陆地，于是他就把渔网的绳子扛到岸上，然后在岸上的陆地扎了一个木桩，把渔网的绳子固定在木桩上。完成之后他就脱掉衣服跳进海水里游到渔网周围，开始奋力不懈地工作，直到把渔网拖到岸上。

到了岸上，他欢欢喜喜地穿上衣服，走到渔网跟前，这时他发现了一头驴子的尸体穿透渔网露了出来。当看到这个结果时，他伤心地大声呼喊道："除了荣耀伟大的真主之外，再无其他国王，也无其他万能神了！"

当渔夫看到驴子的尸体后，他把它从渔网里使劲拽出来扔到旁边。然后他再次把渔网撒开，自己也淌进海里，嘴里还唠叨着："以真主阿拉的名！"然后撒网入海并使劲拉了拉，渔网沉入海底，比第一次还稳固沉重，他猜想这次一定有鱼钻进网里了吧。于是他把渔网一端固定好，脱掉衣服进入到深水处，他又是潜水又是拖又是拉的，直到把网子拉到没水的岸上。在渔网里他找到了一个大陶罐，里面净是泥沙。看到这，渔夫感到极度难过。

于是他祈祷请求真主阿拉的饶恕，把罐子扔掉之后，他扭了扭渔网，把渔网整理干净，第三次回到海水里撒开渔网，等待着直到渔网全部沉下去。他再次拉起渔网拖到岸上，发现渔网里只有一些陶瓷碎片和玻璃渣子。于是他抬头仰望着天空，说道："啊，我的神啊！万能的阿拉啊，你知道我一天里只撒网四次。第三次已经结束，你恩赐给我的是一无所有啊！我的神啊，请求你这次一定要赐予我每日的食物啊！"

接着，他呼喊了阿拉的名，再次撒下渔网等待着它下沉和稳定。当他拽拉渔网时却怎么也拉不动它，因为渔网被缠在了海底。

这时他脱掉衣服，潜水游到渔网跟前忙碌了一阵子，终于把渔网拖到岸上。接着他打开渔网在里面找到了一个黄瓜形状的黄铜小罐，很明显能感觉到罐子里面装满了什么东西，罐子口用铅盖牢牢地封着，铅盖上盖着大卫王的儿子所罗门王的印章。（阿拉接受这二者的说法！）

看到这个罐子，渔夫心情喜悦起来，自言自语道："要是我把它拿到铜货市场去卖，它一定会值10个金币。"他抱着罐子摇晃了一下，发现罐子真的很重，于是继续说："真主保佑，要是我知道这里面是什么东西该有多好！我必须把它打开，瞅瞅里面到底装的是什么，然后把罐子里的东西装到我口袋，把罐子拿到铜货市场卖掉！"说完他拿出自己的小刀想法摆弄着铅盖，直到盖子终于松了。

当盖子被打开的一瞬间，一股烟雾从罐子里冒了出来旋转着向上，朝着天空升起（他再次对那股奇迹由衷地感到惊讶！），那股烟雾随即也朝地面方向飘散。当浓烟完全散开，它突然浓缩，变成了一个大块头的巨型妖怪，它顶部快要挨着白云了，脚踩着大地。头如穹窿、手大如草叉、腿长如桅杆、嘴阔如洞口、牙阔如大石块、鼻孔粗如水管、两眼如马灯，整个看起来凶猛残忍、卑劣低贱的样子。

当渔夫看见伊芙利特的时候，猛然变得口舌发干、牙齿也不停点儿地打颤哆嗦，突然不知所措，而伊芙利特看到了这一幕，竟然大声呼喊："好舒畅啊！噢，渔夫！"渔夫回过神说道："你为什么冲我喊'心情好舒畅啊'？"妖怪回答道："因为你马上要死得很难看啊！"渔夫问道："你为什么要杀死我？我做了什么事值得你杀我？而我是把你从罐子放出来，把你从海底捞上来，把你从水里救到陆地上的那个人啊！"

伊芙利特回答道："现在你只需要问我你想要哪种死法吧，问问我想用哪种方式杀死你吧！"渔夫试图辩解，问道："我到底犯了什么罪，值得这么惩罚我？"伊芙利特回答道："给你讲讲我的故事吧，渔夫，听一听我的故事你就明白了！我是一个异端精灵，我冒犯了大卫王的儿子所罗门（愿和平降临他俩身上！）。

"当所罗门把我绑住时，他跑到真主阿拉那儿恳求我信奉'真信念'教并遵从他的旨意。我拒绝了他，于是他就派人送来了这个葫芦样铜罐，把我关进了罐子里,用铅封住罐子口,并在铅封上印上了至高无上的所罗门王大名,之后发出指令让人把罐子扔到大海里去。

"在海里我居留了100年。在此期间我自己发誓说:'谁要是能让我重获自由,我将让他永生永世都过上富裕的日子。'

"可是整整一个世纪过去了,还是没人来解放我。当跨入第二个世纪的时刻,我对自己说:'谁要是释放了我,我就为他打开地球的财富宝库。'

"还是没人来解救我,就这样四百年过去了。然后我又对自己说:'谁要是解放了我,我会满足他三个愿望。'可还是没有人来释放我。

"从此之后,我发怒了,而且这种愤怒愈积愈烈,于是我自己发誓说:'从此以后谁要是把我从铜罐里放出来,我就要杀了他,而且我会让他选择被我杀死的方式。'现在既然是你放了我,我就让你完全自主选择你想死的方式。"

渔夫听完伊芙利特的故事之后,说:"哦,真主阿拉啊!请饶我一命吧!也让真主救赎你吧妖怪!请你不要杀我,免得真主阿拉派人来杀死你!"伊芙利特却回答道:"你这样祷告一点用处也没有,你必须死。求我恩赐你吧,把选择死亡的权利恩赐于你。"

听完伊芙利特的话,渔夫自言自语地说:"我面对的是一个妖怪,而我是一个人,真主阿拉还给予了我一点说得过去的机灵小智慧。即使魔鬼早有预谋,他也非常鲁莽,但现在我还是要想尽办法发挥我的计谋和智慧来把魔鬼的破坏力降到最低。"

于是渔夫假装问魔鬼:"你真的下定决心要杀了我?"得到魔鬼肯定的答复之后,渔夫大喊着说:"即使这样,我还是要以真主阿拉的名来问你。假如我问你一个问题,你愿意真实地回答吗?"魔鬼回答说:"我愿意真实回答。"听他提到了至高无上的真主的名字,伊芙利特好像变傻了,声音也有些颤抖地说："请问吧，利索点儿！"

渔夫于是问道："这个罐子看起来连我的手也塞不进去，甚至连我的脚也塞不进去，你怎么能被装进罐子里呢，罐子怎么可能装下你整个身体呢？"伊芙利特回答说："怎么？难道你不相信我曾经一直待在罐子里？"渔夫辩解说："不！除非我亲眼看见你钻进罐子里，我才会相信你说的！"

恶灵伊芙利特听完立刻摇身一变，变成了一股浓烟，接着浓烟收缩着一点一点全都飘进罐子里去了，看呐，多奇妙！渔夫火速拿起盖着所罗门王名字的铅盖封住了罐子的口，然后对着罐子里的伊芙利特喊道："以真主阿拉的名！我要把你扔进我面前的大海里去！"当伊芙利特听到渔夫的喊话，看见自己再次身处地狱之狱，特别想再次挣脱出去，但是由于铜罐被盖有所罗门王印章的铅盖牢牢地封着，他无法挣脱出去。

此刻他才意识到渔夫的机智远超自己，于是他慢慢地让身体在罐子里变得光滑圆润，服服帖帖地待在罐子里，开始卑微恭顺地……

当恶灵伊芙利特被抓住的时候，他祈求他人的恩惠并许诺财富给可能释放他的人。但是渔夫并不是那么好说话的人，他借忘恩负义的国王雨南的故事证明自己拒绝相信魔鬼的做法是正确的。国王雨南曾经杀害了他的恩人，也因而招致了自己的杀身之祸。国王雨南的故事以渔夫对妖怪说的一番话结束。

"哎呀，伊芙利特，"渔夫继续说，"如果国王雨南能够饶了那个名为德班的圣贤之人性命的话，神就一定会饶了他的性命，而他却拒绝了，他渴望毁灭；因此神就毁灭了国王雨南，神也一样毁灭了你。哎！伊芙利特啊，如果你刚才饶了我的命，我也会解放了你；可你却想让我死；因此我又把你装进这个罐子里让你享受永世监禁，也会把你再次扔进这儿的大海里。"

然后当妖怪答应不仅不伤害渔夫，反而会以财富回报渔夫的时候，可怜的渔夫被说服了，再次将妖怪从罐子里释放了出去。

国王雨南的故事显然对妖怪起到了一些治疗效果，他信守诺言饶了渔夫的性命。为了报答渔夫解放了他，他带着渔夫经历了一场冒险活动，期间在解救因残酷的魔咒而遭受苦难的王子和他的王国过程中妖怪发挥了重要作用。这位王子也曾因妻子不忠跟奴隶厮混而遭到背叛，当他惩罚并弄伤了奴隶之后，他妻子施展咒语将他腰身以下变成了石头，每天妻子回家都会用鞭子折磨他的上半身，再用硬毛衬衣遮住他的伤口延长他的痛苦，之后她接着去照护她那受伤的奴隶情人。

在故事的这一节点上，装在铜罐里的妖怪的转化以及被施了魔咒也备受折磨的王子的解放——伊斯兰文化版本的格里城堡之王安佛塔斯的解放，这两个主题被非常有力量地融合了起来。

事实上，它们同属一个主题，只不过是从不同的角度被看见了而已。妖怪是心魂（soul）中的客体化部分，被当作一个无名的外在现实感知到了。王子所遭受的折磨是心魂（soul）深处那个被封装在罐子里的魔鬼的主观经验。每一种强迫症都是被封装起来的心魂（soul）魔力的外化显现。

故事里的双主题将国王夏拉引向了自己痛苦的巅峰。年轻的王子遭受着与夏拉国王自己相同的性爱伤痛。王子所受的折磨是夏拉国王所遭受到的痛苦的想象性复制，他已经丧失了与自己强迫症做斗争的能力。他的意志，也就是说他下半身肢体被致残，变成了石头，再也动弹不得。同时他又持续地遭受着妻子带给他的痛苦，每天回来她都会折磨他。每次当她残忍地把硬毛衬衣遮盖在他的伤口上时，她的举动正好镜像出了国王自己所做的事情——用一个伤口掩盖另一个伤口，他将自己的痛苦以外在的方式加害于他人之时，实际上也是在加害于自己，延长着自己的痛苦。

## 心魂动能的四元模式
## The Fourfold Pattern of Soul Dynamics

深度解读《一千零一夜》的钥匙包含在渔夫与魔鬼的故事中。要想找到钥匙，就必须回归印刷版的故事文本，仔细加以搜寻。

给我们带来第一个冲击的是数字四的循环隐现。渔夫每天撒四次网、被幽禁的妖怪四次许诺要给救他的人报酬。每次当渔夫将渔网拖上岸边的时候，工作都是如此费力耗神，而且每次的结果都是令人失望：驴子尸体、装满泥沙的陶罐、破罐子、碎玻璃渣子。

最后一次，渔网刚被拉回来的结果还显得渔夫挺幸运的，但紧接着致命的威胁降临了：一个魔鬼现身并预备着要灭了那个让自己获得自由的人。

魔鬼转而讲述了自己悲惨的故事，同样也以四元模式展开。在长久等待被解救的日子里，刚开始它还发誓要许以永恒无尽的财富给释放它的人，后来又发誓要把全地球的宝藏都送给解救者，再后来又发誓说谁要是救了它，他就满足那个人内心的三个愿望。当这一切都未能兑现的时候，绝望的魔鬼发出第四次誓言，它要杀掉那个救它出来的人。

《一千零一夜》中渔夫和魔鬼这一故事的四元模式与强迫症的四个阶段是并列的。《一千零一夜》开场故事里，这四个阶段是以夏拉和夏泽曼俩兄弟所遇事件的顺序出现的。第一个事件是夏泽曼与不守忠贞的妻子的冲突。第二个事件是夏泽曼亲眼目睹到夏拉那更加不幸的背运。第三个事件是夏拉和夏泽曼跟被魔鬼俘获的姑娘之间的相遇。第四个事件是夏拉满足自己性欲和死亡的节奏，夏拉的生死节奏模式正是谢哈拉萨德极力想打破的节奏模式。

如果我们将该故事看作是有关心魂动能模式的深度研究的话，那它就可以引导我们进入到强迫症及其治疗的四元模式研究中去。

第一个阶段是见证。遭遇自己妻子不守贞节的不忠行为之时，夏泽曼其实依然是有能力对事件做出回应的。他的举动符合那个时代的习惯，他感受到的痛苦也是恰到好处的。

第二个阶段中，他丧失了采取恰当行动的意志力量。他仅仅是个旁观者，甚至当他看到自己兄弟那更大霉运的时候他对自己的不幸遭遇反而感受到了某种释怀。（故事巧妙应用了俩兄弟作为主人公，目的是为了阐述伴随心魂（soul）进入到强迫状态过程中那些无意识的细节。）

当夏泽曼亲眼瞧见夏拉妻子不守贞节场景的时候，他在内心里给自己说："以真主阿拉的名！我的哀伤尚不及此景！"他的苦恼和悲伤有所减缓，于是他再也不禁食、不戒酒了。

仅仅是亲眼看见了自己兄弟的妻子不守贞节的不忠场景，夏泽曼间接而无意识地在自己的痛苦经历和自己所看到的痛苦场景之间找到了认同感，后来他从中为自己的悲伤找到了解脱，这种认同感从而得到了强化。尽管这个过程是无意识发生的，但我还是要把这个阶段称为认同阶段。

第三个阶段是夏拉和夏泽曼兄弟俩与另外一个魔鬼及被魔鬼抓住的姑娘的相遇，我称之为同谋阶段。这个阶段的发生需要无意识认同感作为必要前提，两位国王被逼犯下与他们一直以来遭受痛苦的背叛罪如出一辙的罪恶，因为他们别无选择。在强迫症螺旋式向下坠落的过程中自由被越来越多地扼杀掉了，这一动态过程里本有的痛苦被更巨大的痛苦代替，失望被绝望代替。

当两位国王听到从她嘴里传出的这些话的时候，他们因她令人惊讶的语言而深感错愕，他们互相低声交谈"如果这是个魔鬼，那降临在他身上的灾祸比我们曾经的羞辱要巨大的多啊！他的境遇正好可以安慰我们自己！"——说完他们立刻起身离开，返回到他们自己的城邦里。

故事描绘了负面情感聚集的恶性循环，也描绘了强迫症套索如何收紧以及自由演化到绝望的退缩过程。

第四个也是最后一个阶段就是作恶阶段。此时曾经的受害者变成了施害者。国王对爱情的绝望使他与仇恨开始约会。为了麻痹自己的痛苦，他用痛苦去折磨别人，将残酷当作绷带包扎自己的伤口，用权力作为幻象将自己的无助掩盖起来。

夏拉被魔鬼般绝望的漩涡吞噬着。在这绝望的漩涡里痛苦似乎永不停歇地在繁衍着增长着，不断地重复着具有毁灭力量的恶性循环。这个阶段与第三阶段的不同在于加害者扮演着积极主动的作用；帮凶则显得有些不太情愿。加害者行为动机的根源来自于自己内在。外在诱因转化成了内在强迫症。

## 一千零一个噩梦
## A Thousand and One Nightmares

从某种程度讲，夏拉的事迹和其它故事一样都是真实的：也许它们不会在某个特定时间特定地点发生，但它们又无处不在地发生着。

当代此类故事发生的频度甚至超过了以往任何时代。我们具备如此现实的时代环境从而会倍增强迫症的恶性循环，并将它随时传染给任何人，我们将夏拉的命运变成了我们现实生活中司空见惯的生活方式，他人生的苦果变成了我们时代生活的主餐。

　　西方世界的孩子们每日都演绎着这种错乱生活的四元节奏，舒舒服服地斜卧在家中的沙发里，看着谋杀类的电视连续剧，充斥着鲜血飞溅、汽车爆炸、妇女被强暴等场景。想象一下当一个孩子真实地看见人被机枪扫射倒地或者性爱细节描绘时会怎么样？

　　现实生活中，任何类似事件都会激起强烈的反应。没有人能够冷漠地旁观着人类被屠杀或遭侵犯凌辱的事实。

　　孩子目睹暴力而没有任何反应、没有任何情绪、没有任何恐惧、任何震惊、任何鄙视或厌恶情感的那一刻，亲临现场见证暴力就变成了对暴力的认同。如若这样，那孩子便掉入了夏拉的靴子中，步上了夏拉的后尘。

　　观暴力而没反应便是等同于默认了暴力；能够自在地面对残忍行径、心安理得地让残忍之事发生在自己眼前便是等同于认同了残忍。此时此刻，孩子将残酷看成一种娱乐、将犯罪看成是可容许的、将强奸看成是正常的行为。

　　变化是如此之快，一步错便步步错。当暴行变成了娱乐、观赏残酷变成了寻欢作乐的活动时，认同阶段很快就转化成无意识帮凶的阶段。

　　当美国孩子长到17岁时，他们就从电视节目里已经观赏到30000例谋杀事件了。电视上亲眼目睹第一例谋杀事件之后，接着就会对观看到的第二例谋杀事件产生认同，再之后就会主动搜索谋杀影片去观看。由于公众认同意识、群体性无知、群体性忽视以及所有人没头脑的所作所为，少男少女们已经被改变成了帮凶。科技时代的量子睡眠状态中，对无辜的杀戮在每一栋房子里演绎着。

　　如果说电视节目将孩子从目击者变成了帮凶的话，那电脑游戏则将孩子预备成了未来的施害者。每一个孩子都有机会借助电子游戏放纵地去征服、杀戮、枪击、炸弹、恐怖袭击、溺水、爆炸，而且有机会全神贯注于每一个毁灭的细节。电脑游戏成了实施各种死亡措施的电子训练场、成了无可匹敌的争斗、征服、屠杀的机会，直到最后仅存的一点恻恻隐之情从心魂（soul）中被消耗光。这个时代就是虚拟的行凶者、快乐的谋杀者、极乐的毁灭者的时代。

在记忆的最深处，心魂（soul）所摄取的一点都没有被遗忘。在催眠状态下，曾经看过的每幅影视画面的细节都会被回忆起。暴力事件的每一个行动、谋杀的每个细节、每例强奸事件都会蚀刻在心魂（soul）内在。

有些人能够对媒体风气教化的影响产生免疫不受其影响，也有些人能够辨别出不断蔓延的反神话论调以及它们在大众银屏的持续性表演。若有父母的爱心呵护，孩子也可以抵抗这些媒体对心魂（soul）的侵袭。

毕竟我们面临的是无孔不入的现代神话，如果我们不改变它，那它就会改变我们。将俄狄浦斯命运之动能转化成苏格拉底的哲学智慧花费了几百年的时间，让埃及躺在它自己神话所预备的坟墓中花费了好几千年的时光。神话总是会在某段时光中兑现为现实，其过程缓慢但一定会开花结果；起初的变化不易被察觉，常常是后见之明。

总体比较健康的古代神话并非如此，现代神话则大有关系。新神话出自我们自己的创造，它们塑形出我们时代的现实，就像古代神话塑形出古时的现实一样。当下所呈现的对幼儿来说只是那些过去的时光、对少年来说只是一个心理游戏，而对成人来说娱乐消遣则飞速地变成了一种生活方式。噩梦可以变成现实，特别是当噩梦不断地经过某种仪式得以强化的时候，更是如此。

仪式可以被看成是经过压缩处理的神话，它需要定期展演以确保延续它的影响力。比如，犹太人的主安息日就是塑形以色列人命运的那个关键时刻的周例庆祝仪式——结束在埃及受奴役的命运、开始回归家乡的那个时刻。基督教的弥撒仪式就是对耶稣大义行为的纪念。穆斯林麦加朝圣之旅就是对默罕默德生命中一段关键经历的怀念。

宗教神话的仪式让现代媒体所采用的仪式黯然失色。现代媒体所演绎的仪式到最后只不过让我们消磨了时光，而不是我们原本信仰的东西。跟我们长期相处的东西也许会变成我们信仰的东西。

我们日常的一些仪式也许对我们的心魂（soul）不会产生即刻影响；随着时日的推移，它们终究会影响我们的心魂（soul）生命，因为它改变了我们生活所处时代的文化氛围。为了检视生活中的某些仪式，我们需要关注当代神话和媒体对我们生命的影响，特别是对儿童生命的影响。

## 受到威胁的人类想象力
### The Imagination at Risk

电子媒体的内容只是冰山一角，问题另外一面则是对电子媒体本身的过度依赖。电视、视频、电脑游戏、手机应用大都是基于图像的，这就使得人们将它们看成是人类想象力本身的技术对等物或替换物。过度接触电视、视频、电脑游戏、手机应用的儿童将失去发展他们想象力的机会。

这比儿童所吸收进的电子媒体内容对儿童发展的伤害更大。电子媒体内容尚属于外界的东西，而想象力是儿童心魂（soul）内在至关重要的能力，借助想象力人类不断持续地发现和重新认识自己，想象力是人类最核心最基本的自我发展工具，人类原本的创意和行为都源于人类的这种内在能力。

我们时代文化的整体结构是实用型想象的结果。科学发展的主要突破都是想象力的结果，每项发明都是如此。就像所有艺术品一样，复杂的技术完全都是想象力的智慧结晶。

想象力是人类的一项核心能力。它是一种内在活动的形式，借助这种内在活动我们创造出图画、图景、创意以及设想。儿童时代是这种内在活动的摇篮，正如人类所有其它能力一样，想象活动要么得到滋养和发展，要么想象力的发展会受到打击和阻滞。通过持续不断地活跃应用，经由儿童时期逐渐绽放的想象活动中那些顺畅且不受阻碍的图画构建活动，儿童的想象力能够得到发展。想象力是心魂（soul）中至关重要的元素，如果不加以合理使用，它就会萎缩衰退。

正是这个图景构建能力被视觉媒体扼杀了，被动接收代替了心魂（soul）内在的主动活动，缓缓开启的心灵之眼被闪烁的屏幕震慑，原生图景构建能力被事先编织的意象画面所代替。

被动和主动想象力之间的差异在夏拉国王和谢哈拉萨德的故事中得到了例证。夏拉国王的强迫症不仅仅是来自于对女人的失望，逐渐展开的故事只是提供了让他的心魂气质变得明晰可见的工具而已，他的强迫症同样是由于他缺乏跟自己生命中的事件达成协议的能力、以不同的视角和眼光看待事情的能力、以及缺乏从痛苦中探寻并看到意义的能力。强迫症总是有一些固定的内容，它们是一些难以改变的思维模式、图景模式、情感模式。

夏拉丧失了让自己的内在活动流动起来的能力，丧失了让自己以不同的眼光看待事情的能力，他缺乏主动想象的力量。只有想象力才能改变我们对外界所做出的回应，让我们在古老的痛苦故事中找到全新的意义，帮助转化我们回应外在的方式。正是这项内在活动的缺失才使得夏拉国王成了自己强迫症的受害者，他丧失了掌舵自己心魂（soul）的航行能力。面对自己的人生事件以及折磨着他的那些现实生活场景，他感到如此无助。

当面对那些具有催眠魔力的电视节目时，孩子也一样，会处于无助的状态。电视节目中那些预先编织的画面图景对孩子所施加的影响就跟夏拉的强迫症对夏拉所施加的影响如出一辙。两者都会占据并制服人的心魂（soul），感染心魂（soul），让心魂（soul）处于无助状态之中。

其结果就是孩子成了牺牲品，成了无力做出选择的人，他们心魂生命的标记就是被动消极。当然受害者也可以做出反应。与受害者相对的是英雄，英雄可以做出建设性的行动，他们不会被所面临的事件魔咒束缚，他们具有发挥自己想象力的能力且具有做出改变的行动能力，并将所遇到的一切予以转化。

谢哈拉萨德是天方夜谭里积极正向的英雄。正是由于她的想象能力才使得她成为我们喜欢的女英雄，其他人都沦为夏拉国王强迫症的牺牲品，没人知道怎么才能挽救这悲惨的局面，就如何走出下一步也没有人能提出想法、先见或者远见。要想在别人看不到出路的地方发现疗愈的可能性，需要具备想象的能力；要想能够做出一千零一夜这样一个长期战略也需要具备想象的能力；要想为合适时刻选择确定出合适的故事也需要想象的能力。

夏拉国王的事迹就是受害者发展轨迹的例证，而谢哈拉萨德明示出了英雄借助自己的想象力所能够采取的步骤。

## 谢哈拉萨德的爱心阶梯
### Scheherazade's Ladder of Love

谢哈拉萨德以充满想象力的措施来面对夏拉国王那疯魔般的强迫症。她叙述的故事就如顺势疗法稀释药剂那样产生着效力，此时强迫症被缩减，回归到它最真实的本质以及它行动的动能。在这种状态中，药物不是在智力能力层面可以被理解的，而是被心魂（soul）的更深层级理解。在心魂（soul）更深层面，故事的精髓与人类本性在交谈，叙事疗法开始治愈的不是症状，而是造成痛苦的真实病根。

真正的疗愈是个过程，尚需时日，也需要关爱。一个疗程不足以治愈，一个故事也不足以疗愈。需要更多的疗程和故事来跟进，从而突破旧有的心魂（soul）模式，创建新的心魂（soul）模式。当然，谢哈拉萨德为此做足了准备。她因拥有足够丰富的故事而享有荣耀。

她阅读广泛，涉猎了各种各样历史书籍以及关于先王及上几辈人的故事书籍：据称她搜集了一千本与上几辈人和先王们有关的历史书籍以及诗人们的著作。

谢哈拉萨德不仅熟知故事，她还展现出了强大的想象力量，并能根据场景需求信手拈来地发挥想象的力量。她有能力让自己所宣讲的故事鲜活起来。她的行为能够讲述出她内心的故事，这些故事的展现轨迹与国王夏拉的事迹互相吻合，差别在于她的故事是有意识的，而国王夏拉对自己的故事并无意识。

夏拉的事迹展现出了强迫症的四个阶段。它属于智性的故事，心魂（soul）对此并无觉知；也是阳性雄健的大脑故事，缺乏阴柔女性气质的想象力。

谢哈拉萨德的行为用实例说明了提升健康的不同阶段、富有想象力的心魂（soul）故事以及在爱的阶梯上进行融合的四个主要行动。在攀爬这个爱的梯子时，她将强迫症的进程阶段转化成其反向进程阶段。

跟夏拉国王一样，她也经历了见证阶段。他亲身遭遇了自己妻子的不贞行为，谢哈拉萨德亲身见证了夏拉国王的残酷和强迫症。但跟夏拉国王不一样的是，谢哈拉萨德并没有因强迫症的诱惑而被俘获。发挥起自己的想象力，她用自己积极的爱抵消并化解了他反应过激的恨，也抵消了对未来的失望之情。

在第二阶段，她用自己有意识的牺牲回应了国王夏拉的无意识认同，她将自己作为救赎换回了马赛尔曼的女儿们，并亲自将她们从国王的魔掌中救出。将夏拉致残并丧失人性的东西搅动着她的心魂，使之转化成最高形式的行动：牺牲。

在第三阶段，她自己本来是很不情愿地做了国王夏拉强迫症的同谋帮凶，她将自己的这种无助状态予以逆转，转换成一个治疗师富有想象力的工作。凭借着故事的帮助，她带来了变化，实现了转化。

经由她有意识的长期工作，她最终解放了国王夏拉，将他从孤寂的强迫症坟墓中引领出来，进入与故事、意义和她自己的交融团圆之中。死亡转化成了生命、恨转化成了爱，病态模式被健康的生命故事代替。

《一千零一夜》以温柔和天真的爱情故事收尾，为整个故事加冕，让故事带上爱的王冠。国王得到了治愈，王国也得以拯救。夏拉与谢哈拉萨德美满结婚。曾将心交出进行交流的她，与他完成了全面的交融团圆。

从绝望出发，谢哈拉萨德引领夏拉走上漫长的叙事疗愈之路。她以故事为镜子让自己看清了他所处的境遇，亲手将夏拉的心魂（soul）带进故事、图景和想象的领域，给他灰暗的心魂带来色彩，给他单调的头脑带来丰富多彩的想象，也让他的孤独忧郁被幽默代替。她抹掉了他单一的背叛故事，取而代之的是全部的故事世界。

《一千零一夜》给予我们启迪，让我们关注到心魂（soul）的深处。故事顺序也披露了强迫症的病理结构以及强迫症下沉的四元模式。这样的故事结构并非是事先臆想出来的，也不是强加在故事结构里面的。正如所有其它艺术形式一样，这些启迪是从普遍人性中自然而然地显露出来的。

夏拉所呈现的是一幅男性化心理的图画，这种智性驱动大脑的特质从当代男男女女身上都可以发现。他的命运也是现代人类的普遍病症，这种人类理智也是西方社会当代文明的病症。正如当代很多人一样，夏拉迷失了自己，失去了与心魂（soul）的连接、失去了与自己身上温柔的女性特质的连接，也失去了与想象和故事王国的连接。他最终因大剂量的叙述疗法而得到疗愈，夜复一夜，一个故事接一个故事，直到他的想象力得以康复。

想象力具有女性化理智特质，是对男性化理智的互补；它是真正的新娘，它的复活使国王得到治愈，它将国王所匮乏的赠与了国王。他攀爬的故事阶梯将他从强迫症的最底层生存状态提升到显现出真爱的最高层阶，这就是《一千零一夜》的收尾故事。

# 10

## 新谢哈拉萨德故事的艺术
### The Art of the New Scheherazade

《一千零一夜》故事圈揭示出了夏拉国王生命疗愈的不同阶段；同时也揭示出了真正治疗师的态度，它与国王夏拉的态度截然不同，也与大多数人的态度不同；如果我们真的想改变，它就是一种我们都需要具备的态度。如果我们能改变自己、改变我们的世界观，那我们都可以获取到这种态度。

如何能拥有这种态度？一个名为"跳跳鼠"的美国本土故事就给出了最好的例证。

### 跳跳鼠的故事
### The Story of Jumping Mouse

从前有一只老鼠。他总是忙碌，到处乱搜，经常用自己长长的腮须碰触着镜子往里张望。他忙得跟其它老鼠一样，而且他忙的事儿总是老鼠的事儿。可他偶尔会听到一些怪异的声音，此时他就会仰起脑袋，斜睨起他的眼睛费劲地张望，腮须在空中来回摆动，然后他就开始纳闷。有一天它匆匆跑到一个老鼠伙伴那儿，问他："兄弟，你有没有听到什么怪异的吼声？"

"没啊，没。"那只老鼠正在打地洞，顾不上把自己忙碌的鼻子抬一抬就回答道："我啥也没听到，这会儿忙着呢，过会儿再找我说话吧！"

于是他跑到另外一只老鼠那儿去又问了一遍同样的问题，那只老鼠瞪着怪异的眼神看着他，反问道："你脑子变傻了吧？有什么声？"说完就钻进了横倒在地的白杨树下面一个洞穴里去了。

小老鼠甩甩自己的腮须，再次让自己忙碌起来，并决意让自己忘掉那些事情。但是那种吼叫声在他的耳边再次响起，声音很微弱，非常微弱，但那声音确实就在那儿！有一天他决定要亲自去探索一下那声音。于是他绕开了那些忙碌的老鼠伙伴们，跑到一个稍微偏僻的地方再次竖起耳朵仔细听了听。听到了，就在那儿！正在他费劲听的时候，突然有人给他打招呼。

"你好，小兄弟，"那个声音对他说，吓得他的魂差点掉出来。他紧忙蹬腿弓背准备逃走。

"你好！"声音再次响起，"是我，是你浣熊兄弟。"确实是浣熊，真的是浣熊啊！"小兄弟，你一个人待在这干嘛呢？"浣熊问。小老鼠脸色刷一下变红了，赶忙把脑袋垂下，鼻子差点挨着地面。"我耳朵里听到了吼叫声，我想看个究竟！"小老鼠胆怯地答道。

"你耳朵里听到了吼叫声？"浣熊一边问一边挨着小老鼠坐了下来。"小兄弟，你听到的是小河的声音。"

"小河？"小老鼠好奇地问道，"小河是什么？"

"跟我来吧，我领你看看小河。"浣熊说。

小老鼠害怕极了。但他还是决定去彻底探究一下那个声音。"把这事搞清楚了，"他心里想，"我就回去工作，也许弄清楚这事还能帮我搜索和收集食物呢！我的伙伴们都说什么也没听到，我要向他们证明有声音，我还要请浣熊跟我一起返回去，我要有证人。"

"好吧，浣熊兄弟，"小老鼠说，"带我去小河那儿吧，我跟着你走！"

于是小老鼠就跟着浣熊走，他的小心脏在胸中咚咚地跳个不停。浣熊将小老鼠领上了一条奇怪的小路。一路走过，小老鼠闻到了很多东西的味道。好多次小老鼠都吓得够呛，几乎每次都想转身返回。终于他们到了河边！河面宽阔，惊险刺激令他激动，有些地方的水深邃清澈，有些地方则暗淡朦胧。小老鼠一眼望不到河对岸，因为河面实在是太宽阔了。河水一路向下奔流着、咆哮着、歌唱着、吼叫着。小老鼠看见来自世界不同地方的大块东西及小碎片漂浮在河面上。

"真有气势！"小老鼠字斟句酌慢条斯理地说。

"河流真得是了不起啊！"浣熊回答道，"请你过来，我给你介绍个朋友认识。"

在一段水流平缓的浅水处，有一片碧绿透亮的睡莲叶子。碧绿的睡莲叶面上坐着一只青蛙，绿得跟睡莲叶子差不多，而青蛙白色的肚皮却清晰地显露了出来。

"你好，小兄弟，"青蛙说，"欢迎来到河边！"

"我得走了，"浣熊插话道，"不过别担心，小兄弟，青蛙兄弟会照顾你的。"说完浣熊就离开了，沿着河岸寻找他可以清洗后饱餐的美味食物。

小老鼠走近河水，朝水里张望。他看见水里倒映出一个可怕的老鼠。

"你是谁？"小老鼠问那个倒影，"一个人待在那么深邃遥远的水里，难道你不害怕吗？"

"不害怕，"青蛙回答说，"我一点也不害怕，我打出生起就拥有天赋，可以待在水面上也可以潜在河水里面。当冬天来临，河水封冻时，就没人能看见我了。但当雷鸟飞来时，我就会在这儿。要想拜访我，你得在世界都变绿的时候来。小兄弟,我是河水的守护者。"

"真神奇啊!"小老鼠说道,又是慢条斯理地支支吾吾的样子。

"你想不想学点巫术神力?"青蛙问。

"巫术神力?我?"小老鼠说,"想,想,如果可能的话!"

"那你尽量低地将身体蹲伏着,然后使劲尽量往高地蹦跳!之后你就会有这种魔力了。"青蛙说。

小老鼠按照青蛙教导的做了,他尽量低地将身体蹲伏下来,然后使劲往高地跳。他这么跳的时候,他的眼睛就瞅见了高高的神山。

小老鼠难以相信自己的眼睛,但是神山就在那儿!接着小老鼠就重重地朝下摔落,跌进了河水里。

小老鼠害怕极了,他惊慌失措地游到河岸。他全身湿透了,吓得半死。

"你要我啊!"小老鼠朝着青蛙大喊。

"请等一下,"青蛙说,"你也没受伤啊,不要让你的恐惧和愤怒蒙蔽了你的眼睛。你看到了什么?"

"我,"小老鼠结结巴巴地说,"我看见了神山!"

"你有一个新名字了!"青蛙说,"你的名字就叫'跳跳鼠'。"

"谢谢你啊,谢谢你!"跳跳鼠说,接着他又谢了谢青蛙。"我想回到我的伙伴们那儿去,告诉他们刚才发生在我身上的事情。"

"回去吧,赶快回去吧!"青蛙说,"回到你伙伴们那儿去吧!你很容易就能找到他们。把河水的声音留在你脑袋后面,背向河水的声音走吧,你就会找到你的伙伴们了!"

跳跳鼠回到了老鼠的世界里。但是他发觉自己甚是失望,因为没人能听进去他所讲的。因为他全身都是湿的,他也无法解释清楚为什么自己全身是湿的,因为没有下雨啊,很多老鼠都害怕它。他们相信有别的动物试图吃掉小老鼠，吐了小老鼠一身口水。而且他们还知道如果小老鼠没有被那些试图吃掉他的动物吃掉的话，那他一定也会成为老鼠同伴们的毒药。

跳跳鼠再次生活在老鼠的世界里，但他怎么也忘不掉自己曾经看到过的神山的景象。

河水和神山的记忆在跳跳鼠的心里和脑海里留下了不可磨灭的印象，于是有一天他走到老鼠世界的边缘，远眺着大草原。他向上张望，寻找天空飞翔的老雄鹰，天空上布满着各种斑点，每一个斑点都是一只雄鹰。然而他还是决定要到神山那儿去。他鼓起全部的勇气，飞速跑向大草原。他的小心脏砰砰直跳，充满兴奋和恐惧。

他跑啊跑，直到跑到一尊圣人塑像跟前。他正要停下来休息，喘口气，这时他看见了一只老鼠长者。老鼠长者所居住的那片地对老鼠来说就是休养安息地，到处都是种子和许多不同的食物，够老鼠们忙碌的了。

"你好，"老鼠长者说，"欢迎你！"

跳跳鼠感到惊讶极了，这么好的一片地方，有这么一个老鼠。"你真是一只了不起的老鼠。"跳跳鼠带着极尽可能的尊重说，"这真是一个神奇的地方。雄鹰们也看不见你在这儿。"跳跳鼠接着说。

"是的，"老鼠长者说，"在这个大草原上，我可以看到草原上生活的所有动物：野牛、羚羊、野兔、郊狼。都可以从这儿看到它们，也都能叫出它们的名字。"

"真是太棒了，"跳跳鼠说，"你是不是也能看到河流和大山？"

"是又不是，"老鼠长者确信地说，"我知道那条大河，但是我担心那座大山只是个神话。忘记你想看见河流和大山的愿望，跟我待在这儿吧！这儿有你想要的一切，这儿也真是块好地方啊！"

"他怎么能这么说呢？"跳跳鼠心里想。"神山的魔力是人们永生难忘的啊！"

"非常感谢你分享给我的食物,老鼠长者,也感谢你将你伟大的家分享给我,"跳跳鼠说,"但我必须去寻找大山。"

"你要是离开,你就真是一只愚蠢的老鼠。大草原上到处都有危险!仅仅看看天上!"老鼠长者更加确信地说,"看看天上那些斑点,他们都是雄鹰,他们会抓住你的!"

对跳跳鼠来说,要离开真是很难啊。但他还是下定了决心鼓足了勇气,再次艰难地跑走了。

地面凸凹不平,他拱起尾巴使尽全力向前奔跑。在他跑着的时候,他可以感受到自己背上雄鹰投下的阴影,那么多阴影!终于他跑进了一片花楸果林,真是难以置信,那里又凉快又宽敞,有水,有樱桃,还有种子可以吃。有可以收集种子的各类草,可以探索的洞穴,有很多很多可以让自己忙忙碌碌去做的事情。还有很多很多可以收集起来的东西啊!

正在他四处探索他的新领地之时,他听到了一声沉重的呼吸声,他迅速地展开探索并寻找到了声源,那是一个大块头毛绒绒的家伙,长着黑角,是头野牛。跳跳鼠简直不敢相信在他面前卧着的家伙块头这么大,跳跳鼠都有可能从他的牛角爬进去。"这家伙简直太雄伟了!"跳跳鼠心里想着,就爬到了野牛近前。

"你好,我的兄弟,"野牛说,"谢谢你来拜访我。"

"你好,大家伙,"跳跳鼠说,"你为什么躺在这儿?"

"我病得厉害,快要死了。"野牛说。

"我的药方告诉我只有老鼠的眼睛能治好我。但是我的兄弟,世上没有老鼠这个动物啊?"

跳跳鼠听后感到震惊。"我的一只眼睛,"跳跳鼠心想,"我的一只小眼睛。"他转身迅速的跑回到花楸果林里去,但是野牛的呼吸变得越来越沉重,越来越缓慢。

"他会死的，"跳跳鼠心里想，"如果我不给他一只眼睛，他就会死掉！他简直太大了，不能让他死啊！"

于是他返回到野牛躺卧的地方说："我就是一只老鼠。"他用那种颤抖的声音继续说到："你，我亲爱的兄弟，你是一个伟大的生物。我不能让你死，我有两只眼睛，那你就拿一只去吧！"

话音刚落，跳跳鼠的一只眼睛就从头部飞了出去，野牛痊愈了，立刻就用四个蹄子站立起来，将跳跳鼠整个的世界震荡得都晃动起来。

"谢谢你，我的小兄弟，"野牛说，"我知道你的追求，你想到神山那儿去，你也想去看看河流。你给我了新生命，或许我可以把它献给他人。我永远都是你的兄弟。来吧！在我肚皮底下奔跑吧！我会把你带到神山脚下，你不用再操心天上的那些斑点。你在我身子底下跑，雄鹰是看不见你的，它们能看见的只是野牛的脊背。我是属于草原的，如果我爬山的话，没准我会摔倒压在你身上。"

小老鼠于是在野牛身下奔跑，既安全又隐蔽，但是毕竟只有一只眼睛，小老鼠还是很恐惧。野牛每迈出一步蹄子，就把小老鼠的世界震得摇摇晃晃。终于他们走到一个地方，野牛停下了脚步。

"我只能把你护送到此了，我的兄弟。"野牛说。

"非常感谢你，"跳跳鼠说，"不过你知道，我只剩下了一只眼睛还在你肚皮下面奔跑，真的是太恐怖了。我总是担心你那震天动地的脚掌会踩到我。"

"你多虑了，"野牛说，"因为我走的是太阳舞步，我能知道我的脚掌该落在什么位置。我必须得回到草原去了，小兄弟，你随时都可以去草原那儿找我。"

跳跳鼠立刻开始探索其它的新环境。他发现这里的东西比其它地方的东西都多，有值得忙碌的事情，丰盛的种子以及老鼠喜欢的东西。在他探索环境的过程中,他突然撞见了一只灰狼,它正躺在那儿无所事事地发呆。

"你好,狼兄弟。"跳跳鼠说。

狼的耳朵警觉起来,眼睛里射出了亮光。"狼!狼!是的,狼就是我,我就是狼。"说完就又变得心神昏暗,不久就又静静地坐在那儿,完全不记得自己到底是谁。每当跳跳鼠提醒狼是谁时,狼都变得很兴奋,但不一会狼就又忘记自己到底是谁了。

"狼真是了不起啊,"跳跳鼠说,"但他似乎失忆了。"

跳跳鼠走到自己新领地的中央,静静地坐在地上。他用了很长时间来聆听自己心脏的跳动。突然他下定决心,快速跑到狼坐着的地方,开口对狼说话。

"狼兄弟,"跳跳鼠说。

"狼!狼!"灰狼说。

"狼兄弟,请你,"跳跳鼠说,"请你听我说,我知道什么能治愈你的失忆症,是我的眼睛。我想把它送给你,你是一个比我伟大的动物。我只是个老鼠。请收下我的眼睛吧!"

当跳跳鼠不再说话的时候,他的一只眼睛就从头部位置飞了出去,狼的失忆症就彻底被跳跳鼠的眼睛治好了。

眼泪不住地从狼的脸颊往下流,但是他的小兄弟看不见他,因为他再也看不见了。

"你真是一个伟大的兄弟,"狼说,"现在我倒恢复记忆了,而你却失明了。我是你寻找神山的向导,我会把你带到那儿去。那有一座圣湖,那是世界上最美丽的湖。全世界在那儿都有倒影:人类、人类的住所以及草原上所有的生灵和草原上空的天空。"

"那就请把我带到那儿吧!"跳跳鼠说。狼于是就领着跳跳鼠穿过松树林来到了圣湖边。跳跳鼠喝了圣湖的水,狼给他描述了圣湖的美丽风光。

"我得把你留在这儿了,"狼说,"我必须返回去了,因为我还要给他人继续引路做向导。但是只要你喜欢,我将永远留下来陪你。"

"谢谢你,我的兄弟,"跳跳鼠说,"尽管我一个人待着很害怕,但我知道你必须得走,你还要给其他人指引到这个地方的路呢。"

跳跳鼠坐在那儿,恐惧地浑身发抖。想跑走也没有用,因为他失明了。他知道雄鹰会找到他,他感觉到了自己背上的影子,也听到了雄鹰鸣叫的声音。他准备好了接受雄鹰的俯冲。雄鹰确实攻击了他!但跳跳鼠睡着了。

之后他又醒来了,仍然活着的惊喜真是令他兴奋,而且现在他又能看见了。

他看到的一切都是模模糊糊的,可颜色却都非常美丽。

"我能看见了!我能看见了!"跳跳鼠兴奋地一遍又一遍地说。

一个模糊的身影朝跳跳鼠靠近,跳跳鼠使劲地眯着眼睛看,但是那个身形仍然很模糊。

"你好,兄弟,"一个声音说,"你想要些药吗?"

"一些药,给我?"跳跳鼠问,"想要!想要啊!"

"那请你尽量低地将身体蹲伏着,"那个声音说,"然后尽量尽力地跳,能跳多高就跳多高。"

跳跳鼠照着做了,跳跳鼠尽可能低地蹲伏着,然后起跳!风扶住了他,将他带到高空。

"别害怕,"那个声音朝他喊,"紧紧地抓住风,信任风!"

跳跳鼠照着做了。他闭上眼睛,紧紧地抓住风,风带着跳跳鼠越飞越高。跳跳鼠睁开双眼,眼睛变得明亮起来。越到高处眼睛变得越明亮。跳跳鼠看见了自己的老朋友正坐在美丽的圣湖中一片睡莲叶子上,那是青蛙。

"你现在有了新名字,"青蛙朝他喊道,"你就是雄鹰!"

(故事结局或故事的新开端)

## 叙事疗法的四个阶段
## The Four Stages of Story Medicine

跳跳鼠的故事是有关个人改变的故事,是关于范例转化的故事。跳跳鼠的故事向我们讲述了我们和故事疗法的初遇以及如何可以改变我们的世界观,以及这样的初遇如何能引领我们走上一条最终可以转化我们的范例并最终转化我们自己的道路。故事以隐喻的形式向我们展示了心魂从无知到智慧、从理性到想象、从老鼠到雄鹰的一条转化路程。故事不管从整体还是从部分都具有治疗效果,让我们能够深入地看到每一个转化所需要的改变的驱动力。跳跳鼠的故事给我们的许多礼物,其中之一就是向我们阐释了叙事疗法帮助我们迈向想象能力所要跨越的四个阶段。

### 1. 偶遇
### The Accidental Encounter

第一个阶段是跟叙事疗法的偶遇。这种邂逅可能随时随地发生。我们偶然读到一个故事,它讲述给我们的事迹点亮了我们、改变了我们。

故事具有如此效果的事实向我们证明了,故事本身的药效品质。我们的心魂正好与它所需要的药物生效点相遇。就像老鼠一样,当我们捧起一本书或读到一个故事的时候,我们或许很难意识到我们所听到的:那遥远的吼叫最终露出真容是需要时日的。

## 2. 传统故事的应用
## The Use of Traditional Story

第二阶段，我们常常会主动搜索与我们心魂或他人心魂相匹配的故事。这是我们对传统故事进行智慧管理和应用的阶段。由于谢哈拉萨德对病症充满情感的准确把握、对大量故事的熟悉掌握以及她根据个体需要进行故事匹配的艺术，她无疑是毫无匹敌的故事艺术大师。在本书的第二部分我们将练习这种艺术。

老鼠经由与青蛙的相遇进入到这个阶段。如谢哈拉萨德那样，青蛙也是一位富有经验的故事医师，能够在合适的时间管理好合适的故事。由于强效故事"药物"的帮助——神山的景象——青蛙帮助老鼠看到了比以前更加广阔的景象。这剂药让老鼠变成了跳跳鼠，任何能匹配心魂的故事都有这个效果，它们能让我们的心在跳动飞跃，让我们看见比以前任何时候都更加广远的景象。智性被提升超越了其正常的界限，并接受想象力的洗礼。一旦我们能够瞥见耸立在我们理性之尖的神山的话，我们就改变了。我们就会有新的名字，我们也会知道那神山是真实存在的。

## 3. 主动创编故事
## Active Story-making

要进入到第三阶段，需要勇气，也需要想象力。第三阶段是故事创编阶段，根据特定的心魂场景来创编、订制或调整故事。这就是新谢哈拉萨德艺术——那个创造性理疗师、未来治疗师，它是一门可以习得的艺术。故事创编是人类心魂固有的本能，是一个熟悉的领地，即使对那些从未涉足至此的人来说也是如此。

针对特定心魂状态所订制的故事就是强效药。之所以强效是因为它是跟心目中的接受者共同制造出来的，是一个心魂连接另一个心魂而进行的想象性对话的一部分。正是想象的力量才使得订制故事能够有效。用心灵之眼看见是这个疗法中的主导元素，经由这样的看见，心魂将自己献出。

跳跳鼠献出了自己的一只眼睛治好野牛时，跳跳鼠就进入到了第三阶段。曾经看见过神山的那只眼对野牛来说就是一副药。换句话就是跳跳鼠的想象力治愈了野牛，经由野牛从而治愈了土地和人类——你给了我新生命，或许我可以把它献给他人。

任何时候当我们为他人创编出新故事的时候，我们其实都是这么做的。我们将我们的想象力、来自我们内心的看见都献给他们。发自内心的看见他人是我们所预备的治疗方案中最强效的成份。但是它不仅对接受者有效，它也是环绕人类心魂生产系统和自然生产系统的更宏大生态方程式的一部分。在这个方程式里，想象力生命和自然生命是近亲。一个是尘世艺术家，一个是心魂艺术家，从不同面相来看，它们其实属于同一个创作过程，对一个面相的培养实际上也是在培养另一个面相。

跳跳鼠用第二只眼睛治好了狼。跳跳鼠的想象力让狼记起了狼到底是谁。正是经由想象力才让我们认识到我们自己到底是谁以及他人是谁。因此第三个阶段就必然是一个内在活动阶段。总是胆小慎微集聚钱财的老鼠变成了慷慨大方的礼物赠与者。故事疗法的被动接受者经过深刻的转化，变成了故事疗法主动积极的给予者，它将人类与自己最年轻、最攸关性命的那部分——人类心灵的生长点——创造力的顶端分生组织连接了起来。

这是想象力的心理赋权阶段，也是创造力激进呈现的阶段。在这个点，病人变成了治疗师、聆听者变成了讲述人、读者变成了故事的新创编者。心魂离开了消极的病床，开始向神山迈步。本书的第三部分探讨的就是迈向神山的过程，并提供了向这个领域前进的图谱，它是提供给踏向想象大陆的旅行者的旅行指南。

## 4. 圆满交融和转化
**Communion and Transformation**

叙事疗法的第四阶段也是最后一个阶段就是圆满交融和转化阶段。智性老鼠历经长途跋涉，做出了巨大牺牲，现在到了最终部分实现转化的时刻，这个过程中跳跳鼠转化成了雄鹰、智性转化成了想象力，是跟我们自己内在更深层面实现圆满交融的阶段。在这个阶段故事的讲述从外在所有激发物中脱离出来，它挥动翅膀自由地进入到创造性行动之中。故事变成了给人愉悦的产品而不是什么必需品。自由地成为自己，出自喜悦的故事给了那些听到故事的人以自由。故事创作就达到了艺术阶段。跳跳鼠的旅程结束了，而那正是雄鹰旅程的开始，还有青蛙依然在那儿，提醒着跳跳鼠他到底是谁：雄鹰。

青蛙是隐形的故事医师，他在内心深处理解到了跳跳鼠；他知道跳跳鼠的名字，他也是跳跳鼠进入到想象王国的启蒙者。通过跳跳鼠与青蛙的第一次相遇，故事很巧妙地暗示了青蛙这一统一体。

小老鼠走近河水，朝水里张望着。他看见水里倒映出一个可怕的老鼠。

"你是谁？"小老鼠问那个倒影，"一个人待在那么深邃遥远的水里，难道你不害怕吗？"

"不害怕，"青蛙回答说，"我一点儿也不害怕，我打出生起就有着天赋，可以待在水面上也可以潜在河水里面。当冬天来临，河水封冻时，就没人能看见我了。但当雷鸟飞来时，我就会在这儿。要想拜访我，你得在世界都变绿的时候来。小兄弟，我是河水的守护者。"

对于水的本质一无所知的老鼠，在向自己的倒影发问，而青蛙却以自己的方式代替老鼠的倒影回答。经由青蛙，老鼠跟自己更深层的自我——那个水的守护者，也是想象力的保护者——进行了一次交谈。

每一个优秀的故事里都有一个青蛙，在提醒我们到底是谁。如果我们仔细聆听，青蛙就会引领我们走向看到真实自己的道路。

故事疗法四个阶段的每一个阶段都会向我们提供进入创造性活动的通关仪式。即使在第一个阶段里，创造性活动也已经呈现了出来，是以接纳性力量呈现的。在第三阶段创造性活动非常活跃；而在第四阶段创造性活动则将自己从一切枷锁中解放了出来。

第一个阶段的创造性活动需要一些帮助，如果我们不去干预它就会自己发生。第二阶段仰赖于我们和现存故事的熟悉程度，也仰赖于我们如何能以最好方式应用这些故事的能力。本书的第二部分将专注于讨论这个艺术，也将探索传统故事的疗愈潜能。

如何提升想象的凤凰并让新故事的翅膀引领它飞翔，是本书第三部分的主题。

# 第二部分 传统故事以及它们的应用

Traditional Tales and Their Use

## 11

# 从普遍性原型脚本看儿童绘画

## Drawing from the Universal Script

我对神话故事中的叙事疗法所做的研究确认了我对故事的体验——只有那些在合适的时间出现的合适故事才具有真正的疗愈效果。这样的故事才会真正地和我们的心魂说话，它们是心魂向上攀爬的梯子上的踏步横档。如何安全地构筑这些踏步横档是本章接下来要探讨的主题。

沿着儿童和青少年想象力的发展步骤，我从孩子绘画和发展出精致故事文化的华德福教育模式中发现了研究的线索。若就如何恰当地应用传统故事来看，华德福教育已经提供出了前所未有的标准。也许华德福教育筛选故事的方式不是唯一的故事筛选方式，但确实是一个有意义有价值的方式，因为故事与孩子的发展阶段是平行的，也与儿童绘画的方式是平行的；孩子绘画的方式与孩子的发展阶段也是平行的。

抛开文化和社会条件的差异，先不将这些差异纳入考虑范畴，所有孩子在早期尝试绘画的时候都遵循着同样的原型顺序。不管他们是出生在拉普兰[①]、赤道地区的非洲或是纽约，起初尝试绘画都是上上下下的胡乱涂

---

① 斯堪的纳维亚半岛最北端地区。

鸦、以及向内螺旋的那种宏大主题。熟知儿童发展阶段的人就能够解密出孩子早期的这些绘画。从普遍人类的角度看儿童早期绘画的原型脚本，我们会发现它描述出了发生在孩子身体里的那些内在体验。

向内螺旋的绘画镜射出了孩子入世的过程——从广袤的宇宙进入世界的过程，即：将悬浮的心魂安驻在与之相配对的物质身体里面的过程。内旋螺旋是孩童时代的第一场仪式，也是心魂围绕物质身体起舞并入驻物质身体这一殿宇的仪式。第一个圆形形状初次出现的时机——向里返回到自己或向外旋转封闭住圆圈——正好跟孩子自我意识初现的时机相吻合。带有意识的自我在身体里初现的情景，就像是他们在圆心种下的第一个圆点。在这个点上孩子会第一次说出"我"，此时孩子大脑发育的第一阶段就已达到成熟，头顶上最后一块分离的骨头此时融合长在了一起——它们也将脑门上的圆圈封闭住了。

生理发育与心理发展的阶段以及心理发展的程度也正好吻合，涂鸦及绘画正好无意识阐明了这个点。同样的情况也会出现在当脊椎发育基本成熟时，孩子会在纸上画出尖塔形状。

在孩童时代不能使用手的残障孩子的绘画中，螺旋断裂的情况特别显著。对这类孩子来说，他们画不出所有这些涂鸦、螺旋及圆形，但并不意味着这些形状就消失了；它们等待着被画出来。如果孩子的残障得以治愈，他们立马就会将这些形状画出来。这么一来，到了青少年时，他们会严格按照那些顺序去经历涂鸦、螺旋或画圆形，只不过经历的阶段要短一些，之前需要经历几年的绘画现在也许就被压缩在几个月就呈现出来了。

儿童绘画发展模式的这一恒常特性指向了人类心魂中预先存在的那些主题，它们在特定的时间浮现出来的倾向非常强烈、也非常顽固。如果有什么东西阻止了它们的浮现，它们就会停留在那里等待。延伸开来，这一点恰好暗示出了人类心魂渴望遵循的一个理想顺序，它是心魂发展过程中的定例；可以看到这一定例也折射出了很久很久之前人类发展所经历过的步骤。

　　个体儿童在其生命的前几年也会沿袭这些步骤。当儿童绘出最古老的人类遗产时，儿童实际上是在返回到人类最初的太阳舞蹈阶段，也就是说会折回到在任何历史阶段之前早已存在着的梦幻时期的古人类遗产那儿。

　　成长中的心魂需要时间逐步绽放，也需要时间折回到人类最初的梦幻时期，复活并重新体验心魂深处所储存的故事。在心魂意识完全清醒之前，缓慢徜徉在梦幻时期是心魂与生俱来的权力。儿童时代的早期，儿童仍然被包裹在梦幻之茧中。正是在这一时期，如果儿童过多接触21世纪新技术所制作的噩梦般的电子影像制品的话，将导致儿童心魂的创伤性体验。心魂仍然处于发展过程的时候，暴力视频和电脑游戏将会使儿童心魂致残。在蝴蝶尚未成型之前将蚕蛹剖开是非常莽撞的行为。

　　儿童时期的绘画是普世故事的一部分。它们是其它故事的引言部分，且由每个孩子亲自创作。这个引言部分是人类本性的一部分，它是自己发生的。而孩子开始清醒之后的故事，则已经是文化的一部分了。它们并非自己发生，而是等待被讲述或传诵。

## 12

# 最初的故事

**The First of Tales**

最初的故事是所有故事中最重要的故事。

尽管我们从未记住过那最初的故事,但它却是我们永远忘不了的故事,因为这个故事成就了现在的我们。在我们自己塑形自己之前,它早已塑形了我们。

它是爱的故事,是妈妈用最原始的爱的语言讲述给我们听的,是妈妈的陪伴和妈妈的温暖;它是爸爸、哥哥、姐姐等家人和朋友精心描绘的故事。

它是孩子语言发展出来之前就讲述的故事,是在爱的轻抚下发生的故事,是妈妈双手轻轻抚触的故事,带着妈妈的乳香和亲密的温暖;它是经由亲密相连的舒服感、温柔的语气语调和气味包围而表达出来的故事;经由家庭四季生活氛围的变化而表达出来的故事。更重要的是,它的讲述者是妈妈,她用关爱的羽纱过滤掉了尘世的粗鄙。

理想地讲,它们是深深安驻于我们情感深处的那些故事,它是能穿越所有风暴天气的情感纽带,它是我们的第一个爱的故事,是未来即将发生的所有故事的蓝本;也是第一个安全的故事,是我们所有需求里最基本的需求；它是构建心魂里所有大厦的基石，是我们未来健康的发源地。

有研究揭示出某些心理疾病如精神错乱就是由于在孩子生命早期的时候孩子被过度忽视造成的。比精神错乱稍微轻一点的性格障碍源于孩子两岁时所受的虐待和辱骂，常见的神经虚弱症则源自于受虐待之后那些年月的生活。孤儿婴儿死亡率有力地说明了人类的这一本性，那些孤儿婴儿尽管接受了物质照顾，但却没有得到任何情感的深层交融。

在这些最初故事里，爱与生命是同义词。儿童生命早期的几年间，妈妈或妈妈替身的持续陪伴对儿童来说是最大的礼物。它帮助我们进入这个世界，为我们树立起与他人和世界建立关系的先例。我们此时所接受到的爱变成了我们给予的爱；再之后我们接收到的爱支撑起我们对这个世界的兴趣、支持着我们对他人的关注、支持着我们求知的热情、支持着我们亲近地理解他人的能力、支持着我们与他人建立连接以及深入透彻思考的能力。而此时，如同在孩提时代一样，爱能将一切变得有意义。

## 爱的语言
## The Language of Love

在最初的故事里，妈妈就是那个英雄，因为讲好这个故事需要勇气，也许是所有勇气中最伟大的那一种。当今社会，妈妈这个角色跟孩子一样成了濒危物种。缺乏传统家庭生活的支持，妈妈和孩子都会受到经济压力和时间短缺对爱的残酷迫害。孩子和妈妈的自然环境就是妈妈和孩子在一起，但因为生活所迫而经常被迫分离。妈妈经常不得不跟公众舆论以及来自家庭和朋友的压力抗争。

妈妈，包括那些无人能比的单亲妈妈是我们这个时代的英雄、是儿童天空上闪亮的明星、是无可匹敌的爱的冠军。她们是孩子最初故事也是最重要故事的讲述者,是那些襁褓中需要关爱的孩子所需要的创世神话的讲述者。

## 母语
### The Mother Tongue

"母语"这一词汇的表达特别恰当:语言是我们的第二母亲。由于第二母亲的关爱,我们吸收了我们本土文化所固有的全部神韵、态度以及我们看世界的方式,语言构建起我们自己的世界,它将意义渗透进我们的觉知之中,进而塑形了我们看世界的方式以及我们感受世界的方式。每一种语言就像滤镜一样都以自己独特的方式过滤着现实。

让我们来把英语单词 tree(树)和对应的德语单词 baum(树)进行一下对比吧!

tree 这个单词表达出了又挺拔又高的意思,强调树的树干。欣赏一棵树最好的角度就是从远处观看,树干可以用来制作船的桅杆,也可以做很长的栋梁。tree 是一个苗条、纤细、长长的甚至带有尖顶的单词;一个可以唤醒、升起、运动的单词。

baum 则不同,它具有舒缓、包围环绕的感觉。baum 是一个沉稳、缓慢的字,暗示着巨大和圆润,也许是它独自耸立在乡村广场,枝叶繁茂,绿荫浓密;夏日的傍晚,村民们聚集在树下。baum 这个单词会让情侣们在树皮上刻下爱心图案,因为它是一个有拥抱感的单词。

日语相对应的单词是 ke(发音是去掉英语单词 king 的发音后面的 ng 音)。听到 ke 这个单词立马会让我联想起被精心维护的日本园林或者非常正式的餐厅里的那个盆栽植物;也让我想起日语里独自呈现在一张白纸上面的俳句;或者是书法大师在日本画纸边缘上遒劲的几笔,感觉画的不是树而是 ke。

每一种语言都揭示出该文化看待事物的方式。语言是一种内在艺术，它塑形了世界，世界反过来再塑形人类。

语言不仅能够塑形我们对世界的感知，同时它也教给我们思维的方式；语言是智能的。作为儿童，在能够掌握语言的意义之前，我们其实早就能够分享到语言复杂的意义了。语言蕴含着智慧的思想，就如孕妇孕育着她的孩子一样。借助语言，孩子能够应用高度发达、超级复杂、有力有序的人类智能，而在此之前他们还没有能力来有意识地产生出这些智能。语言能够替儿童着想，也能支持儿童迈向精神独立的步伐。如果从非常艺术化的形式看待语言的话，语言就是一种前置的智能。

## 语言作为故事
**Language as Story**

语言渴望能够做到周密、细致、生动、综合。长句子实际上已具有了故事倾向，其本身就带着某种想要继续的动能。因此如果能跟随长句子直到了解其完整的意思，并关注句子的结构，就能很好地理解句子。长句子能够使意思清楚地得以表达，而且我们还可以从对词语的艺术化应用中获得诸多乐趣。语言是心魂经由声音的外显，也是情感得以外在表达的开阔场地，更是意义的聚会和对话的平台。

我们所使用的语言本身就是一个故事，因此让我们从一开始就对语言加以悉心照护，用正确的方式讲出语言。就像一个优秀故事一样，语言必须避免抽象，因为在儿童时代所有的抽象对孩子来说都是陌生人。它们就像是来自域外的心魂入侵者，将难以消化的食物硬塞给孩子从而增加他们的心魂负担。孩子是没法应对这些抽象语言的。孩子的心魂对智力内容也很见外，好故事对智力内容也一样见外。

"哎，猫头鹰。"克里斯托弗·罗宾说，"难道不好玩吗？我在一个岛上！"

"最近大气条件一直非常不适宜，"猫头鹰说。

"你说什么不适宜？"

"一直在下雨啊，"猫头鹰解释说。

"是啊，"克里斯托弗·罗宾说，"是一直在下雨。"

"洪水警戒线已经达到了前所未有的高度。"

"你说谁？"

"到处都是洪水。"猫头鹰解释说。

"是啊，"克里斯托弗·罗宾说，"到处都是洪水。"

没必要成为那种猫头鹰。智慧比自作聪明要好。这并不是说要你去简化语言，语言可以达到你想要的那种完整、综合以及生动。儿童对充满艺术化、富有想象力、以及赋有灵魂的语言学习非常着迷。

## 儿童时代的语言
### The Childhood of Language

有兄弟姊妹的儿童无疑是幸运的，他们是相互最好的伙伴，也是儿童最早的生活社区，是儿童练习人类"给予和获取"这一自然天赋最好的机遇，也是练习距离和亲近最好的机遇。妈妈的嘴巴也向儿童提供了这样的陪伴——妈妈哼唱的曲调、歌曲、玩耍时的语言、童谣、儿歌等，都丰富了我们的早期岁月，就像兄弟姊妹一样好玩。

首先是妈妈的哼唱。她跟我们同时出生，她是我们温柔而美丽的孪生姐妹（粗野的儿歌是大哥哥）。妈妈的哼唱延续着子宫时期的音乐，是所有歌曲中最柔和的音乐，是用妈妈独有的甜美声音编织出的襁褓服，就像蚕茧包裹着蚕蛹一样。妈妈的哼唱包裹着婴儿，用妈妈安慰的哼唱引领孩子进入声音的世界。妈妈的哼唱是孩子的第一首乐曲，也是最初的歌唱，在这样的哼唱中妈妈和自然恰到好处地融合成了一体。就像是缓慢摇动、温暖、稳固的摇篮那样，妈妈的哼唱能让孩子平和下来进入到满足的状态之中。

哼唱属于最早的故事，是关爱的故事，哼唱将妈妈和宝宝融合交织在一起组成一个不可分离的统一体，然后就进入到摇篮曲。摇篮曲更具有世界属性，再之后就发展到小曲歌谣以及儿童歌曲。

儿童早期听到的歌最好是由妈妈、爸爸或家里其他成员唱给孩子听的，因为这些歌曲的主要目的是通过声音向孩子传递有成人在场陪伴的确信感。

不算很久的以前，人类生活中还存在着持续不断的歌唱。歌唱是几乎所有人类活动的组成部分。妈妈总是在哼唱或唱歌。男人、女人和着犁地、缝纫、收获的节奏一起歌唱，还会在挥舞镰刀割草或挤奶时和着劳动的节拍唱歌。每个行业和协会都有自己的歌曲，歌唱融进了补鞋匠的每一次飞针走线、融进了妇女织布时的每一次飞梭穿线、融进了木刻师傅的每一刀雕刻以及牧马人的每一次扬鞭催马之中。有清晨之歌，也有黄昏之歌，更有春夏秋冬之歌。每一个节日庆典活动都发展出了节日歌曲，每一个教会、寺庙、会堂、清真寺都是一个充满音乐的场所。

童年时候，妈妈给孩子哼唱和歌唱不久，接着就是手指游戏和韵律游戏。诸如"小猪逛大市场"之类的韵律游戏歌谣都是在妈妈的腿上学会的。和孩子在一起待着变成了和孩子在一起动手操作，随着触摸和胳肢挠痒，语言就加入了进来。语言和运动重叠巧合，之后反过来又可以刺激大脑的发育。

儿歌及童谣已经离开了妈妈的膝盖，它们是比手指游戏更具挑战性的同类游戏。孩子们不需要去专门去学习，因为它们已被孩子们熟知，孩子们和这些儿歌或童谣相遇就像是和自己过去的随身物品相遇或跟失散多年的老朋友相遇那样自然。它们就是玩伴们自创的语言，经由这些语言，语言古老的层面以现代形式在向孩子们做着回应。它们是古老的魔法符咒的一个版本，即使当今它们仍然像符咒一样，永远都在让我们着迷。在我们听到它们的那一刻，它们就摄住了我们，而且从不放开。当我们忘记了其它韵文，我们对它们却永远耳熟能详并能脱口而出。

童谣以群组颂唱的小型仪式促使我们不得不运动、舞蹈、行进和拍掌。节奏、重复和韵律超越了意义，但它们仍然是微型故事，仍然是语言提供出来的故事。每一个故事都是胚胎时期的神话，每一个故事都被编译成密码隐藏在图景之中。它们是我们的第一次诗意化体验，是我们跟语言天赋共舞的机会，是从微小故事跳跃到大故事的机会。这些童谣属于故事疗法，它们是最原始最初级的医药，就像美食和喜悦那样能够滋养我们。童谣也是所有其它故事的滋养者，是我们最初起步的故事。

## 13

# 故事的本体
## The Body of Story

离开了童谣，就到了我们播种最早故事的时机了。接下来的几个章节便是耕种日历，帮助我们在合适的时节播种下合适的故事。请大家把我的建议权且当作一块引玉的砖块。从故事本质上讲，拒绝条条框框化；一个合适的故事总是随着时机不断变化，它通常任性多变，难以驾驭，活力非凡，难以驯化；故事的自然环境有点类似变色龙，是故事讲述时的语境背景。

听故事的人也是语境背景的一部分，因为唯有听故事的人的想象力才会使得故事真正鲜活起来。听故事的人塑造出了故事最终的形并使故事呈现出它原本的样子，因此故事效果很大程度上取决于听到它的那些孩子们。基于这个理由，我建议找到最理想的时机将合适的故事讲述给合适的孩子们，尽管有时候也存在着某些四岁的孩子也准备好了能听六岁孩子故事的情况。

对故事的接受程度也取决于孩子和成人之间的关系。若就治疗性故事而言，故事讲述者跟孩子之间的熟悉程度和信任是必要的前提条件。当然，故事讲述后的疗愈效果很大程度上取决于故事讲述者本身，也取决于故事讲述者与故事所建立的关系品质以及故事被讲述者讲述出来的方式。

故事讲述者要热爱和尊敬所讲述的故事，从而使故事能够完全绽放在孩子的心魂里。最好是在安静的地方讲，故事前后都要留有足够的时间，而且故事也要以平和自然的声音讲述出来。对小小孩讲故事时不需要额外添加任何戏剧化表现。讲述后剩余的交给孩子的想象吧！孩子知道怎么做。等你过度强调某些词汇或段落时，你实际上是在将你对故事的理解和阐释强加给孩子；那些在你看来很重要的部分，你强迫孩子也承认那些对他们也很重要。如此做法并不能让孩子自由地接收讲述者未添加任何干预的故事，这样做也没有尊重故事原本的样子——因为它附加了你的要求。

当根据上述原则阅读故事或讲故事的时候，听故事的人就会以自己的方式来解读故事本身。特别当不同年龄段的孩子聚集在一起听故事的时候，关注到这点尤其重要；将故事调整到适合最年幼的孩子有时候并不是什么好事，事实上我强烈建议在讲故事的时候要针对最年长的孩子讲。这种情况下，年幼的孩子只会吸入他们当下能够吸入的部分，他们能想象到的也许是去捡拾汉赛尔（Hansel）[①] 遗落在轨道上的鹅卵石，而年龄稍大的孩子则可能是迫不及待地等着格莱特将巫婆推到烤炉里去。

## 甜粥（三岁故事）
**Sweet Porridge（age three）**

歌谣和童谣之后就是给孩子讲故事，刚开始讲的故事要简单。三岁时孩子就能听懂并消化像《甜粥》这样的故事。

---

[①] 《格林童话》中《汉赛尔与格莱特》故事主人公。

从前有一个善良而贫穷的女孩，她独自和妈妈两人一起生活着，她们已经没有任何东西吃了。于是小女孩来到森林里，在森林里一个老奶奶遇到了小女孩，老奶奶已经看出了小女孩的伤心，于是给了小女孩一口小锅，当她说"煮吧，小锅，煮吧！"的时候，小锅就会煮出一锅美味的甜粥；当她说"停止吧，小锅！"的时候，小锅就停止煮粥。小女孩就把小锅带回家送给她的妈妈。现在小女孩和她的妈妈再也不用担心贫穷和饥饿了，只要她们愿意就可以随时吃上香甜美味的甜粥了。

有一次，小女孩不在家，她的妈妈就说："煮吧，小锅，煮吧！"于是小锅就开始煮粥。小女孩的妈妈吃得自己满满意意地，当她想让小锅停止的时候，她却不知道让小锅停下来的话。于是小锅就继续煮啊煮，甜粥溢出了小锅的边沿，而小锅仍然是煮啊煮，直到厨房和整个屋子里流满了甜粥，接着流到了隔壁，流了满街上都是甜粥，就像是想让全世界挨饿的人都得到满足一样，真是着急啊，可是没人知道该如何让小锅停下来。最后当只剩下一栋房子甜粥没有流到的时候，小女孩回家了。一到家她就说："停止吧，小锅！"于是小锅就停止了，不再煮粥了；那里的人谁想回家都得先吃吃甜粥，出吃一条回到自己家的路。

故事《甜粥》是庆祝幼童言语能力的故事。如果能够正确理解这个故事的话，那这个故事就是幼童进入语言力量的启蒙，这种能力正是这个阶段的孩子正在习得获取的一种言语能力。

对小幼童来说，食物是交流的第一种形式，是婴儿在妈妈怀里学习到的最原始语言。许多孩子第一次发的音都跟饿和渴有关。当孩子终于学会了那些发音，那些词语就拥有获取食物的力量，也拥有让食物消失的力量。

有了这些最初的体验，孩子学习认识到口语表达比食物更有力量；口语表达也比饿和渴更有力量；比需求和愿望更有力量。孩子也会学到语言位居于这些层面之上，并且能掌控这个层面，对使用语言的人来说也是如此。说话的人能够借助"正确词语"的力量来克服需求带给自己的强迫感，从而建立起超越自己无言欲望的人类主权意识。所有这一切以及更多的内容都包含在《甜粥》这样的故事里。它是孩子在三岁时甚至三岁之前非常基础的食物，就像故事里的小锅一样，甜粥既可以滋养孩子同时也可以滋养你自己，你不必忧虑何时该给孩子停止供应这样的食物，孩子自己会理解这些词语。

适合三四岁孩子的故事清单上你可以添加的故事有：《金发女孩和三只熊》《想要犁地的农夫》《姜饼人》。

## 山羊嘎啦嘎啦三兄弟（四岁故事）
### The Three Billy Goats Gruff（age four）

给四岁孩子讲的故事可以包括精灵与小鞋匠以及备受热爱的故事《山羊嘎啦嘎啦三兄弟》。故事《山羊嘎啦嘎啦三兄弟》是四岁及大一点儿孩子们最喜欢的故事之一。我曾听到一个男孩12岁之前每天都要听这个故事，甚至12岁之后还时不时地要听听这个故事，正好表明《山羊嘎啦嘎啦三兄弟》是孩子生命各个阶段里都有价值的故事。假如该故事正好对你有用，那我就把它引用在这里。

很久很久以前，有三只山羊，名字都叫嘎啦嘎啦。他们都想让自己长得胖一点儿，于是准备到山坡上去吃草。

路上，他们必须经过一条河，河上只有一座桥，桥下却住着一个可怕的山怪，眼睛像盘子一样大，鼻子有拨火棍那么长。

最小的山羊嘎啦嘎啦最先走上桥,"吱呀!吱呀!吱呀!"

"谁呀?是谁把我的桥弄得吱呀吱呀响?"山怪吼叫着。

"咩,是我,那只最小的山羊嘎啦嘎啦,我正要到山坡上去吃胖一点儿。"小山羊小声地回答。

"是吗?但我正想把你一口吞掉!"山怪说。

"啊,求你别吃我,我太小了,过一会儿第二只山羊嘎啦嘎啦就来了,他的个头可比我大多啦。"小山羊回答。

"那好,你快滚吧!"山怪说。

过了一会儿,第二只山羊嘎啦嘎啦走上了桥,"嘎吱!嘎吱!嘎吱!"

"谁呀?是谁把我的桥弄得嘎吱嘎吱响?"山怪吼叫着。

"咩,我是第二只山羊嘎啦嘎啦,我正要到山坡上去吃胖一点儿。"第二只山羊大声地回答。

"是吗?但我正想把你一口吞掉!"山怪说。

"啊,你别吃我,等一会儿大山羊嘎啦嘎啦就来了,他的个头可比我大多了。"

"太好了,那你快滚吧!"山怪说。

就在这个时候,大山羊嘎啦嘎啦过来了,"吱—吱—嘎!吱—吱—嘎!"他实在太重啦,桥发出巨大的响声,简直要断了。

"谁呀?是谁把我的桥弄得吱吱嘎嘎响?"山怪吼叫着。

"是我!大山羊嘎啦嘎啦!"他的嗓音又粗又响。

"好,我正想把你一口吞掉!"山怪大声吼叫。

"好啊,来吧!我有两把弯刀,正好刺穿你的眼睛;我还有两个巨大的石锤,正好把你砸成碎片。"

大山羊说完,向山怪猛扑过去,用犄角刺穿了山怪的眼睛,再用蹄子把山怪踏成一片一片,最后又狠狠地把他踢进河里。

然后，大山羊也爬上了山坡。

三只羊越吃越胖，胖得都走不动了。如果那些肥肉还没掉下来的话，他们现在肯定还是很胖的。

好了，"喀嚓、喀嚓、咚。故事讲完啦。"

孩子们之所以喜欢这个故事，那个男孩为什么那么大了还喜欢这个故事，你为什么现在也喜欢这个故事，其理由是它讲述的是孩子的成长周期。它是关于成长、成熟和熟练的故事，成长是终生的事业，永远都不会完结；在我们前方总是有很多需要成长的地方。内心里我们总是保留并维持着那个孩子，他总是很谦卑地想知道在人类宽广的世界里我们到底有多大或有多小。

处在这个阶段这个状态中的孩子，由于本身需求，他们对自己的局限性和依赖性其实是有意识的。几乎什么事都需要学习、习得和实现。熟练掌握还需较长时日。刚开始即使是系鞋带这样的事情，对他们来说都是晦涩难解的艺术，而阅读和书写更是充满奇迹的成就了。每一台机器都是一个谜，每个成人都是神圣的存在。

现在和未来之间、儿童和成人之间、无助和能力之间，存在着一座桥梁，那座桥就是：时间。在此桥面之下潜伏着挑战、抗拒以及潜行的丑陋怪物。但是必须跨越这座桥梁从此岸到达彼岸。若想安全抵达对岸，需要智慧、谦逊，更重要的是需要识别和把握合适时机的能力，以及等待时机出现的耐心。山羊嘎啦嘎啦三兄弟就有这样的耐心，老人老二清楚地知道他们的时机尚未来临，必须等待，而且他们也知道对第三只山羊嘎啦嘎啦来说时机是一定会到来的——因为第三只山羊已具备应对怪物的本领。

儿童们需要知道这点。他们也需要知道适合他们的时机是一定会到来的，让他们知道相信未来并耐心等待是值得的，耐心等待合适时机来临的人将要面对每一次挑战。这就是山羊嘎啦嘎啦三兄弟教给我们的,他们是掌握时机的大师,就像是伟大的故事讲述者一样,他们也知道在什么时候去做什么事情。

## 五岁、六岁、七岁时的英雄故事
## Heroes at Five, Six, Seven

　　从五岁开始,像《青蛙王子》《风雪婆婆》(又译:《霍勒大妈》《霍勒太太》)《不莱梅镇的音乐师》《睡美人》等故事就比较适合了,但这并不是说这些故事在五岁之前就不能讲给孩子听,而是说只有当孩子内心建立起自己中心感的主动意识时,故事中英雄的旅程才会带给孩子完整的影响;换句话说,当孩子能够在自己的内在找到那个英雄时,英雄才会真正带给他影响。只有在那个时候,孩子才能真正理解到探寻的本质以及故事所包含的全部意义:来自个人自身的挑战、对障碍的克服以及与魔鬼的相遇。

　　跟魔鬼相遇最安全的方式就是坐在妈妈腿上并以故事的形式跟魔鬼相遇。故事《风雪婆婆》就是将最有可能跟魔鬼相遇的机会高度集成在故事当中,这个最有可能发现魔鬼的地方就是我们的心魂。故事《风雪婆婆》通过两个女孩的故事巧妙地跟人类心魂中的高级和低级层面对话,一个女孩勤劳又美丽,另一个女孩懒惰又丑陋。听故事的孩子们会本能地感觉到其实她们是一个人,感觉到每个人都有金色的一面也有暗黑的一面,通过两个女孩完全相同的经历,故事将这点暗示了出来。

　　适合五到六岁孩子的故事里面,魔鬼还是被阻隔在海湾里面。它是故事的一部分,但不是故事的中心。故事《睡美人》中给睡美人施了魔咒导致睡美人沉睡百年的第十三个聪明女人在故事中仍然是小角色,并非故事的中心。

适合六岁或七岁孩子的故事里，跟魔鬼的遭遇开始走向舞台中央。故事《小红帽》中的大灰狼就是主要角色了，即使如此孩子们还是会理解到大灰狼其实是人类自己心魂里的一个形象，而不是现实中的角色。他们知道戏剧场景是想象虚构的，而非字面实际表达的那样，所以当大灰狼一口吞掉奶奶时，故事里并没有出现满床是血的场景，当大灰狼吃掉小红帽时也没有必要出现将地面上的血迹擦洗干净的场景，当猎人将奶奶和小红帽从狼肚子里救出来的时候也不需要麻醉剂。

与多数成人不同，孩子能够很好地理解隐喻中的现实。他们懂得如何以自己的方式严肃地看待故事，而且他们能够全心全意地走入故事所描绘的图景中去。这就是为什么家庭故事是孩子走入世界的过程中一项不可或缺的工具的原因。每一个童话故事都以最小的形态为孩子们提供最大限度可能的教育，而这样的学习却毫无费力。充满想象力的金色盘子里装着丰富的洞见来滋养孩子，无须说教而道德精神已传递进入孩子的心魂。

要想确认你的孩子是否做好了准备接收更为复杂的童话故事，最好的方式就是通过试验或尝试。一旦试验通过，孩子就会找到自己的主动性中心，就会找到自己内心里的英雄。内心英雄的浮现就是一个确定信号，它表明孩子已经有能力面对充满危险且更为复杂的童话故事里呈现出的那些挑战了。我所谈到的试验就是厌烦或无聊试验。

## 无聊（厌烦）试验（五岁故事）
### The Trial of Boredom（age five）

无聊是现代流行病。它具有很强的说服力，也具有高度传染力。无聊有两个面相：一个无聊到不知干什么；另一个是干什么都厌倦、都觉得没意思。两个面相很相似，就像是孪生一样，很难讲清楚哪种是哪种情况。

无聊这一心魂模式常常产生自童年时期。无聊的问题会以多种伪装面孔呈现出来。在我们五岁的时候它会向我们献殷勤招致我们掉入危险之中，如果那时不认真对待的话，心魂中的无聊感就会交织渗透于我们一生。它要么找到一个隐藏的领地等待时日，要么恬不知耻地被当做受宠的宠物养在那儿。无聊最显著的特质就是它的不稳定性：你越是喂养它，它就越会带着扭曲的饥饿感蠕动深入。它总是无穷无尽地想要投机取巧，更会随时随机想要吞噬掉我们的美好时光。

请不要绝望！有一种治疗办法，它以著名故事的形式存在着，它会产生药到病除立竿见影的当下效果，也会起到长期预防的效果。一旦学会这一故事形式并能很好使用的话，就会产生巨大的疗效。也许你已知道了这个故事的其它变化形式，至少是已知道了一部分吧！它就是《龙票》（Dragon Fare）的故事，故事由两部分组成。

第一部分：围攻老城

杰克：妈妈？

妈妈：嗯，亲爱的怎么了？

杰克：妈妈我不知道干啥啊？

妈妈：为什么不到外边沙坑去玩呢？

杰克：我不想在沙坑玩。无聊！

（对话暂停，沉默）

杰克：妈妈！

妈妈：嗯。

杰克：你能不能给提姆再打个电话。也许这会儿他们已经到家了……

妈妈：我已经给他家打了两次电话了。他们没在家。丹尼跟他爸爸去了阿尔伯尼。拉比生病了。

杰克：妈妈，那我能看电视吗？电视上……

这个故事就像是一场家庭式的伊利亚特战争。老城（妈妈）被围困，恐怖军队（杰克）包围了她，敲打城门、攀爬城墙、攻击城堡。攻击者狡猾又有力量，他们决心攻击到底。

守城者疲于应对。他们的力量因为家庭任务而交织在一起。友军和盟军在远处联结在一起（外出度周末，病倒了）。所有求救的呼叫都没有得到应答，情势非常悲惨。在这危机时刻，无法被征服的总指挥官（妈妈）经由纯粹的气定神闲挽救了城市和她自己。

妈妈：我很高兴你这会儿有空。我需要一点帮助。你可以先帮我刷洗盘子……

这则故事有很多变化形式，就像家务活一样种类繁多。有时候故事到此结束，有时候故事才刚刚开始。

第二部分：进入龙穴

攻打老城的战争持续了一阵。

受到声音、烟火的吸引，龙终于出场了，他是突然降临的。

杰克只是隐隐约约地意识到龙来了，但当杰克生气地从洗盘子的家务活溜走时，妈妈却将龙的到来看得清清楚楚。他看见杰克暗暗地嘟嘟囔囔、冒着火气、公然愤怒地跺脚、重重地摔门、嘴里吐火。

不管杰克走到哪儿——走到自己卧室、走到后院、走到沙坑，龙就像影子一样附身杰克。到处是龙穴，杰克无处可逃。挫败和失意的怪兽把守着每一扇门。它注视的眼神像催眠一样，它的力量也确实如此真实有力。

喷完最后一口带火的烟雾,龙终于倒地上,就地打起滚来。就在那一时刻,冷漠而邪恶的躯体之下,一直隐藏着的塞满银币和金币的宝库、装满宝石一样珍贵的新主意箱子、写满尚未尝试的计划书卷和藏宝图等显露了出来;飞毯准备起飞、灯里注满精灵,它们都很乐意将沙坑转化成城堡、稀稀疏疏的几棵树变成茂密的大森林,等待着探险。

## 英雄的出生
### The Birth of the Hero

当什么都让我们觉得无趣时,无聊的试验就开始了;当我们能够愉悦自己时,无聊就结束了。此时此刻,就是英雄出生的时刻。

从外在看,什么也没有改变,但是内里的战争获胜了,一个英雄诞生了。探索者发现自己走进了龙窝、创造者探索后发现自己已将脚步迈进了怪兽那烟雾缭绕的洞穴,故事讲述者就在自己事迹的内在诞生了。

无聊和创造是紧密关联的,两种状态下,都显现出一种相同的力量。凭借着内在的努力,无聊可以转化成创造;而缺乏内在的自我努力,创造可以转化成无聊。

父母自己内在所聚拢的力量可以激发鼓舞出孩子身上类似的力量。战争不可避免,面对瘫痪状态,父母必须一次一次地赢得战争,而不是麻痹地屈服于孩子即刻需求的满足,或者屈服后将那些分散当下注意力且容易做到的事情轻易给到他们。如果不经过抗争,那么得到的缓解状态只会是短命现象,而这种影响所带来的后果则是终生的,龙就会一直拖着孩子走,它也会再次叫嚣着表露出来,胃口将会变得贪得无厌,永远都没有满足的时候。

如果无聊试验得到了掌控,主动性就会代替冷漠、想象力就会取代无聊。刚才仅仅受到户外活动提醒或塞给玩具替代无聊的孩子，现在开始越来越受到自己内在力量的激发。新主意开始浮现；不管外在状况是什么，新计划也制订出来了，孩子这时开始安排计划来适应自己的需求，而不是继续反过来对着干。换句话说，就是英雄开始出现了。

真正的英雄需要事迹，就像事迹需要英雄一样。孩子的想象力这时为自己准备着下一步。就像童话故事一样，不管恶魔以什么形式出现，孩子都准备好带着满满的想象力去面对恶魔。多数时候，下一个步骤很可能以某种伪装的形式出现，也许以姜饼屋的形式出现。例如：《汉赛尔与格莱特》（又译：《糖果屋》《奇幻森林历险记》）

## 汉赛尔与格莱特（六岁或七岁故事）
### Hansel and Gretel（age six or seven）

家庭故事针对恶魔问题可以达到非常深刻和复杂的程度，故事《汉塞尔与格莱特》就非常明显地解读了这一点。现将该故事引用到这里供没有完整读过该故事的读者阅读。

在大森林的边上，住着一个贫穷的樵夫，他妻子和两个孩子与他相依为命。他的儿子名叫汉赛尔，女儿名叫格莱特。他们家里原本就缺吃少喝，而这一年正好遇上全国大饥荒，樵夫一家更是吃了上顿没下顿，连每天的面包也无法保证。这天夜里，愁得辗转难眠的樵夫躺在床上大伤脑筋，他又是叹气，又是呻吟。终于他对妻子说："咱们怎么办哪？自己都没有一点儿吃的，又拿什么去养咱们那可怜的孩子啊？"

"听我说，孩子他爹，"他老婆回答道，"明天大清早咱们就把孩子们带到远远的密林中去，在那儿给他们生一堆火，再给他们每人一小块面包，然后咱们就假装去干咱们的活儿，把他们单独留在那儿。他们不认识路，回不了家，咱们就不用再养他们啦。"

"不行啊，老婆，"樵夫说，"我不能这么干啊。我怎么忍心把我的孩子丢在丛林里喂野兽呢！"

"哎，你这个笨蛋，"他老婆说，"不这样的话，咱们四个全都得饿死！"他沉默片刻，最后，也就只好默许了。"但我会为我那可怜的孩子内疚一辈子的。"樵夫说。

那时两个孩子正饿得无法入睡，正好听见了继母与父亲的全部对话。听见继母对父亲的建议，格莱特伤心地哭了起来，对汉赛尔说："这下咱俩可全完了。"

"别吱声，格莱特，"汉赛尔安慰她说，"放心吧，我会有办法的。"等两个大人睡熟后，他便穿上小外衣，打开后门偷偷溜到了房外。这时月色正明，皎洁的月光照得房前空地上的白色小石子闪闪发光，就像是一块块银币。汉赛尔蹲下身，尽力在外衣口袋里塞满白石子。然后他回屋对格莱特说："放心吧，小妹，只管好好睡觉就是了，上帝会与我们同在的。"说完，他回到了他的小床上睡觉。

天刚破晓，太阳还未跃出地平线，那个女人就叫醒了两个孩子，"快起来，快起来，你们这两个懒虫！"她嚷道，"我们要进山砍柴去了。"说着，她给一个孩子一小块面包，并告诫他们说："这是你们的午饭，可别提前吃掉了，因为你们再也甭想得到任何东西了。"格莱特接过面包藏在她的围裙底下，因为汉赛尔的口袋里这时塞满了白石子。随后，他们全家就朝着森林进发了。汉赛尔总是走一会儿便停下来回头看看自己的家，走一会儿便停下来回头看自己的家。他的父亲见了便说："汉赛尔，你老是回头瞅什么？专心走你的路。"

"哦，爸爸，"汉赛尔回答说，"我在看我的白猫呢，它高高地蹲在屋顶上，想跟我说'再见'呢！""那不是你的小猫，小笨蛋，"继母讲，

"那是早晨的阳光照在烟囱上。"其实汉赛尔并不是真的在看小猫,他是悄悄地把亮亮的白石子从口袋里掏出来,一粒一粒地丢在走过的路上。

到了森林的深处,他们的父亲对他们说:"嗨,孩子们,去拾些柴火来,我给你们生一堆火。"汉赛尔和格莱特拾来许多枯枝,把它们堆得像小山一样高。当枯枝点着了,火焰升得老高后,继母就对他们说:"你们两个躺到火堆边上去吧,好好呆着,我和你爸爸到林子里砍柴。等一干完活儿,我们就来接你们回家。"

于是汉赛尔和格莱特坐在火堆旁边,等他们的父母干完活儿再来接他们。到了中午时分,他们就吃掉了自己的那一小块面包。因为一直能听见斧子砍树的嘭嘭声,他们相信自己的父亲就在近旁。其实他们听见的根本就不是斧子发出的声音,那是一根绑在一棵小树上的枯枝,在风的吹动下撞在树干上发出来的声音。兄妹俩坐了好久好久,疲倦得上眼皮和下眼皮都打起架来了。没多久,他们俩就呼呼睡着了,等他们从梦中醒来时,已是漆黑的夜晚。格莱特害怕地哭了起来,说:"这下咱们找不到出森林的路了!""别着急,"汉赛尔安慰她说,"等一会儿月亮出来了,咱们很快就会找到出森林的路。"不久,当一轮满月升起来时,汉赛尔就拉着他妹妹的手,循着那些月光下像银币一样在地上闪闪发光的白石子指引的路往前走。他们走了整整的一夜,在天刚破晓的时候回到了他们父亲的家门口。他们敲敲门,来开门的是他们的继母。她打开门一见是汉赛尔和格莱特,就说:"你们怎么在森林里睡了这么久,我们还以为你们不想回家了呐!"看到孩子,父亲喜出望外,因为冷酷地抛弃两个孩子,他心中十分难受。

他们一家又在一起艰难地生活了。但时隔不久,又发生了全国性的饥荒。一天夜里,两个孩子又听见继母对他们的父亲说:"哎呀!能吃的都吃光了,就剩这半个面包,你看以后可怎么办啊?咱们还是得减轻负担,必须把两个孩子给扔了！这次咱们可以把他们带进更深、更远的森林中去，叫他们再也找不到路回来。只有这样才能挽救我们自己。"

听见妻子又说要抛弃孩子，樵夫心里十分难过。他心想，"大家同甘共苦，共同分享最后一块面包不是更好吗？"但是除了指责与数落他，他的话妻子一句也听不进去。像第一次让步一样，心里想要拒绝的他嘴上也只能同意了，他不得不又一次让步屈服了。

然而，孩子们听到了他们的全部谈话。等父母都睡着后，汉赛尔又从床上爬了起来，想溜出门去，像上次那样，到外边去捡些小石子，但是这次他发现门让继母给锁死了。但他心里又有了新的主意，他又安慰他的小妹妹说："别哭，格莱特，不用担心，好好睡觉。上帝会帮助咱们的。"

一大清早，继母就把孩子们从床上揪了下来。她给了他们每人一块面包，可是比上次那块要小多了。在去森林的途中，汉赛尔在口袋里捏碎了他的面包，并不时地停下脚步，把碎面包屑撒在路上。"汉赛尔，你磨磨蹭蹭地在后面看什么？"他的父亲见他老是落在后面就问他。"我在看我的小鸽子，它正站在屋顶上'咕咕咕'地跟我说再见呢。"汉赛尔回答说。"你这个白痴，"他继母叫道，"那不是你的鸽子，那是早晨的阳光照在烟囱上面。"但是汉赛尔还是在路上一点一点地撒下了他的面包屑。

继母领着他们走了很久很久，来到了一个他们从未到过的森林中。像上次一样，又生起了一大堆火，继母又对他们说："好好呆在这儿，孩子们，要是困了就睡一觉，我们要到远点的地方去砍柴，晚上干完活我们就来接你们。"到了中午，格莱特把她的面包与汉赛尔分来吃了，因为汉赛尔的面包已经撒在路上了。然后，他们俩又睡着了。一直到了半夜，仍然没有人来接这两个可怜的孩子，他们醒来已是一片漆黑。汉赛尔安慰他的妹妹说："等月亮一出来，我们就看得见我撒在地上的面包屑了，它一定会指给我们回家的路。"

但是当月亮升起来时，他们在地上却怎么也找不到一点面包屑了，原来它们都被那些在树林里、田野上飞来飞去的鸟儿一点点地啄食了。汉塞尔安慰妹妹说："我们一定能找到路的，格莱特。"但他们没有能够找到路，虽然他们走了一天一夜，可就是出不了森林。他们已经饿得头昏眼花，因为除了从地上找到的几颗草莓，他们没吃什么东西。这时他们累得连脚都迈不动了，倒在一颗树下就睡着了。

这已是他们离开父亲家的第三天早晨了，他们深陷丛林，已经迷路了。如果再不能得到帮助，他们必死无疑。就在这时，他们看到了一只通体雪白的、极其美丽的鸟儿站在一根树枝上引吭高歌，它唱得动听极了，他们兄妹俩不由自主地停了下来，听它歌唱。它唱完了歌，就张开翅膀，飞到了他们的面前，好像示意他们跟它走。他们于是就跟着它往前走，一直走到了一幢小屋的前面，小鸟停到小屋的房顶上。他俩这时才发现小屋居然是用香喷喷的面包做的，房顶上是厚厚的蛋糕，窗户却是明亮的糖块。"让我们放开肚皮吧，"汉赛尔说："这下我们该美美地吃上一顿了。我要吃一小块房顶，格莱特，你可以吃窗户，它的味道肯定美极了、甜极了。"说着，汉赛尔爬上去掰了一小块房顶下来，尝着味道。格莱特却站在窗前，用嘴去啃那个甜窗户。这时，突然从屋子里传出一个声音：

"啃啊！啃啊！啃啊啃！

"谁在啃我的小房子？"

孩子们回答道：

"是风啊，是风，

"是天堂里的风。"他们边吃边回答，一点也不受干扰。

汉赛尔觉得房顶的味道特别美，便又折下一大块来；格莱特也干脆抠下一扇小圆窗，坐在地上慢慢享用。突然，房子的门打开了，一个老婆婆拄着拐杖颤颤巍巍地走了出来。汉赛尔和格莱特吓得双腿打颤，拿在手里的食物也掉到了地上。那个老婆婆晃着她颤颤巍巍的头说："好孩子，是谁带你们到这儿来的？来，跟我进屋去吧，这儿没人会伤害你们！"

她说着就拉着兄妹俩的手，把他们领进了她的小屋，并给他们准备了一顿丰盛的晚餐，有牛奶、糖饼、苹果，还有坚果。等孩子们吃完了，她又给孩子们铺了两张白色的小床，汉赛尔和格莱特往床上一躺，马上觉得是进了天堂。

其实这个老婆婆是笑里藏刀，她的友善只是伪装给他们看的，她事实上是一个专门引诱孩子上当的邪恶的巫婆，她那憧用美食建造的房子就是为了让孩子们落入她的圈套。一旦哪个孩子落入她的魔掌，她就杀死他，把他煮来吃掉。这个巫婆的红眼睛视力不好，看不远，但是她的嗅觉却像野兽一样灵敏，老远老远她就能嗅到人的味道。汉赛尔和格莱特刚刚走近她的房子她就知道了，高兴地一阵狂笑，然后就冷笑着打定了主意："我要牢牢地抓住他们，决不让他们跑掉。"

第二天一早，还不等孩子们醒来，她就起床了。看着两个小家伙那红扑扑、圆滚滚的脸蛋，她忍不住口水直流："好一顿美餐呐！"说着便抓住汉赛尔的小胳膊，把他扛进了一间小马厩，并把他锁进栅栏里。汉赛尔在里面大喊大叫，可是毫无用处。然后，老巫婆走过去把格莱特摇醒，冲着她吼道："起来，懒丫头！快去打水来替你哥哥煮点好吃的。他关在外面的马厩里，我要把他养得白白胖胖的，然后吃掉他。"格莱特听了伤心得大哭起来，可她还是不得不按照那个老巫婆的吩咐去干活。

于是，汉赛尔每天都能吃到许多好吃的，而可怜的格莱特每天却只有螃蟹壳吃。每天早晨，老巫婆都要颤颤巍巍地走到小马厩去喊汉赛尔："汉赛尔，把你的手指头伸出来，让我摸摸你长胖了没有！"可是汉赛尔每次都是伸给她一根啃过的小骨头，老眼昏花的老巫婆，根本就看不清楚，她还真以为是汉赛尔的手指头呢！她心里感到非常纳闷，怎么汉赛尔还没有长胖一点呢？又过了四个星期，汉赛尔还是很瘦的样子。老巫婆失去了耐心，便扬言她不想再等了。"过来，格莱特，"她对小女孩吼道，"快点去打水来！管他是胖还是瘦，明天我一定要杀死汉赛尔，把他煮来吃了。"可怜的小妹妹被逼着去打水来准备煮她的哥哥，一路上她伤心万分，眼泪顺着脸颊一串一串地往下掉！"亲爱的上帝，请帮帮我们吧！"她呼喊道，"还不如当初在森林里就被野兽吃掉，那我们总还是死在一起的呵！""你省点劲儿吧，"巫婆说，"怎么叫都没有用。"

第二天清早，格莱特就被逼出来，把盛满水的锅子吊在柴堆上，把火点燃。"咱们首先烤面包，"老婆子说，"我已烧燃了炉子，揉好了面。"她把可怜的格莱特推到烤炉前，熊熊的火舌已从炉口吐出来。"爬进去，"巫婆命令，"看看是不是烧得够热了，我们能不能往里送面包。"格莱特真要爬进去了，她就会关上炉门，让格莱特在里边烤熟，然后也把她吃掉。好在格莱特看出了她的心思，说："我不知道该怎么做。怎样才爬得进去呢？""蠢货！"老婆子骂道。炉口够大的，你瞧，我自己也能爬进去。"说着便跑过来，把脑袋伸进了炉口。格莱特赶紧给她一推，把她完全推了进去，然后关上铁门。插紧了销子。嗷——嗷——嗷！老巫婆在炉子嚎叫起来，声音可怕极了。格莱特赶快跑开，万恶的巫婆被烧成了灰烬。

格莱特跑去开汉赛尔的厩舍，打开厩门喊道："汉赛尔，咱们得救啦，老巫婆已被烧死！"门一开，汉赛尔像只笼中的小鸟一样飞跑出来。兄妹俩高兴得又是拥抱，又是亲吻，一个劲儿地欢蹦乱跳！现在再不用害怕了，他们又走进巫婆的房间，发现旮旮旯旯都放着一箱箱珍珠和宝石。"这可比石头子儿好多啦，"汉赛尔说，边说边往口袋里猛装。"我也想带点儿回家去，"格莱特说，同样塞了满满一围裙。"现在咱俩该动身啦，"汉赛尔提出，"要从这座魔林中逃出去"。

他们走了两个钟头，来到一条大河前。"我们过不去啊，"汉赛尔说，

"既不见堤,也不见桥。"

"是的,连只小船也没有哩,"格莱特回答,"瞧从那儿游来一只白色的鸭子,如果我求它,它会帮助咱们过河的。"她马上喊道:

"小鸭儿,小鸭儿,

"格莱特和汉赛尔已等在这儿,

"河上没有桥,没有船,

"请把我们驮到河对岸!"

鸭子果然游过来了,汉赛尔坐到它白色的背上,请小妹妹也坐上去。"不,"格莱特回答,"这样对小鸭子太重了。让它一个一个驮咱们吧。"善良的鸭子便这样做了。兄妹俩平安地到了对岸,再往前走了一会儿,开始觉得森林越来越熟悉,越来越熟悉。终于,他们远远地看见了自己的房子,撒开腿便跑去,一下冲进房中,投进自己父亲的怀抱。自从把他的孩子丢在了森林里,这个男人便没有一刻快活过,而他的老婆也死了。格莱特抖抖她的围裙,珍珠宝石满屋乱蹦;汉赛尔还在一把一把往外抓哩。所有的忧愁都已到了头,一家三口过上了快乐幸福的生活。

《汉赛尔和格莱特》适合6岁到106岁的任何人阅读。人生的任何时候都适合阅读这个故事,因为故事讲出了在任何变化和转型过程中所涉及的一些重要问题。

就像故事《甜粥》和《山羊嘎啦嘎啦三兄弟》那样,食物在故事中扮演着重要的角色。汉赛尔和格莱特由于"全国大饥荒时"出现食物短缺而被遗弃了。因老生常谈的食物需求在黄金年龄被迫离家的主题出现在故事中,但故事本身所包含的主旨比这一主题更深刻更丰富。

首先故事有两个主角:一个哥哥一个妹妹。故事找到了一个童话故事里罕见的平衡:阳刚男性元素和阴柔女性元素之间的平衡,汉赛尔在探险经历刚开始时较为活跃，格莱特在故事结束时较为活跃，正是格莱特的机智和勇气挽救了他们兄妹两人的性命。

故事《汉赛尔和格莱特》富含多层意义和诗意化细节。我总是深爱着故事的这一情节：当汉赛尔回望自己家房子时，他用儿童特有的想象看到了房子屋顶上那只白色的猫，而他继母看到的仅仅是朝阳照亮了烟囱。我也总是为那只引导他们走到姜饼屋的小鸟和帮助他们重返家园的小鸭着迷。

## 让人着迷的甜蜜小屋
### The Sweet House of Addiction

使得故事《汉赛尔和格莱特》跟我们时代如此紧密相关的内容是什么？就是它揭示出了"依恋"和"着迷上瘾"这两个主题与"背井离乡"这一过程的关系。远离家园的叙述占据了故事几乎一半的份量。分离总是很艰难的过程，它也需要时间。故事中远离家园的事情发生了两次：第一次孩子们回来了；第二次孩子们失踪了。

不管我们身处何地，世界总是存在着缺憾，世间总是有一个继母要逼迫我们离开。人生大多数时间都是与离开家园相关。在我们出生时我们离开故乡，在妈妈给我们断奶的时候我们离开家园，当我们被送到托儿所时我们离开温暖的家。我们离开熟悉的幼儿园去上学，离开舒服的童年进入青春期、离开高中时的同龄人进入到广阔的大世界舞台去经历全新的体验。当我们拥有了自己第一套公寓时我们离开了自己曾经的家，当我们结婚或结束一段关系的时候我们离开家，我们换工作或移民他国的时候也会离开家。四十岁之后我们青年时期的容颜和不容置疑的健康离我们远去，六十岁左右的时候我们远离了职业生涯。我们最后离开的一个家就是我们的第一个居所：我们的肉身。

如故事所描述，分离总是很伤心很艰难，我们总是渴望回归。当这一切都不可能实现的时候，我们徘徊迷茫。所有的不安全感潜伏在熟悉的篱笆后面。被独自抛弃，我依靠自己的策略我们徘徊在"暗黑森林"之中。就像汉赛尔和格莱特那样，我们感觉到绝望，需要救助；像他们那样，我们也能发现自己的姜饼屋，生命中有很多这样的屋子，总是能回应我们的各种亟需、填补我们的残缺。如果我们感到饥饿，它就是面包和蛋糕；如果我们感到孤单，它就是一段关系；如果我们野心勃勃，它就是金钱和名望。新工作、新伴侣、新房子、新机会能让我们感觉到我们如置身于天堂般幸福美好。但是姜饼屋越甜，它就越有可能变得更酸。在这个故事最极端之时，我们发现自己已被深锁于嗜瘾之牢笼里。所有汉赛尔的结局都是深陷于铁窗，所有格莱特都因可怕的阴谋而变成了女仆。

生命就是一系列漫长的离别，会感到迷失，成为甜蜜小屋的猎物；同时生命也是不断地得以解放的过程。每一所变酸的甜蜜小屋又成为新的机遇。正是那些挑战激励着我们的回归——满载人生丰富的阅历而归。

打断并冲破这种对甜蜜小屋成瘾的生命模式并不容易，它需要勇气和洞察生命本质的能力。凭借着她的沉着冷静，格莱特看透了巫婆的阴谋诡计；凭借着她无畏的勇气，她对巫婆以牙还牙。巫婆——就是那个瘾性——引火烧身"可怕地咆哮着"并最终丧命于自己点起的火里。当我们想要终止某种瘾性的时候，它就是这么干的。它们自焚于自己点起的火里，并不断消耗着自己。

我们曾都听见过渴望自己痛苦的呐喊，我们知道它也有很多变化的形式：我们因出生而哭叫；当母乳奶头从婴儿小嘴抽离出来的时候，婴儿会嚎哭；少年时因某段关系终止我们会抽泣。我们也知道戒烟时内心里那种默默的嚎叫；创伤性离婚后内心那延续的哭泣；以及当快速戒掉不良嗜好时用头撞墙时嚎叫的情景，我们的身体都能记得住。

嚎叫过后也就是克服并战胜恐惧之后，我们获得了满足感：汉赛尔得到了解放。之后就是获取自由后的喜悦、发现宝藏的喜悦、当依恋感被克服、瘾性被控制后我们最终回归的喜悦，并跟随这些喜悦我们回归到心魂的家园。所忍受的痛苦使得我们更加慈悲，我们发生了彻底变化，已今非昔比。同样，汉赛尔和格莱特也不是原来的他们了，当鸭子主动提出要驮着他们越过一段宽阔水域的时候，格莱特不想给鸭子增添过多负担，她坚持要一个一个地渡水。

每一个挑战被我们掌控之后，都会给我们带来相同的结果。它会让我们更加成熟，给我们留下财富让我们去分享。

在故事《汉赛尔和格莱特》里，这一主题并不局限于个体生命。它通用于人类生活的各个层面，也许可以运用到我们的婚姻生活之中，也可以运用到公司事业当中，运用到一个民族的命运之中、或一个文化的命运之中。在其最高层面，故事展示出了有关人类生命的一个隐喻。

女巫在故事中扮演的角色极其显眼。有很多关于本故事的解读都将邪恶的女巫看作是家族族长统治的工具。对我来说，家庭故事保留着想象力的印记以及阴柔有力的创造性，它们首先是女性的眼光。格林兄弟是从传承这些故事的妇女们那儿采集到的这些故事。民间故事里的女巫就是女性内在维度的原型，这样的内在维度跟那些被内心狭隘顽固僵化的教会人员迫害烧死的成千上万的女性无关。

家庭故事里的女巫用想象力的方式处理男人女人身上都具备的那种女性化阴柔力量。它是女性精神的原创，它理应享有同等的荣耀。

## 14

# 传奇与圣人故事
# Legends and Saints

## 传奇与寓言（七岁和八岁故事）
## Legend and Fable（seven and eight）

　　传奇是想象离开了天空落到了大地上的故事，想象是童话故事得以枝繁叶茂的根基。传奇从发生的时间和地点来说，它们都与一些值得纪念的事件息息相关。大多数情况下传奇都是穿着故事外衣的历史；传奇故事的主角也许是那些战胜了自己的人或那些征服了他人的英雄。

　　传统家庭故事出自于人类的想象，传奇故事则出自于人类的理智。从这点讲，传奇故事与它的远亲寓言故事相同，因为寓言故事也是出自人类的理智。寓言利用隐喻来阐释道德观念和道德思想。寓言故事所包含的道德加教化内容通常在寓言故事结尾处都会以训诫形式明确给出。狐狸与葡萄的寓言故事的道德训诫是："对你不能得到的东西，你很容易鄙视它。"

　　这就是典型的理性，理性喜欢隐藏自己不满意的心理格局。因为事实上，最后所呈现出的道德思想启示在故事酝酿的时候就已经存在在那儿了，寓言故事的目的就是要借助见机行事的方式添加进去的想象成份来阐明某个特定的道德思想。对想象的纯正应用不是道德说教型理性所能企及的，就像是葡萄对于狐狸那种感觉。如狐狸那样，寓言故事也是想尽办法使用狡猾的诡计，从而试图模糊化狐狸对葡萄的失望之情。

尽管事实如此，或者说正因为如此，寓言故事和圣人故事是作为想象世界和理性世界之间的桥梁而出现的。因为理性将世界破裂成两极，然后打开一个心魂必须穿越的狭窄深渊。七岁或八岁的孩子跨越这个桥梁进入到一个崭新的现实世界，寓言故事和圣人故事帮助此时的孩子们安全跨越这个转换，它们就像是栏杆扶手一样让此时的儿童能扶住它安全过桥。

寓言故事和圣人故事将童话故事里那完整统一的世界分割成两个特征显著的部分。家庭童话故事将善恶两个维度的两极完整地统一在一起，并在转化的过程中消化解决善恶的问题，而寓言故事和圣人故事则是分别来处理善恶两极问题。

《伊索寓言》针对的是人类心魂中不道德的那些面相。这适合八岁的儿童。这个年龄阶段的儿童变得"聪明"起来，而巧妙设计的寓言故事在孩子们心魂的主场域跟孩子相遇。其功效就像是顺势疗法：穿着寓言故事的外衣，理性在治疗它自己所造成的疾病。理性跟自我中心主义的崛起有关，而寓言故事就像是一面镜子，照射出人类的卑劣倾向。

圣人故事同样会对人类的"高我"产生影响。寓言故事倾向于以动物的形式描绘出人类恶习，而圣人故事则用圣人和英雄的生平来刻画出人类的美德。在这两极之间，寓言故事和圣人故事向我们展示出一幅平衡的人类心魂图景。儿童需要这样的一幅图景来确定自己的方向并适应她正在进入的这个世界。孩子对这个世界的认识才刚刚开始觉醒，世界的一部分其实就是她的心魂生命，也是她对世界上光明和黑暗、道德和美德的第一次有意识体验。当她听到一个渲染得非常巧妙的寓言故事比如《狼和鹳》的故事时，她就能更加意识到自己内心已经经历的了。

狼贪吃的名声在外。

曾经有只狼参加了盛大的晚宴，

由于他吃地过于匆忙，

差点把命搭上：

因为有块骨头死卡在咽喉。

他欲叫不能，可总算运气好，

有只鹤正好打他身边经过。

狼向鹤比划着求救。

鹤即刻腾挪开始动手术，

成功钳出卡喉骨。

可是狼却说："要报酬？

你在开玩笑，朋友！

让你的颈脖插进我嘴巴，

难道这种恩典还不够吗？

滚，忘恩负义的东西！

当心落在我的利爪里。"

  她也许能从自己身上看到这一部分，甚至有时候她自己也会照着狼那样对自己小弟小妹小闹一番。寓言故事第一次让孩子们对自己令人不太愉快的某些方面开始有认识。如果孩子得到的仅仅是这些体验，而缺乏体验人类能够克服并战胜自己那些卑劣倾向的圣人故事的话，那这样的疗愈活动就是事倍功半。

  圣弗兰西斯的故事深受处于这个年龄阶段的孩子们的喜爱。他对自然的挚爱与孩子们内心产生了深深的共鸣。他向太阳哥哥月亮妹妹唱赞美歌，他也跟鸟儿们对话；他拥抱麻风病患者，救济穷人。对那些初次听到《狼和鹳》故事的孩子而言，圣弗兰西斯驯化古比奥狼的勇敢事迹会毫不例外地给他们带来深刻的影响。通过这样的方式，分离的部分又重新整合，在孩子的内心统一起来。孩子的心魂会将两个故事互相连接起来，并会主动地找到两极之间的平衡。寓言故事和圣人故事这两种不同类别的故事经过心魂的整合统一，再次成为内在动因从而达成内在平衡的完整性。

## 《圣经》的权威（九岁故事）
## The Authority of Scripture（age nine）

九岁孩子对自己的个体自我开始觉醒，也对伴随出现的各种善恶可能性开始觉醒。不断涌现的责任感开始在心魂地平线上闪耀。

这让9岁的孩子开始探寻向导，因为他尚不能从自己身上发现这种自我引导，他会从父母、辅导老师、家庭成员、朋友、老师那里寻求这种指导。

在此阶段他渴望权威。这个权威绝非一般意义上的权威，而是意味着真正的权威，之所以愿意跟随这个权威是这个权威深受爱戴、尊敬并真诚而深受信任。这个阶段的孩子若相信什么东西是真实的，不是因为他可全然理解它，而是因为它是自己深深崇敬的人说出来的。权威就是证明，而不是事实。一场热烈的讨论最后必然会以一句不可动摇的论点结束："这是真的，因为我爸爸这样说的。就是的！"

很多旧约故事能够满足这个阶段孩子的需求。没有必要将这些故事看作是犹太教或基督教的信条。只是将它们当作获取儿童特定发展阶段所需要的故事药物的特定手段而已。（你也许知道还有来自不同途径的其它故事同样可以满足这个需求，也可以采用。）

孩子个体自我意识的曙光初现将会受到历史舞台上第一个个体自我出现的吸引，对"我"的逐渐意识将会在与神圣存在的相遇中得到满足，那个神圣存在就是"我就是我（I am that I am）"。

逐渐显现的自我是孩子心魂（soul）生命无形的中心，将与那个无形的最高神圣存在产生链接，他引领众人经历过试探和忧患。就像犹太人渴望耶和华那样，孩子的自我也渴望自己的心魂拥有：一个参照中心以及一位强大的向导。

最终他的自我将成为他自己的权威，与此同时他也需要来自父母、老师的支持，也需要能够令人信服且能捕捉到权威精神的故事；在孩子朝向个体自我发展所迈出的第一个并不稳固的脚步时，这些故事能够帮助孩子找到一个强有力的立足点。九岁孩子渴望有形的东西。突显于希伯来神话故事中的严格戒律和法律将非常有可能迎合9岁孩子的心魂。

就现代人心智来说，这些故事也许弥漫着旧式权威气息以及多余的虚伪信仰气息——并不是每个人都愿意让自己的孩子去沾染宗教信仰的那些教条。但是这些外部权威却为孩子准备了日后脱离外部权威的必要步骤：外部权威是未来攀登内在权威、内在真诚性、独立判断、精神自由、创造性能力等阶梯过程中的重要一步。

教育就是一副富有魔力的梯子。梯子底部那些没有被攀爬过的踏步横档给梯子的顶端留下了空隙，那时才是最需要踏步横档的时候。我们若踏空了脚步，就不能继续往上攀登；除非我们再次返回到底部，安装好之前那些错失过的踏步横档，我们才能继续向上攀登。孩子九岁的时候，他们很乐意也很容易心甘情愿地接受外部权威，从而为以后获取内在的道德感做好准备。（如果孩子外部权威感的愿望受到压制或忽视，那么在以后的人生，孩子对外部权威的欲望就会以无数九头蛇的形式再次抬头，它们会带着各种面具出现，包括各类理性、哲学以及宗教信仰。跟宗教信仰相比，它们同样教条、同样威权独断）。

我记得，我的养女八、九岁时要求我们写出她应该做的全部家务活儿清单，并写出她没有做那些家务活儿的后果。规则在这个阶段非常重要，如果清楚地写下了这些规则，她有可能清晰地遵守或明明白白地打破这些规则。孩子自然而然地有可能两样都干，但不管遵守还是打破规则，规则都会塑形孩子的个体自我，都会留出孩子内心里自己跟自己角力的空间。

当雅各（Jacob）[①] 整夜与上帝的一个天使角力斗争之后，第二天早晨他收到了天使的祝福，而且还获得了新名号——以色列，其含义是：跟上帝角力的人。因此他的民族一直以来都跟上帝进行着持续不断地角力的事实就不足为奇了。

从一开始，雅各的部落就抗拒摩西以及他关于神的计划。在以色列人与耶和华签订的圣约彻底不可更改之前，以色列人甚至试图毁约。对持有这种律法态度的民族来说，他们的历史就特别难以驾驭，而这种历史正好可以产生出伟大的故事。从虔诚敬神的诺亚、狡猾的雅各、聪明的约瑟夫到摩西那些顽固而叛逆的门徒们，这些故事经历的路径与9岁孩子正在经历着的路径非常吻合。若要讲述希伯来神话故事，就必须从这些故事中认真挑选，并且必须精心地编辑这些故事。

这些故事之所以具有如此重要的力量，原因就在于故事在时间上的连续性。民间童话故事总是具有某种时间永恒的味道，民间童话故事总是能够超越时间而存在。寓言故事是按照心魂的内在时间绽放，圣人故事则贯穿了某位圣人一生的时间。但是圣经叙事故事则是从创世开始一直进入到历史现实之中。从伊甸园和伊甸园里的原型人物亚当、夏娃和后来的该隐、亚伯开始，故事继续前进到了诺亚方舟，它能让想象力沉浸在关于洪

---

[①]《圣经》中耶稣十二门徒之一。

水的宇宙记忆里。沿着由祖先构成的长梯子向下，就可以到有关约瑟夫的历史故事以及他多彩外衣的故事、参孙和戴利拉、大卫和歌莉娅的故事；再后来就是所罗门王的智慧、约拿和巨鲸、以及丹尼尔进入狮子窝的故事。

圣经故事是我所知的唯一与连续型神话故事相遇的机会，它既是故事又是历史，记载着从创世纪开始到基督耶稣时代人类旅居地球过程中的所有主要事件。这是希伯来传统文化对西方文明的主要礼物。

## 约瑟和他的兄弟们
## Joseph and His Brothers

圣经所有故事里，约瑟和他兄弟们的故事备受大家热爱。故事从约瑟童年时代那种半天堂式的生活状态开始叙述。作为备受父亲宠爱的儿子，约瑟童年无忧无虑，直到有一天他做了两个先知先见的梦、并天真地将这两个梦分享给已经对他心怀嫉妒的兄弟们之后，他的人生就开始出现变化。

"我们正在田间捆麦子，我的麦捆忽然站立起来，你们的麦捆都来围着我的下拜。"

他的哥哥们对他说："你真的要做我们的王吗？真的要管辖我们吗？"他们就为了约瑟的梦和他的话，越发恨他。（创世纪37：7-8）。

被激怒的兄弟们合谋要对付约瑟，最后将他当作奴隶卖到了埃及。他们将他的上衣撕成碎片，之后信誓旦旦地告诉父亲说约瑟被野兽吃了。

在埃及，约瑟被法老护卫队首领珀迪法尔当作奴隶买了。在珀迪法尔家,凡是约瑟经手过的事情都变得繁荣兴旺,后来他被提拔成卫队首领的管家。珀迪法尔的妻子试图引诱约瑟。当约瑟拒绝她的勾引之后,她便诬告约瑟,约瑟于是被投进监狱。即使在监狱,约瑟还是被任命为监狱看守手底下的监督员。

在地牢里他遇见了法老以前的仆役长和面包师,这两人都被革职等待宣判。约瑟帮他们二人解梦,并准确预言到仆役长将重返旧职、面包师被判死刑的事实。

两年后,法老自己也做了两个令他困惑的梦。他看见七头肥硕的奶牛从河里冒出来,走到草地上吃草;然后七头精瘦的奶牛紧跟它们之后,并将肥牛们吃掉了。第二天法老又梦见七只好玉米棒被七只烂玉米棒吃掉了。

法老将所有魔法师和有智慧的人都召进宫来,但没人能解析那些梦。于是仆役长想起了约瑟,约瑟被带进宫面见法老。

约瑟解析了法老的梦,说它们预示着七个丰年之后是七个饥馑年。他不仅有远见,而且还能预见未来,并知道如何使用自己的预见能力。

所以约瑟让法老挑选一位聪明与智慧并存的人,派他治理埃及地。

又让法老任命该官员管理这地,在七个丰年期间,征收埃及地粮食的五分之一。并让他们把将来丰年一切的粮食聚敛起来,积蓄五谷,收存在各城里作食物,归于法老的手下。

所积蓄的粮食、可以防备埃及地接下来的七个荒年以免这地被饥荒所灭。(创世纪41:33-36)

此举给法老留下了深刻印象,于是约瑟被提拔到一个显赫位置。整个埃及都处于他统治之下,他富有智慧地在七个丰年里为接下来的七个饥馑年做好了准备。当大饥荒降临时，只有埃及存有谷物粮食，全世界都找约瑟买粮食。

寻找粮食的跋涉者中间就有他的兄弟们，他们对他现在的职位一无所知。约瑟等待着这个时刻。经过诸多严厉的试探之后，他给他的兄弟们服用了大剂量的故事药物，使他们想起来他们所犯过的罪，并且为此忏悔。恰在此时，约瑟才在他们面前暴露了自己的真实身份。认罪和宽恕是圣经故事文学中最触动人心的情节：任何人都很难因约瑟而不流泪，也很难不为兄弟情而高兴。

约瑟是富有远见、极具眼力的人，他能将想象转化成现实，能将愿景转化成思想。这是约瑟独特的天赋，整个埃及除了约瑟之外再也没人能拥有这种天赋能力了。法老的精神境界仍然沉睡于过多的意象力量之中。要想解析一场梦境、要想理解想象之义，就需要具备全新的智性能力、思想和理性，而约瑟正是这些方面的先驱者。正是凭借着这些能力，约瑟才清楚地知道自己该做什么：在丰收的七年间节俭，从而为未来的七年饥馑做好充分准备。

如今我们对经济计划和大型事件的组织技能都了如指掌，因此很容易忽视这篇故事里所反映出的初创能力。人类历史发展过程中，约瑟是社会经济事务理性管理者的先锋，是最早的实业家，他拥有企业家都应该具备的才能：远见和智慧、预见能力和实干能力。他所具备的综合能力挽救了埃及及其邻国，使它们免遭饥荒的灾难，并使埃及迈向富裕之路。

约瑟是最早的具有自己真正事业的历史人物，他从最底层做起直到自己事业的巅峰；从奴隶起步，凭借自己出众的能力和作为，到最后担当起当时世界责任最为重大的职位。他恰逢其时地出现在合适的地方，遇见了合适的人。

约瑟不仅仅是经济管理大师，同时他对心魂事务也很精通。他以大师的手法宽恕了自己的兄弟们，正如他处理埃及小麦生产事务的手法那样娴熟。他有长期愿景，也有耐心来分阶段将自己的愿景付诸于行动。他出于宽恕的愿望而不是复仇的动机与兄弟们和好，但他并不想让宽恕来得太容易。他煞费苦心地导演了那场试探，从而达成了兄弟们的忏悔。从自己的命运中他吸取了教训，并将这些教训应用于他人；他让自己的兄弟们体验了自己曾经饱受折磨但带给自己转化的那些跌宕起伏的经历，从而让他们真正地与他们曾经犯过的罪过和解。约瑟是位先驱心理学家，他的方法就是行动。

约瑟是孩子们立刻就会喜欢上的人物，特别是九岁左右的孩子，因为九岁的孩子同时具有接触想象和智性的机会；就此阶段的孩子而言，想象力依然活跃，智性尚未完全主导。就像约瑟那样，九岁儿童生活在想象和智性这两个世界，也需要将想象和智性互相连接起来。约瑟的故事让孩子们满怀信心地相信将两个世界连接起来是可能的，也让孩子们相信想象和智性、远见和理性可以手拉手共同工作。从约瑟的生平故事中孩子懂得了世界和心魂中诸如饥荒和背叛等悲惨问题可以经由想象力和智性能力的结合而得以化解。

约瑟的故事以自己的节奏帮助想象能力与智性能力成为朋友；而在当代，约瑟的故事也能够帮助人类智性能力看见想象能力中那些遗失了的潜能。对孩子来说，约瑟的故事同时具有上述两项功效。

## 15

# 童年期的黄昏

## 北欧神话（十岁故事）
## Norse Myth（age ten）

  针对九岁之后的孩子，华德福教学课程大纲会采用北欧神话故事，它是用装满日耳曼想象的大锅烹制酿造出来的故事。作为故事疗法，北欧神话具有赎罪和净化心灵的功效，她们能清除过去，为未来腾出空间；就圣经中全能的唯一神来说，它们也是合适的解毒剂，以清理一神论留下的影响。北欧神话故事不仅充满着众神、巨人、小矮人、精灵、女巫、女武神以及武士等形象，而且北欧神话中的众神都是会死的凡人，他们生活在对巨人，以及诸如芬里斯狼和尘世巨蟒等等那些可怕而强大的敌人持续蔓延的恐惧投下的阴影中。北欧神话中充满活力的角色与孩子心魂里新出现的个体自我感进行着对话。

  骗子洛基与10岁孩子内在正在萌芽觉醒中的狡猾和恶作剧进行着对话，他们热爱强悍勇猛、功勋卓著的托尔，因为他曾经乔装成女人从巨人那里夺回了自己的神锤，特别是他扯下自己的面纱、抢回神锤为自己报仇雪恨那一刻的情节，深得孩子们喜爱。巴尔德尔（Baldur）相貌俊美、备受人们爱戴，而狡猾的洛基却陷害他，他悲惨的死亡会深深打动孩子们的心。随着巴尔德尔（Baldur）的死去，北欧诸神的命运从而成了未知数。

当领着他所有邪恶的忤逆伙伴冲击瓦尔哈拉殿堂的时候，孩子们也将带着恐惧心理去眺望他们的世界末日，这就是善恶大战后的世界毁灭，也就是那个很久之前就被预言的诸神之黄昏，即使北欧的天神奥丁也是死于芬里斯狼的毒牙。

日耳曼（北欧）神话充分而有力地体现了新兴的智性力量对想象力量的致命打击。想象型觉知力量的消亡也是众神的消亡。10岁左右的时候儿童会再次体验到这种消亡，10岁之前的危机是"童年末日"危机，童年期结束了，想象力开始减弱，随之而来的是童年的光芒也开始褪色。华兹华斯诗集《幼年的回忆》中有首名为"永生颂"（咏童年往事中永生的信息）的诗篇，生动地描述了自己生命中这段时期的记忆。

曾几何时，草地、溪流还有果树，
这大地，以及每一样平常景象，
在我眼里似乎
都披着天光，
这荣耀，梦的开始。
只是现在已非从前——
我环视四野，
白天黑夜，
再也见不到昔日之所见……

我们的出生，只是沉睡和遗忘：

共我们升起的灵，生命的大星，

本已坠往另一个地方，

又自远处莅临：

不是完全的失忆，

又非绝对的白纸，

曳着荣耀之云，我们是

从上帝那边来的孩子：

天堂迤逦在我们的幼年！

而那监牢的阴影会慢慢

把少年人围拢……

我们可以看见，理性开始悄悄蔓延，暖暖的色彩逐渐褪去，冷冷的色度笼罩着世界。以前膜拜的偶像粉碎了，女神的光环和荣耀从妈妈身上也消失了，雕像般伟大的爸爸回归了爸爸的真身，老师也走下了被敬慕的神坛，以前受到众人崇敬的诸神们的黄昏已开始降临。

随着所有关键点出现的松动，孩子此时也出现了某些不安全感，甚至有时候也会产生恐惧感。童年的黄昏正在临近，理性芬里斯狼吞噬着天神的权威，嘶嘶吐舌的尘世巨蟒以批判和怀疑毒害着孩子们绚烂的想象力。此刻之后故事就仅仅是故事了，在末日毁灭的洪流中童年将要被淹没殆尽。但是动物故事却保留了童年的一部分。

## 动物故事
### Animal Tales

此时孩子阅读的故事是真实的动物故事，而不是动物寓言故事。深入动物栖息地、描述动物生活的故事——水獭惬意舒适的生活、踏上漫长旅程的三文鱼、迁徙的鸟类、冰天雪地里的北极熊、炎热非洲丛林里的狮子家族。也是孩子跟大象古老的生活传统相遇、跟随鲸鱼和海豚一起潜入海底的时刻。

随着神秘的芬里斯狼和众神的消亡，世界上真实的动物却保存着对传说中它们优秀先祖的记忆。想象力被具象化，即使在理性时代，狮子仍然保留着一定程度的皇族传统。透过北极熊厚厚的皮毛，孩子们仍然可以瞥见古老的金子在闪耀着光芒，海豚也会情不自禁地跃入孩子们心里；故事中呈现和描述的诸如狮子、熊、狼及鸟类等所有动物都会引起孩子们心灵的关注和兴趣。这类真实动物故事唤起了孩子们对过去充满想象的生活的记忆，以及对消失在前青春期乱糟糟状态里的童年王国时期那些无忧无虑的日子的美好回忆。

在这个阶段，马会主动且自愿地奔腾着进入孩子的生命中，女孩子会有一大摞有关马的书籍。孩子每周都会牵着妈妈到图书馆查询借阅马的图书，爸爸也会被套上套索被孩子拽着去书店搜寻购买诸如《黑美人》那样关于马的书籍。在骚动的青春期，当孩子对有关其它动物的兴趣消退时，对马的兴趣却依然不减。跟奥丁的迅风天马不一样，迅风天马长着八条腿，而真实的马只有四条腿。对马的想象将带着孩子穿梭在日耳曼神话世界里，并从逐渐开始弥漫的童年黄昏里挽留住童年时期的那种想象力。

## 希腊的荣耀（十一岁故事）
## The Grace of Greece（age eleven）

华德福教育经过精心组建的故事系列能够帮助孩子从童年期的想象转换到少年期的现实中来。北欧神话里的诸神消亡之后，孩子们将会开始接触生动而优雅的希腊神话，来完美地疗愈诸神黄昏这一巨大震动带来的破碎感。希腊神话处于想象和思想、神话和历史之间。正是由于这一点，在开始希腊神话教学之前孩子们会先开始更古老的印度、波斯、埃及以及巴比伦神话。罗摩耶那（Ramayana）的某些部分、巴比伦创世神话的部分、伊西斯（Isis）和奥里西斯（Osiris）的故事都可以用来满足这个阶段孩子的需要。通过这种顺序的教学，神话先于历史被带给孩子，这样的教学顺序能够使以后的历史学习更为愉快。希腊神话引导着童年时期仅仅存留着的部分想象力去跟人类理性思考初次相遇，从而加速了转向未来进行历史学习的过程。如古希腊那样，处于 11 岁左右时期的孩子在想象力和理性之间保持着罕见的平衡状态。

11 岁正是吸收希腊神话的绝好时机。欧律狄克（Eurydice）和厄尔普斯（Orpheus）、阿里阿德妮（Ariadne）和提修斯（Theseus）、珀尔修斯（Perseus）和美杜莎（Medusa）的故事、以及特洛伊城里城外所有英雄们的故事——卡珊德拉（Cassandra）、佩内洛普（Penelope）、聪明的赫克托（Hector）、脚步敏捷的阿喀琉斯（Achilles）以及狡猾机智的奥德修斯（Odysseus）构成了希腊神话中丰富美妙的故事集合。

## 从罗马走向罗曼（浪漫）（十二岁之后的故事）
### From Rome to Romance（age twelve onward）

当理性取代想象之后，就到了罗马故事的时期。罗马故事几乎没有神话成份，但包含少量传奇故事，而大多故事都是历史故事。罗马民族是一个理智的民族，讲究实际而缺乏想象力。他们的天赋才能都消耗在创设共和国的事业中，消耗在制定复杂法律体系的事业中，也消耗在建立功勋、精研军事策略和聪明的外交策略和实践上了。罗马人都是理想的律师、政治家，就跟12岁的孩子一样，在家里他们也会成为政治家，共和制将挑战之前的家庭现状，爸爸和妈妈统治家庭的现状结束了，像古罗马一样旧体制必须让位于新宪法，家庭议会中要做出家庭事务的决策必须先在家庭内部达成一致。这个阶段也是表达异议、进行讨论、谨慎谈判、达成共同认同条款的好时机。罗马历史中充满着这类故事，正适合这个阶段孩子的发展。

这个阶段后期，肤浅应该转变为有深度，外在的虚张声势应该让路于更加深刻的内在情感生活。但是个性性格仍然只是个面具，隐藏其后的心魂的真面目等待着被发觉。

走进心魂、探索发现心魂的通道之一就是中世纪浪漫故事，它是源自于充满深情时代的一个故事流派。亚瑟王时代的圆桌骑士和女性故事是引导孩子进入这个时代的最完美先导故事，它们触动心魂使之为未知而悸动，骑士们也许穿着华丽的盔甲服，但是在冷若钢铁的面具之下却保有一颗跟这个时期的少年同样脆弱的心，也像他们一样孤独和迷失。

中世纪那些独行骑士在人生追求的过程中遭受着爱的痛苦和苦闷。这一点正好映射出这个阶段那些隐藏着脆弱自我的男孩子们的心魂所经历的路径，他们将自我隐藏在炫目的太阳镜之后，隐藏在某种行动和言语所展示的态度背后。

像助产士那样，亚瑟王时代的故事能够协助孩子情感个体的出生，这是这个阶段的孩子需要穿越艰难险峻的陌生地带的一段旅程，但是会带着经历过如此旅程的那些先辈们的帮助去探索人类关系的领域。在关于不可企及的爱的主题领域，崔斯坦爵士（Tristan）和伊索尔特（Iseult）是无可匹敌的专家，亚瑟、姬娜薇以及兰斯洛托的故事用实际示例佐证了人类关系的复杂程度。加文爵士和他的情人揭示了关系转化的力量，司歌温对自己死去的情人的痴心也表现了忠贞不二的爱的力量。这些故事就像是镜子。经由这面镜子，少年男女们看见了自己脆弱的心魂世界。心灵里最好的那部分能够理解但丁的高级理想，他全部生命和所有文学作品都献给他九岁时遇见的那个女孩，并且深知自己终身都不愿结婚的决心。

少年时期的初恋带着孩子们的渴望，他们将自己心魂中的理想投射到一个难以企及的理想化人物身上。初恋是孩子心魂世界觉醒的重要时刻，在骑士爱情及优雅宫廷爱情的特征中得到了反映。

很不幸的是，美好精致的初恋昙花一现。公共屏幕上无处不在的有关性的谣言里美好的初恋就那么轻易夭折了，它们被公共媒体上经常宣扬的那种轻而易举的快速关系所摧毁，也会因媒体上爱人之间的被迫和排挤而终结。在这种公共氛围里，心魂在全然绽放之前就会黯然褪去。

初恋的苦闷和痛苦就是情感出生所付出的代价。每一次初恋的渴望都会使心魂变得更加宽广，每一个没有实现的愿望都是增强心魂里情感力量的机遇，都可以使心魂里的情感力量变得更加强大。忍受持续的极度痛苦和销魂狂喜的情感，心魂逐渐成型成熟。每一份痛苦和喜悦都标注出了心魂的周界，也不断扩展着心魂的周界。初恋复兴了之前已经遗失的想象力，以浪漫诗歌的形式让它再次显现出来。这些诗歌都是心魂的手迹。（日记也是这个时期的安全缓冲阀门、是心魂寻找自我旅程中的向导图、是心魂安歇并放松自己的完美港湾。）

亚瑟王时代的传奇故事和行吟诗人的故事呈现出人类关系的复杂性，能使孩子们对人类关系的复杂性开始全然觉醒；也是孩子们迈向真实本性情感的向导。一旦获得对情感真实性的认知，心魂就能安驻下来，那时它就找到了自己安全的港湾，并从这个安全港湾开始起航，扬帆驶向未知的大陆。

## 未知领域
## Uncharted Territory

青春期是探索冒险的年龄。对热心读者来说,青春期可以被比拟成中世纪时代之后的大航海时代或地理大冒险时代。欧洲冒险家们走上探险之路,冒险进入到人类那些未知的地域,就像青春期的少年一样,他们缺乏地图,但却能自己绘制出地图。

青春期少年在诸如瓦斯科·达伽马(Vasco de Gama)、法兰西斯·德拉克(Francis Drake)的传奇探险命运中与伟大的生命故事相遇。航海家亨利(Henry)和克里斯多夫·哥伦布(Christopher Columbus)不顾民意反对而远航探险;他们富有独立精神,冲破时代模式对他们自己世界的禁锢去冒险远航。此阶段正是与任性顽固的阿基坦的埃莉诺(Eleanor)相遇的时候,也是与勇敢的圣女贞德相遇的时候。

与哥伦布(Columbus)相似,青春期少年也被迫自己走出去,走进世界与真实的世界相遇并试图去改变世界;去尝试新颖的思想和大胆的想法;去开创新领地;挑战既有界限;敢比先人们走得更远;超越父母的世界观;去发现自己的新大陆并在此创出自己的新生活。青春期是充满激情的年代,是满腔热血的年代。

大探索大冒险的历史拓宽了青春期少年世界的视野,而现在科学史则拓宽了心智的视野。从故事疗法的角度讲,科学不是对事实的探索,而是对人类心智模式的探索。伽利略(Galileo)和哥白尼(Copernicus)看到了前辈们看了几千年的事实,可他们看到事实的方式跟前辈们却全然不同。

哥白尼(Copernicus)因改变了世界的模式而闻名,他将太阳看作是宇宙的中心(而不是地球)。他理应因为改变了人类的心智状态而更加出名。将古老的传说以新故事形式讲出，哥白尼（Copernicus）向人类证明：人类可以用不同的方式看待事物。他把人类心智当作宇宙的中心看待，让所有意义都围绕着心智旋转。他属于后现代主义，几个世纪之后他的理论成了流行时尚的理论。如所有青少年那样，哥白尼（Copernicus）属于革命者。早在个体自由成为现实之前他就播撒下了个体自由的种子。他是独立自主人格的先锋者，是所有青少年渴望追求的理想。

革命性科学领域，物理学成为了理性的演练场，是反映人类现代心智短暂性的可靠镜子，反射出了人类对自我的探究。科学并非看起来的那样，基本事实的表面底下都隐藏着人类的进取心、对自我的研究、对自我认知的追求。哥白尼（Copernicus）和开普勒（Kepler）、伽利略（Galileo）和布鲁诺（Bruno）开创了探索追求的先河，每一个发现和每一项新的洞见都不得不与抗拒和排斥力量进行斗争。布鲁诺（Bruno）被施以火刑而结束了生命，伽利略（Galileo）在囚禁中度过了许多年时光，其他人要么遭受贫穷要么遭受嘲弄，但他们都坚持了自己对真理的探究。他们以这种方式改变着人类文明的进程。

他们的人生故事充满着想象和思想的力量，激发出青少年对未来的信心，也激发了人类对自己让世界更加有意义的能力充满信心；激发了人类发现新意义的信念以及古老的传说可以转化成新事迹的信念。这些故事提醒我们科学也具有人性的一面，即使是最复杂的机器也是人类心智模式创造出来的。借助他们的传记故事，青少年懂得他们迫切需要的所有力量是可以依靠他们自己去发现获取的。它需要他们树立人生的目标，并将他们的人生理想建立在现实世界的基础上。

## 16

# 老传说新故事（幻想小说）
# New Tales for Old

　　神话和民间故事常常是一个民族书写而成的，不是某个个体所为。它们是这个民族共同分享的想象成果。相比较而言，新故事常常都可以找到作者，这类故事常常都是个人努力创作的成果。

　　想象型故事的刻意创作可以追溯到浪漫主义时代。那时候格林兄弟搜集整理了古老的传说故事，诗人歌德和诺瓦利斯开始创作新故事。起初这些创作故事是面向富有想象天赋的成年读者的，发挥出了诗人的天赋写给那些具有诗人潜质的读者们。后来安徒生的童话故事以及奥斯卡·王尔德的故事则更倾向于写给儿童。他们身后引发出了儿童文学领域全新的一些流派。

　　作家 C. S. 刘易斯（C. S Lewis）和托尔金（Tolkien）、飞利浦·普尔曼（Phillip Pullman）、米歇尔·恩德（Michael Ende）、J. K. 罗琳（J. K. Rowling）将想象型故事提升到了一种全新的艺术形式。作为幻想，他们创作的故事从更高层意义上看可以是真实的。故事的主题若采用其它形式表述会被视为诅咒，而他们却能够有力地将此类主题介绍给读者。这些故事都是非常有效力的故事药物。我们必须对此加以谨慎使用：只在合适的时刻使用这一剂药物。

若要走进当代神话那充满离奇的领地，就需要对儿童进行引导。托尔金的《指环王》是现代想象型神话故事的开山作品，是现代想象型神话故事的新纪元，也是英语文学的杰出代表作品。尽管他们是现代现象型故事的标杆作品，使用起来也务必谨慎。十岁的孩子阅读《霍比特人》挺好，但《指环王》则不合适。与其说《指环王》是青少年优秀读物，倒不如说它是适合"成年人"的神话故事，对儿童来说它过于黑暗和复杂。

理想地说，故事应该给出适合什么年龄儿童阅读的指导，作家们常常是无意识这么做的：以故事中主人公的年龄作为阅读指导。比如当哈利·波特加入到霍格沃茨魔法学校的时候正好是十一岁；米尔恩（Miline）的克里斯托佛·罗宾（Christopher Robin）是学龄前儿童；当米歇尔·恩德（Ende）的巴斯蒂安·巴尔沙泽·巴克斯（Bastian Balthazar Bux）登上永无止境的故事之船时，他大约十岁。

## 哈利·波特
### Harry Potter

面对 J. K. 罗琳（J. K. Rowling）的作品，我犹豫不决，特别是当我把它当作少年儿童文学看待的时候更是如此。我认为让孩子接触她的书和电影为时过早。《哈利·波特》是一部伟大的奇幻作品，但是在孩子们走进霍格沃茨的哥德式迷宫之前，他们需要首先具备一定的心魂基础。

《哈利·波特》系列小说是以这个流派所建立的神秘小说和情感悬疑小说为基础创作出来的。在多数神秘小说里，直到结尾我们才会知道谁是真正的凶手。《哈利·波特》小说里，谋杀还尚未展开。尽管我们知道暗黑教主是那个试图杀害哈利的人，但我们并不知道他隐藏在哪具面具背后，这就使得哈利的故事比传统神秘小说更加折磨人的心魂。

《哈利·波特》故事中的暗黑力量隐而不显，从而变得更加肆无忌惮。随着故事的演进，这股力量变得更加夺人心魂。对邪恶的描绘反映了纳粹铁蹄下的种族思潮，也反映了黑暗魔法的程序。这点对剥夺了想象力的青少年读者来说，会让他们的阅读变得更加兴奋和刺激，但是它们对年幼的读者来说并不合适，因为幼儿需要知道谁是善良的，谁是邪恶的，以便他们能在故事阅读过程中感到道德的引领。

童话故事都采用想象型手法处理了邪恶和残忍的主题和描写，狼吞噬了小红帽而没有流一滴血，而且小红帽最终得救并再次复活了；《哈利·波特》里面对杀戮的描写却很真实，而且不可逆转，洒出的血是"真"血，它会在孩子的心魂里留下印记。在孩子还没有做好面对残忍行径的准备时，像伏地魔那样的阴险人物的残忍行径太过真实而让孩子难以消化。由于过于年幼，孩子们会深受其害，正如书中所讲，伏地魔总是想法设法乘他人年幼时将他们杀害。

我建议大家关注世界级专家就所有涉及哈利·波特的事情给出的建议，也请大家关注他对受到威胁、学习魔法的儿童的关爱，他就是霍格沃茨魔法学校的校长邓布利多。在哈利不满 11 岁之前，这个智慧的教授总是想方设法保护哈利，不让哈利接触那个暗黑而危险的魔法世界。就故事如何恰当应用这个问题，我将霍格沃茨教授的做法看作是作者给出的清晰建议：儿童在不满 11 岁之前不允许进入魔法学校。

我刚说过我对哈利·波特的故事心存疑虑。尽管故事包含的大量幻想内容可以供少年读者阅读消费，我还是担心故事会被过早呈现给孩子；同时它又与当代神话进行着对话——它的流行表明这类故事对当代文化的迫切需求所做出的回应，也表明了当代儿童故事的匮乏程度。

儿童在阅读哈利的故事时可以识别出自己，可以看到他自己。跟当代儿童一样，哈利的想象力和神秘感也被成人剥夺掉，出生后只能对这个世界感兴趣，失去了天生去冒险去探索超出这个世界的其它任何领域的权利；像当今儿童一样，哈利天生就带着想象的天赋，却被"麻瓜"一样的父母养育着，他们对魔法简直一窍不通。大多数父母都是"德思礼"式的人，不仅自己缺乏想象力，却千方百计地随意压制孩子的想象力。

像哈利·波特一样，当代每个孩子身上的想象力天赋都遭到了父母和教育体系的粗暴对待，也像"德思礼"家人对待孩子一样：孩子身上传统守旧的部分和缺乏魔法魅力的那部分却受到家庭和教育的娇惯溺爱，就像哈利的继母达德利对待哈利那样。她是那种感觉迟钝、求神心切的土霸，而我们的世界似乎对此类人又特别眷顾，反而哈利却因为是哈利而被深锁在密室里受到惩罚。

哈利·波特的故事例证了富有想象力的儿童的生存现实的戏剧性。正是因为这一原因才使得哈利·波特被看成是当代神话。他是一个英雄，逃离了传统习俗，冲破王十字火车站厚厚的砖墙，进入到想象中的探险新境界。哈利是意象王国中儿童的符号，也是他们在现实世界所进行的探险活动的符号，以及代表他们未来的符号，但对儿童来说应该有更顺畅的途径去冲破传统习俗那厚厚的砖墙。经由挂着皮毛大衣的古老密室，崭新的儿童意象境界也许就很容易迈进。

## 纳尼亚传奇
### The Chronicles of Narnia

C. S. 刘易斯（C. S Lewis）的《纳尼亚传奇》是儿童文学的杰作。九岁儿童就可以欣赏到这个系列故事所包含的想象力瑰宝。而且也没有必要对如何阅读它做出审核，因为故事本身的纯洁性就可以保护孩子而不至于故事被误用。《纳尼亚传奇》里的故事主角主要是孩子，孩子们的年龄从七岁到十二岁不等，这是《纳尼亚传奇》故事适合这个年龄段孩子阅读的非常合适的提示。

就《纳尼亚传奇》的阅读效果而言，它是能发挥出故事药物最好疗效的故事。每当我感觉身体不适的时候，我就阅读一本《纳尼亚传奇》故事，发现它比维他命效果要好。它们能够使我的心魂感觉稳健，从而使我的身体感觉健康。

当你驶向纳尼亚故事领地的时候，你会觉得你进入的是熟悉的地域，儿童也是如此。每一集故事都让人有一种回归心灵故乡的感觉，故事标示出了那些冒险的路程，这些旅程呼唤具有狮子般豪迈气概的英雄主义精神。能够听到这些呼唤的儿童就会得到转化。背信弃义的埃德蒙德首先转化成了国王埃德蒙德，臭名昭著的尤斯塔斯甩掉了自己的恶龙外皮转化成了未来探险旅程上受人喜爱的英雄。正如纳尼亚传奇里主人公与伟大的狮子阿斯兰相遇之后都经历了深刻转化一样，读者也会一样因此相遇而得到转化。

小说《哈利·波特》是带有神秘元素的虚幻想象。纳尼亚传奇则是更加有力量的神话故事，它也是完美想象的产物，揭示了超出现实表象之上的真实事实。纳尼亚传奇故事在心魂家园内与人类心魂相遇，这些故事使用的是心魂的想象型语言，携带着只有这种语言才能提供的转化力量。

哈利·波特缺乏的恰好就是这种转化能力，他是故事中深受人们喜爱的主角，即使当他的魔法技能日臻完美的时候，人们一直都会喜爱他。他被母爱保护着，却未能被改变心魂的爱而感动，因为他有点表面英雄的感觉，他是外在成就和外在胜利的主人。他是拥有魔法力量和该行业全部魔法器材的超级男孩：猫头鹰和扫帚柄、隐形大衣和神奇地图。

## 《讲不完的故事》
## Momo and the Neverending Story

米歇尔·恩德（Michael Ende）创作的《讲不完的故事》一书是儿童文学的史诗作品，是想象力的盛宴。《讲不完的故事》包含着将表面英雄转化成真正英雄的图谱。故事主人公巴斯蒂安·巴尔萨泽·巴克斯凭借一本魔法书进入到了幻想的意象境界。故事很复杂，但它是真正的故事疗法，我在本书中所阐述的大部分内容也在讲不完的故事中体现了出来，它采用丰富的想象、借助冒险旅程作为故事描述的外衣，实则是深度描述了人类心魂迈向成熟的旅程。这个旅程上任性顽固、充满放纵不羁幻想的美杜莎被转化成了想象之心。

讲不完的故事具有史诗的长度。如果你没有时间阅读这么长的故事，那就去阅读恩德的另一部作品《毛毛》，对成人和儿童来说它都是一部非常重要的作品，是人们应该阅读的一本书，也是一部应该在学校、剧院、医院和公园排练演出的故事。它是一部真正的现代神话，是治愈现代文明社会传染最广泛的流行病的良药：缺乏时间。一旦你能读完了《毛毛》，你就会有时间阅读《讲不完的故事》一书了。

《毛毛》包含着送给每个现代人的福音，即使对儿童来说也是如此，也许它更包含着送给儿童的特别福音。这部书不适合学龄前儿童阅读，很庆幸有一本书是针对学龄前儿童写的，非常适合他们阅读。故事的治疗效果也类似，那就是A. A. 米尔纳（A. A Miline）的《小熊维尼》。

## 小熊维尼
**Winnie the Pooh**

小熊维尼是毛毛版的小熊故事。小熊总是很悠闲,生活从来都是不紧不慢的悠然状态。家里钟表上的时针永远都指向11点。任何时候都是干点什么小事的合适时间,要么就是吃蜂蜜,要么还是吃蜂蜜,小熊的日子总是甜甜蜜蜜。它体现着我们每个人身上那种小熊一样的舒服和仁爱。小熊维尼受到英国儿童身上天赋天才的启迪,一读到屹尔驴、小猪、小兔和袋鼠,我们就会觉得如家般自在舒服。它们都是我们的朋友也是小熊的朋友,对儿童来说它们是扩大后的家庭里的想象伙伴。

针对童话故事来说小熊维尼是非常理想的补充。小小的冒险、幽默、诗歌以及弥漫全书的温厚和善的氛围,都是直接和孩子们的心魂进行着对话。童话故事探讨的是心魂的内在世界,故事小熊维尼抓住的则是向现实转化过程中的童年想象力,故事不仅仅是童年期的一个温柔引导,同时它也包含着儿童到了入学年龄时开始出现的气质类型的介绍:屹尔是抑郁质、兔子是胆汁质、袋鼠小豆例证了儿童身上蓬勃活跃的多血气质、小熊不仅是"熊中最好的熊",也是能展现出迟钝气质里最好品质的小熊——它是儿童充满想象力的童年期里最具仁爱心的朋友以及最可靠的伙伴。

这一切特点成就了故事《小熊维尼》,使之成为永不衰退的经典故事,是自成一体的永远也讲不完的故事,是任何年龄段都可以欣赏的作品。本书既可以一遍一遍地阅读,也可以通过音频播放反复听。与宁静私密的童话故事不同,小熊维尼适合以这种媒体播放方式在长途旅行、飞机旅行甚至在家都可以听的故事。继《小熊维尼》之后出现的那些故事都可用这种方式来听。《柳林风声》里友善可亲的河鼠和鼹鼠、吃苦耐劳的獾、不可思议地自负但又非常可爱迷人的蟾蜍等形象，在很长时间里都能不断激发起孩子们的想象力。

《小熊维尼》和《柳林风声》可以陪伴孩子直到九岁左右。九岁左右时孩子的想象力开始减退，纳尼亚的大门此时可以再次打开，最优秀的儿童故事能够使孩子的想象力从弥漫尘世的智性攻击下得以复活，它们比药物更有功效，它们是生命的救星，能够保护孩子的创造力，避免它过早的夭折。

## 儿童小说
**Teenage Fiction**

进入青春期之后，继阅读《哈利·波特》或者苏珊·库伯（Susan Cooper）的《黑暗正在升起》（*The Dark is Rising*）等小说之后，孩子可以阅读更成熟的一些作品。有些小说是针对十三岁到十五岁的青少年写的，这些小说已经具备一定程度的艺术性，既可以迷住成年人也可以让青少年入迷，例如厄休拉·勒吉恩（Ursula Le Guin）的《地海巫师》（*Wizard of Earthsea*）以及玛德琳·恩格尔（Madeleine L'Engle）的《时间的皱纹》（*A Wrinkle in Time*）等小说就是其中的代表作。

《地海巫师》是一部英雄探索类的杰作，是成长转化的伟大故事之一，故事采用原汁原味的真实手法探讨了遥远的过去和早期的魔法，只有伟大的作家才能做到这点。

玛德琳·恩格尔（Madeleine L'Engle）的《时间的皱纹》探讨的是科学的意象境界。小说里的儿童主人公被抛进充斥着非人性科技和大众被操纵的未来社会，凭借爱的力量，孩子们战胜了技术化宇宙的幕后操纵者——智能机器，从而挽救了世界，阻止世界进入到非人性化的未来。《时间的皱纹》不仅仅是一本优秀小说，它也是一本点出了科幻小说本质的预言作品。任何科幻小说都是时间长河中的涟漪，它将过度技术化的世界面临的威胁呈现给了我们，并向我们发问：这是不是就是我们想要的那种人类文明？

帮助创造更加人性化未来的一个重要途径就是创作新故事。就愿意走上故事创作道路的读者而言，本书第三章提供了通往这条道路的路线图，它将帮助他们的想象力向前迈出必要的一步。

# 第三部分　故事创编

## The Making of Stories

## 17

# 塔列辛的诗意化诞生及其故事
Poetic Birth & the Tale of Taliesin

养育儿子让我有机会成为故事讲述者,也让我有机会成为故事创编者。不久我就意识到给孩子讲传统故事是非常好的做法,也意识到如果能为孩子创编新故事的话那就会更好。给孩子讲传统故事可以激发孩子的想象力,创编新故事又能让传统故事真正鲜活起来。

随着越来越多地练习创编新故事,我越发清楚地意识到创作即兴故事就像是炼金术,故事讲述者及故事里的主人公都面临着类似的磨练。像故事主人公那样,故事创编者远离了已知故事熟悉的背景,缺乏讲述传统故事那种得心应手的安全感,也没有事先精心构思的故事情节。即使故事的走向和情节未经任何预设,他们仍然带着全然的信任将自己彻底投入到充满未知的新故事里。

故事讲述者探索未知故事所进行的大胆尝试给予了孩子面对世界的勇气。因为故事讲述者需要勇气去面对当下全新的未知。不确定性总是饱含着创造性。

如果你已为人父母,那就拿自己孩子当听众做练习吧!他们是你最好的听众,他们懂得全新的故事总是来自于你们真诚的内心。他们享受富有想象力的那一时刻,也很享受与父母身上所呈现出的创造性力量相遇。作为父母,我们身上的创造性力量就跟我们的心一样年轻,充满着活力:当即席即兴故事被讲出的那一刻,创造性力量就呈现在那儿了。

我也建议所有故事创编者都保有这种练习的态度。不管是否有听众,你都要去做即席即兴故事讲述练习。尽管创编故事不像讲述故事那样是一个即席行为,但创作故事也可以转变成即席即兴讲述行为。你只需勇敢地进入到创造性行动当中,放弃所有预先构思的故事情节。如此,你的故事创编就会像你的故事本身那样充满冒险和探索。

本章中的大部分故事都是以这种方式创作而成的。有些故事编写时创编者脑子里有某个特定的儿童形象;有些故事则是创编者应用了这种练习方法来激发出自己的想象力,从而创编出优秀的故事。

本书期望能服务于两个目的。其一,为孩子们能够接收到他们真正所需要的故事提供出一个筛选的大纲;其二,向故事创编者提供一份工作手册,以滋养他们的内在的小孩,进而帮助那个内在小孩变得更加富有创造性。出于简洁明了之目的,在此我将本书的读者设想成父母,并假定所有故事创编者都是广泛意义上的父母。

## 发展中的想象力
### The Developing Imagination

每日我给儿子讲故事的行动启发了我,激励我更深入地探索故事讲述这一艺术,于是我开始探寻激发想象力的路径。沿着成长中儿童的想象力展现所采取的步伐,我找到了这条路径。

想象力的降生有其不同的阶段。三岁之前想象的力量与物质身体紧密地绑定在一起。物质身体成长所需的极为艰巨的劳动消耗了所有的精神活动。这个发展阶段的儿童仍然生活在富有拟人化的生命世界里。下一章我将帮助故事创作者经由玩偶走进这个世界。

再之后的两章里我将从幼年的拟人化世界进入到我们所熟知的真实世界。"驯化地点和时间""理性的觉醒"两小节讲的就是这个阶段的主题，帮助儿童在新环境中定位自己，找到方向。这两章所给出的故事创编建议适用于为两到四岁的儿童即兴创编故事。

三岁之后，儿童的想象力慢慢经过缓释进入到儿童的活动当中。同样地，这个过程也是分阶段发生的，而且进展缓慢。三岁到五岁之间玩偶是主要的对象，儿童的想象力主要是由外部事件诱发的。如果你留意察看这个年龄段儿童的玩耍，你就会观察到他们的想象是由他们所偶遇到的物体激发的。一块木头可能会变成他口中的卡车或火车。这个阶段的故事可以被当作儿童偶遇到的物体那样被用来促进儿童想象力的发展；故事讲述者在故事创编时若开始运用第 21 章和第 22 章里所描述的"形象联盟"和"元素存在"的话，此时正是时候。随后的两章则通过隐喻的手法，将这些形象联盟和元素存在的运用带向更深远的一步。

五岁之后，儿童想象力的激发越来越多地来自于儿童的内在驱动。如果你关注这个年龄段儿童的玩耍，你就会观察到他们的想法会超越外在物体本身。可以发现儿童玩耍的主动性已经具有了内在中心的品质，心魂的主角也已经登场；心魂里的主角渴望与此发展阶段相匹配的故事。这类故事的创编在第 25 章"想象力实验室"里进行了描述。一旦你学会了将你创编的故事里的主人公从想象力蒸馏炉里提取出来的时候，完整的故事创编艺术对你来说就已经触手可及了。

儿童想象力的发展遵循这一儿童发展观，对此所进行的探讨向我们提供出了一条遵循想象力自身法则去发展形象思维能力的安全、健康、逐步的进程。父母、老师及儿童成长顾问都可以很容易地运用这一进程，从而就可以用合适的疗愈故事来帮助儿童。当然任何故事创编者若沿着这些步骤，都可以获得富有创造性的创作动力，也都会受益匪浅。

## 儿童的世界
## The Child's World

故事应该与儿童的心魂相遇，以便儿童心魂里的全部潜能得以全然绽放。故事必须是关于儿童熟悉的领域，就像是认识很久的老朋友。这样的故事让孩子深信他自己体验世界的方式能被周围的成人所理解，儿童从而能够确信他自己的存在。

要创编符合孩子发展的故事，我们需要懂得孩子心魂的状态。若要达成这一点，成人需要熟知儿童体验世界的不同方式，比如当我们首次学会说"我"的那一刻的心魂状态，正是儿童离开儿童天堂时期的那一刻，我们将自己与世界开始区别看待，我们开始将世界划分成我和你、我的和你的、这儿和那儿、里面和外边。

幼年时期的儿童还未能完全进入到那些不熟悉的现实世界领域，他仍然翱翔于自己的经验之"茧"中。那么孩子到底栖居在什么地方？要回答这个问题，先让我们来听听威尔士吟游诗人塔列辛那伟大的故事吧！

一位名叫赛丽德温的女巫因自己长相丑陋的儿子莫德雷德不受人待见而深感悲伤。为了弥补儿子的不幸，赛丽德温下定决心要借助一种魔法草药把儿子变成一名伟大的吟游诗人。

于是她订购了一口大锅，并计划持续不断地加热铁锅，让锅在一年里都保持沸腾状态。她采集到了稀有的草药，给草药施展了很多魔法咒语之后，便将草药扔进大锅里熬制。一位名叫葛伟旺的男仆被女巫指派去搅拌锅里正在熬制的草药，在女巫自己暂时离开时她也会指派葛伟旺来守护这口熬药的大锅。因为赛丽德温明白熬制出的草药水的第一滴若被谁尝到，谁就有机会获得吟游诗人需要具备的全部能量和全部智慧。

当草药熬制到了最后一天的时候，赛丽德温需要再次出门去采集另外一种草药。她命令葛伟旺要倍加小心地守护这口沸腾的大锅。

葛伟旺小心伺候，以便保持灶底的火能够持续熊熊燃烧，同时他得使尽全力搅拌锅里的草药。大锅里的草药水发出嘶嘶的声音，冒着泡泡，突然锅里的魔力草药水蹦出了一滴落在了葛伟旺的大拇指上。被突如其来的滚烫的草药水烫伤的葛伟旺，感到疼痛难忍，于是他赶紧把大拇指塞进嘴里，吮吸了大拇指上热烫的药汁。就这样他尝到了第一滴草药汁。

就在那一刻，古老的吟游诗人所具备的全部能量和全部智慧都降临到了葛伟旺身上。

凭借他刚获得的能量，葛伟旺知道赛丽德温不久定会因计划受挫而找自己报复。于是他使尽浑身力气撒开腿全速开溜了。赛丽德温很快就知道了发生的事情，于是她紧紧地追赶起葛伟旺。

他全速奔跑，赛丽德温总是比他跑得还快。当葛伟旺施展自己新获得的法力将自己变成一只野兔时，赛丽德温就把自己变成了一只比野兔跑得还快的灰狗。他尽力全速奔跑，而赛丽德温总是比他跑得还要快。到了河边时，葛伟旺又施展法力将自己变成了一条鱼，而赛丽德温则将自己变成一条水獭。葛伟旺拼尽全力在水中全速游泳，可赛丽德温总是比他游得还快。葛伟旺猛地从水中跃出，施展法力将自己变成一只飞鸟，而赛丽德温则将自己变成一只鹰。葛伟旺尽力全速飞翔，而赛丽德温总是飞得比他还快。葛伟旺一次一次地变换自己的外形，而赛丽德温一次又一次地紧随其后也变换着外形。

终于葛伟旺瞅见了一堆麦子，他钻进一颗麦粒中将自己藏了起来。而赛丽德温则将自己变成了身上长着花斑点的母鸡,她用母鸡锐利的目光一眼就瞅见了那颗麦粒,一口将它吞下,囫囵咽到肚子里。

但这并不是葛伟旺的末日。不久,赛丽德温发觉自己怀孕了。因赛丽德温并未接触过男人,所以她心里明白自己肚子里怀的孩子除了是葛伟旺外,别无他人。于是她跟自己长相难看的儿子莫德雷德合谋,他们计划孩子一出生就合伙把他杀死。

孕期满了,孩子降生了。他周身散发着光芒,如此美丽以至于赛丽德温不忍心下手。她想从满怀嫉妒的儿子莫德雷德手里救下婴儿,于是她将婴儿缝在一个小小的皮囊里,并将皮囊投放到大海让其随波漂流。

不久,正在他父亲的鱼梁里垂钓三文鱼的年轻王子埃尔芬在自己的渔网里发现了这个沉重的包裹。正在他因连三文鱼的影子都没钓到而深感失望的时候,埃尔芬王子打开了皮囊,令他吃惊的是,皮囊里面竟然是一名婴儿。他脱口而出叫喊到"塔列辛"。在威尔士古老的语言中,"塔列辛"的意思是"光芒四射的额头"。让他更为惊讶的是婴儿竟然做出了回应。

对啊,塔列辛正是我的大名,

俊朗的王子啊,请不要因没钓到三文鱼而伤心,

跟往日相比,再也没有比今日更好的收成,

俊美的王子啊,请尽情欢呼吧,

别看我年幼,而我却技能非凡,

我会将好运带给你,

我的舌尖充满着神奇之力,

我的帮助将与你同在,

只要你随时需要。

婴儿究竟为何会说话呢?埃尔芬惊叹着,已经是吟游诗人的塔列辛接

着回答道：

我曾经是英俊少年，
在赛丽德温的魔法会堂接受教育，
我虽身材矮小，
但在她庄严的大厅我却宛若巨人，
她将我囚禁室内，
灵感却让我重获自由，
我知道我是遵循着古老律法成长、
在文字出现之前的言语中长大，
因我获得了智慧，
我必须得逃离她的会堂，
我逃离了赛丽德温的暴怒，
逃离了她恐怖的复仇，
我改换了我的外形。
自此我曾做过野兔，
也变成过乌鸦，
也曾做过池塘里那只绿色的青蛙，
跟雄獐住在高高的地方，
跃过挡我路的树丛；
也曾变成过能用言语预言的乌鸦，
我也曾是一只狡猾的狐狸，一只雨燕，
也曾是那只徒然藏身的松鼠。
我曾经变成过一头红色小鹿、
火中锤炼的铁块，

也曾是那锋利的剑锋，

以及惨烈战斗中的呐喊，

我曾是一头勇猛的斗牛，

一只鬃毛竖立的野猪；

我曾是一粒麦子，

被人吞掉又被人生出，

装在皮囊中漂流在大海上，

我知道我又重见了光明！

年轻的王子埃尔芬将塔列辛带到自己的宫中养育。塔列辛成年后成了最著名的吟游诗人，当上了威尔士吟诵诗会的官员，并且成了国王伟大的师爷。他曾多次帮助王子摆脱麻烦、搭救王子的性命，也给王子及王宫带来了好运。

该故事的两个特性阐明了儿童早期的成长阶段，使我们明了儿童的早期发展。第一个特性就是婴儿不仅会说话，而且会很快吟出诗歌，天生就理应做吟游诗人或吟诵诗会官员。塔列辛就是威尔士的梅林（亚瑟王的师爷）。塔列辛（Taliesin）和梅林（Merlin）两个词的意思都是指高级的吟诵诗会官员、高级教士或者通灵者，这些职位在凯尔特传统文化中都跟天语的能力、吟诵诗歌的能力以及创造故事的能力紧密相关。

有关婴儿会说话的故事不仅仅出现在威尔士传统文化中，耶稣（Jesus）、克利须那（Krishna）、查拉图斯特拉（Zarathustra）都是刚一降生便会开口说话的神。佛陀刚一出生就能跨出四大步，向世界的四方宣告这次降生是自己在假象世界的最后一次轮回。

塔列辛（Taliesin）的故事中触动我们的第二个特性就是他曾变换过很

多身份——野兔、乌鸦、青蛙、雄獐、能用言语进行预言的乌鸦、狐狸、雨燕、剑锋、战斗中的呐喊、一颗麦粒等等。简而言之，他曾经什么都当过。

此刻传奇故事让我们有机会走进儿童的世界去看看；再往远点说，传奇故事可以让我们看见人类的童年期。故事向我们打开了进入天堂乐园的大门——在分化出你和我、这儿和那儿之前早已存在的地方。

这就是分离出现之前的世界，在那里万物归为一体；那时外部尚无一物，世间也不存一物。不管他是什么——野兔、雄獐、剑锋——都如孩子一样具有同样本性：只是万物中的一种存在而已。

曾经，我们全部都处于这种状态。我们与猫、鹿以及鸟从本质上都有着共性。对灵知主义者（Gnostics）而言这是心魂的初始状态，那时理智的智慧树之荫尚未遮盖住那初始之光。

在这种状态下，只有万物存在；"万物归一、我归万物"就是那个时期的意识。人类早期就浸淫在这种状态里，并借助各种各样有关天堂的神话故事保持着对这种状态的记忆。婴幼儿阶段的儿童正是此状态的回响，起先是在跟妈妈的关系中表现出来，之后是在儿童与世界的一体感中表现出来。

在这个只有纯粹实存的世界里，万物都是其本相，万物皆出自其本相，万物都自我展现其本相，万物都自我表达其本相。那是一个全然表达的世界，一切皆无所藏。在这一世界中我们所遇到的万物皆为我们自己的本相。塔列辛孩童时代就记住了这个世界，塔列辛向埃尔芬讲述他曾经是什么的时候正好实证了这个世界的存在。

所有儿童在婴幼年时都参与到这个世界的活动中，他们都是无意识这么做的，只是后来这个世界慢慢被人类遗忘了。塔列辛（Taliesin）、克利须那（Krishna）、查拉图斯特拉（Zarathustra）以及内在生命的其他主人公的故事都向我们表明他们都是有意识地记住了他们在那个世界的经历，而其余的人则通常都会忘记那个万物都在使用言语表达的世界。塔列辛以及曾栖息在这个世界的其他人都在有意识地练习着初始言语。

我知道我是遵循着古老律法成长、
在文字出现之前的言语中长大。

文字出现之前的言语就是世间万有存在都使用的方言，它是最初元的母语，是天堂乐园的语言，它是儿童迈入理性意识之门后就被儿童抛在了身后的那个世界的语言。那个世界只有极少数成人愿意重返，而这些愿意重返那个世界的成人都是各种文化中的神秘主义者或者圣人。神秘主义者会带着意识重返并居住在那个世界，而儿童则是无意识地栖息于那个世界，就像耶稣基督的话所表述的："除非你变得像小孩那样，你才能重新进入到天堂之国。"

T. S. 艾略特（T. S. Eliot）[①] 在其诗歌作品《四个四重奏》（*Four Quartets*）结尾那几行诗就表达出了这种动能：

我们的探索将永不停歇
我们探索旅程的终点
将是我们当初启程之处，
抵达之时我们才初次认识这个地方。

艾略特（Eliot）知道起点和终点之间是一个存在的世界，也是一个交

---

① 英国诗人，剧作家和文学批评家，是个现代派运动领袖。代表作品《荒原》《四个四重奏》。

流、交融的世界。成人对世界有多陌生，儿童就对这个世界有多熟悉。如果我们想与儿童在熟悉的背景下相遇，我们就需要重返这个世界。这并非易事，但庆幸的是古老的智慧给我们创造出了这样一个工具，借助这个工具即使是清醒的成年人也可以瞬间架起一座桥梁，联通我们分离后的世界——那就是玩偶娃娃。

## 18

# 魔法玩偶
## The Magical Doll

　　玩偶是会讲话的动物世界最后流传下来的启示,即使是成年人也能接受它。对成年人来说,玩偶就是他们童年残余的记忆;也是最后一件很容易让他们兴奋活跃的东西。借助玩偶,成人会无意识地拾起那些曾经遗忘的记忆:会说话的动物世界和他们的童年。

　　大多数成人就像"睡美人"那样早已被智性之轴驱使,他们童年的记忆沉睡在难以触及的荆棘藩篱之后。

　　经由玩偶,这个世界被再次唤醒。玩偶向成人打开了一扇通往童年世界的大门,即使短暂,也让成人得以回到自己的童年记忆里。玩偶也让成人那受到束缚而过于生硬的舌头变得柔软放松,让我们回想起最初的语言——那天堂乐园时代的语言,它让万物都恢复了生机。当玩偶在说话时,全世界都会做出回应——软体玩具和宠物们都会加入到那场会话当中,无声的物体也会找到他们的声音。

　　玩偶的价值远不止如此。它是人类心魂的向导,也是故事疗法的药引子(催化剂)。对故事创编者以及那些有意识的家长来说,有必要让他们正确领会到玩偶所具备的全部潜质。通过一个极富感染力和影响力的俄罗斯民间童话故事《美人瓦西丽萨》，我们就能够获得对玩偶全部潜质的正确理解。

## 美人瓦西丽萨
### Vasilissa the Beautiful

穿过二十七个小小的王国之后，越过连绵不绝的崇山峻岭之后，你就会发现那儿有一个伟大的王国，曾经住过一个商人。他结婚已经有十二年了，可他只有一个孩子，而且还是个女孩。自打摇篮时代起，她就被人们称为"美人瓦西丽萨"。

女孩长到九岁时，她的妈妈得了重病。在她妈妈去世的很多天以前，人们就一眼看出她妈妈将不久于人世，她肯定快要死了。于是妈妈把小小的女儿叫到自己跟前，从自己床垫子底下拿出一个小巧的木质玩偶放到瓦西丽萨手上，说："小瓦西丽萨啊，我亲爱的女儿，仔细听我给你说，把我最后的话定要记在心里，一定不要辜负了妈妈的愿望。我快要死了，我要把我的祝福和护佑送给你，就是这个小木偶，它非常珍贵，因为世上无物可与它相比。不论你走到哪儿，请把它装在你的口袋里，让它紧紧跟随着你；请记住永远都不要让别人看见它。当你遭到邪恶威胁时，或者当悲伤降临时，请你找个安静的角落，从口袋里拿出木偶，拿点吃的喝的放到它跟前，它会吃一点喝一点，然后你就可以把自己遇到的麻烦讲给它，听听它给你的建议。当你有麻烦时它会告诉你怎么去做。"说完，她亲吻了亲爱的小女儿的额头，为她祝福和祈祷，不久就离开了人世。

小瓦西丽萨因失去母亲而深感悲痛。她万分伤心，每当黑夜来临时，她都会躺在床上哭泣，久久不能入睡。最后她想起了木偶，于是她从床上下来，从睡衣的口袋里把木偶拿出来，找到一片小麦面包和一杯格瓦斯，把它们摆放到木偶面前，然后开口说："哎，我的小木偶，吃吧！你吃一点，喝一点，然后听听我的悲伤吧！我亲爱的妈妈死了，没有了她我感到很孤独！"

听完瓦西丽萨的诉说之后，小木偶的眼睛开始闪光，就像萤火虫那样，突然小木偶复活了。它吃了一口面包，抿了一口格瓦斯。吃完喝完之后，小木偶开始说话了："不要哭，小瓦西丽萨。夜里的悲伤最沉重。躺下吧，把眼睛闭上，自己安慰自己然后入睡。早晨比黑夜更有智慧。"于是小美人瓦西丽萨就躺下来，自己安慰着自己，不知不觉就睡着了。第二天早晨她的悲伤就不再那么沉痛，眼泪不再那么苦涩了。

妻子死后，瓦西丽萨的商人父亲为此伤心了好些天。但随后他就开始强烈地渴望再婚，于是到处打听，希望为自己找到一位合适的妻子。似乎没有那么难，因为他有华美的房子，有满满一马棚骏马，另外他还是一位善人，面对穷人他总是乐善好施。在他约会见面的众多女人中间，有一位女士特别适合他。她是一位跟商人年龄相仿的寡妇，带着两个亲生女儿。他想她可以成为一位持家的好手，除此之外，她定会善待他的亲生女儿小瓦西丽萨，她定会是个善良的继母。

于是商人和寡妇结婚了，娶她回家做了自己的妻子。可是不久商人年幼的女儿就发现继母远远不是父亲曾寄望的那样良善。她是个冷漠、残忍的女人，她渴望得到商人的青睐是出于对商人财富的欲望，她一点儿也不爱商人的女儿。瓦西丽萨是全村最美丽的女孩，而她自己的两个亲生女儿却像两只乌鸦那样孱弱、难看。正因如此，瓦西丽萨遭到了她们母女三人的妒恨。她们给她指派各种各样的差事让她去做，也给她分派很多艰难任务让她去完成。她们心怀恶意，想用繁重的劳作让她变得疲倦不堪、瘦弱失形，心想风吹日晒可以把她的脸变得暗黑棕红。她们肆意残酷地对待她，使得她的生活鲜有欢乐可言，小小的瓦西丽萨却忍受着这一切。尽管继母的两个女儿每天都像王宫中的女士那样双手交叉胸前闲坐，无所事事，什么体力活也不干，也不到外面遭受雨淋风吹、日晒寒冷之苦，可她们却日益干瘦，变得越来越丑；反而小小的瓦西丽萨却面色红润、皮肤粉白，出落得日益美丽。

这一切正是由于小木偶的出手帮助。若不是小木偶，小瓦西丽萨永远也无法干完摆在自己面前的那些苦差事。每当夜晚来临，全家人都进入香甜梦乡之后，瓦西丽萨就会从床上爬起来，带着小木偶走进壁橱，把门锁上，给小木偶拿出些吃的喝的东西，然后说："啊！我的小木偶，吃吧！你吃一点，喝一点，然后听听我的悲伤吧！我住在我父亲的房子里，可我那坏心眼的继母想把我从这白色的世界里赶出去。告诉我，我该怎么行动？我该做什么？"

听完瓦西丽萨的话，小木偶的眼睛就像萤火虫那样开始闪烁出光芒，小木偶复活了。小木偶吃了一点，喝了一点，接着他就会去安慰瓦西丽萨，并且告诉瓦西丽萨该如何行动。当瓦西丽萨睡着的时候，小木偶就会把瓦西丽萨第二天要干的杂活干得妥妥当当。这样瓦西丽萨第二天就只需待在阴凉处，采摘些花儿。因为小木偶早已将厨房外面院子里的杂草清除得干干净净，白菜田也早已浇过水，早已从水井里给家里打够了足够多的清澈泉水，炉火也烧到了恰到好处。除此之外，小木偶还教会了瓦西丽萨如何用草药制作润肤油，保护她免受晒伤。瓦西丽萨全部的快乐都来自于她随身携带装在衣服口袋里的小木偶。

几年过去了，瓦西丽萨到了谈婚论嫁的年龄。村里所有的年轻人，不管高矮胖瘦、不论贫穷富有，都想牵她的手，向她求婚；甚至没有一个年轻人愿意留步看一眼她继母的那两个女儿，她们都特别令人厌恶。被这事激怒了的继母对瓦西丽萨的妒恨之心变本加厉。她回应每一位殷勤上门求婚的年轻人的话都一样："姐姐们没结婚之前，最小的想要先结婚，门都没有!"每当她将求婚者请出家门之后,她都会狠狠地毒打一顿她的养女,以此来抚慰她那填满仇恨的心。瓦西丽萨成长得日益可爱、日益优雅,可她却经常过着悲惨的生活。要不是衣服口袋里的小木偶,她早就会生出快快离开人世的念头了。

有次瓦西丽萨的商人父亲因生意上的事情得离家一段时间,到另外一个遥远的王国去旅行。他给妻子和妻子的两个女儿告别;他也亲吻了瓦西丽萨,同时送给瓦西丽萨深深的祝福,之后他就出发了。走之前他请求她们每天为他祷告,祈祷他能平安归来。父亲前脚刚走出村子,他的妻子就卖掉了他的房子,卷着他全部的货物家当,搬到了远离市镇的一个地方住下。那住处位于原始森林边上昏暗老旧的社区里。在那里,继母每天让两个姐姐做的就是留在家里做点事情,却给瓦西丽萨分派各种各样的苦差事,要么打发她到原始森林去寻找某种珍稀灌木的树枝,要么去采摘一些稀有的花儿或者浆果。

继母早就熟知,在这原始森林的深处有一片绿草地,绿草地上耸立着一座阴森的小茅屋,小茅屋是用鸡腿支撑着的房子。茅屋里住着一位名叫芭芭·雅嘎的老女巫,她独自一人住在茅屋里。没人胆敢靠近木屋,因为女巫会吃掉靠近茅屋的人,就像人吃鸡那样。商人的妻子每天都打发瓦西丽萨进森林,期望她能碰见老女巫并被女巫吃掉;但每次瓦西丽萨都会平平安安地回到家里,因为小木偶总会给她指出哪里有野花哪里有浆果,也会给她提示不让她靠近用鸡腿支撑着的小茅屋。每次当她平安回家,她都会招致继母更大的妒恨,因为每次她都能安然无恙、毫发无损地回来。

秋天的一个夜里,商人的妻子把三个姑娘叫到跟前,给每人都分派了一项任务。她给自己的一个女儿分派的任务是编结一截带花边的带子,给另外一个女儿分派的任务是织一双长筒袜子;她给了瓦西丽萨满满一筐子亚麻让她纺成线。她要求每个人都完成一定的工作量,之后她就熄灭了屋子里所有的火，房子里只留了一支蜡烛供三个女孩子干活使用；安排完这一切，她自己径自上床睡觉去了。

她们干了一个小时、两个小时、三个小时，这时继母的大女儿拿起钳子想要挑直蜡烛捻子。她假装笨手笨脚地干活（就像她母亲事先给她教的那样子），假装不小心的样子，结果把蜡烛给弄灭了。

"我们该怎么办啊？"妹妹问姐姐，"房子里所有的火都熄灭了，屋子里再也没有别的光了，可我们的任务还没完成呢！"

"我们必须想法找到火，"大女儿说，"唯一离家最近的房子就是在森林里的那栋茅屋，那里住着一个芭芭·雅嘎，我们三个得有人到她那儿去借火种。"

"我的钢针上发出的亮光足够我干活用了，"结花边带子的女儿说，"我不去！"

"我银针上发出的光也足够我干活用了，"织长筒袜子的女儿，一边织着一边说，"我也不去！"

"你，瓦西丽萨，"姐妹俩异口同声地说，"你应该去找火种，因为你既没有钢针也没有银针，你没有光，看不见纺线！"两姐妹起身把瓦西丽萨推出房子，锁上大门，喊道："找不到火种就别回来。"

瓦西丽萨坐在门口台阶上，从衣服的一个口袋里拿出小木偶，又从另外一个口袋里拿出早已为它准备的食物，放到它面前然后说："哎，我的小木偶，吃吧！你吃一点，喝一点，然后听听我的悲伤吧！我必须到暗黑森林深处老芭芭·雅嘎的茅屋去借火种，可我很害怕。害怕她把我吃了。告诉我，我该做什么？"

说完只见小木偶的眼睛开始发光，它复活了。它吃了一点喝了一点，然后说："不要害怕，小瓦西丽萨！她们叫你去你就去吧！只要我跟你在一起，老女巫就不会伤害你。"瓦西丽萨把小木偶再次放回到口袋，用手在胸前画了个十字架，然后朝暗黑的原始森林出发了。

不管她到底走了多远或多近，在暗黑森林里徒步说起来很容易，但道路总是异常崎岖。森林深处一片漆黑，她由于恐惧禁不住地浑身发抖。突然她听到马蹄的声响，一个男人骑马从她身边疾驰而过。那人穿着一袭白衣，胯下的马也是乳白色，马鞍也是白色。他刚从她身边飞奔而过，天就亮了。

她向森林深处继续走，又听见了马蹄声。一个男人骑马从她身边疾驰而过。那人穿着一袭红衣，胯下的马也是血红色，马鞍也是红色。他刚从她身边飞奔而过，太阳就升起来了。

一整天，瓦西丽萨都在走啊走，这时她迷路了，在暗黑森林里找不到路，也没有食物放到小木偶面前让它复活了。

可夜晚来临的时候，她一下子就走到了绿草地，怪异丑陋的鸡腿小茅屋就耸立在那儿。茅屋四周的围墙都是用人骨头砌起来的，墙顶上都是骷髅头。围墙上有一扇大门，门轴是用人腿骨做的，门锁是用人整套下巴骨做的，尖牙利齿原封不动地还长在那儿。这个景象让瓦西丽萨内心充满了恐惧。她呆呆地站在那儿，像根埋在地里的柱子一动不动。

当她站在那儿的时候，一个骑在马背上的男人疾驰而来。他脸色暗黑，一袭黑衣，他骑的马也是乌黑如炭。他朝着茅屋大门疾驰而去，然后就像是沉入地心那样消失得无影无踪。就在那一时刻夜晚降临了，森林又变得一片漆黑。

可是绿草地一点儿也不黑，因为墙头那些骷髅头上的眼睛立刻被点亮了，照得绿草地像白天一样明亮。瓦西丽萨看到这一幕害怕得浑身哆嗦，她想逃跑而脚像生了根一样一点都动不了。

这时突然间整个森林变得闹哄哄起来，到处都是可怕的响声；大树开始发出嘎吱嘎吱的声音像是在呻吟；树枝也吱吱嘎嘎地响动，枯树叶纷纷落下，芭芭·雅嘎从树林间飞了过来。她骑着一个巨大的铁研钵，用碾捶驾驶掌握方向；当她降落到地面的时候，她就用厨房扫帚扫清了身后的踪迹。

她骑着研钵直接到茅屋门口停下来，然后念叨着说："小房子啊小房子，照着妈妈当初安置你时的样子站着吧，背对着森林面对着我！"

小茅屋于是面对着老女巫静静地站着。老女巫用鼻子嗅了嗅四周，大喊道："啧啧！我似乎闻到了俄罗斯人的味道。谁在哪儿？"

听到老女巫的喊声，瓦西丽萨感到十分恐惧。她走近老女巫跟前，深深地弯下腰向老女巫致意，说道："我是瓦西丽萨，祖母。我继母的女儿们派我到您这儿来借火种。"

"嗯，"老女巫说道："我知道她们。若我给你火种，那你就得在这儿待几天，干点儿活换取火种。如果你不愿意，那我就要把你当晚餐吃掉。"说完她就转头朝向大门喊道："嗨，我坚固的锁啊，请你打开；还有你，我结实的大门啊，也请你打开！"。话音未落，锁就自己开了，门就自己开了，芭芭·雅嘎吹着口哨骑着铁研钵进来了。瓦西丽萨也跟着她进来了，身后的门立刻又关上了，门锁也立刻锁紧了。

她们一走进小木屋，老女巫就沉沉地躺在了火炉旁，伸了伸她瘦骨嶙峋的腿，然后说："过来，立马去把烤炉里所有的食物都给我拿来摆在饭桌上。我饿了。"于是瓦西丽萨跑到围墙跟前，从那些骷髅头那儿点着了一小片木柴，再到烤炉那儿取出食物摆放在老女巫面前，烤炉里事先已烤好的食物足够三个强壮男人食用。瓦西丽萨从酒柜上拿来格瓦斯、蜂蜜以及红酒，芭芭·雅嘎将这些食物和饮品一扫而光，给瓦西丽萨只留下一口菜汤、一小片面包和一小块烤乳猪。

酒足饭饱之后，昏昏欲睡的老女巫又在火炉边躺下，说道："好好听我说，照我说的去做。明天我又要驾钵外出，你要替我打扫院子、清扫房间，还要给我准备晚餐。然后还要从我谷仓里取出四分之一斗小麦，并将黑小麦和野豆子分拣出来。小心干好我要求你做的事情；如果不能完成，那我就要把你当晚餐吃掉。"

没过多一会儿，芭芭·雅嘎就转身面朝墙壁，打起呼噜来。瓦西丽萨知道她已沉沉地睡着了。于是瓦西丽萨走到一个角落，从口袋里捧出小木偶，在它面前放上她刚才省下来的一点面包、一点菜汤。摆好之后，瓦西丽萨放声大哭，她哭诉着说："哎，我的小木偶，吃吧！你吃一点，喝一点，然后听听我的悲伤吧！我待在老女巫芭芭·雅嘎的屋子里，围墙大门深锁，我感到很害怕。她给我派了一项艰巨的任务，如果我不能如她所愿完成任务，明天她就会把我吃掉。告诉我，我该怎么做？"

听完瓦西丽萨的哭诉，小木偶的眼睛就像两支蜡烛那样开始闪光，它吃了点面包喝了点菜汤，然后说："不要害怕，美丽的瓦西丽萨，放松吧！念念祈祷文，然后安心睡觉去吧！早晨会比夜晚更有智慧。"于是瓦西丽萨相信了小木偶说的话，心就安了下来。她念了睡前祈祷文，躺在地板上，很快就进入了梦乡。

第二天早晨她早早就醒来了，天依然很黑，她起床朝窗外望去，看见茅屋围墙墙头上那些骷髅头上的眼睛开始变得黯淡起来。在她张望的那一刻，身穿白衣、骑着乳白色马的男人朝着茅屋围墙的一角疾驰而来，飞跃过墙后就消失得无影无踪了。他消失后，天就大亮了，骷髅头上的眼睛闪烁摇曳，接着火就熄灭了。老女巫已站到了茅屋外的院子，她打着口哨，巨大的铁研钵、碾槌和厨房扫帚随着她的唿哨声腾空起飞，飞出了茅屋。当老女巫坐进铁研钵时，红衣男人骑着血红色的骏马像疾风一样飞驰到围墙一角跃过围墙，然后就无影无踪了，就在那一刻，红红的太阳升起来了。接着就听见芭芭·雅嘎大声喊道："嗨！好啊，我坚固的门锁打开吧！还有你，我结实的大门啊，也请你打开！"于是门锁就开了，大门也打开了，老女巫骑着铁研钵、用碾槌驾驶掌握方向、用厨房扫帚清扫着后路就飞走了。

瓦西丽萨意识到此刻自己独自一人留在了茅屋，她在茅屋里到处转转到处看看，很诧异茅屋里怎么会有这么多各种各样的东西啊！她静静地站在那儿，记起了老女巫派给她的那些任务，心里在想该从哪儿下手干呢。但当她定睛看时，她忍不住揉揉眼睛，因为她发现院子已经被清理得整齐洁净，茅屋的地板也被清扫得亮亮堂堂，小木偶坐在谷仓里正在分拣最后一点黑麦和野豆。

瓦西丽萨跑过去将小木偶抱在怀里。"我最亲爱的小木偶！"她惊喜地叫喊道："你真是救了我啊！现在只剩下为芭芭·雅嘎做晚餐的活了，因为所有其它任务都被你干完了。"

"去做饭吧，上帝会帮助你！"小木偶说："做完就去休息，愿烹饪让你变得更加健康！"说完就自己钻进了瓦西丽萨的衣服口袋，又变回到那个纯粹的小木偶。

于是瓦西丽萨一整天都在休息，她变得精神焕发。快到傍晚时，她摆好餐桌，准备好老女巫的晚餐。然后坐下来望着窗外，等着老女巫回来。不一会她听到了马蹄声，身穿黑衣的男人骑着乌黑的骏马飞奔到围墙大门口，接着就像巨大的一团阴影一样消失得无影无踪。立刻天就变得黑暗，围墙墙头上那些骷髅头的眼睛就开始闪烁发光。

紧接着森林里的树开始吱吱嘎嘎地响动，树叶和灌木都在发出呻吟和叹息，芭芭·雅嘎从黑暗的树林里骑着庞大的铁研钵、驾驶着碾槌掌握方向、用厨房扫帚清扫后路。瓦西丽萨为老女巫打开了茅屋门让她进来，而老女巫芭芭·雅嘎嗅了嗅瓦西丽萨周围，问道："我派给你的所有任务你是否都已漂漂亮亮地干完了？要没干完，我就要拿你当晚餐，把你吃掉！"

"亲爱的祖母啊，请你自己看看吧！"瓦西丽萨回答。

芭芭·雅嘎在茅屋里到处看看，时不时用碾槌敲敲，把每个地方都仔细检查一遍。由于小木偶把一切都干得妥妥当当，老女巫想找茬却找不出来。院子里一棵杂草也没剩下，屋子地板上一点污渍也没有，麦子里既没有黑麦也没有野豆。

老女巫极其震怒，却必须假装很满意，"嗯，"她说，"你把一切都干得很完美！"说完就拍拍手，大声喊道："嗨！我忠诚的仆人们，我真心的朋友们！抓紧点儿，速度！快把我的小麦拿去磨成面粉！"话音刚落，三双手出现了，抓起小麦扛在身上就往外走。

芭芭·雅嘎坐下来吃晚餐，瓦西丽萨将烤炉里的食物全部摆上餐桌，并取来格瓦斯、蜂蜜以及红酒。老女巫坐下开始享用晚餐，她吃完了骨头及所有食物，几乎连渣渣也不剩。那些食物足够三个强壮的男人食用啊！酒足饭饱之后的她昏昏欲睡，于是就顺势在炉边地上躺下，伸展着她那骨瘦如柴的腿脚，说道："明天的任务跟今天一样，除了那些任务之外，再从我仓库里取出半斗罂粟种子，一个一个地把它们清洗干净。有人搞恶作剧把土掺进种子里，真惹我生气。我得让它们变得干干净净。"说完就扭过头转身面朝墙，开始打起呼噜来。

在她睡熟之后，瓦西丽萨就走到茅屋的一个角落，从衣服口袋里捧出小木偶，在它面前摆上一些剩饭，然后请求小木偶给出建议。小木偶吃了点食物、喝了点饮料之后，就开口说："不必担心，美丽的瓦西丽萨！安心待着。跟昨晚一样，念念睡前祈祷文，然后就安心去睡觉！"听完木偶的话，瓦西丽萨倍感安心，她念了睡前祈祷文，然后就去睡觉了。一觉睡到第二天早晨，那时老女巫已站在院子里打着唿哨。她跑到窗前，恰好看见女巫正准备坐进她那巨大的铁研钵，同时那个身穿红衣的男人骑着血红色的骏马飞奔而过，跃过围墙消失了，就像鲜红的太阳从原始森林里升起那样。

跟第一天早上一个样，瓦西丽萨发现小木偶把一切家务活都干完了，只剩下做晚餐的事情。她发现院子已经被打扫干净，收拾得整整齐齐；茅屋的地板也被清扫得漂漂亮亮像新装的地板；那半斗罂粟籽里面找不出一丁点泥土。一整天，她都在休息，悠闲自在，只有到了下午她需要给女巫准备晚餐。到了晚上她摆好餐桌，坐在那儿等着老女巫回来。

不久身穿一袭黑衣骑着乌黑骏马的男人奔到大门口，黑夜降临了，墙头上骷髅头的眼睛开始闪光，照得院子就像白天一样。紧接着，大地开始颤动，森林里的大树开始发出吱吱嘎嘎的响声，树叶沙沙作响，芭芭雅嘎骑着巨大的铁研钵回来了，她用碾槌驾驶掌握方向，用厨房扫帚清扫后路。

回到家里，她四周闻一闻，满屋子转转查看每一个角落，用碾槌这儿敲敲那儿敲敲。尽管她探查和检查得如此彻底细致，还是挑不出任何瑕疵，她变得比以前更加恼怒。她拍着双手大声喊道："嗨！我忠诚的仆人们，我真心的朋友们！抓紧点，速度！快去将我那半斗罂粟籽拿去榨油！"。话音刚落，三双手出现了，抓起那半斗罂粟籽扛在身上就往外走。

过了不一会儿，芭芭·雅嘎就坐下来准备吃晚餐，瓦西丽萨把早已准备好的所有食物都端上来摆在她面前。那些食物足够五个强壮男人吃的！又把啤酒、蜂蜜拿给她，之后瓦西丽萨就静静地站在那儿等着。芭芭·雅嘎将所有吃的喝的一扫而光，只剩下一丁点面包屑。然后她厉声说道："哎，你为什么站在那儿不说话，像个哑巴！"

"我不说话，"瓦西丽萨回答道，"是因为我不敢说话。如果你允许我说，祖母，我想问你一些问题。"

"嗯？"老女巫说，"但请记住任何一个问题都不会给你带来好处。如果你知道的太多，你就会很快变老。你想问什么？"

"我想问你，"瓦西丽萨说，"关于骑马的那些人的问题。当我来到你的屋子时，一个骑手从我身边经过。他身穿白衣骑着乳白色的骏马。他是谁？"

"那是我明亮的白天，"芭芭·雅嘎生气地回答，"他是我的一个仆人，但是他不会伤害你。继续问。"

"那之后，"瓦西丽萨说道："第二个骑手又疾驰而过。他身穿红衣骑着血红色的骏马。他又是谁？"

"那是我的仆人，圆圆的红太阳，"女巫芭芭雅嘎回答，"他也不会伤害你。"女巫磨了磨牙齿，说："继续问！"

"第三个骑手，"瓦西丽萨说，"骑着马飞奔到大门口。他浑身都是黑的，也穿着黑衣，骑的马也是乌黑的。他又是谁？"

"那是我的仆人，黑暗的夜晚。"老女巫火冒三丈地回答："可是他也不会伤害你。继续问！"

此时瓦西丽萨想起来女巫芭芭·雅嘎的话："任何一个问题都不会给你带来好处"，于是她沉默下来，不再问话了。

"继续问啊！"老女巫喊叫着，"你为什么不问我问题了？为什么不问问伺候我的那三双手是谁？"

瓦西丽萨看见了女巫气呼呼冲她咆哮的样子，于是就回答道："上述三个问题对我来说已经足够了。祖母，就像您说的，我不想因为知道太多而迅速衰老。"

"很好，"女巫芭芭·雅嘎说，"你没有问关于那三双手的事。你只问在这茅屋外你看见的。你若要是问了那三双伺候我的手，她们就会像抓起我的麦子和罂粟籽那样将你抓起，给我当食物享用。现在该我问你问题了：那么短的时间，我派给你那么多活，你那么完美地完成了所有任务，你是怎么做到的？告诉我！"

当瓦西丽萨看见老女巫如此咬牙切齿地问话，吓得她差点把小木偶的事讲出去。在那一刹那,她思量了一下,回答道:"我已经过世的母亲给我祝福,帮助了我。"

听完瓦西丽萨的回答,女巫芭芭·雅嘎火冒三丈,跳了起来:"马上给我从这滚出去!"老女巫尖叫道:"我不允许任何被祝福眷顾的人跨过我的门槛。你快走吧!"

瓦西丽萨转身跑到了院子,听见身后老女巫冲着大门和骨质门锁狂喊。锁子打开了,大门也扇风似地打开了,瓦西丽萨跑出院子跑到了绿草地上。女巫芭芭·雅嘎从围墙墙头抓住一个眼睛冒火的骷髅头,嗖地一声扔到了瓦西丽萨身后。"拿去吧!"女巫嚎叫着:"送给你继母那两个女儿的火种,拿走吧!她们把你送来就是为这东西的。愿她们能愉快享用这火种!"

瓦西丽萨拿起一根棍子挑起眼睛冒着火的骷髅头,扛着棍子飞快地穿过森林往回跑。借着骷髅头眼睛的火光她穿越森林急速赶路,因为当天亮的时候火种就会熄灭。她忘记了自己跑了多远、也忘记了一路上是崎岖坎坷小路还是平坦大道,临近第二天早晨的时候,骷髅头眼睛的火种开始变得微弱起来,快要熄灭的时候她终于走出了暗黑的原始森林,回到了继母的房子。

靠近房子时瓦西丽萨就在想:"她们肯定早已找到火种了吧!"她把骷髅头扔到了房子外的树篱边;只听见骷髅头开口对她说:"不要把我扔了,美丽的瓦西丽萨,把我带进去送给你继母的家人吧!"瓦西丽萨抬头看了看房子,发现所有窗户一星点儿光也没有,于是她再次拿起骷髅头,扛着它回到屋子里。

由于瓦西丽萨离开了,继母及她两个女儿就只能住在既没有火也没有光的房子里。她们也试着敲击打火石和钢铁取火,可点火用的易燃火绒怎么也不着火;她们也试着从邻居家借用火种,可刚一跨过门槛,借来的火种就灭了。因此她们一直没有办法取暖和照明,也没有办法做饭吃。此时瓦西丽萨感觉自己平生第一次受到她们的优待。她们为她打开了房子大门,商人的妻子惊喜地发现当骷髅头被瓦西丽萨带着跨进门槛之后,火种并没有熄灭。"也许女巫的火种会留在这儿。"于是她接过骷髅头把它带到最好的那间房子里,安放在烛台上,叫来自己的两个女儿向它敬拜。

突然骷髅头的眼睛开始闪起光来,变得像熊熊燃烧的炭火。不管商人妻子和她两女儿转到哪个方向或跑到哪儿角落,骷髅头眼睛里冒出的火焰都紧紧追赶着她们;火焰越来越大,火光也越来越明亮,骷髅头的两只眼睛像两具火炉那样燃烧着;屋子里的温度也越来越高,直到商人的妻子和她两女儿浑身起火,最后都被烧成灰烬。只有美丽的瓦西丽萨身上一点都没被火焰碰到!

——《美人瓦西丽萨》节选自《俄罗斯童话故事》

## 自我之母
## The Mother of the Self

瓦西丽萨的故事向我们呈现出两个主题:瓦西丽萨母亲之死和瓦西丽萨的木偶"出生"。两个主题在故事中巧合地出现,正是这个故事的讲述方式,它告诉我们一个主题是另一个主题的先决条件。母亲之死与瓦西丽萨收到小木偶这个事件不可避免地紧密联系着。

很显然故事里的"母亲"并非事实上真实意义的母亲;孩子想要收到小木偶也用不着母亲得先死啊!故事里的母亲正是孩子的本体,是瓦西丽萨的真实自我,是瓦西丽萨心魂最深处那些不能全然走进尘世的灵性部分,因此以其它形式呈现出来并留在了那里。每个童年都是慢慢迈向心魂深层维度的死亡过程。每个孩子都将自己更大的那部分——自己的"母亲"抛在身后。这个"母亲"将死去，换句话说将其隐退身后，从另外一个区域给孩子提供引领。但是关于这个"母亲"的记忆仍然保留着，那就是小木偶，她就是那个曾经会说话的、充满生命的世界保留下来的全部记忆。

瓦西丽萨的故事将高我（the higher self）那些保护性力量与它们的代表意象——小木偶——连接了起来。小木偶向瓦西丽萨传递着来自母亲的祝福和护佑，给她安慰，并在她需要时给予她帮助。

木偶们都会这么做。对儿童来说木偶象征着某种记忆，能让儿童想起他自己到底是谁；它们是儿童出生前的初始生命意图、愿望和意愿的守护人。

木偶是天堂居民的小小后代，是更高自我的一幅图画。正是由于这个原因，才使得瓦西丽萨的木偶"如此珍贵，因为世上再无跟它类似的东西了。"它是所有木偶背后的木偶，正因如此如下的说法才具有真正的价值："不论你走到哪儿，让它永远都跟着你，把它装在衣服口袋，不要让任何人看见。"真正的木偶永远都是无形的陪伴者，外在的木偶只是它的代表。

母系社会的早期，外在的木偶属于微小的偶像，在童年的信仰中它属于半神偶像。它们受到儿童的高度关注和崇拜，同时也被各种仪式包围着。木偶的这一符号化身份使得它们比其它玩偶更受人们爱戴和关注。它们是真正的灵魂伙伴。

若能正确理解的话，木偶就是儿童生命中的第一份真正的责任。它是灵魂自己的孩子，是全然托付给儿童让其照顾的第一个存在体。孩子被给予一个木偶是一个象征性行为，这一行为所传递的意义是："这是你人生的第一个任务，是你人生所有责任中最重要的那一份责任，照顾好你的心魂小孩，照顾好最本质的自我。"

接受木偶也是一个仪式性行为，也是一场以孩子能理解的语言而进行的象征性教育。波斯诗人鲁米用一个极富表现力的比喻阐述了这一观点。

老师说过这世上有一事是万万不可遗忘的。若你遗忘了世间万事，也不可将此遗忘，没有理由为此担忧。如果你记得所有其它的事情、也完成了所有其它的事情甚至照顾到了所有其它的事情，唯独忘记了一件事，那你今生也只是一无所成。就像是国王派你去外国执行一件具体的特别任务，你到了那个国家，干成了几百项其它任务，而你却没有达成你此行被委派的重任，那实际上你此行也是一无所成。因此人来到世间是为了一项特别的任务，那就是人生的目的。如果他不能执行并完成此任务，那他也是白来一遭，一事无成。

木偶就是人类与其首要责任的连接器，也是人类与其永远都不应该忘记的任务的耦合器。经由照顾玩偶，儿童就开始了照顾自己更高自我和关照自己在世间使命的活动。那个仪式性的喂养行为就是照顾玩偶的部分工作。如瓦西丽萨那样，很多儿童都会给自己的玩偶喂食物吃。他们将真实感的现实赋予玩偶，他们对待玩偶就像是对待一个真实的人类存在那样。

格瓦斯和面包屑让她的玩偶复活，喂养人类更高层自我的食物的唯一配方就是爱和关心；对玩偶来说也是如此，正因为瓦西丽萨的关心才使得玩偶能够复活。玩偶永远都不会因为磨损和破裂而死亡，因为它们都可以无限永久地得到修补。反而它们的死亡只会是因为缺少关心，当它们被人们遗忘、被人们忽略、或被埋在抽屉深处的时候，它们就已经死亡了。然而它们却具有卓越的康复能量，会快速从死亡中得以重生。

自我就跟玩偶一样。因为关心，自我才可以茁壮成长；如果缺少爱，自我就会减弱；如果被遗忘，自我就会消亡；如果被人们再次记起，自我就可以再次复活。

从这个层面讲，瓦西丽萨就非常幸运。她的人生迫使她与自己的玩偶保持着长久的相聚交融。每天她都会从口袋里将玩偶捧出，用面包和格瓦斯喂养它。每天夜里玩偶都会帮助瓦西丽萨。若依着瓦西丽萨自己的个人能耐，她是无法自己完成那么繁重的任务的。但是，于她来说几乎不可能完成的任务，对她的玩偶来说却是轻而易举。

生命也是如此。一场接一场挑战向我们迎面扑来：不能解决的困难，不能打开的那些心结，不能找到答案的问题。处在无数种不安全感绕成的恶性循环之中或当我们深陷于坚硬而险恶的现实之中时，我们深感无助。生活中无数磨难和试探的严重程度不断在上升，就像瓦西丽萨的人生一样，在芭芭·雅嘎茅屋里她所经历的试探和磨难达到了令人恐怖的巅峰。

像所有伟大的童话故事一样，《美人瓦西丽萨》在讲述个体灵魂旅程的同时也讲述了人类灵魂的旅程；瓦西丽萨与白色、红色、黑色骑士的相遇、瓦西丽萨最后与第四位骑手的遇见是她与所有骑手相遇中最鬼魅的相遇。老女巫芭芭·雅嘎骑着自己巨大的铁研钵、手握碾槌掌握方向，这一切都显而易见地描绘出了人类心魂的历程。故事有关天启的四位骑手的描述与《启示录》里的描述很接近。前三位骑手都很相似，而第四位骑手芭芭·雅嘎则是一位年老的母系社会骑手的版本，芭芭·雅嘎也像她一样，住处四周都是用死亡碎骨做装饰的。尸骨和骷髅就是她的家。这就是一切的死亡结局，就像暗无天日的峡谷、塞满煤灰的炉子；也是心魂被铁研钵和碾槌压碎的终点，心魂被颌骨制成的锁子禁锢着、被尖利的獠牙阻挡着去处。在那个终点，任何人都会像瓦西丽萨那样因恐惧而颤栗，没人能幸免逃过。

瓦西丽萨是我们每一个人的象征，也是整个人类的象征。作为人类心魂的瓦西丽萨降临此世，需要面对充满尸骨、骷髅头的世界，要面临当代的各各他山（Golgotha）——耶稣的受难地。像瓦西丽萨一样，所有人都全力在克服死亡的威胁；我们都面临着貌似不可逾越的环境危机。像她那样，我们都听到了恐怖的声音，都听到芭芭·雅嘎驾临时树林的呻吟嚎叫、树枝吱吱呀呀的响动以及树叶纷纷落下的声音。像瓦西丽萨那样，我们都看到在地球上蔓延的各类战争给人类带来的牺牲以及尸骨堆砌的围墙；也像她那样我们都目睹了富人过渡消费而穷人受压迫的现实场景；跟她一样，我们都来到这里寻求火种，从打火石的阻力摩擦过程中点燃光明之火。生命危如累卵，我们的木偶是我们唯一的希望，只要它能现身就能保我们免受伤害。

瓦西丽萨的任务不可能完成，我们的任务也一样难以完成。没人能在一夜之间从一斗麦子里筛检出每一粒黑麦子，也没人能在一夜之间将半斗罂粟种子筛选纯净。这些任务都超越了人类能力，只有超能力才能解决这些问题，木偶——人类的更高层自我——能够解决一切问题。

## 其它材料制作的玩偶
## The Material Doll

瓦西丽萨的故事展现出了玩偶的最核心本质，使人想起玩偶最高形态的原型。当然，玩偶可以服务于很多目的。它们是儿童充满想象的玩伴，它们是栖居在儿童房间里的朋友，也是危机四伏的成人生活里恬静的家庭成员。

理想的情况是，玩偶最好由家庭成员或朋友亲手制作，制作玩偶的人一针一线缝进去的都是关怀、爱和关心。这样的玩偶装满着爱。它们是儿童生命初始阶段被给予的看得见摸得着的深情祝福。

瓦西丽萨的玩偶跟她自己极其相似。真正的玩偶应该看起来就像儿童自己。不仅如此，玩偶更应该能映射出儿童的情绪。真正的玩偶要能够自己变化表情，甚至应该随着儿童一起成长。对玩偶制作者来说似乎不可能做到，确实不可能做到，它也是那些不能完成的任务之一，就像是清理分拣半斗罂粟籽一样难以完成。

然而当你读了瓦西丽萨的故事之后你就知道该做什么了——把任务交给玩偶，你只需要将玩偶尽量做简单，那么玩偶就可以很容易地自己驾驭那些繁杂的任务。下图是你给孩子做的玩偶，应该尽可能的简单，不应带任何细节。

下图玩偶做出了整个面部，但又没有任何细节。只是简单地勾勒出了人形，不受任何特别表情的约束，但她却能表现出一切。这是一个可以映射出所有情绪的玩偶，而且当孩子看着她的时候她就会看起来像孩子，一个可以随着孩子长大、会笑会哭的玩偶。一个具有魔力的玩偶，随时随地她都可以是任何人；而且当你关照她时，她就会复活；她也能解决所有问题：美美地睡一宿，第二天早晨什么问题都会烟消云散。这个玩偶做起来也很容易，其简洁的程度使其更接近于原型，也让原型的变化更容易。

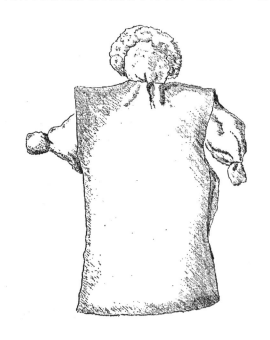

下图玩偶面部表情更清晰，嘴巴和眼睛都清晰地勾勒了出来；头发经精心制作显得很精致，服装的构型和款式也非常漂亮。这个玩偶已经远离了原型，但仍然保留着跟随孩子想象力发展而变形的空间。三岁以上的儿童会比较欣赏增加了细节而且衣服精致的玩偶。点到为止的眼睛让其表现力可以最大化；这类眼睛能像萤火虫那样发光，像是星星也像是蜡烛，瓦西丽萨的玩偶就长着这种眼睛——可以为儿童闪烁发光的眼睛。

儿童的童年王国里玩偶是不可缺少的。玩偶是童年阶段的国王和王后，国王和王后的大臣中既有动物也有软体玩具，她们栖息在儿童心魂王宫的外围领域，有备受儿童喜爱的熊和海豹、马和条纹皮毛的老虎、各种狗和长着各种毛皮的猫。这个阶段孩子们喜欢乳白色的羊羔和粉色皮肤的小猪。孩子们喜欢由羊毛毡做出的小动物组成的动物园。由软体动物玩具组成的兽群也是儿童虚构想象的斯芬克斯的一部分，那些已遗失久远的记忆在幼年早期被孩子暂时重新恢复了。像玩偶那样，这些动物也应该简单，不应该写实；更应该是原型化表现而不是自然原本化表现。细节最好留给孩子的想象力去完成，孩子的想象会非常主动活跃地去完成动物没有被制作出来的细节。经由这种方式，在奇趣世界的现实境况里，孩子就变成了共同的创造者。借助想象活动，他们开始学习着去走进原型的王国。

因此，在我们所处的死气沉沉、毫无生机的世界里，请让你的孩子享受万物之灵带给他们的回响吧！允许他们在自己创造的天堂乐园里狂欢，允许他们享受会说话的动物们的陪伴。（顺便提示一下，恐龙不是天堂的原住民，它们也没被诺亚带上自己的方舟。它们的生态位（ecological niche）是我们在以后的故事里所遇到的龙穴。）

## 重返魅惑的世界
### The Re-enchantment of the World

玩偶代表着自我。动物描绘出心魂的各个层面：在心魂组建自己世界的过程中它们起着协助作用。允许你的孩子成为掌握自己内在生命方舟的诺亚，在雨季狂风暴雨淹没她脆弱的世界之前归拢起那些会讲话的动物。同时让它们成为你创编的故事的一个角色：就像玩偶一样，它们的表达将是无限的。

玩偶为你开始讲故事提供了最好的手段，请让玩偶教你吧！如果你愿意喂养她，她也乐意帮助。她全部的需要只是你的关注。若你以对等的尊重待之，她就会复活，并将你想给孩子讲的故事启迪给你。她想给你讲的故事将能满足幼儿的需求：故事以幼儿能理解的语言讲述；她讲给你的是幼儿灵魂的方言故事；她也会用曾经万物都会讲话的天堂时代的通用语言将故事讲述给你。第一个会说话的创造物当然是玩偶自己。像我们每个人都有自己的故事那样，玩偶也有她的故事；而这些故事，对父母亲来说出乎意外的是这些故事常常都能派上用场。

听！下面故事《马格斯·韦伯斯特》中的玩偶就在说话。

我问坐在窗外树上的乌鸦他如何能在暗夜看见东西？他告诉我有星星和月亮帮他，他甚至能看透玻璃，每晚都看着我们睡着。

也许你已注意到玩偶都具有某种特点：它们时而消失，不知什么时候忽然又会回来。它们从我们视线里出出进进。有时你也许会纳闷它们消失的那段时间到底干嘛去了。其实消失的那段时间才是它们最精彩的冒险经历。如南帝·秦娜的故事所描述的那样，当它们回归家庭后它们喜欢讲述自己所经历的那些冒险故事：

猜猜我去哪儿了？
我骑在鸟背上一直在高空翱翔！
我飞进了蓝天。
一只蜜蜂擦身飞过，在我耳边嗡嗡个不停。
不久鸟儿盘旋而下，
温柔地将我，
送进家门！

孩子们喜欢听玩偶讲述那些充满冒险的秘密经历。与玩偶的相遇给故事讲述者打开了一扇通往另外一个世界的大门，在那里动物们互相说话，无生命的物体也有自己的故事要讲给他人听。在那里，万物都复活了，变得有生机。电话、洗衣机、吸尘器都属于女巫芭芭·雅嘎茅屋里的物件，它们都变成了我们时代的骷髅头和尸骨。它们是很少被人承认的家庭奴隶，从遥远的天国坠落而来。它们代表着大自然已彻底死亡这一结局，同时它们又具有自我救赎的能力。

如你所见，对玩偶来说万事皆有可能。她可以圆满而成功地完成最艰巨的任务，她也会轻而易举地就给诸如吸尘器、电冰箱等电子物件赋予鲜活的个性。经由玩偶的引导，你那台老旧的冰箱会华丽转身成一位值得信任的朋友，烤箱因烤糊点心而找出借口不停解释、喜怒无常的煎锅也会絮叨个不停。甚至洗衣房里那白色的物件也有话要说，就像佳伊·欧内尔（Gaye O'Donnell）在其故事里所描述的那样：

洗衣房里，玩偶萨利斜倚着水龙头坐着。"你难道没有头晕眼花过？"萨利问。"还好啦，"烘干机只是略带抱怨地嘟囔道："只是有点热，有点烦乱。"

"那些绒毛都是从哪儿飞出来的？"萨利问。"当然是从衣服里飞出来的啊。"烘干机咯咯地笑着说。

萨利听到一声奇异的砰砰震动声。"噢……噢……噢。"只听见烘干机呻吟着说，"真希望她没把那些胶底运动鞋放进来，它们弄得我肚子生疼啊。"

"啧啧，你瞧瞧。"萨利一边说着，一边拍拍烘干机的侧身，"冬天快要过去了！"

借用此类故事，玩偶将故事讲述者也将自己带回到那些被遗忘的生命阶段。她将童年王国里随着岁月而生长起来的那些篱笆剥离开，从遗忘的沉睡状态下再次唤醒过往的万事万物。玩偶激活了世界，将物体回归到有故事可讲的生命实存。

# 19

# 驯化时间和地点
# Taming Place and Time

## 重返家园
### The Homecoming

母亲是儿童最初的家园。从那里儿童开始绽放他自己的一切。身体是第二家园。家人和朋友、房子、花园以及近邻故旧是其他家园,也是更为宽敞辽阔的家园。

每个儿童都是天生的家园建设者。儿童早期的成长力量几乎全部都投入到了从父母那儿遗传到的物质身体的塑形活动里了,其过程就像是为了满足未来音乐家的需要而制作一架乐器那样。眼睛、耳朵以及大脑必须得校准,肢体和器官必须为了生命独特的和声而塑形。这些过程需要时间,而且是按照非常显著的不同成长阶段在进步。

经由他们的涂鸦和绘画,儿童自己绘制出自己的成长阶段。闭合的圆环形状揭示出了于内在所发现的第一类家园。再后来,家那所房子的主旨又会以很多不同的变异形态出现。搭建小房间、小窝、或者藏身之所就是小孩子渴望有属于自己家园的一种表现。儿童常常会做拥有属于自己领地的白日梦，比如一个像兽穴那样的小窝或者小树屋。到了成年阶段，这些梦想常常都会被清晰地再次记起，就如杰西·威廉姆斯（Jesse Williamson）所描写的那样：

从前有个小男孩，他的名字叫吉米。他住在海边高耸的悬崖顶上。吉米喜欢海浪涌起的时候，也喜欢从海上刮来冷风的时候。他喜欢站在坚实的岩石上，尝着海风吹来那咸涩的海水味道。如果海风过于猛烈，他就会钻进一间小房子里。那所小房子位于海边悬崖顶上，正好处于高耸的绝壁背后，被悬崖绝壁保护着。他会把结实的木门关上，不让海风吹进来。小木屋里安装着舒服的厚窗帘，当猛烈的海风吹来时，他会拉上窗帘，屋子里就靠一处柔和的明火照明。火炉前面铺着一块柔软舒服的地毯，吉米会坐在地毯上暖暖脚，也暖暖扭动着的脚趾头。

这个故事让我穿越回到了我的童年时代。那时我对理想小窝的想象图景跟上述故事完全不一样，而那种想要有个小窝的感觉则全然一样。

回忆我们自己的感觉是讲述故事前非常不错的准备工作，它能帮助我们找到情感的切入角度以及找到合适的调调；同时它为讲述故事铺垫出恰如其分的情感氛围，故事就从这种氛围里诞生并且开始出场。

故事里房子转换成了家、后院变成了花园、沙坑变成了城堡，你也可以借助此类故事帮助你的孩子找到回家的路。我将此类故事称之为回家故事。这类故事能将异质转化成熟悉，将每一座乡村迷宫转化成一处富有意义的场景。

面对任何地理上的迷惑，我们都可以借助故事来对地理位置命名，从而帮助到孩子对地点的驯服。故事能将曲曲折折的回家之路铺到甚至我们身边。这类故事能使心魂凝聚，并可以为心魂准备一处感到安全的居所。

若想创编回家故事，你只需先起一个名字来设想出一个主角，然后描述一下故事主角的家。故事主角的家要跟你孩子的家有些类似。描述故事主角的家时，先从你自己孩子所体验到的外围环境开始，然后螺旋式向里递进展开。如果你能以魔力短语"在一片遥远的土地……"或者"很久很久以前……"开始创编故事，那会让你的故事增色不少。

下面的故事就是一个例子，由尤特·藤·好培（Ute ten Hompel）创编：

从前有个小女孩，她的名字叫露西。她住在高山上一栋木房子里。木房子的屋顶甚至也是用木瓦覆盖的。房子上有烟囱，窗户是木条制作的，木条呈十字型交叉结构。露西的房间就在前门后面，房门和床是用同一类木头做成的，床上铺着白色的麻布床单。床前立着一个书架，书架上摆放着她的两个布娃娃，还有一些漂亮的水晶，一篮子干花，一些海贝壳。地板上铺着柔软暖和的地毯。衣柜放在墙角，里面装着她的衣服以及布偶的衣服。

在童年想象的世界里，家代表着身体。家园故事帮助儿童回归到身体，并在孩子心魂周围堆放起层层保护，就像洋葱那样。家园故事给孩子提供了一处充满意义的缓存区域，同时又是一条通往这个缓存区域的叙述式路径。

故事叙事先从一栋房子或一座花园讲起，或者从房子四周环境讲起，慢慢向内前进。以描述孩子自己的房间结束，或者以对房间某个角落的描述结束，同时将儿童房间所有那些典型元素引入到故事，请记住那些无生命的物件对孩子来说依然是活着的。格里斯·麦克德（Grace McQuade）创编的这个故事就是这么做的；并且通过对儿童一天的生活描述，从而对主题起到了扩展效果。

从前在一片遥远的绿色土地上生活着一只鸟。有一天，它飞向高空，它飞呀飞呀，它飞过大海，直到它看见了一大片宽阔的褐色土地，那儿有许多房子。它飞到一栋铁皮屋顶的房子跟前，闻到了红砖围墙下盛开的玫瑰花香，于是它就在一扇白色窗户的窗台上安居了下来。房间的窗户打开着，蓝色窗帘随着微风轻轻地摆动。房间里有一张床，床上铺着蓝色的被子。床边是一个满是抽屉的斗柜，斗柜上面放着一些软体玩具：黄色的小熊、红蓝相间的乌龟以及绿色的青蛙。床旁边一张小桌子上放着一列红色小火车。房间门上有一个名字：路加。

名叫路加的男孩此时正躺在床上熟睡着。鸟儿已经开始了清晨的歌唱。男孩睁开眼睛，听着鸟儿的歌声。接着他一咕噜从被窝里爬出来跳下床去玩了。一整天他都在跟红色小火车、黄色小熊、红蓝相间的小乌龟还有绿色的青蛙玩。傍晚当他玩累了的时候，他就钻进蓝色的被子，躺下来准备睡觉，房门上有他的名字。但是那只落在白色窗台上唱着歌儿的鸟儿去哪儿了？那时白色窗子上挂着的蓝色窗帘还在随风摆动呢！鸟儿已经飞走了，飞过那堵红色的砖墙，飞越墙角下透着花香的玫瑰，飞过屋子的铁皮房顶，从高空往下看，房子那么渺小，飞过浩瀚的大海，它飞呀飞呀，直到它飞到那片绿色的土地，落在一棵枝叶繁茂的大树上，它将头埋进羽毛里，它也要睡觉了。

上述故事借助对地方的重复命名来增强儿童对地点的意识。孩子从四五岁起一旦开始发展想象力，讲故事时你就可以添加一点你自己的想象，使得故事变得更加有趣。下列由梅格·韦伯斯特（Mags Webster）创编的故事就采用了这个技巧：

从前有个小女孩，她的名字叫做玛丽。她住在一片大森林边上的一个村子里。玛丽的家就在村子最靠近森林的那条街道的最里头，从那条街道就可以直接走进森林。玛丽家的旁边长着一棵你未曾见过的高大的松树。松树高高的树枝上住着一只猫头鹰。每天晚上猫头鹰都会从高高的松树枝上猛扑下来落在低处的树枝上，然后飞过来敲敲玛丽卧室的窗户玻璃。玛丽每晚都会紧紧用被子盖着自己，舒舒服服地躺在奶奶缝的百纳被子下面。玛丽每晚都会跟猫头鹰说晚安，也会跟猫头鹰挥挥手，然后转过身舒舒服服地钻进被窝躺下。被子是奶奶用像彩虹一样的各色棉布拼缀缝成的，有条条形状的布，也有块块形状的布，也有花布。在被子中间有一块布跟其它布都不一样，那是一块特别的布，那块布具有魔力，缝那块布用的线是仙女的头发做成的。如果玛丽碰到了这片布，她就会变成一只小小的萤火虫，从窗户飞出去飞到她的朋友猫头鹰那里，落在那棵高大的松树的低处的树枝上，栖息在猫头鹰的身边。

创编这类故事的另外一个方法就是将古老的童谣《王国的钥匙》作为范例去学习模仿，让你创编的故事以螺旋的方式进入儿童的现实再以螺旋的方式从儿童的现实中出来。南蒂·秦娜的故事就采用了这样的方法：

海边小山上有一栋红砖大房子

房顶上坐着十只灰鸽子

房前的花园里绿草茵茵

绿草地上三十只棕色母鸡在抓挠找食

厨房里摆着一张红餐桌

红餐桌四周摆放四把红椅子

红餐桌上有一只红木碗

红木碗里装着十二只熟透的黑红李子

一把红椅子上坐着一个小男孩

小男孩满脸抹着黏糊糊的红色李子汁

满脸都是黏糊糊的红色李子汁

红色餐桌上的红木碗里装着十一只熟透的红李子

红木碗放在厨房里的红色餐桌上

红餐桌摆在一栋红砖大房子里。

这则故事讲述的方式就是螺旋着进入儿童的现实世界、再螺旋着从儿童的现实世界出来，借助这种创作方法来强化地点意识。故事采用螺旋式进入的方式能够帮助儿童建立对家和身体的掌控意识；向外螺旋出来也能够辅助孩子再次转换到梦幻世界，就像朱莉·迪克森讲述的故事那样：

那天是星期六。妈妈带着艾米·卢去上了她有生以来的第一次芭蕾舞课，艾米·卢非常兴奋。那天夜里，艾米睡不着觉，就悄悄从床上溜出来，试穿她那粉红色的新芭蕾鞋，把鞋带交叉着绑在自己腿上。她按照彭尼鲁普老师教的那样想绷直脚尖准备站立，突然她摔倒了。

她脚尖轻轻地舞蹈，舞动着跳下了楼梯；她的脚步发出沙沙的声音，她旋转着穿过松软的绿草地。她扑通扑通着越过了白色的花园栅栏围墙，然后一跃而起，在空中嗖嗖地旋转。她用脚尖旋转着盘旋升空，落在邻村广场边的一个大树顶上。她用脚尖单脚站立在树顶，高兴地注视着沉睡的村庄、还有环绕村庄的树林。头顶的星星闪烁着发出明亮的光，她感到自己离星星是那么的近。

突然村里的钟敲响了十二响，一片乌云遮住了月亮。艾米·卢浑身颤抖，脚趾抽动着伸进了粉红色的芭蕾舞鞋里。转眼之间，艾米·卢再次用脚尖旋转盘旋着升到空中，嗖嗖地旋转着越过村庄，扑通扑通地落在白色木栅栏围墙的里面。然后脚步沙沙地旋转着穿过松软的绿草地，脚尖轻轻舞蹈着跳上楼梯，跳进自己蓝色的小卧室，旋转着跳进自己温暖舒服的被窝——她仍然穿着她那双粉红色的新舞鞋，鞋带还那样交叉着绑在她的腿上。

请留意故事的界限不要逾越儿童心魂体验过的地理范围。邻村和明亮的星星是幼儿世界里最亲近的那一部分；而整个太阳系、地球以及大陆并非幼儿世界直接相关的部分。幼儿内在的地图只包含他亲眼所见以及他真实经验过的部分。如果大海不是孩子已知的亲身经验，那就放下大海，从当地当下开始给孩子创编引入地点的故事。

## 时间启蒙
**Initiation into Time**

幼儿没有时间概念。让幼儿等待五分钟、两小时或等到明天，对他们来说都是一个意思：不是现在。因为当下才是他们的全部所知，他们当下所做出的反应通常都会很剧烈。

幼儿尚不能把断断续续的时间碎片关联起来，他们仍然只能与他们生理时钟那缓慢而稳定的节奏合拍。幼儿的生理时钟偶尔与季节鸣和，也能清晰地破译白天和黑夜、吃饭、休息和玩耍的时间密码。

孩子需要接受关于时间的启蒙。成人忘记了不能驯化和驾驭时间的恐惧，试想一下：一栋房子里的房间、家具和所有其他东西都在不停地变换着位置，那样的空间会带给你一种压力暗示；同样地，儿童也会因不经驯服的混乱时间而体验到压力暗示。

对时间概念的觉知需要历经多个年月，而达成时间启蒙的最好途径则是通过仪式化的规律生活。规律会让孩子茁壮成长。规律意味着安全感，而安全感意味着幸福感。良好的晨间生活规律一旦建立，就会省去每天早晨翻着花样的疲于应对，也可以避免无休止的谈判以及不必要的能量消耗。经由有规律的生活，孩子可以发展出与时间的终生联盟关系，也能够发展出主动跟随时间流而不是被动跟时间流的能量进行对抗的能力。尽管起初建立生活规律耗费时日和精力，但最终却会节省大量时间。其中的一个规律就是讲述《冒险的一天》这一类型的故事。

## 冒险的一天
## The Adventurous Day

《冒险的一天》的故事能够帮助孩子成为时间巨人的朋友。故事可以帮助孩子从雪崩般呈现的各类事件流中安静下来，并协助孩子消化每日那些大块头的体验。如果是在晚上讲述这类故事，那故事就可以将孩子从所处的混乱的时间流导入到睡眠的轨迹上来。

《冒险的一天》是所有故事中最简单的故事。你若想成为出色的故事讲述者，《冒险的一天》是最好的起点。在上面关于故事发生地点的创作练习中，你首先做的事情是给故事的虚拟主角起一个名字；故事的虚拟主角将在故事里的地点再次经历一天真实生活中已经经历过的那些事情。这样做可以使故事情节与孩子现实生活的经历分离，从而使故事变得更加有趣。

故事开头若使用诸如"曾经……"等短语会强化上述效果。此类短语具有魔法效果：它们是进入故事王国的永恒入口。

请记住孩子的生活是充满着冒险的。每家的后院都是儿童探索的世界，每次外出都是儿童进入未知世界的一次旅程。每一天都是充满探险的一天。认真对待儿童的世界，就像用对待自己的世界那样的认真态度来对待儿童的世界。将儿童的世界看成是具有故事价值的世界，并且用鲜活生动的方式重述孩子一天的生活，同时请注意你没有必要将其戏剧化。只要尽量由内而外地描述一天的生活，然后就某些特别点进行详细叙述。不必担心这么做会导致那些基本细节出现重复，因为那些细节的重复会让孩子更加安心而不会让他们觉得枯燥乏味。

开始此类故事的合适时机是三岁左右，那时儿童开始使用"我"。下面是我创编的一个故事范例，以此作为实例来说明这类故事：

从前有个女孩，名字叫做米拉。米拉、妈妈和一只猫一起住在一栋大房子里。猫的名字叫帕萨姆先生。米拉每天早晨醒来都是先找帕萨姆先生，看看它在哪儿。帕萨姆先生有时候会在米拉去的地方，有时候就不在她去的那儿。此刻帕萨姆先生已经醒来，它在屋子里到处跑。米拉醒来后就直接跑进了厨房，看见妈妈和帕萨姆先生都在那儿。

米拉给帕萨姆先生端来一碗牛奶，帕萨姆先生不一会儿就把牛奶舔得干干净净。然后妈妈给米拉盛上一碗粥，米拉自己把粥也喝得干干净净。

早餐之后，米拉从篮子里拿出所有木块，开始玩搭积木游戏。米拉开始先搭建一座高塔，高塔几乎跟米拉一样高。塔自己不愿意长那么高，于是就倒了。当高塔倒塌之后，米拉就再次搭起高塔，高塔再次倒掉，这次是因为米拉想让高塔倒掉。接着米拉会给自己那个名叫谢乐尔的布娃娃搭建一座房子，旁边还要带一间车库。

接着到了购物时间。米拉和妈妈会路过街角黄色的邮局，也会路过一所学校。学校里旗杆上的旗帜在风中飘扬着，向米拉和妈妈打着招呼。到了超市，米拉会爬进一辆很大的购物车，帮妈妈整理那些瓶瓶罐罐和一包一包的货品。

她们开车回家，又路过那所学校，学校旗杆上的旗帜在风中飘扬，旗子在跟米拉和妈妈说再见，接着又经过了那间黄色的邮局。回到家，米拉的妈妈开始做午饭。米拉拿着锅碗，也开始做饭。米拉搅啊搅啊、搅啊搅啊，当她搅够了的时候，午饭就做好了。妈妈给米拉盛了一碗汤，米拉饿极了，就把汤都喝光了。然后米拉给妈妈说她想吃面包抹蜂蜜，而妈妈说蜂蜜中午总是要睡个午觉，米拉得等到下午茶的时候才能吃上蜂蜜。

妈妈洗盘子洗碗的时候，米拉给谢乐尔也盛了一碗自己做的汤。谢乐尔也饿极了，很快就把汤就喝光了。喝完汤之后，谢乐尔也想要吃面包抹蜂蜜，但是米拉告诉谢乐尔蜂蜜正在睡午觉，并告诉谢乐尔得等到下午茶的时候才能吃上蜂蜜。于是米拉和谢乐尔都去睡午觉了，睡起来之后米拉就到沙坑玩去了。当蜂蜜睡醒午觉之后，米拉和妈妈还有谢乐尔就开始喝下午茶。此时，帕萨姆先生也会走过来，它使劲闻着烤面包的味道，却不想吃蜂蜜，"我更喜欢猫粮。"帕萨姆先生说完就悄悄溜走了。米拉还有很多事情要做，于是就跟着帕萨姆先生跑到了院子里。

一下午米拉都在烤沙饼，直到听见妈妈在喊她。她发现了两块木块孤独地待在院子里，它们很不情愿自己被乱扔在院子里，感觉被遗忘了。米拉赶紧过去收起木块把它们放到篮子里，当那两块木块回到篮子的时候，篮子里所有的木块都欢呼着欢迎它们回家。米拉给帕萨姆先生拿来了它自己的食物之后，就去洗澡，然后就和妈妈一起吃晚饭。米拉又是烘焙、又是做饭、又是购物、又是搭积木、又是洗澡，因此她真是饿了，于是就把自己盘子里所有食物吃得干干净净。

接下来就到了晚上睡觉时间。米拉跟帕萨姆先生道了晚安，抱起布娃娃谢乐尔，把她小心翼翼地放到自己的被窝里。妈妈给米拉讲了一个故事，又给她唱了一首歌；然后妈妈亲了亲米拉，给米拉说了晚安。当妈妈关上米拉房间门的时候，米拉的眼睛就已经闭上，很快就睡着了。

## 思考和情感的陷阱
## The Pitfalls of Thought and Sentiment

有两个陷阱可能会伤及故事主角一天的冒险事迹。第一个陷阱就是思考，故事的主角是行动派，而不是思想家。他们站起来就直接去干，他们不会事前先深思熟虑一番，也不会事前先周密计划一番，他们跟随自己脚步的引领。儿童就是这类故事主角。要避免用沉重的思考负担去减缓他们的行动，例如：

露西在床上躺了会儿。她在想：我是要自己出门呢，还是爬到妈妈爸爸的床上去呢，还是……？

即使孩子略显沉闷笨重，也不应该在给他讲故事的过程中用故事语言加以刺激。故事不只是关于孩子自己的故事，它也是关于故事主角的故事。

另外一个陷阱就是感想良多，甚至多愁善感。真正的主角一点也不想要它。多愁善感的情绪只会让一天的冒险溺亡在错位的情感糖水中：

那真是一个美丽的早晨。乔治醒来了，他脸上露着微笑。妈妈为他准备了美味的粥、一杯他最喜欢喝的饮料，还有一杯加了蜂蜜的香甜牛奶。

慎用诸如美丽、可爱、美味等字眼，就像是烹饪高品质食物时要少放香料那样。当然不用你说早晨本身就是美丽的，父母都是自己孩子最好的父母，食物都是美味的，蜂蜜当然都是甜的。

当乔治早晨醒来时，他可以闻到妈妈为他做好的粥的味道。他从床上爬起来，刷了牙，洗了脸，然后就跑进了厨房……

这才是故事主角早晨醒来开启自己一天冒险之旅的方式。

故事创编者可以从那些优秀的儿童故事和童话故事里借鉴一些线索。它们有真正的事迹要讲，而且直接进入故事主题，不会用一些华丽文字和繁琐描述绕来绕去，它们会直接进入到每日的冒险行动中去。

接下来的故事里，玛格·韦伯斯特（Mags Webster）在杰克一天的探索故事中加入了一个泰迪熊：

今天杰克起得特别早，早得连那些原本早起的鸟儿都没有醒来；杰克以为泰迪熊是从床上跳下去的，因为他看见泰迪熊此时正躺在地板上。于是杰克就赶紧起床，抱起泰迪就走到了妈妈房间，他想让泰迪熊在妈妈房间暖和暖和。妈妈说："你为什么不把泰迪带到楼下去呢？他也许可以帮我做早餐，你去喝奶，他可以坐在你旁边陪你。"杰克本来就想那么做啊！再后来，当妈妈帮杰克穿衣服的时候，泰迪就待在旁边看着。

杰克决定出去散散步。于是杰克、妈妈和泰迪就走出家门，来到阳光灿烂的户外，沿着一条小路走了好长时间。一路上杰克朝那些自己喜欢的树打着招呼。他们回到家时，他和妈妈都饿了，泰迪也一样。正好也到了午饭时间，妈妈决定给大家炒鸡蛋。在鸡蛋被倒进平底锅之前，妈妈需要杰克帮忙搅拌鸡蛋。杰克非常勇敢，他站到凳子上开始给妈妈帮忙，他使劲搅啊搅啊；他搅拌的劲头过大过猛，以致有些鸡蛋都从碗里飞出去，恰好掉在泰迪身上。而泰迪一点也不介意。

午餐过后，就到了杰克去院子里玩的时间了。杰克和泰迪坐在杰克的小拖拉机上，当起了农夫。每个人都知道农夫干完活之后都会非常非常饿，当然身上也会很脏。当杰克和泰迪从院子里回到屋子准备吃点心的时候，他们都必须先把身上的泥巴洗干净，甚至连耳朵后边的泥也要洗干净，之后才能去吃东西。过了会，妈妈说到睡觉时间了，因为杰克整天都在忙忙碌碌，把泰迪也弄得筋疲力尽了。

于是他们就准备上床睡觉。杰克一口气爬到楼上，中间一次都没停过。他和泰迪钻进了被窝。今晚泰迪睡到了床的另一边，就是靠墙的那一边。这样泰迪一整夜都可以安安稳稳地睡觉了，即使到了天明也不会掉下床去。

若想把这类故事讲的很成功，你就需要从孩子的视角看清楚哪些是至关重要的，哪些是次要的。这样做有助于让故事主角在故事中一直保持活跃，专注地投入到自己在一天生活进程中所扮演的角色。故事总是从现实生活中有选择性地取舍——从现实生活中筛选那些有价值的部分，并从事件中提取出事件本身所包含的精神。

## 20 感官的苏醒
### Coming to the Senses

既然孩子的心魂在时间和地点上已经安然稳固下来，接下来你就可以通过故事更进一步去引导孩子。讲述故事比较安全的一个方法就是详细叙述孩子在感官世界的体验。利用故事主角来拓宽孩子的视野。如果孩子在下午爬过树，那么就请让你的故事主角也这么干，同时在讲述故事时你要有意识地让你故事的主角去观察你的孩子没有观察到的那些细节。故事主角看到的、听到的、触摸到的、闻到的、感觉到的比你自己的孩子所能看到、听到、触摸到、闻到、感觉到的要多。

也许你创编的故事的主角察觉到有只鸟正在树叶间筑巢，或者注意到了一条毛毛虫正在蠕动着蚕食一片肥大的绿叶。请你将你故事的主角能体验到的那些细节也加以描述，让你的孩子经由你的故事之眼看见世界的那些奇妙之处。用你的故事语言让那只鸟儿复活，给它起个名字，如果它是只蓝色鹩鹆，将故事主角看见鹩鹆鸟那漂亮的蓝色羽毛、敏捷的动作以及机警的眼睛时那种喜悦也描述出来。你讲述细节所费的篇幅能够让你的孩子想起他爬树时已经隐隐约约察觉到的现象，从而帮助孩子下次爬树时能够更加密切地去观察。

让你所创编的故事场景处在你孩子的视野之内，比如使用你家后院或你家附近的公园而不是利用非洲丛林做故事背景场景；如果你生活在纽约，那就要避免把袋鼠作为故事主角之一；如果你生活在澳洲，那就要避免把大象作为故事主角之一。家门口有什么就讲述什么，让故事安驻在孩子能感知到的现实之内。孩子周围的一切对孩子来说都是不平凡的，一切都是那么新鲜和有趣。如果不是这样，那就用你的故事让它们变得新鲜和有趣吧！

敬畏是儿童的一种自然状态。只有在我们"非自然"的社会，儿童的那种敬畏感才会如此轻易就遗失了或者被钝化了。故事作为疗愈之药，它能够帮助儿童恢复那种敬畏感。借助对自然的惊叹，故事成为向儿童进行环境教育的最直接途径。

赞美自然的故事让儿童与花园里蜗牛缓慢的爬行所揭示出的教育意义相遇，也让孩子与蚯蚓的工作伦理和道德相遇。赞美自然的故事也会让孩子留意到老树皮上一群蚂蚁行进时的那种双向交通规则，也会让孩子察觉到空气清新的晨间鸟儿们的歌唱。

对故事创编者而言，这也是打开长期视而不见的生活状态带给我们心魂枷锁的机会，并让我们带着好奇重新审视这个世界给我们的启示。它也让我们有机会再次度过我们的第二童年，能让我们找回我们早已遗失的那种看见方式的机遇。

在创编这类故事时，要避免解释；也不要填塞过多的知识以免重压孩子；仅仅将可以看见的加以描述即可。让事情、有生命的物体及事件自己说话，就树上、后院、池塘或去公园的路上能观察到的或可能观察到的加以详述就可以，就如南迪·陈娜所创编的如下故事：

斯普罗迪要跟阿姨去公园了。她们收拾了一个背包，里面装上帽子、水壶和几只香蕉。斯普罗迪自己背上了背包。

她们走上陡峭的小山，斯普罗迪在阿姨前面奔跑着。

跑过那片紫色的雏菊花；

跑过那片散发着甜美味道的茉莉花藤；

跑过那栋绿色屋顶的砖房子；

跑过那栋门前摆放着破旧购物车而空荡荡的公寓；

跑过公共汽车站；

一直跑到了公园里那片很大的绿草地！

斯普罗迪脱掉鞋子，开始在柔软的绿草地上奔跑，她跑了一圈又一圈；阿姨也尽情地奔跑想抓住斯普罗迪，可斯普罗迪跑得实在是太快了。

她跑到了运动场，那儿有沙坑，还有秋千、滑滑梯，还有旋转木马。斯普罗迪跑到滑滑梯跟前，她抬头看着梯子，梯子真高啊！她把脚放到梯子的第一个踏步横杆上，滑滑梯的金属踏步横杆既光滑又温暖。接着她伸出胳膊用手去抓第二个踏步横杆。阿姨在一旁看着斯普罗迪，喊道："继续上啊，斯普罗迪，你可以的！"

斯普罗迪抬起另外一只脚踩到第二个踏步横杆上，嚯，她爬上去了！轮换着用手往上爬，脚、手，脚、手轮流并用，不一会她就爬到了滑滑梯的顶上。

斯普罗迪站在滑滑梯顶上朝下看，梯子还真不短呢！阿姨在下面给斯普罗迪鼓掌加油。

斯普罗迪坐在滑滑梯的顶上，高兴得笑啊笑。然后她猛地一蹬，嘴里呼叫着"呜"，就又回到了滑滑梯的底下。

像上述这个例子那样，故事成了激发孩子观察力的激励品；当斯普罗迪下次再跑过那条路时，那片雏菊花和那些散发着清香气味的茉莉花藤就会在那儿等着她。她甚至能够注意到公共汽车站和运动场上那温暖光滑的滑滑梯横杆踏板之前，还有栋空荡荡的公寓楼，公寓楼门前还停放着一辆破旧的购物车呢。

你带入故事的图景就像种子那样，它将成长为现实。我想象着这些故事带给孩子的影响就像史前摩崖洞窟的壁画对人类的影响一样，帮助人类实现从梦幻到现实的转化。故事的功效也正在于此。故事能够在孩子面对所处环境、适应所处环境的过程中给孩子们以支持。接下来的故事范例是苏珊·斯密斯创作的，它将观察和教育结合在一起。

清晨太阳低低地挂在天空，投射出第一缕阳光；大树背着太阳的那面看起来整个还是暗黑的。安波睡醒了，她跳下床，穿上拖鞋，揉着眼睛；她发现家里其他人还都在熟睡中，她是家里唯一早早醒来的人，屋里屋外都特别安静。

安波走出自己卧室，来到厨房，从低低的挂钩上取下后门的钥匙。她将一个小板凳推到门跟前，然后爬上凳子，用钥匙打开了后门的锁，再将后门推开，晨光就照进了屋子。清早的光不像白天的光那么明亮。太阳还没有完全醒来，就像安波现在那样迷迷糊糊。此时天空呈现着橙色、黄色，还有一点点蓝色。安波从门里走出来，跨过阳台的护栏，走到草地上。她听到了什么声音，于是她抬头张望，发现高高的天空上有一大群飞鸟，鸟儿们呱呱地叫着，发出很大的声音。它们飞起来，一会飞向远处，一会又飞回房子上空。

安波穿过草地，走到鸡舍跟前。鸡舍里的鸡也是刚刚醒来正在起床。她走近篱笆，蹲下来观察。小鸡们在鸡圈里来来回回地走着，啄着地面或食槽在搜寻食物；有些小鸡正在喝水；有一只小鸡正用爪子刨着泥土，弄得鸡圈里尘土飘飞。有些鸡还待在鸡窝里，安波能听见它们叽叽喳喳地吵闹着。突然有一只小鸡跑到安波蹲着的地方。

"咯哒！你好，安波！"小鸡给安波打着招呼。

"你好！"安波也给小鸡打着招呼。

小鸡用一只眼睛仔细打量着安波，安波也看着小鸡，她能看见小鸡的眼睛；她看着小鸡身体的羽毛，看见了鸡毛有棕色也有红色。她想去拍拍那只小鸡，可是篱笆缝隙太窄，她的手伸不出去。

"咯哒！你妈妈呢？"小鸡问安波。

"她们还都在睡觉，我是家里唯一早早醒来的人。"安波说。

小鸡接着说："跟我来，我领你看点儿东西。"

安波跟着小鸡绕着篱笆转，小鸡将篱笆上的一个洞洞指给安波看。小鸡钻过洞洞朝一片长得很高的草丛走去。到了草丛那儿，安波看见草丛里藏着的一枚鸡蛋。安波蹲下去看着那枚鸡蛋，她想用手摸摸鸡蛋；于是她就问小鸡她可不可以把鸡蛋捡起来，小鸡回答说，"可以啊"。安波捡起那枚鸡蛋，鸡蛋还是热乎乎的呢。她用双手捧着鸡蛋，热乎乎的鸡蛋让她的手也暖和起来。

"鸡蛋还是热的呢！"安波说。

"是啊"小鸡说。"那是因为鸡蛋是母鸡刚下的。从母鸡肚子里出来的时候鸡蛋就是热的，因为母鸡一直用身体给鸡蛋保暖呢！"

安波停在那儿想了好一阵子。然后她伸手摸了摸小鸡身上的羽毛，刚一碰到小鸡，小鸡就跑开了。

"回来，小鸡！"小鸡不但没有回来，反而钻过那个洞洞跑回鸡圈去了，剩下安波手捧鸡蛋站在那儿，她听见有声音，于是抬头一看，发现家里厨房的灯亮了。于是她手捧鸡蛋回到厨房，高高地举起来让妈妈看，嘴里还咯咯地笑着。妈妈说："哇！"接着又说："你想不想把这个鸡蛋当早餐吃？"

此类故事是幼儿对世界的预先消化，它们继续着妈妈为早期幼儿所做的一切。凭借对世间事物的命名，故事带给孩子"世界是一个友好善良的地方"的感觉。上述故事温和轻柔地唤醒了孩子的感官，它提醒孩子注意到自然中万物外部的品质，一切生命都被温暖地包裹着；给幼儿的心灵展现出了万物所蕴含的诗意精神。

　　一旦你掌握了这类故事的巧妙技法，幼儿的想象力就会开始启动，接下来你就可以有所准备地相遇另一个故事手法——"形象同盟"，它是你将要在你的故事里讲述的新英雄。

## 21 形象伙伴
## Imaginal Allies

形象伙伴是那个协助你讲故事的英雄。对故事创编者来说，它是不可或缺的盟友，它能给予你创编故事过程中需要的信心。形象伙伴是一些隐形的玩偶，它们在你耳边悄悄地讲述着故事，正是在这个点你才可以接近它们。

形象伙伴总是愿意伸手帮助，真地就像你跟它们在一起那样。它们是由你的关注和关心构成，如若常常去关心它们，它们就会慢慢长大，并会拥有自己的生命力。若加以优良培育和适当关心，它们就会给你无限的支持。幸运的是，你给孩子讲述的故事正是这些形象伙伴的教育者，因此你不必额外加量工作。它们因你而生、跟随你并经由你成长，而有时候它却不需要你。

最重要的是形象伙伴本身就是伟大的故事讲述者。讲故事就是它们的使命，也是它们生命的唯一目的。它们别无它事可做——它们自己就是自己的故事。苦等若干年，它们期待有人能讲述它们的故事。只要你做好了准备，它们就会随时待命。它们是你想象的朋友，也是你看不见的朋友和灵魂伴侣，还是你灵感家族中的一个成员。

## 找到形象伙伴，并给它们起名字
## Finding and Naming the Ally

刚开始采用形象伙伴创编故事时，我建议你从自己孩子身上找到形象伙伴的原型。你可以先在浅水区试游，而不是直接进入深水区。一旦你可以在想象的水域轻而易举地漂浮，那你就可以随意地进入到深水区。假如你没有孩子，那你生活中一定存在着一个于你而言至关重要的孩子。假若连这样的孩子也没有，那就想象出这样一个孩子。

比较保险的一个捷径就是在你之前所创编故事的主角的基础上进行引申和细化，而且之前的故事须能真实地映射出你孩子的样子。现在你只需将以你孩子为原型的主角向前推进一步，稍稍超越原型使故事主角更加有趣，并让你的故事叙述更加大胆。保留那些与孩子需求相似的重要且要紧的故事内容，创造性并灵活处理故事里的其他内容。相似性将在孩子和故事形象伙伴之间建立起紧密关联。差异性将把故事主角从现实生活情节的束缚中释放出来，从而让故事主角能够在想象王国里自由冒险。

名字具有唤醒故事生命让故事复活的力量。就形象伙伴而言，名字就是连接点，因此要时不时地呼叫或调用给形象伙伴所起的名字，并频繁地使用这个名字从而为想象力续电。名字越长，其所传递出的本质内容就越多。一个使人印象深刻的名字能将故事里的形象伙伴稳固地植入到声音现实中，更加坚实地将之安放在想象世界里。试着想一想表哥尤斯塔斯·克拉伦斯·斯卡罗布（Eustace Clarence Scrubb）或者押头韵的名字巴斯蒂安·巴萨泽尔·巴克斯（Bastian Balthazar Bux），想想这些名字的妙处吧！

## 放松缰绳
## Loosening the Reins

两个步骤也许可以帮助故事创作者创编出自己的故事形象伙伴。可以先把对自己孩子的真实描写作为起点，然后再加入虚构部分，当然极少数情况下也可以先从虚构部分开始。让故事主角与孩子的想象力以及你作为故事创作者的能力并行成长。南迪·奇纳（Nandi Chinna）所创编的故事《斯普罗迪·格林斯密斯》（*Sproutie Greensmith*）就阐明了上述两个步骤。故事起头的叙述就是来自于现实的真实生活。

斯普罗迪·格林斯密斯长着稀疏的金黄短发，每根头发都像钉子一样在头顶竖立着。她个头不大，圆乎乎的脸蛋红润红润的；她长着一双杏仁形绿色眼睛。她没有穿鞋，跑起来特别快。她穿着绿色的背带裤。她五岁了，住在街道最里头一栋绿屋顶的房子里，房子周围长着高大的白雪松树。

第二步就是把形象伙伴的细节描述加进来。做法就是放松某些羁绊，试着去遐想。想象中的形象伙伴需要穿着合适的衣服，若要完成故事中设想的任务就需要合适的装备。想象中的主角年龄不应超过自己孩子的年龄，但形象伙伴的新特征应能明显地识别出她/他是来自想象王国。

尽可能详尽地将形象伙伴加以描述。描述得越详实，形象伙伴就越能在你以及你孩子的想象中扎下根。你的形象伙伴将经由对他自己故事的详实叙述来重新关注那些个性的细节。因而毫无疑问地讲，你所创编的故事将更加艺术化，对你的孩子来说也将更加有趣。孩子自己的想象力开始闪现的时候，就是这类故事开始产生作用的时候。

下面是南迪·奇纳（Nandi Chinna）对自己所创编的故事里的主角斯普罗迪·格林斯密斯而设想的形象伙伴进行的叙述：

斯普罗迪·格林斯密斯长着稀疏的金黄短发，每根头发都像钉子一样在头顶竖立着。她个头不大，圆乎乎的脸蛋红润红润的，她长着一双杏仁形绿色眼睛。她没有穿鞋，跑起来特别快。她穿着绿色的背带裤。她五岁了。

斯普罗迪·格林斯密斯住在城市边缘的一座房子里。后院长满了李子树和佛手瓜藤，佛手瓜藤甚至都爬到了屋顶的塔上。

斯普罗迪有一辆红色美利达牌自行车，她把自行车放在自己的卧室里。什么时候她需要到哪儿去，就会坐在自行车座上，嘴里悄声自语："美利达请带我去沙滩吧！"或者"美利达请带我去公园吧！"于是美利达就沿着街道转过街角带着斯普罗迪一溜烟就到达了目的地。

美利达的筐子里放着一束非常特别的花，每当斯普罗迪饿了的时候，她只要闻闻那些花儿，想着自己最爱吃的食物，每一朵花的花柄上就会出现香蕉、冰淇淋或者一块蜂蜜三明治面包。每天晚上临睡前，斯普罗迪都会给美利达盖上一块毯子，然后对着美利达说："晚安，美利达，明天早上见。"

幼儿早期的故事构成了幼儿想象阶梯上的一个踏步横杆，因此要毫不犹豫地重复那些细节。儿童喜欢重复，也会因与之前结识的故事相遇而喜悦，就像与老朋友再次见面一样。

## 形象伙伴的冒险
## Imaginal Adventuring

儿童的想象力是分阶段出生的。幼儿在三岁前因和妈妈的心魂过度交织在一起而不能发展出自己的想象。幻想的力量在孩子的体内活跃着，当这些力量在幼儿内在的工作完成后，它们就会逐渐释放出来投入到想象生活当中。进入到身体内的能量现在开始在想象世界中绽放。

在第一个阶段，孩子会受到他所遇到的任何事情的启发，他的想象力开始将现实中缺少的东西添加到现实中来。一根木棍可以是一棵树、一座房子或一扇门，一把椅子可以是一座城堡或者是一辆汽车、一列火车或是一辆卡车。当你将虚构的情节作为故事里的事实加入到你所创编的故事里去的时候，你的想象力就会这么做。就此来讲，你作为故事创编者创编故事的过程和孩子玩故事的过程就成了并行的过程。你所创编的故事能够增强你的想象力，也能够增强孩子的想象力，双方都会因为各自的陪伴而变得强大起来。

刚开始时，要让你故事主角的形象伙伴带头冒险去经历你孩子一天生活中最精彩的那一部分。让他不经意间偶然往前迈一步去冒险做一些事情。比如你孩子爬树只往上爬了一小截，那在故事中就让故事形象伙伴消失在最顶端的树叶里。非常有可能的是：你将把成人用成人感知带走的那部分还给孩子。试着采用一下前几章介绍过的那些技巧，就像埃里克·邦萨尔（Erica Bonsall）在下面故事中所采用的技巧一样：

窗外白鹈鸪的叫声唤醒了熟睡中的西罗·布兰尼根。"喳—喳—喳，喳—喳—喳，"白鹈鸪的声音听起来有些愤怒而混杂。西罗赤脚从床上跳下来，光脚直接塞进靴子就跑到了门外。靴子内衬扎着西罗的脚，把他的脚弄得痒痒的，但西罗一点都没在意。他跑到院子里那棵高高的桉树跟前，白色的桉树皮上长着一些深棕色的斑点。脚下是干透了的桉树叶子。西罗的靴子踩在上面发出嘎吱嘎吱的声响。他抬头向上一望，看见了那只白鹈鸽，它正坐在杯子形状的泥巴小窝里做出架势，准备扑向同一根树枝上冷冷坐着的那只茶色蟆口鸱。它的尾巴狂怒地摇摆着，翅膀也在不停地扇动着。

泥巴鸟窝里传来了微弱的叫声，西罗知道自己看不到的那只小鸟仍然还在窝里。西罗毫不犹豫地穿过草地，踩着满地的干树叶跑到棚子底下，费力地把那架老旧的木梯子拖到了桉树底下，开始向上爬去。那只白鹈鸽正处于恼怒之中并没有注意到西罗，而那只茶色蟆口鸱依然冷静地坐在那里，看着鸟窝和里面的小鸟，耐心地等待着，注视着。

西罗爬到梯子顶端，然后把身体探出去，试着让自己保持平衡稳定。他的动作引起了茶色蟆口鸱的注意，茶色蟆口鸱转头看着西罗，西罗屏住呼吸使出浑身力气挥动着胳膊，体型硕大的茶色蟆口鸱貌似不经意地耸了耸肩，然后扇动着翅膀飞走了。白鹈鸽妈妈飞到西罗的胳膊上，显得特别放松，说了声"谢谢你"，然后就飞回鸟窝，飞到那些小鸟身边，忙乎着和鸟宝宝说话，安慰着它们。西罗把梯子搬回到棚子底下，回到屋子吃早饭去了。

一旦你能非常舒服地把那些实际没有发生但有可能发生的事情写进你的故事，那你就可以做下一步练习了。你的想象力已做好了准备，孩子的想象力也做好了准备。

允许你故事的主角比你的孩子走得更远些。这么说并不是要你赶着孩子去冒险地经历他尚未做好准备去面对的事情，也不是要赶着你去讲述你自己尚未准备好的故事，你需要慢慢地前进。孩子在试探着他自己的边界，你就跟随孩子的样子吧！刚开始时，孩子们会非常谨慎，他们会先前进一步，但马上就又折返回来。

对待你故事里的形象伙伴和想象力，你也要一样谨慎。去观察一下玩耍中的孩子，将玩耍过程中孩子想象力所显现的那些线索加以详细描述。在下面的故事里，苏珊·斯密斯将儿童玩耍和想象力的相互交织做了非常精致的描述：

安波和乔治走过又高又黄的草地，走到棚子后面去玩，那儿有一辆破旧的汽车。旧汽车没有门也没有窗，座位上落满灰尘，汽车里布满了蜘蛛网。

"想不想开车兜兜风去？"安波说。"好啊！"乔治说，于是他们就跳进汽车。当他们弹掉车里那些陈年蜘蛛网后，就在棕色的汽车座位上坐了下来。

安波开始扭动汽车的方向盘，但是她看不见朝哪个方向开，于是她就起身站在座椅上，乔治也跟着起身站在座椅上。

"发动汽车，"乔治说。

"好嘞，"安波说。她像模像样地转动车钥匙，听见汽车发动机启动的声音。

"出发咯！"安波说，于是他们就出发了。

他们开着车路经那只名叫布鲁伊的老狗。它还在自己的狗窝里睡觉着呢。

他们开着汽车绕着棚子转，经过了那辆拖拉机以及一堆工具。接着他们的汽车又从剪羊毛的棚子开过去，棚子里空荡荡的，但安波和乔治仍然可以闻到那曾经有过的羊毛味道。

他们看见了路边的羊群。

安波说她能看见前方道路中间有一个水坑。当他们开车到了跟前的时候，水坑却消失了。乔治说那叫做海市蜃楼，而安波还再想那些水都跑到哪儿去了。

他们开着车跑啊跑啊，安波手扶方向盘转来转去，她看着汽车，发现油漆脱掉的地方都变成了棕色，她系上安全带，乔治玩着收音机。安波开始唱起歌来"拍拍手吧，拍拍手，如果你感到你想要……哦……哦……哦。"他们真地一起拍起了手。

那天他们开着车一起跑了好远。

他们开着车跑啊跑啊。他们开着车进了城，买了东西，乔治还去寻人询问狗的事情。

然后他们跳进车里，开着车又回到了农场。他们让方向盘转起来，然后他们自己跳上汽车座椅。他们看到了羊群和奶牛，他们向擦身而过的汽车里的人们招手问候。他们变成了前车驱动，经过了水库大坝、经过了剪羊毛的大棚子、经过了还在窝里睡觉的那条名叫布鲁伊的狗、经过了拖拉机和那些工具，没过多久他们就回到棚子后面那片又高又黄的草地。

他们把车停了下来，安波熄了火拔出车钥匙。接着他们就回家去了。

这种故事形式可以很好地把你当下所处的周围环境用于幽默事件、充满兴奋之情的冒险活动以及较为复杂的故事的背景场景。

顺便说一句，好的幽默总是合适的，它能够激发故事讲述者，同时也能促进故事本身的演进。如何从治疗的角度应用幽默将是后面一章的主题，但你不必等待，你现在就可以在你所讲述的故事中最大限度地应用它。幽默是真正的灵丹妙药，也是故事治疗方案中不可或缺的配方之一。

## 水上漫步
## Walking on Water

现实是我们脚下最坚实的基础，它持续地向我们提供着支持。想象的世界则稍欠具体，它缺乏准确的定义，也缺乏清晰的轮廓，而且从来都不那么稳固，总是处在不停地变化当中。它非常鲜活，除了我们自己赋予它的那些限制之外再无禁锢。在想象世界中万事皆有可能，没有什么事情是我们不能触及的。

构想出的形象伙伴具备能量，同时也是它的弱点。因此我们必须谨慎地进入到这个世界。我们讲述的故事必须能够安全地帮助我们进入到想象王国里去；也需要能够帮助我们找到穿越由各种可能性构成的迷宫，穿过想象王国里如画的风景地；它能够帮助我们"水上漫步"。

我们已经开始甩掉那些羁绊，从而能够允许想象出的形象伙伴超越现实世界的法则。刚开始时，你得先想好你到底想让你的形象伙伴做出多大程度的冒险，尽管这样预先考虑对故事创编来说有好处，但是请不要将此看作是僵化的限制，也不要事先细致地做出计划。把它看作是一个建议，在故事发展过程中注意观察，看看你的主角到底能达成多少。你可以后退一点坐下来，观看你故事主角的形象伙伴的演出。只是去观察，然后将你所看到的加以描述就好。

如果你是新手，做到上述这些是需要信任的；需要对你的形象伙伴有信念，就像在水上漫步时需要信念一样；也需要多加练习。也许你会发现信念只能支撑你很短时间，然后就会沉入到毫无情节可讲的绝望之中，对故事该向何处发展一筹莫展。之所以常常发生这种情况，是因为你意识到了你自己；你没有处在当下，没有意识到你在和你的形象伙伴在一起。在那些犹豫或迟疑的时刻，你失去了对形象伙伴的信任，这时你开始往下沉，就会感到绝望。作为新手刚开始时会发生这种状况，因此建议刚开始学习创编故事的新手浅尝辄试即可。如果仍然感到过于胆怯、畏缩不前的话，那就从小小的水坑开始，先加入最小量的想象成分，然后用大部分现实发生的事情来支撑这一小部分想象的成分，就这样先开始。

你也可以从前几章描述过的那些技能中获取支持。利用命名所带来的力量，将故事置身于当地现实之中，详述细节，将故事时间设定成过去，经由感官去经历故事旅程从而获得一种动力。如果你仍然觉得自己缺乏故事素材，那就请记住动画世界所呈现的那种丰富性。

下面是珍·哈德森创作的一则故事，故事讲到一条美人鱼，看看能否帮助你激发出敢于探索的冒险精神。

路仙达·珍妮躺在父亲渔船的船头，凝视着蔚蓝色的海水。海面如镜子般平滑。大海如此平静，这让躺在船头的路仙达昏昏欲睡。透过沉沉的眼皮，她看到船底下海水里有一只美人鱼。她带着一串珍珠贝壳项链，金黄色的头发披在她肩上。

路仙达从船头溜进水里，握住美人鱼伸出的手。借助一道光束她们一起潜入海水深处，旁边有海豚游来游去。海神花园里粉色紫色的珊瑚闪闪发光；在漂浮摆动的海草下面，她们发现了一只藏宝箱，里面装满了珍贵的宝石。美人鱼将一颗小小的珍珠放到路仙达手里，路仙达把珍珠装到了自己背带牛仔裤前的口袋里。银鱼给路仙达和美人鱼领路将她们送到了船上。

路仙达·珍妮睁开眼睛，她还是躺在船头——衣服仍然是干的。她向海水深处看了看，给美人鱼挥挥手，说再见。

"你睡得好吗？"她爸爸问。

"事实上，我刚才在跟一条美人鱼一起游泳。"

她把手伸进裤子口袋，握住那颗小小的珍珠，珍珠在她手里暖暖的。

## 调用和留白
**Invocation and Silence**

从现实到想象之间的跨越非常具有挑战性。如果你感到在想象的海洋上漫步是很艰难的事情的话，那你还可以借助调用来帮助你进行故事创作。

调用对故事创编所产生的影响效果就像名字对主角所产生的影响效果一样。调用可以让故事呈现出来，也能将故事带入到故事现实里面去。调用如"从前……"或"古时候，人们许愿后就能得到帮助……"永远都不失为将我们带入到故事发生地点和发生时间的法宝，它们是进入想象世界的敲门砖，就像大幕拉开之前的序曲为演出设定了气氛那样，这样的调用为我们进入到故事现实中去拉开了帷幕。

调用有助于将故事的基调定在过去某个时候。经由调用，你所创编的故事就获得了跟历史上颇受尊敬的那些故事一样的权威感，也获得了跟那些故事同样的远古分量。对故事来说仅仅使用"曾经"这个词，就会像古代称呼骑士为"阁下"一样让人对故事产生出敬意；"从前"就像是将新生的故事婴儿的身份认定为时间长河源头那里一个故事贵族家族的后裔那样让人有感觉。你创编的故事乍一出生，你就以武士的荣耀对待它。

对故事创编者来说，调用是故事创编者个人使用的咒符，也是成功将故事提炼出来的一种炼金术，更是后续故事展开的催化剂。

如果手头能有很多此类格式的故事，对故事创作者来说会很有帮助；也许在你所有的故事开头都喜欢用同一个调用，也许你想试验针对不同的故事使用不同的调用。

另外一个策略就是仪式化的留白不语。留白是现场创编故事不可缺少的部分。对任何作者来说，留白都是伟大的礼物，留白也是故事医师的听诊器，是让故事创编者跟自己的故事步调一致的仪器工具。

我在这里说到留白沉默，并不是说要故事创编者完全不出声，而是要积极地关注当下，专注地聆听内在空间的声音。正是专注的聆听才能让故事一点点逐渐显露出来。尽可能对留白带来的沉默效果加以使用，任何时候若出现缺乏故事情节，沉默都可以救场。若臣服于它，它能给予你最急需的帮助：你正在创编的故事下一步的进程、你的故事主角需要做出的转折，以及你的故事期望的结局。沉默可以向你传递出一切，如果它未能做到，那也许是因为你中途忘记了什么。下一章可以帮你找到它。

## 22

# 四种元素

## A Lesson in the Elements

儿童深深地生活在他们的想象王国里。经由想象他们将现实中缺少的东西添加进现实，他们看到的比实际存在的要多得多，他们的想象既好玩又鲜活，就像儿童自己本身一样。

童年时期的想象不只是瞎想和幻想。想象是儿童洞察那些隐形伙伴的手段，只有儿童才能看见这些隐形的伙伴。对儿童来说，这些隐形伙伴就像家里人一样真实。经由童年语言，儿童和那些隐形的朋友对话交流；童年语言包含着儿童的天真无邪以及儿童对外在的惊叹，它拓宽了儿童的意识，使之超越了成人世界的局限。

儿童心魂的这种状态允许儿童与元素世界去相遇：地精、小矮人、巨人、侏儒、仙女、精灵、树人、井人、水妖和河神、风精灵以及闪电巨人，这些来自元素世界的存在都居住在儿童的童年王国里。它们不是纯粹的幻想和瞎想，它们是全世界儿童普遍的体验。距今年代不远的欧洲民间传说及寓言故事里，它们是事实存在的。对中世纪的那些炼金师而言，元素存在是现实的真实存在，就像化学元素表对当代化学家而言是真实存在一样。许多部落社会仍然可以非常敏锐而清晰地意识到这些实存，并且通过精心细致的仪式与这些元素存在建立起连接。在大自然成为我们今天所知的抽象物之前，这些元素存在就归属于大自然，它们是人类智性时代到来之前大自然核心的组成部分之一。

## 元素实存的世界
## The World of Elemental Beings

面对人类的抽象理智，元素实存隐藏在看似道貌岸然的世界的外形轮廓之后，世界伪装的外形也是大自然伪装的外表。它们在民间故事和神话故事里将自己保存延续了下来，或者在那些想象力仍然活跃着的伟大诗人的记忆力里保存延续着它们自己。你可以在莎士比亚（Shakespeare）的作品《仲夏夜之梦》（*A Midsummer Night's Dream*）和《暴风雨》（*The Tempset*）里找到它们；在歌德（Goethe）的作品《浮士德》（*Faust*）中也可以找到它们。这些元素实存既以北欧神话的面孔出现，也以希腊神话的面容出现。它们是威廉·布莱克诗歌里的常客，也在易普生（Ibsen）创编的《佩尔·金特》（*Peer Gynt*）里惹出无尽麻烦。童话故事这一名词就是来源于这些元素实存的出现。对儿童而言，元素实存是包罗万象的大自然里不可分割的重要组成部分。

对故事创编者来说，元素实存实在是个伟大的礼物。元素实存极大地丰富了孩子们的故事宝库，并在故事宝库那熟悉的想象现实里遨游；你若邀请它们进入到你创编的故事现实里，它们很可能就会来。元素实存们也很喜欢故事——故事是它们仅存的几个庇护所之一，能够进入到成人生命中对元素实存们来说常常具有重要意义。它们总是热切地想和故事主角在一起，一路上给故事主角提供着帮助。

它们不仅能帮上故事主角，也给故事讲述者带来了礼物，并将自己藏匿在人们预料不到的地方：时间的角落以及心魂的缝隙间。你也许不会立刻找到它们，甚至你都不会知道它们就藏在那儿，存在在那儿这一事实。但是当你讲述下一个故事或紧接着讲述故事的时候，你也许就会和它们不期而遇。你也许都不会意识到你所编的故事为什么在那个地方出现如此有意思的转折，也不知道为什么这次讲故事比平常讲故事要容易很多，更不理解为什么故事以如此出彩的方式收尾了。你也许还在纳闷这些故事是从哪儿来的，也会为你突然浮现出的故事创编才能感到惊讶。

不管你是否愿意引入它们，也不管你想在多大程度上将仙女和精灵引入到你创编的故事里，有一点非常重要，那就是至少要承认它们曾出现在故事现实里。忽略它们的存在是个严重的错误。作为故事创编者，如果我们不能够拜访它们请求它们进入到故事里的话，那我们就失去了想象力发展过程中一个关键的阶段，也会失去这个阶段所能给予我们的全部帮助以及创作方向。

## 生命之水
## The Water of Life

德国童话故事《生命之水》的开场部分以想象的方式将一堂关于元素实存的课程呈现给了我们。

从前有一个国王，他病得很厉害，谁都不相信他能扛过这场病活下来。他有三个儿子，都因国王的病而悲哀，他们走到王宫花园里去哭。一个老年人在花园遇到他们，问他们为什么如此悲哀。他们告诉他，父亲得了重病，或许要死，因为没有任何办法能治好他的病。老人说："我知道一个药方，那就是活命的水。如果他喝了，他的身体就能恢复健康。但是水很难找。"大儿子说："我要想办法找到它。"于是他来到生病的国王跟前，请求国王准许他出宫去找活命的水，因为只有那种水才可以治好他的病。国王说："不要去，那太危险了。我宁愿死掉。"

但是王子恳求了很长时间，国王不得已就同意了。他心里想："如果我找到活命的水把他带给父王，我就会成为父王最爱的人，也就可以继承王位了。"

于是他就动身，骑马行了一些时候，遇见一个矮子站在路上喊住他说："你要去哪儿啊，走这么快？"王子非常骄傲地说："蠢矮子，跟你无关，你不用知道。"说着就骑马又走了。矮子生气了，念了一个恶毒的咒语。不久王子走到一个山峡里，他越往前骑，山峡就变得越窄，直到最后道路变得如此狭窄以至于他一步都不能前进。即使他要调转马头或从马鞍上下来都不可能，他只好骑在马上像被困在牢狱一样。生病的国王等了很久，可他仍难以返回王宫。

于是二儿子说："父亲，让我去找活命的水吧。"他自己心里还在想着："如果我的哥哥死了，那王国就归我了。"起初国王并不允许他出去，最后还是同意了。于是王子就出发了，沿着他哥哥曾走过的那条路前进，路上他也遇到了一个矮子；矮子拦住他，问他走得这么快是要去哪里，王子说："小矮子，跟你无关，你不用知道。"他再也没看小矮子一眼，就骑马走了。矮子诅咒了他，于是他跟哥哥一样，也走到了一个山峡里面，不能前进，也不能后退，傲慢自大的人也该有这样的后果。

二儿子没能如期归来，小儿子也恳求父亲请允许他去找活命的水，最后国王也不得不答应他出去找水。他遇到了矮子，矮子问他走得这么匆忙是要到哪里去呢。小王子停下马来，给矮子说："我要去找活命的水，因为我的父亲病得快要死了。"

"你知道要到哪儿才能找到活命的水吗？"

"不知道,"小王子说。

"因为你很有礼貌,不像你两个哥哥那么坏,也不显得那么傲慢。我来告诉你去哪儿能得到活命的水。那水是从一个魔宫的院子里的水井里涌出来的。如果我不给你一根铁棍子和两个小椭圆面包,你就进不去。你用这根棍子把宫殿的铁门敲三下,门就开了。门里面躺着两只狮子,张着大嘴。如果你给它们每个丢块面包到嘴里,它们就安静了;然后你就赶快去取一些活命的水,要在十二点之前出来,要不然,大门又要关上了,你就会被困在里面再也出不来了。"

小王子谢了矮子,拿着棍子和面包起身出发了。他到了那里,一切都跟矮子说的一样。

……

故事创编者很容易发现自己迷失于狭小的沟壑当中;如故事的主角一样,创作者也会迷失于半道而不知所措,冒险之旅似乎要夭折,也许会弄丢了探险路线图,无法找到故事前行的方向。

正如那两位傲慢自大的兄弟弄掉了什么一样,故事创编者在创作之路上也许弄丢了点什么。目光只盯在王国的继承上,根本就不把路边那位小人物放在眼里,认为他毫不重要因而不值得去关注,从而触发了路边小人物的愤怒,导致两兄弟的故事尚未开始就已经宣告结束。

正是路边的小矮人给最年幼的王子指明了他此行冒险之路的前进方向;还将故事的后续情节教给了他,给他明示了出入城堡的路线,也将完成找到生命之水这一探索使命所需要的那些工具给了他。

如果你关心他,在他身边稍作停留,向他表达你应有的敬意,让他成为你计划的一部分,他就一定能帮助到你。也许可以这么说:请让他走进你的故事。

# 吸引小仙子
# Attracting Fairy Folk

正如《生命之水》一样，好故事不容易得到。跟你创作故事的过程中需要帮助一样，童话故事里寻找生命之水的主角也需要一切能得到的帮助。多跟此类故事相处，邀请它们提供来自元素实存的一切帮助和启迪。

吸引小仙子的最好办法就是主动邀请他们；发出邀请的最好办法就是将他们带入你的思维意识；将他们带入思维意识的最好途径就是重寻你自己的童年时光，重寻你生命里最纯真的那些部分，重寻你心魂王国里最年幼的那些孩子——他们不会忽视路边等待着给他们提供帮助的小仙子。

如果你对小仙子毫无记忆，那就编造一个小仙子。很有可能，你对小仙子的那些记忆要么是被深埋着，要么就是你的理性抹杀或清除了它们。发挥你的想象力，重新唤醒那些你早已忘记的部分。这项预备性练习将帮助你和这些元素实存重新建立起友好关系，将你心魂的图层与它们类似的记忆连接起来。下面的故事是安妮·维尔纳创编的，它讲述了作者童年时代在英格兰与其中一个元素存在真实相遇的记忆。

我从后门沿着水泥台阶走了下去。

当我走到那个郁郁葱葱长满大树的峡谷时，就停了下来。

我准确地知道我是在哪儿看见他的。就在那儿，就在那条小路左侧，坐在一块白色大石头上的就是一个小矮人。他长得就像图画中的那样，穿着一件亮绿色的夹克上衣，带着一顶深红色的帽子，棕色的长裤子，脚上穿着一双闪亮的黑靴子（也许是棕色的）。

他双腿交叉坐在那儿，膝盖弯曲，上身就坐在弯曲的腿上，长着白色的长胡子。我断定他绝对就是个矮人精灵。

他坐在那儿一言不发,也没有特意看我一眼。他就坐在那儿,就在那条小峡谷里,一块白色的大石头上,四周环绕着各种各样的植物。

我赶紧跑回家去叫妈妈过来看。当我和妈妈再次回来的时候他已经不在那儿了。

当你和小仙子们已经建立起了连接,接下来就可以邀请他们进入到你的故事里来了。让你故事的主角跟小仙子们不期而遇吧!你会发觉这些小仙子总是非常乐于提供帮助,而且他们的帮助总是信手拈来。精灵们进入到你的故事,他们可以随时修补故事,同样地他们也随时能够修补破碎的心,还能修补停摆的卡车,就像凯恩·罗森创编的下列故事一样:

从前有个男孩名叫亚历山大·爱德华·蒙哥马利。他有许多木制的卡车、拖车、机车和小汽车。他最喜爱的是一辆红色的大型卡车,他给这辆卡车起了个名字,叫"动它"。他总是跟"动它"玩,以至于有一天卡车"动它"的黑色大轮胎松动了,掉下来滚了出去,固定轮胎的木质支柱也断裂成了碎片。"动它"撞到了墙上,噼里啪啦地散了架。亚历山大·爱德华·蒙哥马利悲痛欲绝,他哭啊哭啊哭啊,他妈妈一遍又一遍地安慰他。他妈妈给他说他会得到一辆新卡车;可是妈妈越安慰亚历山大,亚历山大就哭得越厉害,因为他只想要"动它"。

那天夜里他抱着散了架的红色大卡车、黑色轮胎以及零件碎片,将它们放到了自己的床尾。第二天早晨,卡车的那些零散部件仍然原模原样地待在那儿。就这样,他把那些零散部件放到了晚上,又放到了第二天早上;又放到了晚上,又放到了第二天早上,就这样连续放了七天七夜。

到了第七天夜里,当亚历山大·爱德华·蒙哥马利睡熟之后,一个小精灵从窗户透风的缝隙摸索着走进了他的房间。小精灵远远就听到过亚历山大·爱德华·蒙哥马利伤心的痛哭声，而找到亚历山大·爱德华·蒙哥马利到底住在哪儿却费了小精灵整整七天七夜的时间。

"啊！"当看见摆放在床尾的"动它"的那些零散部件时，他说"我正好带着这些东西呢！"

他取出精灵们特有的粉末粘结剂，将"动它"又完美地粘合在了一起，清理了卡车上面的灰尘，之后他又悄悄地溜走了，消失在夜里，只在卡车"动它"上面留下了少许像果酱一样黏糊糊的脚印。你知道小精灵们喜欢黏糊糊的果酱。

到了早晨，当亚历山大·爱德华·蒙哥马利睡醒睁开眼睛的时候，他简直不敢相信"动它"又完好无损地待在那儿。"谁干的？怎么可能呢？"他兴奋地大声喊叫着。他妈妈听到后赶紧跑过来一看，也变得兴奋起来——再仔细查看时，他们看到了红色卡车上面留下的脚印。

你可以在故事中直接利用那些传统元素存在，也可以自己虚构一个元素存在。他们在不同地域的故事中都占有一席之地。你也许会发现怪兽巨人更多地出现在挪威峡湾地带中那些陡峭的山坡上；小仙女偏爱大雾弥漫的英伦岛；小矮人更喜欢阿尔卑斯山脉里那些露出地面的岩层。地域非常要紧，即使在澳大利亚的墨尔本当小妖精听到爱尔兰口音时也会跳出来的。在这种情境下，这些元素精灵就是内在地理意识的一部分，也是承载在你心魂里的风景的一部分，这些风景就像精神遗传基因一样深入在你心魂里。

能够给这些元素存在找到新名字也是不错的办法，那些沿袭下来的古老名字也许容易让人产生它们是陈词滥调的感觉，它们也许跟你的生活环境不匹配，北欧的小矮人出现在澳洲丛林里就显得格格不入。让你居住地的景物来激发你、启迪你做出适合原产地的最合适回应,给这些古老的主题找到新名字和新形态。仔细聆听某个合适名字向你发出的召唤,就像苏珊娜·斯密斯在故事里所描述的那样,你也许能听到新名字在风中窃窃耳语,向你传递着声音。

安波醒来了,她仍然能听到鼓声和歌声。她原以为那只是个梦呢,可是她真得能听见他们的呼唤声。屋外漆黑一片,安波走到窗户跟前,向外张望着。她看见满天繁星,以及那轮皎洁的月亮,它就像刻在天上的一个圆孔,放射着光明。

安波迅速挪动起身体。她蹑手蹑脚偷偷地溜出自己的房间,从猫出入的洞口爬了过去。室外的微风吹拂着她光光的胳膊。她听见风穿过树叶发出的嘎啦嘎啦声。

"一切都醒着!"安波心想着,就在这一刻,她听到了咯咯的笑声。她抬头望着夜空,突然看见有一些孩子在风中飞舞。那景象看起来就像是黑暗穿透了他们。

安波震惊极了,她用手揉了揉了双眼想再次看看。当她睁开眼睛的时候,两个风孩子正站在安波身旁的阳台上。他们咯咯地笑着,睁着大大的而友好的双眼看着安波。"你愿意过来跟我们一起玩吗?"两个风孩子说,"过一会儿我们要在大坝那儿会合,因为今天夜里我们要共同掀起一场大型沙尘暴。"

安波感到非常吃惊。在她的头脑里她似乎已看见了沙尘暴的图景。沙尘暴整个白天都肆虐地刮着,裹起沙尘盘旋着刮向远方。

风孩子又咯咯地笑了起来,带着乞求的口吻恳请安波"请你过来吧!真得太好玩了,天亮时我们就回来啦!"

安波在黑暗中向外张望,她看见高高的草在微风中摇摆,也听见了树在窃窃私语,它们似乎都在召唤着安波。她感受到温暖而轻柔的微风吹在她脸上,她又看见了那几个风孩子在空中飞舞,他们显得那么幸福欢快。安波很想加入到他们空中舞蹈的行列里去。

"好吧!"安波说,"我也真地很想跟你们一起玩。"说完,只见风孩子牵起安波的手,疾速穿越黑暗升高进入空中。要看的景色实在是太多了,可时间过得实在是太快,当风孩子把安波再次护送下来送到大坝一侧的时候,安波感到如此地快乐。

站在大坝那儿,安波可以看清楚巨大的敲鼓声是从哪儿传来的了。袋鼠和小袋鼠按照某种节奏在大地上重重地踩着它们的蹄子。她看着大坝岸边,鳌虾们聚集在那儿和着节拍用鳌拍打出噼啪噼啪的声响。

万物皆有生命,此刻正是生机勃勃的时候!

借着这些元素精灵的帮助,人类的想象力所能达成的程度远比水上漫步要多得多——它可以欢快地飞翔!

还有另外一组隐形的朋友和帮助者,它们跟元素精灵紧密相关,同时又不完全类似,那就是内在故事讲述者。

## 内在故事讲述者
**Inner Storytellers**

内在故事讲述者能够带来非常有力量的灵感和启发。我是在南希·美伦所著的《给孩子讲故事》一书里与这些颇具能量的伙伴相识的。

若要找到属于你的那个内在故事讲述者,你只需想象一个你特别想听到他讲故事的那个人,也许就是你小时候特别渴望听他讲故事的那个人。我们的想象中都携带着这么一个故事讲述者的形象:她也许就是坐在火炉前的那位澳洲土著老妇人；或者是纽约的那位出租车司机；也许是抽着烟斗的那个老水手在纺着纱线；或者就是中国的某个圣贤。你会发觉你的想象中有许多特立独行的人。他们渴望将自己的故事讲述给你，他们随时乐意听从你的召唤，也很容易跟你交上朋友。

爱尔兰人是一个擅长讲故事的民族。下面的故事里，凯瑟琳·希滋（Kathleen Shiels）就请出了她的爱尔兰先祖来讲述故事。

凯特·哈琳安从里面迈步出来走到狭窄的鹅卵石小巷。路上她一直紧紧地拽着自己的披肩。巷子里刮着大风，她大踏步走向美格·奥·肖妮家的窗户，路上可以时断时续地听到隔壁酒馆里传出来的小提琴声。

天上飘着毛毛细雨，亲吻着她的脸颊。她步履轻盈地走在巷子里，显得非常优雅。非常确信的是，凯特和美格今天将听小矮人的故事、陡峭的海边悬崖故事，以及神秘的土堆和人的故事来度过晚上的美好时光。

晚上坐在火炉边饶有兴趣地交换故事是多么开心多么美好的一件事情啊！这些故事用极其古老和深刻的文字包裹着，又是那么新鲜和新颖……

一旦你召唤它们让它们关注到细节，它们就会随时向你讲故事，而且讲出来的故事往往都是你需要听到的故事。就这个方面来说，小仙子就会有很大帮助。它们喜欢给我们讲的故事会领我们走上一段新旅程；这段旅程只有它们才能引路做向导。如果可能就找到它们，让它们提供帮助。如果你能够像珍妮特·布拉格寻找她的小绿人那样持之以恒地长期寻找的话，你就能找到他们。

寻找一串落叶的踪迹、一串泥迹，以及它刚刚休息时待过的那处平坦光滑的洞穴。第一眼看去你看不见人影，但是你知道它就在那儿。你坐下来，让自己平静下来，然后睁大眼睛环顾四周。你的眼睛能感受到有微风吹过。

哎呀！他就在那儿！你是多么地想念他啊？小绿人在一棵大树底下盘腿坐着，他就像任何一位老爷爷那样显得那么年长，眼睛尽管被遮住了但依然明亮有神，微笑的脸上布满了皱纹，脸上发出暗绿的微光。一根精雕细刻的木棍斜靠在他身边，两条雕刻的蛇缠绕在木棍顶端，他手里拿着一顶绿色的羊毛毡帽子在旋转着。

此时唯有一句话是你想说的，于是你就说了出来："给我讲个故事吧！"

"这就开始了？"他大笑了一声，此时一片叶子从他嘴里落下来，绿色的舌头闪烁着光芒。你会发现他非常幽默，也很容易看见他很严肃。当讲完结局悲惨或极度伤心的故事后他的神情会显得有些肃穆。

"我给你讲个关于艾菲哥尼亚·派的故事吧！她是一个深得我心的女孩。"他说："一个你会在深夜呼唤她带着她一起去乘魔毯飞行的女孩。"

下面就是那个故事，就是小绿人讲的那个故事：

离这儿不远的镇上的某个地方，有一条街道跟你家所在的街道几乎一模一样，但又不完全一样。街上有一栋房子，房子里爱菲哥尼亚公主正在睡觉。有天夜里我乘着魔毯飞越大海、飞过沙丘，飞到了星罗棋布地耸立着很多房子的低矮山丘上。山丘离公主睡觉的那栋房子不远，我身体斜向一侧，让魔毯在城镇上空环绕盘旋，然后突然螺旋式下降，这时我看到了那栋房子后院的大树以及红色的铁皮屋顶。整个院子非常安静，尽管有月亮，院子却依然很黑。

我把魔毯降落在后院高高而冰冷的草地上，当一只猫看到我的时候，就被吓得突然逃窜走了，猫跑走时还用装满着惊恐的眼神回头看了一眼。别担心，猫会回来的，猫喜欢弄明白这儿到底发生了什么新奇的事情。

我沿着花园里的小路悄悄走到了后门,伸手去握门把手;很幸运门没有上锁。嘎—吱—,现在我沿着楼梯向上走到了第三道门,门是开着的。我站在门口,看见房间里有一张床,床就摆放在敞开的窗户下,窗帘在清风中如波浪般飘动翻滚。公主就在那儿,熟睡中仍然自言自语,她一定是在做梦。

我走过去俯下身把我的头靠在她的头上,悄悄地对她说:"爱菲哥尼亚,醒一醒。醒来吧,艾菲公主,我给你带来了大大的惊喜。"她揉了揉眼睛,睡眼惺忪,慢慢睁开了眼睛。"呀!是你啊!"公主说,然后在她那黝黑端正的眉毛上皱起一个大大的问号。

"嘘!跟我来。"

于是爱菲哥尼亚公主穿着粉色的睡袍从床上溜了出来,蹑手蹑脚地跟着我走下楼梯,走出了后门。黑暗中我牵着她的手,走到了静静躺卧在草丛里的魔毯前。她双眼圆睁,脸上露出微笑。我坐了下来,轻轻拍了拍我身边的魔毯。"上来吧,我们出发!"

我们要起飞了,她紧紧地抱着我,上升,上升,越过了房顶。她向下看了看,斜了斜身体,然后用手指着靠在后门台阶旁的自行车,看见自行车在月光下闪闪发光。猫透过篱笆探着头。之后我们就飞越小山丘、飞过沙丘、越过大海。风呼啸着吹在我们脸上,我们长长的头发飘动在我们的身后。

## 23

# 隐喻的魔力
## The Alchemy of Metaphor

### 隐喻的种子
### The Seed Metaphor

形象伙伴以及内在故事讲述者就是隐喻的种子或称为种子隐喻。种子隐喻就是一幅内涵丰富的图画，像其他种子一样，隐喻的种子也可以成长为一个结满故事果实的参天大树。

C. S. 刘易斯（C. S. Lewis）创作的《纳尼亚传奇》（*Chronicles of Narnia*）就是以如下种子隐喻开始的：手捧雨伞的农牧神的图景。这幅图景在刘易斯的脑海里持续地鲜活了很多年。他把这幅图景深深地种植在自己心魂那片肥沃的土壤中，并不断地用自己的想象之水灌溉它。最终这幅图景经过长期的酝酿而发芽，成长为《狮子、女巫和衣柜》（*The Lion, the Witch and the Wardrobe*）的故事。然后由此再分化出其它六本故事书，其中就包括《纳尼亚传奇》。

你的故事伙伴就是你跟鲜活而独立的隐喻的初相识。是她向你打开了一扇门，将你带入想象的王国。想象本身就是彻底的隐喻，她是由图景构成而非由概念构成的、由过程构成而非由结果构成的。

就隐喻的定义而言，隐喻是"一种修辞手法，为了提示或揭示出某种相似性，某个词语被用来表示某个事情；而这种应用从字面上来看并不合适。"如果有人正经受着某事引起的精神崩溃，我们把这种精神状态称为毁灭，这样的表达就是隐喻。我们也可以称之为摧毁。两种表达都是隐喻，但是指向却是不同的方向。毁灭隐含着一个跨越较长时间的过程，慢慢地土崩瓦解；而摧毁也许可能是一场暴风雨导致的，或者是一场事故或命运的突然转变而导致的。

两个词汇都会使人想起一幅图景，而图景常常是极其复杂的。毁灭是基于一个坚实的基础上，也许是在山顶，也许是在谷底，也许是在城市的中心，也许是在摇摇欲坠的悬崖之上。在人的大脑里它唤起的是一幅整体的景象。毁灭后的废墟也许是砖头或石头，也许极度荒凉阴森，也许爬满了常春藤或被苔藓覆盖。废墟也许被几棵树环绕着，也许周围是茂密的大森林，也许整个废墟都笼罩在迷雾中，也有可能处在万里晴空下的一片开阔地上。

每一个隐喻就像是一幅收笔的画作，我们在脑海中会找到画作的收尾之笔法。跟概念不同的地方是隐喻不是固化的、一成不变的东西，它保持着开放性，自由地与其同类保持着联想。每一个隐喻都有其含义的外延。"毁灭"的朋友圈和亲人与"摧毁"的朋友圈不同。它可能非常容易吸引到某些隐喻的对象同时它也会拒绝其它的隐喻对象。

每一个隐喻本身就是自己的种子，同时又是其它隐喻赖于孕育发芽的土壤。每一个隐喻都会让其他隐喻萌发新芽。如果有合适的伙伴，即使是废墟也能焕发出生机，因此当所有概念变成隐喻的时候，这些概念就能焕发出新的生命力。它们若能冲破其字面含义的孤立和禁锢，就能焕发出新生命。它们就能够获得新色彩、新生命，并且能够在想象世界那广阔的空间里开始自由地呼吸。

## 解放概念
## The Liberation of Concepts

我认为到此为止，对隐喻的理解已经变得非常清晰明确了。隐喻不仅仅是艺术化的幻想，也不仅仅是一种文学技巧。想象故事是现实的预兆、神话故事能够预感到历史，与此类似的是：隐喻领先于概念。概念是缩水的图画，思想是幽禁的想象。

隐喻是解放概念的工具，它能使概念中那些失落的生命力得以复活。隐喻之鸟一旦从概念的牢笼中被释放出来获得自由，它就会立刻展翅飞翔。生命中我们曾遇到过的那些事件、得出过的那些结论、我们刚巧涉入的那些境遇都有可能向我们揭示出意想不到的洞见。我们也许会因出现的那只鸟感到惊讶——一只对自己绚烂华丽的雀扇毫不知情的孔雀、一只从未翱翔在高高天空的雄鹰、一只被关在笼子里渴望自由的鸽子、或者只是一只深感卑微而渴望聊天的麻雀、很有可能还是一只第一次将自己看成是天鹅的丑小鸭。

将概念转化成隐喻的能力是打开故事疗法宝盒的钥匙。富有想象力的药师借助此工具来准备治病用的药膏。

隐喻的创作过程——将某些思想或想法转换成图景的过程——不管所转化出的图景是什么，就过程本身而言，它都是具有疗愈功能的。在起步阶段这种翻译和转化并不容易，刚上手的人需要多加练习。我们所做的翻译和转化工作不是那种从原著到外语的翻译工作。我们所做的只不过是将事件用事件所属的语言系统还原到语言本身而已——将诗歌从其来源散文还原到诗歌而已。

## 创作隐喻
## Making Metaphors

隐喻就是心魂的词库,是想象赖以展现自己的语言。如果我们想跟随故事主角一起去旅行的话,我们就有必要学习这种语言或者需要再次记忆起它。在所有故事领域,隐喻是唯一能被普遍理解的语言。

如果隐喻已经成了你的母语,那就不需要我在这儿给你什么建议了。可是如果你已丧失了这种语言能力的话,那么你就可以经由如下所叙述的几个步骤来重新学习这种语言。刚开始学习时我们可能获得的是一种技能;但慢慢地到了最后阶段,它就会变成一项艺术活动。

首先,给一个比较具体的物品找到一个或几个隐喻,例如:钢笔。试着找到一些能够和你的心魂对话的原始图景。

第六根手指头。

作家的魔杖。

现在再来试试给抽象的东西找到一个或几个隐喻,例如:幸福,快乐。

一辆崭新的红色自行车。

一个跳绳的孩子。

接下来再试着为一项更加复杂更加抽象的事件找到一个或几个隐喻,例如:长久坚持而毫无结果的努力。

被退回来的手稿。

爬错了山顶。

使用破损的指南针导航。

现在再来试着为一条宽阔的道路、一架钢琴、快乐的一天、郁闷的一周找到一项或几项隐喻的说法；再来试试为爱、自我、心魂找到一项或几项隐喻的说法；为高兴、仇恨、找到一项或几项隐喻的说法；也为黄色、红色、蓝色找到一项或几项隐喻的说法。

一旦你掌握了这个程度的翻译转化技能，你就具备了将心魂问题翻译转化成隐喻语言的能力。亚历航德拉·泽斯卡（Alejandra Czeschka）描述女孩子间的嫉妒问题时，就用了非常简单的故事，从而实现了将心魂问题转化翻译成了隐喻语言的目标。

高高的天空上有两颗星星，她们每天都开心地在一起玩耍……就这样她们在一起相处了很长时间！直到一个漆黑的夜晚，当这两颗星星都以最佳状态光芒照射的时候，第三颗星星来到她俩跟前想加入她们的游戏。

其中一颗星星非常乐意也很开心，而另外一颗星星却害怕新来的星星会放射出最明亮的光芒而盖住自己。

故事将问题翻译成了隐喻，从而达成了疗愈的效果。没有必要就此寻求解决之道，也没有必要特意给出好建议。让故事的主角与她自己的故事相遇就足矣，就像本书的第一部分里我们所讨论过的那些主角一样，她听到有人在讲述她自己的故事时，她就能接受以图景语言讲述出来的东西，而可能拒绝以其他形式讲述出来的东西。

若能以如此的方式对隐喻加以应用，那我们就跨越了门槛，进入了对治疗故事的应用领域。下一章我们将就此全然展开来探讨治疗故事。

## 24

# 伤痕疗愈
## The Healing of Harms

预防性故事也许是治疗故事里最重要的故事类型。如果能在适当的时刻将治疗故事讲给孩子听的话，预防性故事就可以在问题爆发之前有针对性地去化解这些问题。此类故事是对心魂进行免疫预防的一种形式。

很多古代神话就是它们那个时代的预防性故事。当今时代我们若能在合适的时机讲述古代神话故事的话，它们仍然具有预防性故事的功效。本书第二章，我讲述了如何能使古老的故事转变成预防性治疗故事。这里我想尝试帮助大家发展出原创预防性治疗故事的创作技能。以这种方式去充分发挥和利用想象就可以帮助我们在问题出现之前去面对和化解那些问题。预防性故事是家长支持孩子成长可以采用的特别好的一个办法。

人生没有哪个阶段能比幼年时所需的劳动强度更大。在幼年时期，每一个故事都是一个变化的契机和催化剂，是支持和协助持续重生的促成因素。童年就是一系列革命性变化，期间伴随着精神向物质的无数次重复突破，也伴随着儿童每迈出的一个新步伐，经历的每一个新阶段，面临的每一个新挑战和每一个新可能所需要承担的那些艰巨劳动。故事帮助孩子为未来前进路上那些艰巨任务做出准备；儿童的心魂穿越生命的迷宫时需要指引，故事向儿童的心魂指出了穿越生命迷宫的方向。

不仅仅是为了迎接生命的挑战而将故事给予孩子，也可以在人生处于危机当中的时候用故事来提供帮助，也可以在事后应用故事来化解未彻底消解的那些危机、未彻底完成的转化、或者停滞不前的一些进展。这些就是治疗性故事。

## 治疗性故事
**The Therapeutic Story**

治疗性故事是针对某些特定处境而定制的故事。依据问题本身，或多或少需要一些想象的成分来协助疗愈。我们先从最简单的地方开始吧，也就是从儿童迈向成人的道路上所遭遇到的诸多意外事件开始吧！

当需要面对和化解一个意外事件时，最好的方式就是复述事件本身以及事件之后所有相关事情。

那块待切待食的面包；刀子正好就放在那儿；刀子不知怎么就滑落了，割破了安妮的手指头，安妮看到手指头流血就大哭起来；安妮如何被一路飞奔地送到医院；护士如何检查了伤口，然后对伤口进行清创消毒，之后再用棉纱包上伤口；护士的名字怎么也是安妮呢；护士怎么就认识安妮的姑妈琳恩，琳恩在搬到布里斯班居住之前跟安妮在同一家医院都当过护士。

每一点细致的叙述就像是包裹在事故周围的棉纱绷带，从而能进一步愈合身体和心灵的伤痕。经由药店回家、那天夜里妈妈特意做的晚餐、剧烈晃动的布丁让所有人都大笑——这些是回归正常的道路上具有疗愈效果的最后几笔点睛之作。这种故事可以帮助孩子去重新审视创伤,直到能够完全化解掉那些创伤。

若能使用经过精心挑选的故事药膏,那么微小伤口、微烧伤、轻度擦伤的疗愈,或者腿部骨折或关节扭伤的疗愈就能加速完成。给孩子造成伤痕的众多轻微事故都可以直接使用故事酊剂来处理。他们渴望认可,渴望能够得到庆贺。每一次创伤都是一次觉醒。不管是男孩子还是女孩子都会经常满身擦伤,私下里都会对在运动场上取得的疤痕成绩而感到骄傲。它们是孩子与世界相遇过程中身体呈现出来的身体仪式的一部分。

对那些带来较重创伤性伤害的事件,故事疗愈的重点需要转移到后续影响上,而不是事件本身和事故起因上面,也应该转移到事件发生之后的后续疗愈上面。我建议你在故事里引入一个主角来承受事故所带来的冲击力。故事主角经历了类似的创伤,遭受了类似的痛苦,这样的发生是在隐喻性的现实环境里进行的。

詹尼佛·孔伯的女儿五岁的时候,有次骑自行车摔倒,事故造成她的下颌骨摔裂,必须用线将下颌骨与上颌骨连起来,保持六天时间。此事件过程中,她给女儿讲了下面的故事:

从前有个名叫阿塞普的男人,他有一头漂亮的狮子。狮子在田野上和果树林里自由自在地奔跑,到了晚上它就睡在靠近主人睡床的地方。有一天阿赛普要到他弟弟居住的城市去,他必须横越大海才能到达那个城市。他收拾背包,里面装着面包、蜂蜜和外伤精油。狮子请求主人要跟阿赛普一起去,而阿赛普担心人们会因狮子的下巴而感到害怕;狮子再次请求主人要跟着主人一起去,而阿赛普给狮子说船长不会允许狮子登船的;狮子第三次请求主人,于是阿赛普就坐下来开始陷入沉思。

过了好一阵子,阿赛普终于开口说话了,他说:"如果你想跟我一起乘船旅行的话，那你必须待在笼子里。"从来没被关在笼子里的狮子说："好吧，我愿意！"

当他们登上船之后，船长指着甲板尽头的一个笼子对手下人说："请把那只狮子关进笼子里去吧！"于是狮子就走进了一个小小的笼子里，阿赛普将六块小石头放进了笼子。

海浪摇荡拍打着船只，船只上下颠簸，海水溅进了笼子。狮子既不能舒展身体也不能站起来到处走，脑袋耷拉着显得萎靡不振。阿赛普每天都会过来看看狮子，他坐在笼子旁边给狮子唱歌。他每天都会从笼子里取出一块石头，并且对狮子说，当笼子里的石头取完后，狮子就可以自由地到处散步去了。

第六天当轮船驶入新港口后，阿赛普取出笼子里的最后一块石头；他在新港口的码头上举办了盛大的欢迎晚会；笼子被打开了，狮子走了出来。它甩了甩头上的鬃毛，然后就跟在阿赛普后边，一直走到了阿赛普弟弟家，脖子上一直挂着那瓶外伤精油。

诸如此类故事就像是一小瓶治疗药膏，即使事故早已被忘记，而那瓶膏药将继续挂在病人的脖子上。孩子会从这类故事中获得极大的满足感。"无意中"孩子成了关注的中心，也成了身体照顾和情感关爱的中心，这些感觉都是治疗故事带给他们的。

若能够在治疗故事中对隐喻多加利用的话，治疗故事就能起到事半功倍的效果。隐喻能将高烧转化成火炉，这样的火炉可以将故事主角的那把老剑锻造成一件全新的武器。甚或高烧变成防火墙。经由这堵防火墙，故事主角将能够安然无恙地穿越通向宝藏的道路。河狸忙碌地修建堤坝防止上涨的河水淹没陆地的故事甚至可以化解诸如尿床一类的顽疾。

最重要的是，隐喻是安慰处于危机时刻的心魂的一个理想工具。卡罗尔·朗顿关于小海星的故事就很好地体现出了这一点。

从前有一个小小的海湾，那里的海水蔚蓝清澈。海水里生活着丰富的海洋动物。在海边的一块岩石旁边，生活着一个小小的海星。每天晚上海星都会爬到高高的岩石上面。当海水轻轻拍打在她身上的时候，她喜欢趁机借着星星和银色月亮来发光。然后，当黎明的第一缕粉色朝霞出现在天空的时候，海星就会返回到海水里去。

伴随夜幕降临的还有升起的满月。圆圆的月亮闪耀着光辉，发出银白色的光芒，圆月朝着大地在微笑。海星兴奋极了，她爬到高高的岩石上面，突然她的腿被什么锋利的东西绊了一下，腿上被划出了一道深深的口子。

海星摔倒了，接着就向下翻滚，直到跌入深深的海底。她努力地在海底爬行着，由于腿部受伤严重，她不得不一动不动地在那儿静静地待了好长时间。她感觉到悲伤、孤独和恐惧。

突然一只疯狂逃命的小海龟出现在她面前，小海龟被一只饥饿的鱼紧紧地追赶着。海星把自己一条完好无损的腿抬起来让海龟藏在下面，那条饥饿的鱼一脸迷惑往四周看了看，然后就游走了。小海龟向海星到了谢，并询问海星为什么不待在岩石上去发光呢。海星给小海龟讲述了自己的遭遇，小海龟答应小海星说她不会失望的，说完就快快乐乐地游走了。

不久，一群色彩斑斓的鱼儿快乐地围绕着海星游来游去。它们那亮晶晶的鳞片在月光照耀下的海水里闪闪发光，海星感到好多了。接着章鱼顺道从此经过，在月光照耀下的海水里章鱼周身放着光芒，身上众多的触须优雅地在水里伸展来伸展去。章鱼轻轻地触摸了一下海星那条受伤的腿，接着继续自己的旅程去了。

海星对自己温柔地笑了笑。接着她看见了一个庞然大物朝自己奔来。

啊，是鲸鱼！鲸鱼贴身从海星旁边游过，鲸鱼那又长又光滑的身体上爬满了藤壶，在月光下闪烁出亮蓝色的光。

海星确信鲸鱼是她所知的最美的海洋动物。还有让所有人高兴的是，鲸鱼竟然会唱歌。她歌唱生命里所有的快乐和友爱，海星打心底就知道鲸鱼是多么的宝贵啊。海星自己开始发起光来，并且整晚上都在发光。

从那之后的每个晚上，海星都会从水里爬出来，爬到高高的岩石上，海水轻轻拍打着她，借助闪烁的星星之光和带着银冠的月亮之光，海星发出了比以前任何时候都更加明亮的光芒。

## 想象治疗师
**Imaginal Healers**

走近治疗故事的另一条途径就是在故事中加入玩偶，并将玩偶当作护士加以利用。玩偶总是非常热切地渴望去帮助他人，即使是微小的事故也会让它们表现出很关切的样子。所有其它想象的朋友也是如此。角落的那只小绵羊也会显得极富同情心；那头美洲豹被激怒了；泰迪熊也会爽约以示支持；那只狗说那件事情刚发生它就知道了；猫坚持说她前天晚上就预见了那件事会发生。

甚至一把小刀也会深刻地影响到一个孩子的生活，也会在厨房水槽周围引起热烈的讨论；只有冰箱才会想方设法永远保持冷静；至于锅呢，则会待在自己的盖子底下陷入沉思；长沙发太瞌睡了才懒得去管事呢；可勺子们依然在喋喋不休地讨论着谁是那个该受责备的；抽屉已经闭上了嘴巴，可抽屉里面则是另外一番景象，所有的刀叉们正在刀锋相对辩论着。

当然，在发生事故的时候以及在疾病康复的过程中谁也没有元素精灵们更有资格去提供帮助了；唯有仙女们更加懂得如何编织包裹疼痛的伤口所需要的魔纱；侏儒们擅长任何形式的治疗；小地精们可是治疗骨折和崴脚的专家；喜怒无常的火精灵热切地想用炽热的营火去烧掉那些感染型病菌。

所有疾病也可能提示你：到了该放出那些半人马的时候了，并让它们来帮助你。它们通晓各种各样的治疗方法，也能熟练掌握在什么时候该用什么方法来治疗，更明白为什么要用这个治疗方法。半人马口袋里装着治疗每一种疾病的故事，它们随时准备着从远古时代一路狂奔向你而来，进入你的故事。如果你运气够好，人马喀戎（Chiron）会亲自出现在你的故事的门口。赶快让他进来吧！

## 笑声疗法
### The Laughing Cure

幽默是个大救星，特别是当我们能自嘲而不是去嘲笑别人的时候，幽默更是个伟大的解救者。它要求我们别被那些暂时的偶然事件过度裹挟着。

幽默是成年成熟的标志。儿童会有很多有趣搞笑的事情，而儿童很少就此自嘲。像很多成年人那样，儿童只能是间接地自嘲或者只有当外部事件驱动的时候他们才会解嘲。喜剧或滑稽剧能够弥补我们幽默的短缺和匮乏。

喜剧让每个人嘲笑自己。即使是以非常含蓄的方式，它也能够帮助我们跟自己内在那个开不起玩笑的小气鬼和解。幽默故事对孩子就具有如此的影响，它是一件非常了不起的治疗工具。若想恰当地运用幽默手法，那就需要练习，但是耗费在练习上的精力一定是值得的。

在幽默故事里，那些令人讨厌的品质都可以得到治疗，并会产生非同寻常的效果。故事采用迂回的办法间接地针对那些问题。故事里无赖的主角永远都不是孩子本人，永远都是其他孩子，而且故事主角总是将自己那些令人不悦的品质发挥到了极致。作为故事创作者不必将自己的想象拘泥于每日实际的生活圈子里，我们可以将某个品质特征进一步放大到极致，就像吹气球一样，直到气球膨胀到了极限而爆裂。将某个恶习描述到极限，让其崩溃，然后再让它掉进自己挖的那个坑里。

儿童喜欢那些带有粗暴惩罚的故事（译注：粗暴惩罚在这是指那些不公正或公正但不合法的惩罚）。就像《一千零一夜》里的巨灵灯神那样，当孩子们听到这个故事的时候就开始兴奋地浑身颤抖。

跟所有人类一样，儿童渴望自我认知。但他们需要以合适儿童自己的方式来获取对自我的认知。他们尚不能面对和处理因自我认知而搅动起来的那些痛苦。幽默是安全化解这些痛苦的唯一途径，因为它用笑声的欢乐替代了自我认知所引起的刺痛。笑声温柔地唤醒了儿童内在那个见证人，从而去注视儿童外在的那些行为和言语。

下面的故事就是这样的，它用幽默软化了刺痛。故事作者是李·凡·雷硕特（Leah van Lieshout）。


凯蒂真的很聪明。她六岁时就能背住所有乘法口诀表，七岁时能说出全世界所有河流的名字。随着年龄的增长，她的知识量也在增长。因此到了十岁的时候，她已成了一部活百科全书。

不管什么时候只要有人想知道什么，很简单——去问凯蒂。假如此时你想知道现在北京是几点。好吧，如果你能找到凯蒂，她会告诉你。"早晨八点。"凯蒂会立马说出来。

慢慢地人们就不再去图书馆了，或者也不再阅读了，也不再上网查资料了——大家只要去找到凯蒂问问就好。

# THE POWER OF STORIES 故事的力量

凯蒂每天早早起床，刚到七点，她家门外就会排起长龙等待向凯蒂询问信息；等待的队伍绕着她家所在的社区排了四圈。

晚饭时候只剩下五十人了，到了午夜凯蒂终于可以上床睡觉了。

故事里没有任何道德的宣教，也没有机巧的辩论，也没有通过说教来提出什么所谓的好建议。故事仅仅是呈现和夸张，从而创造出一种幽默效果。故事呈现和夸张出的情境足以说明一切。（没有必要去跟魔鬼辩论，就让魔鬼自行其是吧！魔鬼就擅长那么干！）

有很多方式可以将幽默应用到故事创编中。我有个学生，在她创编的故事中她讲述了一个贪婪的小女孩的故事，她一个人把所有的水果都给吃光了。她每吞咽下一只香蕉，那只香蕉就会蹦到她脑袋顶上。她吃下去的每一个草莓、苹果和桃子也都会出现在她的脑袋顶上。于是就出现了她脑袋上顶着个水果塔到处晃悠的情景，所有人都可以看得清清楚楚，唯独她自己看不见。

故事抓住了想象中的现实，并依孩子喜闻乐见的方式将想象现实描绘了出来，同时制造出了疗愈效果。下面的故事由詹妮弗·孔伯格创编，她采用幽默手法来处理一个8岁孩子做事只追求速度的现象。

费尔南多·玛佐是镇上最快的男孩。例如吃早饭，他父母刚盛第一勺粥，他已经把最后一勺粥吃完了。他会一路奔跑到学校，永远都是全校第一个到校的学生。早晨，当老师刚到学校时，他就已绕着椭圆形球场跑了三十一圈了。

他在本子上写字时速度超快，以至于他写的字都从本子边缘溢出去了。每当那时老师都会转过身，说："费尔南多·玛佐，把那些字抓回来吧！"可那些字掉到了地板上，开始从教室门口往外跑，费尔南多奔跑着紧跟其后。全班同学都站在教室门口，看着费尔南多·玛佐拼命地追赶那些逃跑的字。当那些字跑到走廊尽头的时候，就纵身一跃从走廊跳了下去。当那些字跳到了阳光下的时候，它们就像是蒲公英种子一样在空中飘舞，飞到四面八方。

学校的校工看见了正在发生的这一幕，就把学校游泳池的长杆打捞网递给了费尔南多。费尔南多使劲地奔跑，用网子猛扑着那些字，可是字已经飘得太高了。

其中有一个字给挂到了班克西亚树的树枝上，费尔南多爬上那棵树，骑着树枝往前去抓那个字。当他挪到树枝的尽头斜着身体准备去抓那个字的时候，那个字突然从树枝上挣脱了，一溜烟飘向了云端。费尔南多·玛佐从树上爬下来，校工对他说："若想抓住你那些逃跑的字，费尔南多，你得等到下雨的时候了！"

到了雨天，费尔南多就会缓缓地走向学校。截止现在他才找到三个弄丢的字。

## 对照故事
## Contrasting Stories

将幽默用于治疗坏习惯的另外一个方式就是编写两个故事，将恶习与其相应的美德做个对照——当然也不要进行道德式说教。彼得·泰尼创编的关于富兰克的两组故事就阐明了这一方式。

### 富兰克与他的弹球（1）

从前有个名叫富兰克的男孩，他是个玩弹球的高手。他玩得越多，也就玩得越来越好，他就越想赢更多的弹球。在全校他的弹球数最多。巨大的汤博拉、小皮威、猫眼以及好几百个各种颜色各种尺寸的弹球，都被他赢到了自己手里。

每天早晨上学去之前、每次课间休息时、每顿午饭后，他都要去玩一玩弹球。他每天都把自己那装着好几百个各种颜色弹球的袋子背到学校，下午放学回家时他的袋子里都会多上几十个弹球。随着他赢的球越来越多，找到能跟他一起玩弹球的人也就变得越来越难了。直到有一天，整个学校再也没人能跟他玩了，即使七年级的孩子也没人能跟他玩了。富兰克每天照例会把自己装满弹球的袋子背到学校，可是同学们对他的弹球再也没有兴趣了。

有一天放学后，富兰克背着装满弹球的沉重的袋子上坡回家的时候，弹球袋子掉到了地上，有些弹球滚到了人行道上，有些弹球掉到了路边的排水沟里，有些弹球沿着山坡滚下去，他再也够不着了。

**富兰克和他的弹球（2）**

从前有个名叫富兰克的男孩，他弹球玩得可糟糕了，不管他玩多少次，他玩弹球的技艺都不能进步。即使富兰克玩弹球老是输，可他依然喜欢玩弹球，因为这样的话他总是可以和其他小朋友在一起。

每天早晨上学去之前、每次课间休息时、每顿午饭后，他都要去玩一玩弹球。对他来说找到玩弹球的孩子从来都不是什么问题，谁想赢了富兰克都不是什么难事。每天放学后、每个周六的早晨，富兰克都会骑上自行车，沿着街道来来回回去送报纸。富兰克用自己赚来的钱买了更多的弹球。

一天放学后，当富兰克装好报纸正准备骑车送报的时候，他听到路边下水道里传来奇异的咯咯声。他朝排水井里看了看,他看见好几百个弹球聚集在那儿,有巨大的汤博拉、小皮威、猫眼以及好几百个各种颜色各种尺寸的弹球。富兰克总是可以去排水井那儿拿弹球,似乎弹球永远也拿不完。

到现在富兰克玩弹球的技艺还是不怎么好,可他仍然喜欢和其他孩子一起玩弹球。

## 25

# 想象力实验室

## The Laboratory of the Imagination

实用隐喻是一个强有力的治疗手段,可它不是最有力量的手段。隐喻仍然是一种碎片式的方法,它帮助我们站立起来,甚至可以帮助我们脱离那些困扰我们的问题。但它不能让我们跳跃起来,不能让我们一路跳着舞回家。

若想全然舞动起来,我们需要将所有碎片都抛在身后。经由翻译转化而获得的隐喻和故事依然受到其本源的局限,它们常常会受到孕育时的境遇的拖累。故事没必要为了出生而故意针对某些问题,也没有必要为了创作故事而故意针对什么问题。

故事的存在不需要任何借口,它们的存在也不是非要有个目的;故事可以是自由创作的作品,是出于爱而生养的孩子;而不是一个出于责任而生养的孩子。只有在此时,故事才能全然绽放其全部的潜能。若不被其孕育出生时的情境羁绊,它们就能够自由自在地伸展翅膀,翱翔飞升,飞向无限可能的天空。此类故事的存在就是为了被人讲述,而不会有别的企图。由于它们没有直接的治疗目的,反而却是最具有治疗效果的故事。由于没有附带任何目的,它们反而能服务于更深层次的需求。正是基于此,我们创编故事的技能就会变成讲述新故事的艺术。

## 从隐喻到想象
**From Metaphor to Imagination**

故事创编是一门在心魂实验室里发生的炼金艺术。故事被讲述的过程就是故事主角和故事创编者的转化过程，也是一个净化的过程；它将基础金属——智性转化成金子——想象力。

如此炼化的故事就像是一只鸽子，为我们带来了最渴望听到的福音、我们真正的故事；它不是从肤浅的表象采集而来的一剂药材，而是来自于其渊源更深维度的故事。若想深入到此维度，我们需要向我们的想象力进一步示好。关于隐喻的那一章里我们开始学习了这种语言，现在我们需要调整自己以适应它的习俗以及它存在和生活的方式。

## 故事主角的生活场景
**The Heroic Landscape**

想象力以悠然缓慢的节奏生活着。若要与它们邂逅、相爱，我们也需要如此缓慢悠然地生活。我们需要放缓脚步、悠然前行。不必立刻刻意就抓一个主角把他拽到故事情节中，而是首先要创建出故事主角能够安全出生的环境。我们可以采用将场景视觉化的方式来实现这一目标。视觉化的过程可以让我们想象的过程舒缓下来，给心魂留出时间，使之能够调整和适应你想讲述的任何故事情节。我们的智性过于迅速，它总是喜欢先期到达旅途的终点，喜欢给出答案而不是提出问题。它总是过于迅速地给出解决方案，即使尚未到需要解决方案的那一步；也总是倾向于在所有过程尚未真正开始前就急于了结所有的过程。难怪智性常常会失去故事的详细情节。

另一方面，想象本身就拥有自己的运转节奏。它以心魂的速度运行，它也会停下脚步去驻足欣赏沿路上的风景。同样地，风景也有自己的时间节律。冰川和沙漠是时代的时间沙漏。山脉缓慢隆起，海洋无穷无尽。即使要描述活力四射的纽约城也不必急急忙忙，要描绘出一条繁忙的街道也需耗费时日。中世纪的一座乡村也要等上几百年才会出现在你的故事里。甚至一座小小的后花园也会以大篇幅占据你的想象空间。

自然景观也是心灵景观。它是我们内在字母系统的一部分，帮助我们拼读出我们心灵的色彩和环境，绘制出我们心灵深处的景观布局图。每一处风景都是心魂活动的一个领域，它是一座庞大复杂的意义系统。在智性用笔墨来描述景观之前，我们的心魂早已全然理解了它的意义系统。这就是为什么风景是进入想象王国的最完美的切入点的原因。

你刚开始创编故事时不管你是否已构思了某个人的形象还是仅仅因为故事需要一个切入点的原因，景观描述都会起到引领的效果，就像是一个大规模的开场祈祷一样。

故事开头描述出的景观也许对故事本身来说并不特别重要，但作为故事开头的铺垫来说却非常重要。将景观描述作为一个重要技法使用，既可以让故事的进展慢下来以适应你想象的速度，也可以让故事能够稳稳地在细节描述中丰满起来。更重要的是它可以给你提供足够多的时间来聚集故事剩余部分所需要的动能。

任何自然景观都可起到心灵景观的作用。广袤的大地覆盖着白色冰雪，远处的地平线上可以看到一座圆形的冰雪小屋；一座灰色的城堡屹立在风中，背后是大片的石南灌木丛；一座孤独的山峰；大山脚下一个正处于收获季节的小山村；晨雾中慢慢显露出来的水稻梯田。自然景观可以是戈壁沙漠、城市贫民区、一座天堂般美丽的花园或悉尼市某个院落的后花园；既可以是室内的景观也可以是户外的景观；既可以是过去的、现在的，也可以是未来的某个景观；既可以是现实中真实的景观也可以是虚构的景观。自然景观就是心灵景观，而心灵景观则无处不在。

如果你的故事是针对某个特定个人而创编的，那请你将她/他置于你的脑海中，尽可能将那个人的细节描述出来，而且请你觉察和留意可能升起的任何情感。然后放空一切，等待一个景观图像的出现。然后凝视这幅景观图像，并将它的细节用语言描绘出来。

如果你决定创编的故事跟任何特定的个人没有关联或者没有预先设定任何目标的话，那就从静默的仪式开始。给自己留出足够时间，聆听自己的心灵声音，等待景观的显现，不久你就会发现你已置身某个场景之中。下面例子就是南迪·戛纳创编的一个故事的开头。

草已经干燥脆化了。红河胶树像疲惫的哨兵一样伫立在小溪两岸。靠近大路的小牧场里，苏格兰大蓟那长满倒刺的藤蔓伸展在围场的篱笆间，就像是紫色的毯子覆盖着围场的篱笆。到处都是废弃的农舍，它们孤独而悲伤地矗立在胡椒树下，洞开的破烂门窗像鬼穴那样；当孩子们从那些入口出出进进的时候感觉就像是进入了时光隧道；炊烟和做饭的味道飘荡在夜空。

## 主角的提炼和升华
**Distillation of the Hero**

你的心魂景观实验室一旦高质量地创建了起来，那就开始从故事主角所处的环境中去浓缩他的故事吧！实际上，他已经在那儿了；他已经在海洋、湖泊或者平原上宣布了自己的存在；他早已以某种形式存在于自然景观中了，随时做好准备在时空中呈现出外形来。他也许不是一个人，很有可能他也是刚踏上探索的征途，而不是在探索的征途中。慢慢地将故事主角从其周围环境中提炼出来，就像彭·布朗创编的下列故事一样。

那是一片开阔的平原。眼前是一片大草原，远方有绵延的大山；宽阔的浅河在此变得狭窄起来，河岸变得陡峭。可以闻到河水、石头以及鼠尾草的味道，还有令人陶醉的热土和干草的味道；太阳照耀下，万物都在慢慢地被烤干，变得甜腻腻、昏沉沉。

风却很凉爽，它吹起了一个男人的黑色长发。他头上戴着一顶插满羽毛的花环，胳膊上套着皮革编织的带子，带子上穿满了珠子。他骑在一匹没装马鞍的马上，马没有佩带马辔，仅仅有一条绳子在马脖子上绕了几圈。

他赤裸的胸前挂着一条带子，沿着胸膛经过胳膊肘向下，再绕到后背，带子上绑着一只皮制匣子，匣子里插满箭（箭上也粘满了羽毛）。长长的马尾拖扫在干草上，马尾上绑着如红色蜜蜂一样的珠子，黄色丝线编织的带子也绑在马尾上；马的鬃毛上绑着一只黑色的鸟翅膀。

马和男人一动不动地伫立在那儿。

他们在凝神静听……静静地聆听着从遥远的地方传来的声音……

一旦故事主角登场，故事就可以凭着自己的力量自由飞翔了。如果故事还不能起飞，那就加入故事细节的催化剂吧！

## 细节催化剂
## The Catalyst of Detail

带入细节的方式之一就是将故事主角的关系扩展到他的家庭成员。家庭成员的系统组合常常会预先设定了故事主角探索的性质和探索过程。也许是那个踏上征途后再也没返回的爸爸使得故事主角踏上了探索之旅；也许是贫穷让主人公去闯入世界；也许是一桩尚未化解的争吵将主人公送上了探求的旅途；或者是一个等待实现的预言、一笔待偿还的债务、一个需要信守的诺言、或者是一件开创的行动等，都可能是故事主角走上探索之旅的动因。詹妮弗·孔伯格的故事就做出了这样的描述。

他是一个走路拖沓的青年。他披着长长的头发，脸看起来随时准备着微笑；兴奋的时候说话嗓门很高，而平静的时候声音则低沉。穿衣显得很不合体，衣服底下似乎塞着鼓鼓囊囊的小包或一团一团软乎乎的填充物。当他穿越森林的时候，好像有一些树被他带着往前走，好像那些树都希望能跟在他身后一样。他的目光永远都是停留在最遥远的地方。屋子和房间似乎总是留不住他太久，他更喜欢睡在屋子外边。他有一把铁皮哨子，哨声有时候欢快、有时候悲伤，欢快和悲伤都由天上的云朵来决定。

他的名字叫燕子……

那年秋天，燕子带着妈妈的祝福离开了家。"你的脚跟你爸爸的脚一样大。"妈妈告诉燕子，"这儿有一双你爸爸的鞋子。看看这双鞋多适合你。该你了，我的儿子，去吧！去看看你能不能找到你爸爸，这么多年了都没有他的音信，都不知道他是死是活。"燕子吻别了妈妈，向妈妈保证他将尽自己的全力去寻找爸爸的消息。他穿着爸爸的鞋子大踏步走出了村子，踏上了那条穿过果园的小路。路边散落着红红的苹果，燕子停下脚步捡起一些苹果，将它们装进腰上绑着的布袋里。随后他疾速走到了十字路口。"鞋子啊，"他说，"我们走那一条路呢？"鞋子听完后就带着燕子开始朝南走，燕子对鞋子清楚地知道并表达出该往哪儿去的方式感到满意极了……

魔力鞋、令牌、护身符及其他礼物都是可以帮助故事主角找到前行之路的物品。如此特别的礼物也许是一只会说话的乌鸦、细颈烧瓶里的一尾金鱼、也许是一次梦境的召唤。它也可能是祖传了七代的一把宝剑、祈雨的咒语法术、听见小草生长声音的天赋才能、能缝补万物的神针、永远指向正确方向的罗盘、一张未来的快照、或者是凤凰尾巴上的一根翎毛。

当然你大可不必将故事仅仅局限于这些老字号故事装备。你可在你的故事里自由随意地应用古代魔力装备的现代对应物品，就像朱莉·狄更斯创编的下列故事那样，它采用了由现代儿童奇思妙想出的各种现代化装备。

丹尼·迪泰特跨上自己那辆银色踏板摩托车，然后把帽檐向下拉了拉，遮住自己的眼睛。他检查了一下自己鼓鼓囊囊的大背包，看看是否带上了放大镜、手铐、绳子、笔记本，以及隐形钢笔，随后整了整他的防弹背心。接着又检查了一下他那双靴子，鞋后跟是空心的，里面安装着救命的无线电发射装置。又拧了拧手表的发条，心里还在祈祷：但愿自己那架微型摄像机能够始终处于完好工作状态。银色的踏板摩托车轰隆隆地就发动起来了，一溜烟就冲了出去……

魔力物品是具有强大磁力的礼物。它们能够吸引人们去冒险。每一件魔力物品都蕴含着它自己未来命运的图谱，它也是挑战的元素之一，并且能够帮助主角战胜那些挑战。因此让这些物品引领你的故事主角去到达他自己需要去的地方，它们的故事定会让你和主角都倍感惊讶。甚至你的故事都不是以主角为主了，而是以那个给出礼物的人为主了。谁知道呢？

## 锻造主角
## Forging the Hero

也许到现在为止你已收集到了故事向前发展所需的足够动能。如果你的故事已获取了生命，那就让生命自己绽放吧！让故事的主角带着你去展现她那把宝剑的魅力吧！不要干预她的计划，只是跟随她的步伐、在她引领的路上做出标记即可。

如果你的故事主角还没有找到自己前行的道路，那就请你帮助她明确他的探索方向。你可以将有可能带给她改变的那些挑战展现给她，至少是在前几个小故事里面这么做。故事主角也需要练习。如果故事的男性主角迷失了，你可以再引入女性主角进来试试。她们通常都知道做些什么。

另外一个技巧就是邀请故事主角自己讲述自己的故事。也许她已完成了自己的冒险事件，只是在等待着有人能来分享她的事迹。

假如所有的魔法罗盘、探宝地图、指示牌、小鸟向导、伙伴、会说话的马、飞毯、维斯塔斯、灯蛾、来自未来的报纸、直通缪斯的移动电话等都不能引导你的故事主角进入到冒险的灌木丛并返回来的话，那就用暗黑森林、古堡、巨人、仙女、小矮人等原型食物来喂养你的主角；将他引入到复杂的迷宫中或者让他乘降落伞降落到一片人迹罕至的陆地上。也可以将他带到四周有城墙、城墙四周有城门的城市，给他一个无法破解的谜语或者一桩看似无法完成的任务。（故事主角对这些早已习惯。）

让故事主角从暗黑的高塔里那些曲曲折折的楼梯顶端找回她丢失的任

何物件。大多数情况下她都会找到自己的路。使她与两条龙遭遇，以便她能为古老的困境找到新的解决之道；或者让她成为女巫的学徒，可以让女巫教她如何纺织故事纱线。若你的故事主角经历了这一切之后生存了下来但却没有获得高峰体验或深度体验的话，那你就得预先构思一下她的探险旅程。这种做法只是为了创作练习，之后应该尽快放弃采用这种技法。

预先构思一项任务的方式之一就是经由一个清晰阐述的预言或挑战来实现。也许就是那个失踪的公主祈求永远干不完活的织布机给她派一个有能力找到丢失了的金线的英雄。也许就像梦给她揭示的那样：那个英雄所需要的只是这样的提醒，如此他就会去帮她找到那个英雄。

也许是一个国王在征寻一个冠军去挑战那个强大的宿敌，单单依靠勇气或力量是很难战胜那个宿敌的。你创编的故事英雄也许正好就是那个能让宿敌胆战心惊的人，他从不会拖延战争、也不会鄙视战争，他有很多办法可以赢得战斗，从而将故事引向另一个方向。

一旦故事主角能发展出对冒险的喜好，你就可以放弃任何形式的计划了。故事主角能找到前行的道路。简单点，先描述一个心灵图景，让故事主角全然地浸入到自己的事迹当中。当你学会能以心魂速度行走、并能从呈现心灵图景的画面中出入的时候，你就可以丢掉心灵图景了。

若能达到那样的地步，你就可以自如地随时开始故事创编了。你已经学会了如何编故事。你的实习期也结束了。你可以随时做好跳跃的准备，故事就可以信手拈来。经历过那些练习之后，你已插上了飞翔的翅膀，你可以选择在任何时间起飞去翱翔天空。

进阶到这个阶段的故事创编者早已等不及了，他们迫切地想讲述他们的故事。有些故事已经孕育了很久，常常这些故事不是面向儿童的故事，它们是故事创编者进入故事领域的初次探索，也是进入心魂深处的新尝试，进入被遗忘的大陆上茂密的森林的新探索、是对深埋的希望的新探索，也是对未来意义的神圣探索。故事也许就是为了这一刻而准备，也许是为某个不能听到它的人而准备；故事也有可能是作者自己的未来生活蓝图，或者是对伙伴生命故事的概括。一个故事的开端，会引向一个接一个的故事，直到后来一套完整的故事纪元被摆上书架。下面就是梅格·韦伯斯特（Mags Webster）所写的冒险故事的开篇之作。

那是一片丛林。丛林里潮湿的树叶看起来亮晶晶的。树叶不停地在抖动，树根和爬藤交互缠绕着，湿润的泥土发出刺鼻的气味，大树的大根裸露着插入大地。在空中，各种昆虫嗡嗡地颤动着、飞舞着，巨型蜻蜓在凝重的丛林氛围中来回穿梭，深蓝色的身体显得圆润光滑。抬头往上看，猴子在大树穹顶来回摆动跳跃；飞狐以及飞鸟在树枝间来回穿梭，它们在树冠形成的穹顶间奔走飞舞，影子闪烁出珊瑚色、宝石蓝及祖母绿的光影。丛林极其茂盛，散发出刺鼻的腐烂气息，这种气味似乎能粘到人的皮肤。某种期待的感觉跟踪着你，就像一只发情的美洲豹在尾随着你。

你感觉就像已徒步走了好几个小时，此时你的全身就像丛林中的树叶那样湿漉漉，浑身沾满泥土，身上斑斑点点地沾满树皮屑，双脚好像长在别人身上，不听自己的使唤，只是盲目地穿越藤蔓的阻碍向前推进。丛林压迫着你，你几乎很难直立，即使鸟儿叽叽喳喳的叫声和猴子咕噜咕噜的聊天声都压不住你吃力喘粗气的声音，也盖不住你心脏剧烈跳动的声音。在行进的途中你若遇到另外一位穿越丛林的人，他看见的景象将会是什么呢？他会看见一个"准人类"，像是涨潮后遗落在沙滩上的一块垃圾，而且还是接近全裸的，头发上沾满树枝和蜘蛛网。

让我过去，让我过去——你几乎很难注意到自己嘴里一直在喃喃自语，可是这儿就是你必须要来的地方，而且你也明知到达这儿需要耗费几乎全部的力气。感觉是如此的亲近，你为此愿望生活着，你曾长久地渴望这样的探险穿越。若你就此罢手，整个人就像受伤那样会觉得不自在不舒服，也会因失去如此的探险而心痛。

现场场景就像传说中的那样。走着走着你就会发现丛林底下透出来的亮光，有点苍白的浅蓝色光使得树叶看起来像幽灵，空气偶尔会变得清新，就像某个巨人的大手揭起了雨林的盖子。呼吸变得容易了些，也能轻松地直立身子，让你感觉到自己似乎已挣脱了丛林黏糊糊的包裹，恢复了人形。你必须记住的东西是什么呢？不要从大路进入丛林，要从落石满地的小路进入丛林；眼睛盯着地面；更重要的是，拿到钥匙之前先拿到羽毛。

慢慢地我可以看见那些滚落的石头，它们发出奇异的光；在滚石的远处，寺庙的一扇门敞开着，像是咧着黑魆魆的大嘴。我必须转移视线，端直向祭坛望去。

我迈开脚步跨进寺庙大门。整个丛林的喧嚣声突然停止了，即使猴子也沉默不语了。寺庙里到处闪着怪异的绿光。祭坛就在那儿，祭坛上方摆放着金色羽毛和锡蜡制成的钥匙。我心里想着就差一步我就可以拿到钥匙了。但我得先拿到羽毛，于是我伸出胳膊去够那只金色羽毛。羽毛泛着光，微微抖动着。似乎有什么东西在排斥着我的胳膊，好像我的指头载有正电荷，羽毛似乎也一样带着正电荷。我的手被钥匙吸引着，就像被吸向某个强大的磁场。我恰到好处地让自己的手停下来，不让手指碰到钥匙。我再次尝试着去捡起羽毛，还是出现了先前同样的情形。此时我热泪夺眶而出，我奋力穿越丛林，脑子沉沉地塞满了别人的警示和劝告。大家一遍一遍地说我就是那个被挑选出来的人，但是没人给我说过我要面对如此多的挑战。为什么？我到底被拣选出来做什么？

也许你可以完成这个故事，也可以写本故事的续集。因为我们的故事需要被人讲出来；故事就是为这世界而存在的。本书的最后一章我们将研究成人故事，进入成人故事之前我们还有涉及儿童故事的最后一个主题：家传故事。

## 26

# 家传故事

The Family Heirloom of Story

本章我们将主要探究一种几近失传的故事类型——家传故事——家里大人跟孩子分享的家庭故事。故事是儿童学习的最亲密形式。这些故事能将儿童包裹进父母过去的经历中，向儿童提供了进入时间本质的启蒙。由妈妈爸爸讲给孩子的故事就是历史课程，它们是从经历过这些历史的人心底直接流淌出来的。

过去的故事为儿童绘制了时间的地图，让儿童意识到变化。它们向儿童提供了比现状更广阔的视野。这些故事让儿童进入到另外一个世界，借助故事让儿童过上健全的生活。同时这也是你作为父母重新再过一遍过去生活的机会，而且是以创造性的方式重温过去的生活。

你的人生故事就是饱含着情感的鲜活记忆。它们等待着被你讲述出来，它们具有本身自有的动能。你讲出的故事如同你种下的小树苗，它会长成一棵树，树会变成森林，森林会变成你曾经的生活风景。

尽可能清晰地回忆起你那些生活记忆。看见它们、感觉到它们，你的孩子会和你一起看到它们、感觉到它们。搜寻那些细节，用详尽的描述将它们鲜活地呈现出来。

## 顺道讲述的家庭故事
## The Roundabout Story

此类故事是围绕着孩子讲述的。任何时候都可以给孩子讲这类故事，比如当过去变成了现在、当会话话题转向过往曾经发生过的事情的时候，此时都可以貌似无意地讲出那些过往的故事。晚饭餐桌旁有可能就引出了一个旧时候的故事；当和老朋友分享生活记忆的时候，那些对往事的回忆能使过去变得更清新；甚至当喝茶时奈莉姑妈所传下来的茶壶也会勾起对生活在德温地区那早已遗忘的下午茶时光的回忆、以及那摆放在浆洗得平平展展的桌布上的香甜松饼的美好回忆。

过去会以很多形式呈现在当下。过去的时光渴望能被分享给孩子。我们从过去继承的越多，我们对未来就越有期盼。曾经，分享过去是人们生活里经常进行的活动，是过去生活里的真实情况。故事讲述也是家庭生活的一门艺术，家庭对话也是一门艺术。

遗憾的是，这些艺术在我们现代的生活里逐渐失传了。家庭生活正在让位于电子媒体的单向独白。过去的声音因电子扩音器而变得越来越模糊。家庭成员的对话让位给了电子对讲系统的喋喋不休。老传说、老故事被电子新闻彻底碾碎了。属于孩子童年的美好事件被世界各地发生的各类事件笼罩住了。我们遗失了我们的口头传承，跟随这些口头传承一起丧失的还有那些富有生命力的生活记忆。

在复活这些口头传承中故事药物可以扮演起非常重要的角色。因为真正能滋养孩子的是那些真正具有人文情怀、当下而真实的事迹；以及真正在此刻、此时、此地呈现出来的那些东西。可供谈论、分享、给予、接收的生活是如此的丰富。没有被分享的生活记忆会被人们加倍地遗忘。若要避免遗忘，生活记忆就需要以父母自己生活故事的方式讲述给孩子。

## 父母的生活故事
## The Parents' Story

父母将自己的人生故事讲述给孩子是送给孩子极为重要的礼物。它们对孩子来说并不显得见外。它们是家庭故事宝库中的一部分,正是这些生活故事塑造了父母,并经由父母来塑造孩子。父母的生活故事在不为所知之前,它们早已是父母亲密的朋友。若你不去跟这些故事相遇,就会给孩子的"时间体"留下空白。过去处于模糊暗淡状态,而当下又无法解释得清楚。家庭遗传基因被人为地隐藏起来,祖先的歌没人再唱了。

如果孩子乐于接收这份福音,那就请你不要再自己守着这份祝福密而不发了。当然了,讲给孩子的故事需要你精心挑选,也需要你掌握好给孩子讲这些故事的时机。像对待现实生活中的任何经历一样去对待你的生活故事,将那些适合孩子的分享给孩子;那些不适合时宜的就省略了吧!

小孩子很想走进那个最好的你。他们很想爱你所爱、欣赏你曾经欣赏过的。孩子也渴望用你生命中那些精彩的亮点去点燃他自己的精神;渴望曾经塑造过你心魂的那些东西来塑造他自己的心魂。你的人生故事向孩子提供了第二个生命历程,也给孩子提供了富于想象力的人生阅历。

如果你孩子还年幼的话,那他就很想听到你在童年时所经历的那些冒险故事。下面一则故事就是约翰·哈姆雷(John Hamersley)讲述自己童年时对桉树人的记忆。

我不得不一个人待着。如果有其他人在场的话,桉树人永远都不会再露面的。

因为桉树人,我独自一人沿着沙地灌木丛里的小道玩耍时就觉得格外兴奋。那些沙地离我家很远,沙地里只有灌木丛,没有房屋也没有人迹。

灌木丛里的小路弯弯曲曲，你根本不可能确切地知道视线不及的远处小道会弯向哪里，也不会知道在弯弯曲曲的小道尽头到底会有什么东西在等着你。

沿着沙地灌木丛里这些无人走过且孤独的小路走着是很令人兴奋的事情，而越走就会离家门越远，我会不会迷路呢？可是不知道为什么，桉树人是绝不会让我迷路的。他会在拐角处等着我，当我在某个地方感到迷惑需要帮助的时候，他就会出现在那儿，给我指出回家的路。

当然了，我是真地看见过桉树人。他披着桉树叶子，看起来跟其他人类也不大一样。他总是高高地待在桉树上面，而不是其它树上面。他就在那儿，可我就是不相信有其他任何人曾经在哪儿看见过他。他只允许某些特别的人看见他。

我很喜欢他。他是我非常特别的朋友。

开始给孩子讲述你的人生故事的另外一个方法就是选择你跟你孩子一样大的时候你的一个生活事件，将他讲给你的孩子听。那时让你感兴趣的任何事情现在都有可能也会让你的孩子感兴趣。下面是艾迪·雪莉（Aidee Sherrie）讲述的一个故事范例。

当我跟你一样大的时候，我有满满一柜子属于我的布娃娃。总共有一百多个布娃娃，我之所以知道数量是因为那时候我经常去数那些布娃娃。几个特别的布娃娃还有名字呢。事实上，他们每个都有七八个名字呢。我还保留着几张纸，那上面写着他们的名字。我经常会添加新名字到名单上面，也会经常修改他们的名字。我最喜欢的三个布娃娃是小小泪花、凯西和尼基塔。我经常会跟我的布娃娃们玩上好几个小时。我打开柜门，柜子里面空间足够大，我可以跟娃娃们一起坐在柜子里玩。跟他们一起举办茶会，给他们洗澡，打扮他们，甚至还会给他们缝制新衣服。凯西的衣服就特别漂亮，我记得印在布料上的每一朵花儿周围的每一个手缝的针脚线。星期天的时候，我会为布娃娃们举办一场祈祷仪式，我点上蜡烛，然后为他们唱歌。长大以后，我觉得到了把这些布娃娃传给我的小妹妹的时候了。我的那些妹妹们长大以后，就把那些布娃娃传给了她们的孩子，孩子们到现在还在照顾那些布娃娃呢。

如果你已为人父母，那你们的故事就是你们家族故事非常重要的部分。由故事的真正主角讲述出来的故事会使孩子倍感亲近。它们是故事最具私人化的部分。此类故事可以任意长短。它可以从任意的一个记忆片段而引开来讲，就像蕾妮·苏顿（Leanne Sutton）所创编的下列故事一样。

那时我还是小女孩，刚开始上学。妈妈帮我打包午餐，也会在包里装上维他麦。每天早上我都要通过饼干上的小孔把各种蔬菜和奶酪塞进饼干里面，然后我就坐下来，开始数有多少黑虫虫钻出来，有多少白虫虫钻出来。经常的情况是白虫虫总是要比黑虫虫多一些，而我总是最后才舔掉它们。

上述故事描述的事件是小孩子生命中的大事件。看似如此简单的事件，却包含着大量的细致观察。它们是童年时代探索发现的一部分。接下来的一则故事是汤姆·穆勒（Tom Muller）写的，它是父亲讲给儿子极其完美的一个故事。

当我还是小孩子的时候，我常常会去花园水塘里逮些小蝌蚪，然后把它们放进我自己房间的一个玻璃碗里面。几个星期里，我会一直看着它们慢慢长大。有一天，我发现小蝌蚪已经掉了尾巴，长出了小腿，然后开始从玻璃碗跳出来跳到我房间。我房间到处都会有小青蛙，我尽可能多地将它们逮住，然后将它们放生到大自然。小青蛙们看起来非常开心，很快就在树林里消失得无影无踪了。

　　几乎发生的一切都具有故事价值。你小时候整理自己房间的方式、你和自己的小狗一起进行过的那些冒险活动、你的集邮册（可能是你所在社区最好的集邮册）、你跟爸爸搞过的那些恶作剧、南希姨妈那些古怪的习惯、给布娃娃缝衣服的那些趣事、盖小房子和造飞机、在灌木丛里干过的那些大大小小的冒险事、上学放学路上发生的事情等都可以成为故事的素材。我们忘记了曾经的生活是多么的丰富多彩，分享故事就可以帮助你再次记起那些多彩的生活。故事内容显然很重要，同时同等重要的还有将它们讲出来的行为以及当下与过去故事连接融合的时机。

　　进入过往生活经历那些迷宫的途径之一就是借助一根线索的牵引，将自己引回到曾经出发的那个地方。那根线索也许可以从来自英国的一件瓷器物品中找到，那是祖父母乘船离开英国前往澳洲时所带的东西，他们乘坐的那艘船因为一场风暴差点沉入到海底了呢；也许来自于你跟丈夫相遇的沙滩上你捡到的造型完美的三颗鹅卵石、你家传了五代人的那件碗柜、跟随你从悉尼搬到波斯的那台忠实可靠的冰箱、在埃文河畔的斯特拉福德那儿你买的莎士比亚全集、东京背街小巷里你买的一件和服、跟朋友一起去内华达山脉旅行时捡你到的一根老鹰羽毛。这些都是你过去生活的线索、是你生命历程里的线索。你珍爱的一只小盒子里装的不仅仅是你的人生历史，也包含着你人生别样的故事。蕾妮·苏顿（Leanne Sutton）写的下面一则故事真是一个很美的范例。

我爸爸还活着的时候，他没有多少钱。他会从旧衬衣上拆下所有的纽扣；也会到处收集纽扣。我们一块去商店的路上，他总会把眼睛睁得像老鹰眼睛一样，搜寻着看看路边哪儿是不是有别人落下的纽扣。假如他找到一枚纽扣，他会把它装进自己的衣服口袋，到家后再存放到洗衣房里的一个蓝色纸盒子里面。后来，当我爸爸去了天堂之后，你叔叔就住进了爷爷的房子，但叔叔从来都不知道家里还有个蓝色纸盒子。再后来我住进了你爷爷的房子，有天我正打扫橱柜时，看见了那个蓝色纸盒子，我揭开了纸盒盖，看到了那么多纽扣。有金质的、也有银质的；有花朵形状的也有小船形状的；有圆纽扣也有方纽扣；纽扣的颜色也是丰富多彩……。现在啊，我的孩子，你可以从我爸爸那只蓝色纸盒子里挑一只你喜欢的纽扣，把它缝到你的手提包上。

这个故事里那根线索就是那只朴素的蓝色纸盒子。对故事而言，它却变成了宝盒，满装着家族的珠宝，它比任何东西都弥足珍贵。它装满着想象、祖父生活中最核心的优秀品质都在其中，它也是一部历史教科书，比我们在学校所学的大部分知识都有更大价值。孩子挑选的纽扣是曾经生活过的祖先送给孩子最特别的礼物，也是将孩子与祖先生活故事连接起来的福音，并将经由孩子自己的生活继续传递下去。

## 祖先的故事
## Grand and Grander Tales

站在过往生活的门槛上，祖父祖母的精神品质及形象超越了正常的形象，愈显伟岸。他们的生活已经被"曾经……"的光环环绕着。你父母曾经或许做过你的英雄，而对你父母的孙辈来说你父母却是实实在在的半神秘人物，如果你懂得如何将他们生命中最美好的部分选择出来作为故事讲给你的孩子的话，那他们在你孩子的眼里就显得尤其神秘。

对孩子来说，给他讲故事的人对母亲的记忆将显得弥足珍贵；奶奶是家族香火中德高望重的女家长，值得在故事中特别予以认可。彭·布朗（Pen Brown）在下列故事里就盛赞了自己的妈妈。

妈妈朗读。

妈妈大声朗读。

妈妈能让人物和大山从书本上跃然跳出来，从而鲜活起来。

我一直生活在沙漠地区，那时曾用木棍摩擦取过火、也曾看见过巫医点化一块骨头。我还屠杀过一条龙、跟会说话的动物交过朋友。也曾经在一条鱼的喉咙里找到过一颗魔力珍珠；曾爬上过高高的大山，进入到山顶上一座玻璃宫殿，逃脱手持明晃晃匕首的强盗的追赶，还收到了一个妖怪发出的咒语，然后飞进了一架飞机里面。这一切都是在铺着柔软靠垫的圈椅里安全舒服地完成的，我紧紧地依偎在妈妈怀里，帮妈妈一页一页翻书。

我妈妈常常烤面包，也常常依着一块圆形棉布盖的形状把黄色的奶酪切成圆块块……

大家都喜欢到我家来，想吃我妈妈烤的面包、家里自制的果酱、还有依着圆形棉布形状切成圆块块的黄色奶酪……

我的朋友们都想被我妈妈拥抱，都想紧紧地依偎在我妈妈怀里，他们都喜欢我妈妈讲的笑话；喜欢她让我们在小溪里玩耍的方式，全身都弄得脏兮兮的妈妈却泰然自若；喜欢她让我们把颜料甩着飞溅到门上的方式；喜欢她鼓励我们把水果都吃光的方式；喜欢她允许我们用家里所有的床单、枕头、被子在家里客厅搭建小房子（或搭建小动物的窝）；还喜欢她给我们家猫生宝宝接生的方式。我的那些朋友们简直都不敢相信我妈妈会让我们那样做。

"我们爱你的妈妈。"我那些小伙伴们都会这么说。

"都不如我爱她。"我说。

故事讲述者的爸爸就像一块极其重要的基石，家族故事都是在此基石基础上构建起来的。爷爷的故事对孩子来说就是心灵的食物，值得在家族特别事件历史中加以记录。下面的故事里珍妮弗·孔伯格（Jennifer Kornberger）描述了她的父亲罗伊·考克斯（Roy Cox）的故事。

爸爸年青时曾被征召入伍，当了一名军队预备役士兵。在部队生活的两年间，他每天都早早起床，跟随命令做事，向军官行礼致敬，有时候也会跟朋友搞恶作剧。爸爸有个叫戴斯的朋友，他喜欢在警报拉响很长时间之后才去睡觉，爸爸每天早上都要把睡梦中的戴斯摇醒，有一天爸爸厌烦了摇醒戴斯，于是他脑子里就冒出了一个计划，想要治一治戴斯的晚睡晚起的毛病。爸爸和几个战友小心翼翼地抬起戴斯的床，床上躺着仍然酣睡的戴斯，然后把床抬到了练兵场。所有人列队开始晨操，他们整整齐齐地站在戴斯睡床的两侧，每个人脸上都显示出沉着和冷静。戴斯醒来后，发现全队官兵整整齐齐地站着专注地聆听着军士长在训话。

我跟你一般大的时候，我爸爸就喜欢假扮自己就是那个军士长。到了就寝时间，他就会大声喊话，用自己最优美的军官声音喊出"所有人靠床立正！"。唯一不同的是爸爸的声音里似乎总露出一丝笑意。听到口令，我们就会跑到铺得平平展展的床边（那是爸爸帮我建立起来的铺床习惯），笔挺笔挺地站在那儿，等着下一道命令。"准备跳上床！"，爸爸喊出了第二道命令，接着就是"跳上床！"。接下来的命令会是："准备入睡！"、

"入睡！"。

于是我们都会把眼睛紧紧地闭上。当爸爸关上房间灯的时候，我们在被窝里笑得脚趾头都快掉了。

除了曾祖父曾祖母之外甚至还有更了不起的祖先呢。他们在时间上的遥远感反倒将他们与故事的距离拉得更近了。已经变成了半神话人物的曾祖母，对故事讲述者来说是一个黄金时期的主角，对听到她的故事的孩子们来说更是如此。下面由安德雷·美伊（Adrian May）创编的故事就是一则这样的故事。

我还是小孩子的时候，冬天我常常都穿着法兰绒长裤睡衣。我真心地喜欢这身睡衣，穿上它真是暖和啊，即使我不睡觉的时候我也喜欢穿着它。

有些清晨当我睡醒来的时候，我奶奶尼娜已经开始在客厅弹钢琴了。如果我穿上家居服，系上带子的话，奶奶就抱起我坐在她腿上，然后接着继续弹钢琴。我特别喜欢坐在她两臂之间，看着她的手指在琴键上跳舞，最美妙的音乐此时就会流淌出来。我会闭上眼睛，身体后倾靠在她怀里，我感觉就像是在天堂。

我们越向后回溯家族历史，家族故事就变得越发有趣。此时曾祖父母甚至更久远的先祖就能够打开家族想象和家族神话的闸门，即使讲故事的人那时还很小，虽然家族的这些故事早已年代久远，却以一个孩子的视角被孩子记住，从而构成孩子们无比宏大的家族故事宝库。下面就是这么一则"宏大的"故事，是由佳伊·欧内尔（Gaye O'Donnell）写的。

曾祖母哈利根是个身材纤巧的女人。她身高不足五英尺，个性却极其强大而鲜明，以至于别人都认为她身材高大，甚至超过了七英尺。她是个很复杂的女人，胆小谨慎、漂亮、精明而且强大。她是西班牙人，长着一双有点狂野的黑蓝色眼睛以及与之般配的黑色头发。她是个万人迷，大家都这么说，她是个绝无仅有的大美人。

她真是太有智慧了。经常会有好多人大老远地跑过来找她，向她咨询问题，求她出主意，可是来访者停留的时间都不会太长，因为曾祖母似乎总是在来客没开口说话之前就早已知晓了他们的来意。在她面前，来访者很少有把话能说完的。她懂得那些她不可能懂的事情，她也会干出那些很可能她自己都不会干的事情。

有一次，我亲眼看见她从泥潭里把车拖出来，而自己的鞋连一星点泥巴都没沾上。我妹妹告诉我她和奶奶乘着独轮手推车飞到镇上去买糖，就为了喝那杯咖啡；我爸爸给我讲过，说他还是小孩子的时候，曾祖母常常用盖尔语唱歌，唱出的歌能让一家人睡好几天，这样她就可以自己清静的干完自己的家务杂活了。

她吹吹口哨就能把一壶水烧开，也能眨个眼就把窗帘合上。睡床从来都是整整齐齐的，水池里永远都不会落下一个没洗的脏盘子。

有时候，到了深夜，她会让我给她梳头发。她的头发比她身高还长，也会给我讲她所来的那个世界的故事。

这可真是个"宏大的"故事。想象和现实在魔法般神奇的美妙领域相遇，会让每一个孩子或成人感到欣喜。你可以尽可能久远地沿着家族历史回溯这类故事，也可以让想象带着你翱翔。祖先神话般的故事也许还是进入到虚构故事领域的一个途径。

## 有关工作的故事
## Stories about Work

很少有其它主题能比故事讲述者的爸爸或妈妈的工作更值得去讲。任何工作都是神圣的，每一项技能都能激发起人们的崇敬感。

工作是我们为世界做出贡献的能力的外在表达形式。必要性的背后都隐藏着一个需要动用努力、技能和能力的无私行动。幼年早期是母权主导的时期，每天那些日常的工作都是有意义有价值的，尤其是妈妈的那些英雄事迹。如果把家庭加以扩展，也许是奶奶的英雄事迹，就像下面故事中梅姬-阿德里奇回忆的那样：

奶奶让我帮她剥豌豆，并且允许我把每一个豌豆荚里最小的豌豆粒吃掉。亮晶晶的绿色豌豆蹦着跳进色拉碗里，随着色拉碗里豌豆粒越来越多，我都能把指头插进豌豆里，能感觉到豌豆那光滑的嫩皮贴着我的指头。我们干完活之后，奶奶就会喝上一杯茶，我坐在她的裙摆上，她温暖有力的胳膊把我紧紧地抱在她怀里。

"我可爱的小帮手。"奶奶总是会这么说。

工作主题的故事帮助孩子们为未来生活做出准备，激发出对未来可能性的想象。儿童经常会因成人所做的工作而对成人心生敬慕，或者因成人干活的方式而对成人蓦然起敬。就像佳伊·欧内尔（Gaye O'Donnell）讲述的那样。你也一样，很有可能记着某个你爱慕的人，因她/他干活的方式而崇拜他/她。

打我记事起，吉本就看起来那么老。在我个头还够不着看清桌面的时候，他就开始教我打台球。他还给我演示在刮大风的时候怎么划火柴，甚至还教我怎么能把卷烟卷得更漂亮——在我想知道的时候他就会把那些教给我。

收获的季节他会亲自去割草。他会给酒吧里另外一些老人讲我在牧场跑得如何快，就连蛇也追不上我、更是咬不着我的事情。我喜欢他所有的个性品质，而我从来都不知道我有多么爱他，直到那个特别的日子。

有一头母牛生小牛犊时遇到了麻烦，那是她的头胎。牛妈妈是个年幼的妈妈，我们都很担心。我把她牵到牛圈里，爸爸叫老吉本来帮忙。小牛犊臀部朝外先出，通常这个姿势对小牛犊甚至牛妈妈来说就意味着死亡——很少有能幸免的。

我极其认真极其细致地观察着老吉本接生。他一边给母牛的腹部做按摩，一边还嘴里不停地给小牛妈妈说着甜言蜜语。之后他继续一边轻柔地说着话，一边用铁丝绕在小牛犊的蹄脚上然后来回抽动铁丝。他一直不停地给母牛解释他在干什么，好像母牛能听懂似的。他声音柔和地哼唱"好姑娘"的歌，将小牛犊转过身再送进去母牛肚子里。我们都充满敬畏地静静地看着他这么做。

我当他的小助手，他开口要东西之前我早已把东西准备妥当了。

当小牛犊的腿归位之后，他就用铁丝上绕在一根大一些的木棍上，继续柔声细语地给青年小母牛说着悄悄话。他缓慢而又轻柔地将那个小牛犊从自己的头顶上拉出来，可小牛犊却不呼吸。

"嘿，干草种子，伙计！"他一边发出命令，一边把手伸向我。我早已做好了准备。他抓着干草种子塞进小牛犊的鼻子里，用另外一只手挤压着小牛犊的肋骨部位。小牛犊打了个喷嚏，它活过来了，将干草种子剧烈地从鼻子里喷了出来。

这时，每个人都笑了，大家都松了一口气。他拍了拍青年小母牛，爸爸拍了拍他的背，谢了他。周围到处都是啤酒，以及变得轻松起来的氛围。而我一句话也没说，只是默默地、一动不动地站在那儿，紧紧地靠着上帝站着。

从这样的一件事情出发，一条通往故事森林的小路就开通了。一个记忆会带出另一个记忆，一个事件会使人想起另外一个事件。对父母来说，这是一次因生命历程中的故事而自我疗愈的机会，因为生命中最美好的部分被重新组合在一个故事体中。这也是一次机会，让我们记住曾经最好的自己。

## 孩子的故事
### The Child's Story

家族故事因为有了最幼小的一代而得以完整，那就是关于孩子自己的故事。孩子（就像大都数成人一样）喜欢听关于自己过去的故事。他们甚至记不得自己曾经干过的一些事情。此类故事一般都会比较幽默，充满冒险劲头。比较理想的讲述方式是以类似这样的句式开头："你两岁的时候……"珍妮弗·孔伯格（Jennifer Kornberger）就给我们的儿子约翰内斯写过下列故事：

在你不到一岁的时候，你爬遍了家里每一个房间。只要是你可以够得着的抽屉你都要把它们打开。你从厨房开始，把那些平底锅一个一个从抽屉里拉出来，接着把锅盖又一个一个地拉出来，直到抽屉里面变得空荡荡。然后你又开始鼓捣装抹布的抽屉。你爬到卧室把鞋柜的抽屉打开。当你看到地板上你堆的一摞一摞的鞋子以及空空如也的鞋柜，你兴奋地哇啦哇啦乱叫。

在华德福幼儿园，家长常常被邀请去参加自己孩子的生日会，期间家长要写一个孩子每年成长过程中的一个小故事。此类故事就像是时间阶梯上的一个踏步横杆，安全地将旅程引向未来。

听到自己的故事被人讲述是一个具有深度疗愈功能的举动。请记住这个举动在奥德修斯和帕西法尔生命中扮演过多么重要的催化作用啊。听到自己的故事是故事疗法的核心。通过孩子自己的故事，你可以管理这个药方从而使之适应你的孩子；经由你自己生命的故事，你也可以使这个药方适应你自己。

# 27

# 成人故事
Grown-up Tales

本书的最后一章，我们将聚焦为成年人创编故事这个主题。像沙利亚国王那样，成人需要故事的程度并不比儿童的少。我们生活在一个严重缺乏故事的世界，这种匮乏带来的影响随处可见。对心魂的关照被忽略的太久了。个体因缺乏故事而遭受的损失跟我们时代的文明因缺乏故事而导致的损失同样严重。

## 成人故事
Adult Tales

前面章节里叙述过的那些故事技能大多数都可以成功地应用于成人故事的创编。下列由珍妮特·布拉格（Janet Blagg）写的故事是面向儿童的，也可以供成人欣赏阅读。

厨房里一片安静，家里所有人都已上床睡觉了，灯也都关上了。突然厨房里传出咔哒咔哒的声音，接着出现了什么东西摔碎的声音，之后就听见存放餐具的抽屉突然打开了。刀子和勺子又开始打起架来。所有杯子、盘子、餐具和锅都坐在后边观战，想看看到底谁能赢。

"截止目前我是最重要的。"菜刀尼基拉尖刻地说，"要不是我把东西切碎，根本就不会有什么东西能小得被盛到勺子里。"

"哦，你那样说有点太刻薄了吧！"勺子露西轻声说，"事实并非全然如此。很多东西都适合直接用勺子盛。说完她把自己伸进蜂蜜罐里。等勺子出来的时候，是满得快要溢出来的一勺子蜂蜜。

"现在让你也甜蜜一下吧！"她说。

"呀嗨！"刀子说着，就动身去找面包和黄油，为午夜准备夜宵去了。然后所有人就都又安宁了下来。

故事形象伙伴以及内在故事讲述者跟灵感一样，都可以向成人故事的创编提供帮助。这些特征都不是那种因循守旧的特征，都是反传统的特性。只要喜欢，作为想象王国的原住民，它们都可以从现实所提供的最精致的品质里被提取出来。现实中你能看到的细节越多，对你所创编的故事就越有帮助。如想象伙伴那样，只要你给予足够多的关注，它们就会丰富地展现自己，它们也会乐意给出它们所能接收到的。下列故事就是梅格·韦伯斯特写的一个关于内在故事讲述者的故事。

哈利·瓦伦特先生身材矮胖、短小精悍。口袋里总是装着手帕。他坚持了好几年来学习吹奏单簧管。他喜欢喝波特酒泡柠檬——有点像女士饮品——这也是他妈妈经常喝的饮品。过去哈利每周五都会带他妈妈去 Fox & Hounds 餐厅吃午餐。而现在他母亲已经去世了，他独自一人居住在老家的房子里，却把他妈妈的骨灰装在一个音乐盒里，放在客厅一角的牌桌上。他现年已经58岁了，从来没有过固定的爱人，却有很多次他深深地坠入爱河。他最喜欢的词是"油嘴滑舌",最喜欢的作家是狄更斯。每年大斋节期间他都会捐献出很多巧克力。他沉迷于填字游戏。每当满月的时候,他就会失眠。

甚至元素世界也可能以出其不意的全新方式重新出现在成人故事里。如果你依照本书谈到的概要介绍亲自实践过的话,你会发现将元素精灵们吸引进成人故事是很容易的事情。很有可能的情况是,它们等着你邀请它们走进你的故事生命里。它们总是乐意帮助,就像梅格·阿德里奇在下列故事里见证的那样。

莉莉·怀特看着白色沙地上的脚印,也看见脚印形状的小坑里的水。大海慢慢褪潮后只留下了潮湿的沙地。海潮又开始长高,向海岸冲过来,将脚印盖住。海浪翻滚着冲向她,到了海滩又重重地摔落下去。她穿着全棉长裙,裙摆都快盖住脚趾头了;看见海浪冲过来,她转身向沙丘跑去,她不想让海水打湿她的裙子。海浪拍打着干燥的海草,将海草带入海中,又拍打着将它送回到海滩,海草湿漉漉又亮闪闪。

莉莉明白如果她乘坐小艇出去的话,那就有可能趁低潮时再将它送回来。如果那样的话,她这会儿应早已远离海浪了,不会让它们控制和束缚自己的。她对刚才自己的迟疑不定感到懊恼,莉莉提起裙子,开始朝小船跋涉过去。

冰冷的海水侵袭着她的脚踝。她屏住呼吸,迫使自己向前迈着脚步,感觉到海草缠在自己腿上。她越走越深,海浪奔袭过来的时候,她将背转向浪头。当她恢复身体平衡之后,她又转过身面朝海浪的方向;当海水淹没到臀部的时候,她就能看见远处的浮标和小艇,在晨雾中摇曳飘动。

她极目远眺大海,观察着远处的小艇,她开始怀疑为什么要给自己设定如此毫无价值的挑战。这个想法抓住了她的注意力，一个浪头袭来正好打中她腹部，将她推倒，海浪掀得她在水底翻跟头。莉莉透过水可以看见光，她使出全身力气，强迫自己站起来，大口呼吸着空气，这时又一个浪头掀过来，浪头推进的力量比上一次更为猛烈，浪头将她卷住卷倒在水下。她奋力冲出水面，一边挣扎着扑腾着剧烈地咳嗽着，一边还自言自语地骂自己真愚蠢。混乱中她还在搜寻，正在绝望的时候她看见了她。

就在莉莉身旁，一个年轻女人游了过来——她身穿潜水服——眼睫毛上闪烁着亮晶晶的水花，她的脸庞很像莉莉的脸庞，只不过显得更显青春活力，她的四肢看起来很长。莉莉想问"你是谁？"可莉莉却很想哭，也很想永远待在那个年轻女人的臂弯里，她可以坚定有力地抓住莉莉，将莉莉拖到远离海浪的地方，拖到海洋边那隆起的沙丘那儿。年轻的莉莉和女人手拉手，漂浮着，抬头望着纯净的蓝色天空，一起咯咯大笑。她们一起遇到了海浪，身体舒展平坦地躺在海浪上面，胳膊向前伸展着，浪花击打着她们的脸颊。她们一起飘到了海滩。

莉莉满足而安心地躺在干燥的沙滩上，内心充满着感激之情。她转身要向那个年轻女人表达她的谢意，可她已经不在那儿了。不过没关系，莉莉现在知道在哪儿可以找到她了。

如果你观察的时候够长的话，你也可以找到创编故事所需要的帮助。

在想象力实验室列出的那个顺序正好也可以用于成人故事的创作。创作成人故事时，你也可以遵循我在那个部分给出的建议。

起先可以从风景描写开始，不久你就会发现你的故事主角已经在里面了。戴安娜·马歇尔的下列故事开头就是这么写的。

天气炎热，灰尘飞扬。整个风景都是红色的，沙地灌木间夹杂着蓝绿色。就连道路也是红色的。路是泥土路，路上有车辙的印子，车辙隆起的地方，断断续续地有植物发芽了，透着绿色。路肩向上而不是下斜，直直地消失在远方的地平线上。远看有树木，但是数量很少，且树木间隔也很远，在路边甚至连一颗树都没有。路边唯一可以看见的是一个女人在汽车引擎盖下面满怀希望地查看着，给人的印象是似乎只要她看一眼，就能知道汽车的故障到底在哪里。而真相是她一点都不懂，事情的真相是她那会儿感觉特别热、特别疲乏，失望和挫败感悄悄侵袭着她。她不知所措，心想着只要打开引擎盖，她就会明明白白地看见故障，至少她是在有所为而不是茫然不知所措。事实是她刚开了 60 公里路程到镇上去进行每周惯例的采购；家还在 60 公里开外的地方，而她却被困在中间……

这则故事的背景不仅帮助作者找到了故事女主角，而且还将女主角面临的困境提供了出来。你一旦能够达到这一点，那你的故事随时都会有足够的动能自己往下演绎。如果你需要更多的灵感，添加一些细节的催化剂就可以了。

珍妮特·布拉格（Janet Blagg）的故事就是从一个心灵景观开始，接着首先添加了主人公，然后添加了细节催化剂。

## 修道院的花园
### The Monastery Garden

穿过峡谷，你就可以看见修道院绵延分布在几英亩的山坡地带。一栋高大建筑旁边是一座围墙围起来的花园。乳白色的石灰岩围墙又高又结实，映衬着蓝色的天空，使其显得极其单薄。从一个坚固结实的大门进去，到了里面你就可以看见美妙而奇异地排列着各种形状、喜庆欢乐、肆意生长的大量植物。年代久远的水果树排成行，缠结得混乱的藤本玫瑰花渴望着自由，它们从蔬菜架上攀援而过将它们的芳香与薰衣草及蜀葵的芬芳混合一起。厨房门口的那边又是一片绚烂多姿的植物，那些香草尤其百里香，肆意地疯长着。

远眺一行行的西红柿秧苗，它们的叶子在阳光照耀下散发着刺鼻的气味。一个长条木头凳子在烈日下静静地站在那里。凳子一侧是一个日晷，另外一侧是一眼水井。长凳子上，低头坐着一位年轻的见习修士。他的任务就是照管花园。工作内容就是重整花园的秩序，因为上一任园艺师留下缺乏秩序的烂摊子。上一任园艺师是个老修道士，他让花园随意生长，说是为了神的荣耀。

年轻的见习修道士名为伊凡。伊凡要用修枝剪和修枝锯来让花园里植物的行列重新整齐起来，控制和驯服那些随处蔓延、肆意生长的玫瑰。他叹了口气。他的脸颊上粘着玫瑰花瓣，眼睛里闪烁着热烈的狐火。他喜欢花园里植物这种野性的生长，也热爱围墙内花园里的这种混合香味。他扔下修枝剪，伸出他那修长而敏感的指头摸了摸他脖子上挂着的吊坠小盒子，那是他妈妈传给他的。妈妈临死时希望他能够用一生去为上帝工作。他打开小盒子，从肖像上看见气力虚弱的妈妈凝视他爸爸那凝重的双眼。伊凡抬眼望着完美的奶油色玫瑰花；他仰起脸，把脸深深贴在柔软的淡粉色玫瑰花瓣上。他再次抬起头看着被保护在高墙之内的那些大树的叶子在风中摆动，它们在清风里飘动、舞动。

他吻了吻玫瑰花，然后转过身，嘎吱嘎吱地走在碎石铺就的小路上。他路经了菱形花床、观赏水池，走到高高的大门口。他从腰间挂着的一串钥匙上取出大门钥匙，将大门打开，转身将钥匙扔到远处的田野里，把教士服从头上拉下来，让其自然掉落地上。然后与修道院花园背道而驰，斜插过田野迈步离开了。

治疗故事对孩子来说非常重要，而治疗故事作品的创作对成人来说具有同等重要的价值。我曾经将故事作为疗法在成人生活中试验过，而且发现对隐喻的艺术化应用是疗愈过程的关键因素。就如何将隐喻当作治疗工具的问题，我设计出了两个办法。第一个方法我称之为"图景挖掘"。

## 图景挖掘
**Picture Mining**

图景挖掘是治疗型隐喻的一个更自由的变化种类。图景挖掘过程中，挖掘出的图景不必与当下的情景直接关联。也许它是因当下的境遇而启迪出来的图景，但它却不受制于当下境遇。挖掘此类图景的最好出处是从想象的最深处挖掘，而不是从现象的表层挖掘。理想的情况是此类图景是一个心魂对另一个心魂所做出的回应。

图景挖掘过程中，你可以将在"想象力实验室"那章里学到的所有技能加以应用。

若你要为某人写一则故事，那先从描写这个人的内在图景开始。留意可能出现的任何情感，让那种感觉停留一阵子，然后将它释放掉。放空大脑，等待图景的出现。

下列一副图景就是杰西·威廉（Jesse Williams）挖掘出来的。

大地上耸立着一座高大巍峨的大山；大山的根基深深地扎在大地下面，大山稳固不可动摇。温柔的清风吹过，将山坡上的干草吹得沙沙作响。如果你想从山底下挖掘隧道的话，你就会发现山底下到处都是巨大的洞穴。大山里面整个都被挖空了。你会在那儿的湖边发现一座火山，湖边还有一座高大的石头拱门，上面镌刻着如下一行字："索要他人不想给予的东西是缺乏爱心的行为。"

高大的拱门底下有个小男孩，他在哭泣。

当然，图景挖掘不需要从字面上被理解成像是从地底深处挖掘图像出来。图景的挖掘地可以是宽阔的大海、一座花园或一栋建筑。可以是一幕景色的描写，也可以是用故事语言描绘出来的图景，就像德士玛·科尔尼（Desma Kearney）创作的下列故事范例里的图景一样。

## 小木船和宽阔的大海
### The Little Wooden Boat and the Wide Wide Ocean

从前有一片宽阔的海洋，
它把海湾伸进两座大山之间。
宽阔的海洋有千年长，
宽阔的海洋有千年深。
它的颜色比没有星光的黑夜还要暗淡，
它比不见日光的大海更冰冷。
海面有时汹涌澎湃，
有时却平静如镜面。
宽阔的海面上漂浮着
一艘挂着皮帆的小木船。
船体老旧而光滑，
船上的螺钉锈蚀斑斑、盐渍点点。
小木船再也不记得是谁曾建造了她，

也不记得谁曾驾她扬帆起航，
更不记得谁曾站在船头把网撒。
当她航行在宽阔的大海上，
她随着洋流和歌唱的风儿随意漂，
小木船发现了，
是哪座大山遮住了太阳，
是哪座大山遮住了月亮。
经历风和日丽的日子，
穿越漫天繁星的夜晚，
穿越泼墨似的天空，
穿过喧闹骚动的海浪。
小木船行驶在，
宽阔又宽阔的大海上。

如此的图景就是从接受者自己心魂里挖掘出来的地图。它们是我们可以信赖的心魂景观，籍此向我们展示出进入故事主角心魂的路径。图景挖掘过程中，最好的办法就是让想象力自行工作，要克制住自己总试图将现象翻译成隐喻的冲动。你所要做的就是把故事讲出来，然后让故事自行展现自己，故事知道讲到什么程度，不少也不会多。故事甚至都不会触及你刚开始时打算要触及的那些问题，但有可能会讲出来你过去曾忽略过的问题。它甚至在伤痕未出现之前就已经开始了治疗或者在你没有意识之前就已经完成了一项漫长的疗程。也许它什么也没做。也许它仅仅就是一个相聚的手段，针对分离的伤痛经由心魂的交融来治疗这种分离。

## 融合想象

## Communal Imagination

心魂的交融在治疗故事创作中扮演着非常重要的角色。心魂的大多数问题都是走向孤独隔离的过程，心魂因而停止了沟通交流。

跟理智不同，想象力是沟通交流的大师。想象以及想象所包含的画面本质上都具有社交属性，为心魂设定了可供遵循的先例。好故事在这些方面之所以特别有效，是因为它们能够呈现出高度组织化的意义模型。在此模型里面所有相关方都可以进行沟通交流，与此类故事相遇可以帮助心魂找到方向。这些故事里保有的那些想象成分可以跟心魂被孤独地隔离着的那部分进行即时的沟通交流，从而将心魂被隔离的那部分与整个心魂融合起来。

正如想象具有融合的潜力那样，融合也具有与想象共同工作的潜力——或称之为"融合想象"。在故事创作讲习班里我们常常发现这样的情况：未解的那些问题拒绝转换成隐喻。问题不能被隐喻化为故事是因为创作者常常受限于他们强加在问题上的那些理性阐释。似乎理性阐释跟当下面对的问题一样都是个问题，甚至比问题本身更加严重。

基于这样的观察，我开始试验融合想象，并将之作为一个工具来消解包裹在创伤事件周围的那些盔甲。通过和他人分享那些痛苦的事情并从对方那儿接收到想象型回应，厚重的围墙就可能崩溃、坚硬的铁门就可能打开。

假如我们能从他人那儿接收到治疗性隐喻故事，那我们就可以绕开理智的堡垒，也可以跨越理性这一障碍。没有必要用理智去消解主要由理智自己制造的那些问题，也没有必要用制造出心魂疾病的那些毒药去疗愈心魂。我们所要做的就是用心魂可以理解的语言跟心魂进行对话，引入想象去化解那些曾经拒绝过任何其它解决方案的问题。

在这个过程中，心魂跟心魂对话，想象跟想象对话。想象具备慈悲和怜悯的天然本性，它也具有自己的智慧。

为了驾驭和应用这种智慧，我曾经跟三到七人的小组一起工作过。小组里的每一个人都分享自己人生中遇到过的一个主要问题，然后接收他人给出的富有想象力的回应。

这个练习的第一步是每个小组成员将自己人生遇到过的一个主要问题用一段或两段平铺直叙的语言写出来。（这是一个转化的过程，千万不要低估将问题写下来这一行动。）然后小组成员轮流将自己写出来的问题大声念出来，小组里的其他成员只是聆听。

听完叙述后，其他成员开始带出他们听到问题之后所展开的想象。成员们跟从自己的内在图景，并让这些图景画面一一展开。我鼓励学员们要认真对待自己的想象呈现给自己的一切，并跟从呈现出来的那些图景的引领。想象过程中所呈现的那些循环和转折往往令人惊讶，有时候会显得怪异，偶尔也会令人眼花缭乱。然而这些看似怪异的转折对故事疗法接受者来说到最后却是最有意义的。不管是哪种情况，小组成员们就听到的问题而创作出的回应故事都能被故事接受者理解，好像就是按照接受者特定的心魂需求而定制的故事一样。

变态转化（Metamorphosis）的过程中，每个参与者既是治疗师又是顾客；每个人都经由充满想象力的途径实现与他人心魂的融合从而使心魂得以释然。为他人创作故事的时候，需要一种独特的自由，那就是：绕开理智地顽固坚持"要把事情弄正确"的这一障碍。因自己的人生问题而创作故事的时候，故事作者可能都会体验到这种"总想弄正确"的感觉。

显而易见，故事融合过程取决于故事创作者理解和运用图景的能力以及跟随图景引领的能力。就本书描述的故事创作之路做过练习的任何人来说、或对天生就具有讲故事能力的人来说，这样的能力都能信手拈来。在我开办的故事创作工作坊中，与故事创作新手工作时我首先要花一些时间来帮助他们润滑想象力中那些生锈的螺栓和齿轮。常常令我吃惊地是想象能力很快就可以恢复或者重新获得。

我在有关变态（Metamorphosis）方面的工作尚处于初级阶段，也许未来会有一本书专门来研究这个主题。同时我也随时可以就此进行一些小组工作。对那些自信可以立刻开始做这个主题研究和实践的创作者来说，可以在我们的全球创造性故事创作网校上找到伙伴。

若你想要完整地欣赏变态（Metamorphosis）过程，那你需要在故事创作圈子里去亲自体验给予和获得。即便如此，我还是想在这里向大家提供出这方面工作的几个范例，来满足那些期望通过故事创作去追求想象融合的作者。

第一个范例是参加过变态（Metamorphosis）课程的学员分享的某个事件的概要。

我满心恐惧。我害怕我跟世界保持着距离、脱离了世界、不能融入到世界当中去……一扇不能穿越的大门。我不明白这是生存的孤独感还是让我独处的主要原因。对直接坦露的强烈情绪我感到极为不舒服，也对情绪化需求感到不舒服，我担心这种情况是不是含有某些孤独症成分，而且我的担忧纯粹是自私的。我也跟其他人交往，比如我看见一个难民被我们的社会边缘化、被社会忽略的时候，我就会去跟他们交往；我还固执地认为如果没有我的话他在这里就没有什么人可以帮他了。然而他又很难相处，从内心深处我希望我完全没必要去帮他。事实上我确实也不必帮他，没有人强迫我去帮他。也许是我自己臆想到最终没人来帮我，甚至臆想到当我去世之后也没有人来清理我的碗柜，或者没有人来珍惜我那些书、文件及作品。

接下来的两则故事是对上述问题的回应。自然而然，这两则故事对问题的分享者来说是非常有意义的。不管怎样，我们至少可以从中管窥一些它们的治疗潜能。

## 漂流木——作者：哈莉艾特·索亚
## Driftwood by Harriet Sawyer

从前，当太阳一直照耀着大地，沙子像大理石板一样铺着，大海跟孔雀石一样绿的时候，一只漂流木筏出现在人们的视野里。没有人知道它从哪里漂来，而村民们却蜂拥而出将漂流木筏拽上岸。木筏上面有一个满身沾满盐块的女孩，她紧紧地抱着一本银质书。她的头发已经变成绿色，就像大海的孔雀绿那样；她的指甲像珍珠一样闪亮。村民们都在想：这个女孩真美啊！尽管每户人家吃的鱼都很紧缺了，可村里的女人们都在花费时间互相争执，抢着看谁可以把这个美丽的女孩带回家。最后大家决定由没有子嗣的莎妮亚作为受托人将女孩带回家，没有机会将女孩带回家的那些女人则长吁短叹，因为她们也想要一个指甲像珍珠一样闪亮的漂亮女孩。同时她们都认识到让莎妮亚把漂亮女孩带回家是最好的选择，于是她们都各自回家，或缝补渔网或照看她们家里的小顽童们去了。

因为是那个漂流筏将她带到此地，所以女孩被村民们称为叫漂流木。不久她就融入到了村子，成了村里的一份子——补渔网、刮鱼鳞、帮着清洗渔船。没过多久，全村人都忘了她以前可不是这个村里的人。然而发生了一件事情，让漂流木感觉到自己就是个外来人。从她到了村子那一刻起，她就从来没说过一个字。她见里村里其他孩子也会微笑，跟他们一起玩。她也唱那些求雨的歌，唱收船时唱的歌，她却从来没有说过话。

莎妮亚越来越把这个女孩当作自己亲生女儿一样地爱；也常常纳闷为什么如此可爱如此阳光如此聪明的一个女孩怎么就被弄成了哑巴呢。有一天莎妮亚发现漂流木在墙角一个台灯旁缩成一团蹲着，她在想方设法地要把她拖进来的那只乌贼藏起来，还在想办法从乌贼身上挤出墨汁。莎妮亚感到非常好奇。第二天，当漂流木正在清洁渔船的时候，莎妮亚进屋趁机检查了一下房间。终于她在漂流木睡床下面一个小小的陶罐里发现了一支钢笔和一个墨水瓶。她掀起床垫，看见床垫底下至少有十个本子，就跟你在市面上可以买到的那种本子一模一样，本子是用厚厚的羊皮纸做成的。漂流木在其中九个本子的上面手写了满满的奇异文字和符号，第十个本子也几乎要写满了。

莎妮亚心里嘀咕着，心想漂流木真是可怜的孩子啊！她想起了漂流木是从遥远的地方漂来的。那又怎么样？总不能强迫孩子开口说话吧！

莎妮亚突然冒出一个想法。她保留着女孩漂来时一直紧紧抱在怀里的那本银书。每天夜里，补完所有的渔网后，她就打开那本书，开始讲述自己少女时代的故事、讲自己曾经发现的鲸鱼的故事、讲自己20岁生日时穿过的那件橙色长礼服的故事，也讲自己曾经多么地确信自己妈妈就是月亮的妹妹。她讲了有一百多个故事，不，讲了两百多个故事，还要多，有三百多个故事。当再也没有故事可讲的时候，即使连最微不足道的故事都不剩的时候，莎妮亚自己也停止开口说话了。

漂流木收拾起自己创作的所有书，把它们带到了市场；她跑遍市场能跑的角落，尽可能多地搜集到许多许多漂亮的玻璃瓶。她把书的每一页都撕成一条一条的，折叠后再卷起来塞进那些漂亮的玻璃瓶里，然后用软木塞堵住瓶口，再用封口蜡封住瓶口。她找到了一百多个，不，两百多个，还要多，三百多个漂亮的玻璃瓶，装好纸条然后再封上瓶口。

漂流木挑选了一个日子，让漂亮的玻璃瓶像船队一样启航。那天太阳依然持续照耀着、沙子像大理石板一样平平展展地铺着，大海跟孔雀石一样碧绿闪亮。她返回家里，她看着家里老旧得发白的大门，开口说话了，"早上好，妈妈！"。

## 火车与诗篇——作者：德比·麦克
### The Train and verse by Deb Mickle

火车停靠在站台。站台上的氛围很温和，显得既不兴奋也不狂躁。太阳温暖、空气澄明。火车很快就要发车离站，人们开始上车就座。

火车上有包厢，包厢就可以将里外分隔开。跟外边的这种隔离，有人就觉得舒服，也会觉得熟悉自在。

火车上也有开放式的车厢。车厢里的所有座位都没有被矮墙隔断。每个乘客的包啊、箱子啊、枕头啊都亮晃晃的摆在那儿。几乎没有隐私，也没有什么遮挡。

她坐在一个封闭的包厢里，做好了这段旅程的准备，也做好不跟任何人交往的准备。她准备全然地按照自己的意愿去做自己。还有其他人进入包厢，有几个人发现坐错了座位，就离开了。这时火车就要离开车站向远方出发了。

她已经计划好了，打算利用这次旅行的时间来写作，让自己过得舒服一点，也让旅程更有了目的性。她正在写作，突然被包厢里一个乘客的问题打断了思路。她感到诧异和厌恶，但还是回答了那个乘客的问题——可这个过程扰乱了她写作的心情。火车到站停车，有人下车有人上车。现在包厢里只剩下她和那个问她问题的人了。是否可以多说几句话呢？她会选择什么话题呢？

苔藓，露珠儿，

新鲜，无人踩过，

鲜绿的苔藓，看不出太阳照耀过的痕迹，

露珠儿晶莹闪亮，

如颗颗珍贵的宝石，

我们围着这片苔藓、这片地方散步，

步履轻盈，

心知这苔藓脆弱，不得伤害；

离开时，连苔藓碰也没碰一下，

苔藓和露珠，

就这样重复着生命的过程，

避世隐居，自我延续着。

我们处在故事中间，故事需要我们互动协作。要把这个故事讲下去，我们有必要继续发扬我们即兴讲故事的传统，也要继续发扬我们创造比喻，隐喻的传统。故事创作不仅仅是诗人和作家的事业。想象力等待着被唤醒，如果采取了恰当的步骤的话，我们就可以收获唤醒想象力后的成果。鼓励故事创作者采用这些步骤进行故事创作，正是本书的目的之一。

# 编后记

《故事的力量》这本书可以说是千呼万唤始出来的,早在两年前,在一次偶然的谈话中无意间听本书的译者提及到这本书;当第一次听到这本书的名字《故事的力量》的时候,就如同迷障之中一盏明灯,眼前一亮。于是一拍即合决定将此书翻译成书并有强烈的意愿将其出版,让更多的朋友能够有机会阅读到此书,从而打开一扇新的大门。在经过了一年多的翻译与编校,几经周折之下这本书终于可以在 2017 年伊始与大家见面了,心中的喜悦无以言表,只能用其文字一诉心中喜爱之情。

这本《故事的力量》与其它故事类的图书有所不同,本书从三个角度对于"故事"本身以一种全息图景式的方法进行了阐述。首先从人类发展史大的历史背景下将"故事"本身以一种编年体的形式进行阐述,分别引用了《荷马史诗》当中《奥德赛》的故事章节引出了"故事疗法"这一最为基本的理论;同时也展现出史诗作品是如何揭示"故事的力量"。同时也提醒读者关于时机的掌握对于"故事"疗法重要性。奥德修斯正是在故事疗法效力最强的时候与自己的故事相遇;在自己人生危机的尖峰时刻"故事"以一种奇特的力量绽放出"疗愈"的神奇功效,为其命运的转化带来超乎想象的潜能效果。进而又通过史诗《帕西法尔》再次论证和阐述这一理论;这二者有着惊人的相似之处,两位故事的主人公都是在他们人生成功的巅峰时刻遭遇到了命运的巨大转折,而就在这个时刻他们二人都在寻求有力量的帮助，恰巧在这个时候一次偶然的机会听到自己的故事从另外一个人口中讲出，而这个讲述故事的人并没意识到故事的主人公就在现场，正是通过这样一种巧妙的安排，使得故事的主人公在毫无准备的情况以一种超脱于生命历程的高度与自己的故事相遇，这时故事的疗愈功效被发挥到极致，这就是我们前面所提及的"故事疗法"的能动性。在这一理论引出的前提下，又再次不断地引出"佛陀故事""耶稣受难""大卫与巴斯西巴"等一系列圣人故事，进而对于故事疗法这一主题进行更深层次的探讨与深入。在他们的生命力中，现实与神话、历史和故事相互重叠在一起。而在这些神话般的宗教大师的生命里，这些命运原型模式会非常清晰地被显现出来，来自于超乎生命之外的自我救赎与救赎他人的意识形态存在于世，"故事"本身作为一种载体，在其传播与发展的进程中扮演着举足轻重的角色和地位。这也就是说为什么"故事"本身是一种不被察觉的历史载体存在于世并且一直延续至今。在这些故事中，有精神的传承，有信仰的传承，也有着文化的传承。所有一切都蕴含在这些小小的"故事"当中。

2017 年 2 月 20 日

郎瑞

# 各个时期史诗代表作品

## 古典史诗

**前20世纪**

《吉尔伽美什》（美索不达米亚神话）
《阿特拉哈西斯》（美索不达米亚神话）

**前8世纪—前6世纪**

《埃努玛·埃利什》（巴比伦神话）
[古希腊] 荷马　《伊利亚特》（希腊神话）
[古希腊] 荷马　《奥德赛》（希腊神话）
[古希腊] 赫西俄德《田功农时》（希腊神话）

**前5世纪—前4世纪**

《罗摩衍那》（印度神话）
《摩诃婆罗多》（印度神话）
《约伯记》（圣经旧约中一卷）

**前3世纪**

[古希腊] 阿波罗·尼奥斯
《阿尔戈船英雄记》（拉丁文史诗）

**前2世纪**

[古罗马] 恩尼乌斯　《编年纪》（古罗马史诗）

**前1世纪**

[古罗马] 维吉尔　《埃涅阿斯纪》（古罗马史诗）
《夺牛长征记》（爱尔兰史诗）

**1世纪**

[古罗马] 奥维德　《变形记》（古罗马史诗）
[古罗马] 卢坎　《内战记》(又名《法尔萨利亚》)
[古罗马] 西利乌斯·伊塔利库斯《布匿战记》
[古希腊] 瓦勒里乌斯·弗拉库斯《阿尔戈船英雄记》
[古罗马] 斯塔提乌斯　《底比斯战纪》

**2世纪**

[古印度] 马鸣　《佛所行赞》（也名《佛本行经》）

**2世纪到5世纪**

[印度] 伊兰戈　《圆环物语》（泰米尔语文学，印度）
[印度] 悌儒维鲁瓦　《古腊箴言》（又名《蒂鲁古拉尔》，泰米尔语文学，印度）

**3世纪到4世纪**

[罗马] 昆图斯·恩纽斯　《续荷马史诗》

**4世纪**

[印度] 迦梨陀婆　《鸠摩罗出世》
[印度] 迦梨陀婆　《罗怙世系》

**5世纪**

[古希腊] 诺努斯　《狄奥尼西卡》

# 中古世纪史诗

**8 世纪到 10 世纪**
《贝奥武夫》（盎格鲁–撒克逊人叙事史诗）
《沃尔德雷》（盎格鲁–撒克逊人叙事史诗）
《萨逊的大卫》（亚美尼亚史诗）

**9 世纪**
《薄伽梵往世书》（梵文文学，印度）

**10 世纪**
[古波斯] 菲尔多西 《王书》（又译《列王纪》波斯史诗）
埃克哈德 《瓦尔塔里乌斯》（拉丁文文学）
《马尔登战役》（古英语英雄诗篇）

**11 世纪**
《诗体埃达》（北欧神话）
《鲁特利普》（德国诗体小说）
《狄吉尼斯·阿克里特》（拜占庭英雄史诗）
《罗兰之歌》（法兰西史诗）
《格萨尔王传》（藏族史诗，世界最长的英雄史诗，至今依然传唱）
《玛纳斯》（柯尔克孜族英雄史诗）

**12 世纪**
绍塔·鲁斯塔韦利 《虎皮武士》（格鲁吉亚史诗，也名《豹皮武士》）
《亚历山大》（拉丁文文学）
《伊戈尔出征记》（又译《伊戈尔远征记》，俄罗斯史诗）

**13 世纪**
《尼伯龙根之歌》（高地德语史诗）
[英] 莱阿门 《布鲁特》（英国文学，亚瑟王题材）
《熙德之歌》（西班牙史诗）
约翰·加兰 《教会的胜利》
[冰岛] 史洛里·斯图拉松 《散文埃达》（北欧神话）
[德] 沃尔夫拉姆·封埃申巴赫 《帕尔齐法尔》
[冰岛] 佚名 《萨迦》（北欧史诗）
《江格尔》（蒙古英雄史诗）

**14 世纪**
《世界的运行者》（基督教诗篇）
[意] 但丁 《神曲》
[意] 弗朗西斯克·彼特拉克 《阿非利加》（拉丁文史诗）
《平家物语》（日本文学史诗）
[中] 罗贯中 《三国演义》（中国文学史诗）

**15 世纪**
[英] 托马斯·马洛礼 《亚瑟王之死》（英国史诗）
[意] 博亚尔多 《热恋的罗兰》
《黑暗传》（中国汉族史诗）

# 现代史诗

## 16 世纪

1516 年　[意]路德维柯·阿里奥斯托　《疯狂的罗兰》
1555 年　[葡]路易·德贾梅士　《葡国魂》(又名《路济塔尼亚人之歌》)
1575 年　[意]托尔夸多·塔索　《被解放的耶路撒冷》
1596 年　[英]埃德蒙·斯宾塞　《仙后》

## 17 世纪

1651 年　[匈牙利]兹里尼　《塞格德堡之危》
1667 年　[英]约翰·弥尔顿　《失乐园》
1671 年　[英]约翰·弥尔顿　《复乐园》
1695 年　[英]布拉克摩尔　《亚瑟王子》
1697 年　[英]布拉克摩尔　《亚瑟王》

## 18 世纪

1705 年　[英]布拉克摩尔　《伊莱札》
1723 年　[法]伏尔泰　《亨利亚德》
1723 年　布拉克摩尔　《阿佛列》
1737 年　[英]理查·格洛威　《莱奥尼达斯》
1749 年　[德]克洛卜施托克　《救世主》
1785 年　[俄]赫拉斯科夫　《弗拉基米尔的再生》
1796 年　[英]罗伯特·骚塞　《圣女贞德》

## 19 世纪

1801 年　[英]罗伯特·骚塞　《毁灭者塔拉巴》
1805 年　[英]罗伯特·骚塞　《玛道克》
1807 年　巴罗　《哥伦比亚德》
1808 年　[英]威廉·布雷克　《米尔顿》
1810 年　[英]罗伯特·骚塞　《刻哈玛的诅咒》
1814 年　[英]罗伯特·骚塞　《罗德里克，最后一个哥德人》
1817 年　[英]雪莱　《伊斯兰的反叛》
1818 年　[英]济慈　《恩底弥翁》
1818 年　[英]济慈　《许佩里翁》
1820 年　[英]威廉·布雷克　《耶路撒冷》
1824 年　[英]乔治·戈登·拜伦　《唐·璜》
1834 年　[波兰]亚当·密茨凯维奇　《入侵立陶宛》
1849 年　[芬兰]埃利亚斯·伦洛特　《卡勒瓦拉》(芬兰神话)
1853 年　[爱沙尼亚]克列茨瓦尔德　《卡列维波埃格》(爱沙尼亚民族史诗)
1855 年　[美]亨利·沃兹沃思·朗费罗　《海华沙之歌》
1855 年—1860 年　[法]维克多·雨果　《撒旦的末日》
1872 年　[西班牙]何塞·埃尔南德斯　《马丁·菲耶罗》(阿根廷史诗)
1876 年　[美]赫尔曼·梅尔维尔　《克拉瑞》
1874 年—1880 年　[英]詹姆士·汤姆森　《暗夜之城》
1888 年　[美]沃尔特·惠特曼　《草叶集》

## 20 世纪

1911 年　[英]G.K.切斯特顿　《白马之歌》
1934 年　[葡萄牙]费尔南多·佩索阿　《使命》
1924 年—1938 年　[希腊]尼可斯·卡山札基　《奥德赛：现代续篇》
1915 年—1969 年　[美]埃兹拉·庞德　《诗章》
1921 年—1949 年　[美]约翰·内哈特　《西部之圈》
1946 年—1958 年　[美]威廉·卡洛斯·威廉斯　《帕特生》
1950 年—1970 年　[美]查尔斯·奥尔森　《马克西穆斯的诗》
1956 年　[瑞典]哈里·马丁松　《安尼亚瑞》
1966 年　[美]盖瑞·施耐德　《山水无尽》
1982 年　詹姆斯·梅里尔　《圣多弗变幻之光》
1990 年　[圣卢西亚]德里克·沃尔科特　《奥梅罗斯》

# 文中涉及图书中译本及相关书目推荐

| 书名 | 著、译者 | 出版社 | 出版时间 |
| --- | --- | --- | --- |
| Teutonic Myth and Legends（日耳曼神话和传说） | Donald A. Mackenzie（唐纳德·A·麦肯齐） | CreateSpace Independent Publishing Platform | 2014 |
| The Story of Jumping Mouse（跳跳鼠的故事） | John Steptoe（约翰·斯特普托） | Harper Collins US | 1989 |
| 安徒生童话全集 | [丹]安徒生/著 叶君健/译 | 中国城市出版社 | 2009 |
| 北欧神话 ABC | 方璧又名沈雁冰（矛盾） | 世界书局 | 1930 |
| 地海巫师 | [美]厄休拉·勒奎恩/著 马爱农/译 | 人民文学出版社 | 2004 |
| 俄罗斯民间童话故事集 | [俄]阿法纳西耶夫/著 方子汉/译 | 人民文学出版社 | 2007 |
| 佛陀 | [英]凯伦·阿姆斯特朗/著 贤祥/译 | 生活·读书·新知三联书店 | 2014 |
| 格林童话全集 | [德]格林兄弟/著 魏以新/译 | 人民文学出版社 | 1994 |
| 古巴比伦神话故事 | 国洪更/编著 | 吉林人民出版社 | 2001 |
| 古希腊神话 | [俄]H.A.库恩/著 朱顺志/译 | 上海译文出版社 | 1998 |
| 哈利·波特 | [英]J.K.罗琳/著 苏农/译 | 人民文学出版社 | 2000 |
| 荷马史诗·奥德赛 | [古希腊]荷马/著 王焕生/译 | 人民文学出版社 | 1997 |
| 荷马史诗·伊利亚特 | [古希腊]荷马/著 罗念生/译 | 人民文学出版社 | 2003 |
| 华兹华斯诗选 | [英]华兹华斯/著 杨德豫/译 | 广西师范大学出版社 | 2009 |
| 荒原：艾略特文集·诗歌 | [英]T.S.艾略特/著 汤永宽/编 裘小龙等/译 | 上海译文出版社 | 2012 |
| 霍比特人 | [英]J.R.R.托尔金/著 李尧/译 | 译林出版社 | 2002 |
| 霍比特人 | [英]J.R.R.托尔金/著 吴刚/译 | 上海人民出版社 | 2013 |
| 吉尔伽美什 | 赵乐甡/著 | 辽宁人民出版社 | 2015 |
| 凯尔特神话传说 | [爱尔兰]托马斯·威廉·黑曾·罗尔斯顿/著 西安外国语大学神话学翻译小组/译 | 陕西师范大学出版社 | 2013 |
| 毛毛 | [德]米切尔·恩德/著 李士勋/译 | 二十一世纪出版社 | 2006 |
| 名著名译丛书：格林童话全集 | [德]格林兄弟/著 魏以新/译 | 人民文学出版社 | 2015 |

| 书名 | 著、译者 | 出版社 | 出版时间 |
|---|---|---|---|
| 魔戒（指环王） | [英]J.R.R.托尔金/著 邓嘉宛 石中歌 杜蕴慈/译 | 上海人民出版社 | 2013 |
| 纳尼亚传奇 | [英]C.S.刘易斯/著 陈良廷 刘文澜/译 | 译林出版社 | 2014 |
| 尼伯龙人之歌 | [德]佚名/著 安书祉/译 | 译林出版社 | 2000 |
| 培尔·金特 | [挪威]亨利克·易卜生/著 萧乾/译 | 四川人民出版社 | 1983 |
| 培尔·金特：翻译专业名著名译研读系列 | [挪威]亨利克·易卜生/著 萧乾/译 | 上海外语教育出版社 | 2010 |
| 佩罗童话 | [法]夏尔·佩罗/著 戴望舒/译 | 重庆出版社 | |
| 佩罗童话 | [法]夏尔·佩罗/著 李梵音/译 | 哈尔滨出版社 | 2014 |
| 萨迦选集——中世纪北欧文学瑰宝上中下 | [冰岛]佚名/著 石琴娥 林桦 陈文荣 金冰 周景兴/译 | 商务印书馆 | 2000 |
| 莎士比亚全集 | [英]威廉·莎士比亚/著 朱生豪/译 | 译林出版社 2016 | 2006 |
| 神话：希腊、罗马及北欧的神话故事和英雄传说 | [美]依迪丝·汉密尔顿/著 刘一男/译 | 华夏出版社 | 2014 |
| 神话学文库：苏美尔神话 | [美]萨缪尔·诺亚·克拉莫尔/著 叶舒宪 金立江/译 | 陕西师范大学出版总社有限公司 | 2013 |
| 神曲 | [意]但丁/著 朱维基/译 | 上海文艺出版社 | 2014 |
| 圣经的故事 | [美]亨德里克·威廉·房龙/著、邓嘉宛/译 | 浙江文艺出版社 | 2016 |
| 时间的皱纹（又名时间的皱折） | [美]马德琳·英格/著 黄隶君/译 | 江苏凤凰美术出版社 | 2014 |
| 世界经典儿童故事：豪夫童话 | [德]威廉·豪夫/著 王云五/编 | 海豚出版社 | 2015 |
| 小熊维尼·阿噗 | [英]A.A.米恩尔/著 任溶溶/译 | 浙江少年儿童出版社 | 2007 |
| 亚里士多德伦理学 | 余纪元/著 | 中国人民大学出版社 | 2011 |
| 一千零一夜 | 方平等/编 | 上海译文出版社 | 2012 |
| 伊索寓言 | [希腊]伊索/著 吴健平 于国畔/译 | 上海译文出版社 | 2007 |
| 印度神话 | 杨怡爽 著 | 陕西人民出版社 | 2014 |
| 永远讲不完的故事 | [德]米切尔·恩德/著 李世勋/译 | 二十一世纪出版社 | 2004 |
| 佩罗童话 | [法]夏尔·佩罗/著 戴望舒/译 | 重庆出版社 | |
| 佩罗童话 | [法]夏尔·佩罗/著 李梵音/译 | 哈尔滨出版社 | 2014 |

| 书名 | 著、译者 | 出版社 | 出版时间 |
|---|---|---|---|
| 萨迦选集——中世纪北欧文学瑰宝上中下 | [冰岛]佚名/著 石琴娥 林桦 陈文荣 金冰 周景兴/译 | 商务印书馆 | 2000 |
| 莎士比亚全集 | [英]威廉·莎士比亚/著 朱生豪/译 | 译林出版社 | 2016 |
| 神话：希腊、罗马及北欧的神话故事和英雄传说 | [美]依迪丝·汉密尔顿/著 刘一男/译 | 华夏出版社 | 2014 |
| 神话学文库：苏美尔神话 | [美]萨缪尔·诺亚·克拉莫尔/著 叶舒宪 金立江/译 | 陕西师范大学出版总社有限公司 | 2013 |
| 神曲 | [意]但丁/著 朱维基/译 | 上海文艺出版社 | 2014 |
| 圣经的故事 | [美]亨德里克·威廉·房龙/著 邓嘉宛/译 | 浙江文艺出版社 | 2016 |
| 时间的皱纹（又名时间的皱折） | [美]马德琳·英格/著 黄隶君/译 | 江苏凤凰美术出版社 | 2014 |
| 世界经典儿童故事：豪夫童话 | [德]威廉·豪夫/著 王云五/编 | 海豚出版社 | 2015 |
| 小熊维尼·阿噗 | [英]A.A.米恩尔/著 任溶溶/译 | 浙江少年儿童出版社 | 2007 |
| 亚里士多德伦理学 | 余纪元 著 | 中国人民大学出版社 | 2011 |
| 一千零一夜 | 方平等 编 | 上海译文出版社 | 2012 |
| 伊索寓言 | [希腊]伊索/著 吴健平，于国畔/译 | 上海译文出版社 | 2007 |
| 印度神话 | 杨怡爽/著 | 陕西人民出版社 | 2014 |
| 永远讲不完的故事 | [德]米切尔·恩德/著 李世勋/译 | 二十一世纪出版社 | 2004 |